Hermann Hesse

Gedenkblätter

Suhrkamp

Neu durchgesehen und um Texte aus dem Nachlaß
ergänzt von Volker Michels
Umschlagfoto von Martin Hesse, Bern

suhrkamp Taschenbuch 963
Erste Auflage 1984

Satz: Thiele & Schwarz, Kassel
Druck: Ebner Ulm
Umschlag nach Entwürfen von Willy Fleckhaus und Rolf Staudt
Printed in Germany

1 2 3 4 5 6 - 89 88 87 86 85 84

Inhalt

ALBERT LANGEN*

In der Nacht des letzten April starb, uns allen unerwartet, der Verleger Albert Langen in München, erst vierzig Jahre alt. Als Verleger und Gründer des »Simplicissimus« war er weithin bekannt, und die Blätter bringen nun ihre Notizen und Nekrologe, sagen das Allbekannte wieder einmal und wärmen alte Sachen wieder auf. Man bekommt wieder zu hören, daß Langen der Schwiegersohn Björnsons war, daß er einige Jahre lang wegen Majestätsbeleidigung verfolgt im Ausland lebte, gute Beziehungen zu Paris hatte und so weiter. Einige Feinde rücken ihm bei dieser Gelegenheit auch wieder damit auf, daß er eine französische Ausgabe des »Simplicissismus« herausgab und »Deutschlands Schande dem Erbfeind« gegen Geld preisgab. In Wirklichkeit wurden, vor allem auf den Wunsch der Pariser Künstlerschaft hin, seit einigen Jahren die vier Hauptseiten des »Simplicissimus« allwöchentlich mit einer französischen Übersetzung der Witze beklebt und in Paris ausgegeben, in wenigen hundert Exemplaren, wobei sicher eher daraufgelegt als verdient wurde. So ist es ja mit allen Legenden, und gewiß könnte man ebenso Langens Verdienste herabsetzen, indem man sie zu einem großen Teil auf Glück und Zufall zurückführte. Aber Glück und Zufall kommen nicht zu jedem, und nicht jeder weiß etwas mit ihnen anzufangen, und es hat schon mancher junge deutsche Verleger sich den Kopf darüber zerbrochen, eine recht neue, kühne, gangbare Sache zu gründen, ohne daß doch ein »Simplicissimus« daraus geworden wäre.

Ich habe über Albert Langen viel reden hören, übertrieben Gutes und übertrieben Schlechtes, was ich auf sich beruhen lassen muß. Ich habe einige Jahre lang persönlich und brieflich viel mit ihm verkehrt und dabei einen ganz andern Menschen kennengelernt als aus allem Hörensagen. Jetzt, da er fort ist und ich an ihn denke und mich auf jedes Zusammensein mit ihm zu besinnen suche, schmilzt mir alles zu ein paar Augenblicken, ein paar Gebärden zusammen. Ich erinnere mich an ein paar Abende im Langenschen Hause in München, an ein paar Automobilfahrten mit ihm, an ein paar Sitzungen in seinem Büro, und

* Albert Langen verlegte Hesses Roman »Gertrud«. In seinen Zeitschriften »März« und »Simplicissimus« erschienen regelmäßig Beiträge von H. H.

merkwürdigerweise erinnere ich mich am allerdeutlichsten an den Tag, an dem ich Langen zum erstenmal sah. Er kam bei schwerem Regenwetter in einem Motorboot von Konstanz her gefahren und war eine Stunde bei mir, und wenn ich jetzt an ihn denke, sehe ich ihn wieder genau so, wie er damals war, frisch und beweglich, fast kindlich vergnügt und dabei im Gespräch von einer sensibeln Folgsamkeit, ja Lenkbarkeit. Dieser Mann mit der raschen Begeisterungsfähigkeit und behenden Unternehmungslust war durchaus dazu geschaffen, in einem Kreise von begabten, schöpferischen Menschen zu leben, bald Anreger, bald Ausführer, bald Schiebender und bald Geschobener zu sein. Er betrieb seine Angelegenheiten mit dem launischen Eifer des Sportsman, hartnäckig oder lässig, interessiert oder spielerisch, wie nervöse Leute tun, jedenfalls aber ehrlich und mit persönlicher Hingabe. Er konnte einen Plan von gestern heute wieder fallen lassen, aber wem es gelang, ihn persönlich festzuhalten und zu interessieren, der konnte prächtig mit ihm arbeiten. Zweimal haben wir beide bei kleinen Differenzen versucht, diplomatisch zu sein, und beidemal haben wir lächelnd die Masken wieder abgenommen und eingesehen, daß wir töricht wären, über kleinen Angelegenheiten die Frische und Unmittelbarkeit der persönlichen Berührung verloren gehen zu lassen.

Ein System hatte Langen nicht. Er ließ der Stunde ihr Recht und war feinfühlig genug, unter den vielen zuströmenden Menschen und Angeboten recht häufig wirklich das Beste zu wählen. Ich sah ihn Angelegenheiten von Bedeutung, die ihn persönlich aber nicht interessierten, in Minuten leichthin abtun, und sah ihn über scheinbar kleine Dinge, wenn sie einmal seine Teilnahme hatten, rastlos hin und wider denken und sich besinnen. Er konnte ein Geschäft sehr rasch und leicht erledigen und konnte über die Form, wie einem ihn interessierenden armen Literaten oder Künstler am besten zu helfen sei, lange, eingehende Gespräche führen. Und er hat manchem geholfen. Wo seine Liebe und Teilnahme einmal geweckt war, konnte er von erstaunlicher Zartheit sein. Freilich, wo diese Teilnahme fehlte oder wieder erloschen war, ließ er den Dingen ihren Lauf. So ging es in allen seinen Geschäften und Unternehmungen nie systematisch gleichmäßig nach Prinzipien und unpersönlichen Grundsätzen zu, sondern eher leidenschaftlich, rasch und temperamentvoll, jedenfalls durchaus persönlich und lebendig.

Zur Kunst wie zur Literatur hatte Langen innige Beziehungen, nicht als Verleger und Herausgeber, sondern als Liebhaber und begabter Genießer. Er hat selber zuweilen geschrieben, mehrmals französische Artikel und Bücher gut übersetzt, mehrmals eigene flotte und gutgeschriebene Artikel verfaßt. Seine Verlagsunternehmungen, vor allem seine beiden Blätter, waren ein Teil seines Lebens und hatten für ihn weit mehr als geschäftliche Bedeutung, aber er wollte doch nie alles selber machen und allen dreinreden, wie es dilettierende Verleger zuweilen gerne tun sollen. Er hatte Vertrauen zu seinen Mitarbeitern und fand sich wohl zuweilen mit Anregungen und Wünschen ein, nie aber mit Korrekturen und Befehlen. Dabei war er selbst als Herausgeber wertvoll tätig, seine rasche Phantasie und Empfänglichkeit duldete kein Stagnieren, und seine guten Beziehungen zu Paris haben sowohl dem »Simplicissimus« als dem »März« viel genützt. Der Friedensgedanke und besonders der Gedanke einer freundschaftlichen Annäherung an Frankreich waren ihm geradezu eine Herzenssache. Diese französischen Beziehungen waren ihm noch wertvoller und lieber als die norwegischen, und er hat ja auch nicht nur Björnson, Hamsun und die Lagerlöf übersetzen lassen und mit Eifer verlegt, sondern auch viele Franzosen. Waren unter diesen auch Unterhaltungsliteraten leichterer Art vertreten, Langen selbst legte auf sie wenig Gewicht und hatte ein weit näheres Verhältnis zu den Büchern des feinen Spötters Anatole France.

So anregend und interessant Albert Langen bei lebhaften Gesprächen in seinem gastfreien Hause oder bei erregten Redaktionssitzungen sein konnte, am besten gefiel er mir immer draußen, unterwegs, auf Reisen und Ausflügen. Da konnte dieser bewegliche, nervöse, geschäftige Mann mit den großen Unternehmungen und dem gefährlichen Ruf mit ausgelassener Kinderfreude das schöne Wetter, den Frühling, den Herbst, die Obstblüte genießen. Ich sehe ihn, feurig die Hupe blasend, vorn auf seinem Automobil sitzen, strahlend vor Vergnügen, oder an einem heißen Frühsommertag auf einer Bergwiese rasten. Er genoß die Natur nicht sentimental, sondern frisch und kinderhaft dankbar, und er hat noch in seinen beiden letzten Jahren zwischen allen Sorgen, Arbeiten und Geschäften seine wohlige Lust am neuangelegten Garten und Gartenhaus gehabt. Mit derselben Lust baute und änderte und modelte er an seinem Hause, an seinen Zimmern und Möbeln, die ich bei jedem Münchner Besuch neu eingerichtet und gestellt fand. Da kaufte er alte Sachen, ließ sie herrichten, hatte stets Handwerker im Haus, zeigte fröhlich eine alte Uhr oder Tasse, freute sich am Umordnen und Ändern und war doch anhänglich an alles, was er liebte, vor allem an die vielen schönen Sieck–Landschaften, von denen er mehr in seinen Zimmern hängen hatte als irgendein anderer Bilderbesitzer.

Es ist mir wunderlich, daß dieser unglaublich lebendige, elastische, elektrische Mann tot sein soll, und ich kann mir München und den Verlag und die Redaktionen ohne ihn noch nicht vorstellen. Es wird sich gewiß zeigen, daß manches ohne ihn ebensogut geht. Aber wir werden auch sehen, was uns nun fehlt, und es wird nicht wenig sein.

(1909)

EUGEN SIEGEL

Am Nachmittag bekam ich eine Postkarte aus dem Felde. Nichts Wichtiges darauf, aber der sie geschrieben hatte, hatte also am 16. abends noch gelebt und in einem belgischen Quartier Tee gekocht. Quartier, Tee, Bleistift, Postkarte, das ist ja schon recht viel dort draußen. Man atmet auf, man lächelt, man sieht seine Lieben in Gedanken für eine Stunde nicht mehr im kalten Felde kriechen, im Dampf und höllischen Gekrache, man sieht sie menschlich, lieb, vernünftig, einfach, ohne Krampf, einen Zwieback in der Hand, einen Apfel oder eine Zigarette, auf einem Stuhl und an einem Tisch oder Fenstersims, ein Dach über sich und mit der Aussicht auf ein trockenes Nachtlager, vielleicht sogar ein Bett. Das ist viel, sehr viel. Ich atmete auf, ich lächelte, und plötzlich hatte ich Lust, die weggelegte Zeitung vom Morgen doch noch zu lesen, einen Brief zu schreiben, später vielleicht noch in die Stadt zu gehen. Das Nebelwetter schien heller, die Stube wärmer.

Ehe ich die Postkarte weglegte, blieb ich nochmals an der kleinen quergeschriebenen Nachschrift hängen, welche schwierig zu entziffern war. »Von unseren Schulkameraden aus G. ist neulich noch ein dritter gefallen, Eugen Siegel.« (Es konnte aber auch Singel, Seipel oder ähnlich heißen.) Ich wußte nicht recht damit Bescheid. Ich war in jener Schule von G. nur ein Jahr gewesen, hatte längst keine Beziehungen mehr dorthin, lebte seit Jahren im Auslande, und es war seit der Zeit von G. vierundzwanzig Jahre her. Nein, ich hatte keine Erinnerung mehr an diesen gefallenen Seigel oder Seipel. Überhaupt, jene ganze Zeit, jenes beklommene Schuljahr in der Fremde, zum erstenmal von Hause fort in Pension, vor mir ein gefürchtetes Examen, das lag alles seit vielen Jahren unberührt in einem Loch meines Gedächtnisses. Merkwürdig freilich und unheimlich bleibt es immer, wie so ein Stück Leben einem entgleiten und wegsinken kann, wie auf der Tafel der Erinnerung die Augenblicke, Stunden, Tage und Jahre wechseln, wie sie launisch und unbeherrschbar erscheinen und wieder verschwinden, viele für immer.

Ich las meine Zeitung und dann die übrige Post, ich schrieb einen Brief, ging rauchend im Zimmer auf und ab. Nein, dachte ich, ich muß sobald wie möglich wieder nach Deutschland fahren, Freunde besuchen, Nachrichten sammeln, Wirklichkeit atmen. Die Wirklichkeit hieß ja jetzt Krieg. Und diese schwer zu lesenden, sich zu nichts bekennenden, vielleicht oft unaufrichtigen Heeresberichte, aus denen so viel Phrase und Verlegenheit sprach!

Ausgehen mochte ich nicht mehr. Ich würde da draußen nichts finden, was Wirklichkeit für mich hätte. Wirklich war bloß noch der Krieg. Das andere, das private Leben, das lief so weiter und war durch eine rätselhafte Anämie ausgehöhlt und zu Schatten geworden. Ich sehne mich nach Wirklichkeit! Ich sehne mich ja keineswegs nach dem Kriege, ich will weder Rausch noch Heroismus; ich will ja gar nichts als leben, richtig und vernünftig leben, wie es dem Menschen zukommt, wie man es bis vor einem Jahr noch konnte, – und das ist so schwer, so entrückt, so ganz unmöglich geworden!

Eugen Seipel, oder Siegel, oder Seigel ...? Der Name ist wieder da, und ich kann feststellen, er war es, der heimlich alle meine Gedanken so unruhig gemacht hat. Eugen Seipel ist gefallen, ein Eugen ohne richtigen Namen, ohne ein Gesicht, aber ein Mensch, den ich einst gekannt, mit dem ich einst bei demselben Lehrer in derselben Schulstube gesessen bin, lange Vormittage und Nachmittage, schrecklich lastende, hoffnungslose Montagmorgen und gute, versöhnliche, milde, hoffnungsreiche Samstage – ein Mensch, der mich etwas angeht, der mit seinem Tod eine Teilnahme von mir fordert, dessen Fremdheit meine, nicht seine Schuld ist und für mich eine Plage und einen Vorwurf bedeutet. Ich muß sein Gesicht finden, seinen Namen herausbringen. Ich muß das Unterste umstülpen. Wenn er wirklich in meiner Klasse gewesen ist, muß er ja zu finden sein. Mein Gott, wenn mir, dem Vierzehnjährigen, damals jemand gesagt hätte: ich würde einst einen von meinen Kameraden, ein Stück von meinem Leben, von meiner Klasse, nicht mehr kennen!

Ich schließe die Augen und denke an die Schule in G. Ich sehe das Schulzimmer. Vier Fenster, Katheder, Ofen, Schrank, Wandkarte. Da fehlt nichts, das Bild ist noch vollständig. Wir saßen in sechs, nein in acht Bänken, ich in der dritten. Neben mir Bollinger und Haas und vor mir Straus und Hagenbach und ganz vorne in der Ecke der mit dem Bürstenkopf und den langen Hosen. Wie hieß nur der? Einerlei, es fing gewiß nicht mit S. an. Dessen bin ich sicher. Aber warum eigentlich?

Aber halt – Siegel! Siegel heißt er! Ich habe ihn jetzt. Unbegreiflich, daß mir das nicht sogleich einfiel! Es war nicht der Bürstenkopf. Es war der Kleine, sehr Zierliche, Hübsche, der ganz hinten an der Wand in der Mitte der Bank saß, dem Stock des Lehrers unerreichbar, und wenn der alte Rektor etwas von ihm wollte und grade guter Laune war, dann rief er ihm zu: »Siegelein, Siegelein an der Wand, wer ist der Gescheitste im ganzen Land?« Wie hatte ich das vergessen können! Aber doch ja, eigentlich war sein Name uns nicht geläufig, wir nannten ihn nie bei seinem Namen. Er hieß bei uns Prinz Eugenius.

Und kaum war dieser Name da, so stand der kleine feingliedrige Knabe ganz vor mir, deutlich und wohlbekannt wie vor vierundzwanzig Jahren, mit seinem hübschen Scheitel, mit dem netten Stehkragen, mit der geraden, schmalrückigen Nase und den hellen, etwas nah beisammen stehenden Augen. Er hatte geschickte Finger und schrieb zu meinem Neide eine entzückende, klare, kleine Handschrift, und war der beste Rechner in unsrer Klasse. Jetzt war er also gefallen ...

Wie wenn man im September über eine Wiese geht und die erste Herbstzeitlose sucht und man sieht schließlich eine, und weiter drüben noch eine, und dort wieder zwei, und plötzlich sind es eine ganze Menge, hundert und mehr – so geht es mit den Erinnerungen auch. Man sucht und findet lange nichts, aber wenn die erste und zweite da ist, dann sind es plötzlich zehn und hundert, unzählige, und drängen sich um einen wie ein Vogelschwarm.

Ich wußte jetzt alles wieder. Prinz Eugenius war einmal mein Freund gewesen. Nicht lange, zwei oder drei Wochen vielleicht. Wir paßten eigentlich nicht zueinander, aber seine Geschicklichkeit und sein nettes Benehmen machten ihn begehrt, und so liebte auch ich ihn und wollte sein Freund werden. Er war so hübsch und zierlich und immer so guter Laune, und er hatte nichts dagegen, ich durfte schon sein Freund sein. Ich begleitete ihn damals immer nach der Schule bis vor sein Haus, es war ein weiter Weg für mich, und unsre Pensionsmutter schalt mich für das beinah alltägliche Zuspätkommen jedesmal aus. Aber das war das einzige, was ich für meinen Freund tun und erleiden konnte, und mir war es viel zu wenig. Am liebsten hätte ich ihm das Leben gerettet, ich malte damals solche Szenen gern in meinen Träumen aus. Wenigstens wollte ich ihm meine Markensammlung schenken, das nahm er aber nicht an, und sonst besaß ich nichts. Nur wenn alle Monate mit der Wäsche etwas Gutes von meiner Mutter kam, eine Wurst oder Anisbrot, dann war ich reich und konnte spenden. Aber damals kam nichts, wochenlang nichts, und mein Freund ließ sich zwar von mir heimbegleiten, aber er war gegen jeden andern ebenso freundlich wie gegen mich und wollte nicht einsehen, daß das keine Freundschaft sei und mir nicht genüge. Meine Vorwürfe hörte er kaum an, er lachte mich aus und sagte, ich solle doch nicht so dummes Zeug reden.

Da hatte ich eines Sonntags ein neues herrliches Spiel entdeckt. Es waren schale Sonntage in unsrer Knabenpension, Zeugen mancher Wut und mancher Träne, morgens Kirchgang und Lernen, abends Triktrak und wenige Bücher – wären nicht Schillers Gedichte und »Die Hallig« von Biernatzki darunter gewesen, so wäre ich verzweifelt und davongelaufen. Nur am Nachmittag hatten wir bei gutem Wetter zwei, drei Stunden für uns und durften ohne Aufsicht spazierengehen, nur nicht allzu weit und nicht ans Wasser oder in die Felsen, und auch der Weitsprung über die offenen Lohgruben in der nahen Gerberei war verboten. Nun, einige von uns hielten zusammen und nahmen es auf sich, Sonntag abends nötigenfalls für schmutzige Stiefel, Löcher in den Hosen und nasse Strümpfe sich bestrafen zu lassen. Wir hatten soeben eine wundervolle neue Lustbarkeit entdeckt. Flußabwärts war zwischen den Fabrikhöfen eine öde Stelle, wo am Flußufer eine Strecke mit Abfall aus der Stadt aufgefüllt wurde. Dort war nun eine Wagenladung mit alten tönernen Sauerwasserkrügen ausgeleert worden, und wir Buben hatten damit begonnen, diese alten Krüge vollends kleinzuhauen. Damit entdeckten wir aber bald eine Menge von Krügen, um die es schade war, denn sie waren fast unbeschädigt. Diese verschlossen wir nun mit Pfropfen aus gekautem Papier schön luftdicht und warfen sie in den Fluß, der sie schnell mit fortnahm. Wir aber hatten Steine bereit und einige von uns auch Schleudern, und es galt nun, jeden schwimmenden Krug mit einem guten Schuß zu treffen und zu versenken, ehe er außer Sicht kam und entrann.

Zu diesem neuen Sport lud ich Eugenius ein. Diese Schützenübungen waren mein und weniger Kameraden Geheimnis, und seine Preisgabe war das beste Geschenk, das ich meinem Freund machen konnte. Aber Eugen war enttäuschend wenig begeistert, ich hatte geglaubt, ihm Köstliches anzubieten, und hatte nun alle Mühe, ihn überhaupt am nächsten Sonntag für eine Stunde dorthin mitzubekommen. Und dann fand er unser Spiel grob und langweilig, und wie ich ihn so urteilen hörte, tat mir plötzlich das Herz unsäglich weh, ich stand verraten, und plötzlich sah ich selber die Armseligkeit unsres Tuns, die schäbige Häßlichkeit des Scherbenhaufens zwischen den Fabrikhöfen, und ich ging weg, in der Seele krank, und wollte nie mehr auf Tonkrüge schießen, und wollte aber auch von der Freundschaft mit Eugen nichts mehr wissen. Später hatte ich ihn nur selten wiedergesehen und mit den Jahren aus dem Gedächtnis verloren. Und jetzt lag er in einem Soldatengrab in Belgien, und seine hübschen klugen Augen waren geschlossen, und seine kleine geschmeidige Gestalt stak zertrümmert im grauen Waffenrock.

Es kamen Besuche zu mir, und ich war bis zum Abend in Anspruch genommen. Erst als ich zu Bette ging, konnte ich wieder an die Sache denken. Sie griff mir nicht ans Herz, sie war traurig wie so viele ähnliche, und bald entliefen meine Gedanken von dem Soldatengrab in Belgien. Der Schlaf war mir schon nahe. Aber da nun einmal die dunkle Brunnenstube früher Erinnerungen geöffnet war, kamen andere Gestalten hervor, meine Freunde aus der Lehrzeit, aus der Studienzeit, aus meinen Reisejahren, Deutsche und Ausländer, und viele von ihnen wußte ich jetzt im Felde stehen, an beiden Fronten. Nachricht hatte ich nur von dreien. Der eine hatte seine letzte Postkarte an mich beim Einrücken geschrieben, in den ersten Tagen jenes August, zwei beim Ausmarsch ins Feld, seither nichts mehr als die paar kurzen Grüße aus Belgien, deren letzter heut gekommen war. Wo waren sie alle? Wer von ihnen lebte noch?

Ich schlief eine Stunde oder zwei und träumte von der Schulknabenzeit; aber die Mitschüler waren bärtige Männer und trugen Uniformen. Dann erwachte ich plötzlich, der Wind rüttelte am Fensterladen. Ich schreckte empor und wußte nicht, wo ich sei. Ich fühlte nur eine dunkle Erschütterung in der Seele und ein nächtlich grauenvolles Weh im Herzen, das weh tat, als sei es plötzlich schwer erkrankt; ich saß halbwach im Bette aufrecht und erwachte erst völlig, als ich Träne um Träne auf meine Hände tropfen fühlte.

(1914)

ZUM GEDÄCHTNIS

Ich stand auf einem großen Bahnhof am Gepäckschalter, mein Zug sollte in wenigen Minuten abgehen. Es war abends beim Eindunkeln, Lichter begannen schon zu glühen. Ich war seit dem Morgen von Hause fort, hatte hier ein paar Stunden haltgemacht und meinen Freund vergebens gesucht. Dann war ich in die Werkstatt eines Künstlers, den ich kenne, eingetreten und hatte dort zwischen den Bildern und Tonmodellen meine Zeit verbracht, im Herzen unruhig, denn zu Hause lag viel Arbeit ungetan, und morgen und übermorgen sollte ich, eben zugunsten jener Arbeit, an zwei Orten Vorträge halten.

Es war eine gute Sache, ohne Zweifel, es galt, den armen Opfern des Krieges zu helfen, den unschuldig heimatlos Gewordenen, den in Feindesland Gefangenen. Aber – so fühlte ich zuweilen und dachte es auch jetzt – war nicht die ganze Emsigkeit und Betriebsamkeit unsres guten und wohltätigen Tuns ein wenig falsch, ein wenig überhitzt im Tempo, ein bißchen angesteckt vom fatalen Geist der Welt, die unsrer Seele fremd ist, von jenem Geist, der sich jetzt im großen Kriege so erschreckend und demütigend austobte? Floh nicht seit Monaten hundertmal in unbewachten Augenblicken mein ganzes Wesen erkrankt und sehnsuchtsvoll in die alte heilige Klage: Laß, o Welt, o laß mich sein!

Ich nahm dem Beamten meinen Koffer ab und wollte ihn zum Zuge tragen, der schon erleuchtet und dampfend in der Halle stand. Da klopfte jemand mir auf die Schulter, und mein lieber Freund, den ich in der Stadt nicht gefunden, stand da und sah mir ins Gesicht.

»Bleib hier«, sagte er freundlich, »bleibe den Abend bei mir! Du mußt heut nicht weiterreisen!«

Ich lachte rasch und winkte ab, da sagte er leise: »Ich habe eine Nachricht für dich, man hat mir telegraphiert.«

»Was denn?« fragte ich, noch immer ohne Ahnung.

Da nahm er mir den Koffer ab und sagte: »Es ist keine gute Nachricht. Dein Vater ist plötzlich gestorben.«

Eine Viertelstunde später saß ich im Zug, nicht in dem geplanten, sondern in einem andern, der noch heut nacht in meinem Wohnort ankommen sollte. Noch war ich zu keiner

Ruhe gekommen, ich hatte nichts getan als hastige Telegramme geschrieben und Züge gesucht. Jetzt fuhr ich heimwärts – nicht dem Ruf des Herzens nach zu meinem toten Vater hin, sondern von ihm fort, in umgekehrter Richtung, nach Hause. Denn ich konnte nicht nach Deutschland reisen, ohne mir erst daheim einen neuen Paß zu besorgen. Es war ja Krieg, man durfte ja jetzt keine Privatangelegenheiten, keinen Schmerz haben, man durfte jetzt nicht tun, was natürlich und richtig war, sondern man mußte sich ins Glied stellen, sich um Stempel bemühen, sich photographieren lassen, Zettel unterschreiben und Beamten Auskünfte geben, die niemand interessierten. Nun denn, es war mir nichts Neues mehr. Aber über alledem kam ich auch auf der langen Bahnfahrt zu keiner Ruhe im Herzen. Es tat zwar weh, und mit dem teuflischen Takt der Räder schlug mir's tausendmal dumpf und öd ins Ohr: »Dein Vater ist tot, jetzt hast du keinen Vater mehr!«

Aber es waren viele andre Stimmen daneben wach: Werde ich daheim noch jemand finden? Werde ich schnell genug meinen Paß bekommen? Was machen meine Schwestern? Und mein Bruder? Und plötzlich fiel mir ein: ich muß ja einen schwarzen Anzug haben! Und zwischen alledem quälte mich eine tiefe Scham und Trauer, daß ich jetzt nicht still und gesammelt mein Herz dem Vater darbieten konnte, daß meine Seele wirr verstimmt und vielspältig geteilt war, daß hundert dumme kleine Sorgen noch Platz in mir hatten.

Zuweilen stieg ein halberwachtes Bewußtsein des Verlustes beklemmend herauf, nahm mir den Atem und tat im Kopfe weh, hinter den Augen. Dann versuchte ich, mich zusammenzuraffen und mit gesammelter Innigkeit das Bild des Gestorbenen in mir herzustellen. Doch ward es nie vollkommen hell und wahr. Das einzige gute Gefühl, das für Augenblicke rein und tröstend in mir atmete, war dieses: Er hat es gut, er hat Ruhe; er ist da, wohin er sich sehnte. Dann fielen mir Zeiten ein, in denen ich meinen Vater krank gekannt hatte, krank und von endlosen Schmerzen gepeinigt, und plötzlich sah ich sein Bild deutlich und überscharf, mit seiner lieben, ergreifend schmerzvollen Gebärde, wie er tief atmend mit flachen Händen das lange Haar von den Schläfen zurückstrich, während sein Blick still und traurig wie aus einer fremden Ferne her auf mir ruhte. Und jetzt empfand ich, endlich wieder, sein Wesen rein und deutlich in mir und sagte zu mir:

»Sie haben ihn nie verstanden, niemand, auch alle seine Freunde nicht. Nur ich verstehe ihn ganz, weil ich bin wie er, allein und von keinem verstanden.«

In der Nacht kam ich in meinem Wohnort an, stieg in die Trambahn, sah innen Bekannte plaudernd sitzen und wandte mich ab gegen die Scheiben; mit entfremdeten Blicken sah ich die vertrauten nächtlichen Straßen und Brücken, als führe ich müde auf Reisen durch einen unbekannten Ort. Meine Frau kam mir draußen am Rande der Stadt entgegen, wir gingen über die dunklen Felder in unser Haus, das ich erst am Morgen verlassen hatte.

Auf meinem Tisch lagen Briefe, und darüber lag das Telegramm, und ich las und mußte lächeln. »Ganz schnell entschlafen«, stand da, das klang gut und zart, und es paßte so zu dem Hinweggegangenen! Das war so ganz seine Art, das verstand ich so im Grunde und fühlte es wie einen kleinen Triumph mit, daß es ihm gelungen war, uns allen so ganz unvermerkt und unbeschrien zu entschlüpfen. Wie ein Vogel, wie ein gefangener Waldvogel, wenn das Fenster offen und niemand im Zimmer ist.

Erst spät in der Nacht, im Bett, spürte ich die Erschütterung an meinen Wurzeln, tief im Geheimnisvollen, fühlte die traurige Schönheit und Unwiederbringlichkeit von allem und konnte weinen.

Den andern Tag bis zum Mittag mußte ich um den Reisepaß bemüht sein. Es ging alles so behindert und harzig wie in einem Angsttraum, überall fehlte eine Kleinigkeit, überall war noch eine Viertelstunde zu warten, mein einziger Zug war längst weggefahren, und ich stand noch immer mit müdem Kopf und kalten Händen in den Kanzleien herum, unselig und verzaubert inmitten jener furchtbaren Welt der gelbgemalten Kanzleistühle und an die Wände genagelten amtlichen Vorschriften und Kundgebungen. Diese seltsam harte, seltsam verfluchte, seltsam unzugängliche Welt, in der seit Pontius Pilatus das Leben entwirklicht und die Seele jeder Wesenheit beraubt wird, umgab mich phantastisch in ihrer nüchternen Unwirklichkeit und bestahl mich aufs neue um meinen Schmerz und meine Erhebung. Nur hin und wieder flohen die schalen Wände dieser wesenlosen Welt einen Augenblick auseinander, und über eine ungeheure Entfernung und

Leere hinweg sah ich einen stillen Mann im Totenhemde liegen und auf mich warten. Dann mußte ich wieder Auskünfte geben und meinen Namen auf Papiere schreiben, und endlich stand ich betäubt auf der Straße und sprang in einen Wagen, kam nach Hause, fand den Tisch gedeckt und den Koffer bereit, stand lang am Telephon, aß schnell etwas, steckte Bücher in die Taschen und fuhr zum Bahnhof.

Zu meinem Vater konnte ich heut nicht mehr kommen; aber ich wollte reisen, soweit es eben ginge. Meine Kinder sah ich eben noch von der Schule heimkommen, ehe ich wegfuhr.

Dann saß ich im Zug und fuhr Stunde um Stunde, wieder denselben Weg, den ich gestern am Morgen hin- und am Abend zurückgefahren war, und gegen Abend fuhr ich auch an der Stadt und ganz nah an dem Saal vorbei, in dem ich eben an diesem Abend hätte sprechen sollen. Mit dem Nachtwerden erschien der Bodensee, und es ging noch ein Schiff, und im Laternenlicht des Hafens begrüßte ich den deutschen Boden wieder. Jahre meines Lebens hatten sich in dieser Landschaft gespiegelt; der Fisch, den ich aß, und der Wein, den ich trank, riß hundert verdunkelte Bilder plötzlich ins Licht. Noch ein Gang im Nachtwind durch das schlafende Friedrichshafen und ein Stück Seeufer entlang, dann schlief ich schwer bis zur Frühe.

Jetzt, als ich am Morgen in dem Eisenbahnwagen stand, der mich in die alte Heimat bringen mußte, jetzt fühlte ich deutlich, wie der Sarg meines Vaters mich zu sich zog, durch die wechselnden Landschaften, und er zog nicht mich allein, er zog in andern Zügen und Wagen durch andre Gegenden auch meine Geschwister her, deren jedem der Vater gestorben war, deren jedes ihn in irgendeinem besonderen Zuge seines Wesens ganz (und vielleicht allein) verstanden und gekannt hatte.

Und wieder reiste ich durch Landschaften und Städte, die mir heimatlich angehörten, wo ich Schulen besucht, wo ich Knaben- und Jünglingsgänge durch die waldigen Bergzüge getan. Von allem war heute der Schimmer genommen, ich sah mein Leben rückwärts nicht wie ein launig gewundenes Tal, sondern als eine einzige, harte, schnurgerade Straße unerbittlicher Notwendigkeit, vom Vater her und zu ihm zurückführend.

Wieder dachte ich an die Unverstandenheit, in der unser Vater so große Teile seines beschwerlichen Lebens hingebracht hatte, obwohl ihm die wunderbare Gabe geschenkt war, gerade das in seiner Natur, was leicht und licht und hell und vogelhaft war, zu zeigen und andern zum anmutigen Geschenk zu machen. Merkwürdig – im Leben dieses Mannes, der immer leidend und überzart und von Schmerzen verfolgt war, schimmerte eine eigentümliche Festlichkeit, ein edler Glanz von guter Form und Ritterlichkeit. Es war nicht die Frohmütigkeit gesunder, naiver Naturen, die ihn dankbar und dem Angenehmen erschlossen machte. Seine Dankbarkeit und Heiterkeit waren die des Leidenden, der in schweren Jahren gelernt hat, den Sonnenstrahlen und kleinen Tröstlichkeiten des Lebens mit Sorgfalt eine Tür offen zu lassen.

Ich erinnerte mich an meinen letzten Besuch bei ihm, wie da gleich nach der Begrüßung unser Gespräch voll Verständnis, voll Licht und Vertrauen gewesen war. Obwohl er, der mich vermutlich viel besser kannte als ich ihn, Grund genug gehabt hätte, mir zu mißtrauen oder mich doch zu tadeln und anders zu wünschen, und obwohl ich im Vergleich zu seiner zarten Frömmigkeit ein roher Weltmensch war, stand doch über uns wie ein warmer Himmel ein Gefühl von Gemeinsamkeit und Einandernichtverlierenkönnen, und ohne Zweifel war die Toleranz und das Nachgebenmüssen bei ihm größer als bei mir. Denn er war, wenn auch nicht ein Heiliger, doch aus dem seltenen Stoffe, aus dem die Heiligen gemacht werden. Damals, als ich das letztemal bei ihm in dem friedevollen Stübchen saß – für mich ein Hort und Schlupfwinkel weltferner Ruhe, für ihn ein Kerker und quälender Käfig –, da hatte er, der seit einiger Zeit blind geworden war, mir von einem seiner kleinen Mittel erzählt, mit denen er sich je und je durch schlaflose Nächte hindurchhalf. Er besann sich dann auf gute lateinische Sätze und Sprichwörter, und zwar in alphabetischer Folge, was außer der Gedankenzucht noch die Tugend hatte, den Reichtum des im Gedächtnis Vorhandenen viel eindringlicher aufzuzeigen. Er forderte mich auf, das Spiel mit ihm zu machen und mit dem Buchstaben A zu beginnen. Ich brauchte lange, bis ich zwei, drei Sprüche beisammen hatte. »Alea iacta est« fiel mir zuerst ein und: »Ars longa, vita brevis.« Er aber, die Lider über den blinden Augen nachdenkend geschlossen, zog wie ein Kristallsucher behutsam einen schönen, runden Satz um den andern hervor, genau in alphabetischer Reihenfolge – ich erinnerte mich, daß sein letzter Spruch »Aut

Caesar aut nihil« war –, und jeden sprach er mit einem frohen Respekt vor der schönen, knappen und klingenden Sprache klar und behutsam aus, so wie ein Sammler seine Stücke in liebende und wohlerzogene Finger nimmt.

Jetzt sah ich ihn auch wieder ganz, das ritterliche Gesicht unterm langen zurückgekämmten Haar, die edle hohe Stirn und alle ihre schönen Flächen, die hohe Wölbung der über erblindeten Augen geschlossenen Lider, und zum erstenmal, seit ich von seinem Tode wußte, empfand ich erkaltend im Innersten die Unwiederbringlichkeit all dieser lieben, feinen, kostbaren Dinge. Ich empfand plötzlich, welch ein Verlust das war, niemals mehr seine zarte Hand zu fühlen, wie sie segnend meinen Scheitel suchte, und gar niemals wieder seine Stimme zu hören. Für eine Weile fühlte ich, im schüttelnden Zug am Fenster stehend, nichts mehr als den Schmerz des Beraubten und etwas wie Erbitterung gegen alle Menschen, denen er nicht verloren war, die ihn nicht gekannt hatten, die nicht wußten, was für ein außerordentlicher Mensch da gelebt hatte und gestorben war.

Und alsbald fiel etwas noch viel Schlimmeres, viel Furchtbareres mir ein – wie hatte ich daran bis jetzt nicht denken können! Es war meine letzte Nachricht an ihn, vielleicht hatte er sie noch in seinen letzten Stunden erhalten – eine kurze, hastige, lieblose Postkarte mit flüchtigen Grüßen und mit der Klage, daß ich jetzt gar keine Zeit zum Briefschreiben finden könne! O Gott, wie war das jammervoll und häßlich und beschämend, viel schlimmer, als wenn ich gar nicht geschrieben hätte! Die Schmerzen, die ich meinem Vater in Jugendjahren bereitet, waren nichts, die waren bitter, aber selbstverständlich und notwendig gewesen. Aber diese Gleichgültigkeit, dieses Verlorensein an leere Geschäfte und Pflichten, über denen ich die ersten Pflichten der Liebe versäumte, wie war das gemein und unverzeihlich! Schuld wälzte sich über mich wie ein dunkler Strom von Schlamm ...

Der Zug hielt im Bahnhof der Hauptstadt, ein Freund holte mich ab und nahm mich in sein Haus, bis ich weiterfahren konnte. Dann ging der langsame, ländliche Eisenbahnzug in die Dörfer hinaus, hielt endlich bei der kleinen Station. Ich sah Menschen dort stehen, sah plötzlich meinen Bruder unter ihnen und umarmte ihn und meine Schwester, und wir gehörten wieder zusammen und waren *ein* Blut wie in Kinderzeiten. Verlorene

Kinderheimat, Erinnerungen unschuldiger Gemeinsamkeit, die braunen warmen Augen unsrer lang gestorbenen Mutter, alles war plötzlich da und brachte Wärme und Geborgenheit, duftete heimatlich, redete Kinder–Mundart, floß beruhigend durchs Blut. O wie arm gehen wir unsere staubigen Straßen, und könnten so viel Liebe atmen! O wie arm, wie arm! Aber jetzt war es gut, jetzt war ich heimgekehrt.

Friedlicher Gang durchs Dorf und die Vorfrühlingswiesen, Schneereste noch überall. O wie gut, wie unsäglich gut, daß ich gekommen war, daß ich da war, daß ich den Arm meiner Schwester hielt und meinem Bruder auf die Schulter klopfen konnte! Und wie traurig und wunderbar, den kleinen Berg hinan nach dem Hause zu gehen, in dem unser Vater lag und auf uns wartete. Das Fenster wiederzusehen, aus dem er bei jeder Abreise seinen Kindern gewinkt hatte. Die Treppe hinaufzusteigen und bei der Glastüre den Haken zu sehen, wo immer sein weicher Filzhut hing. Und in Flur und Stube die Atmosphäre von einfacher, wohlriechender Sauberkeit, von zarter Reinlichkeit zu atmen, die ihn stets umgeben hatte.

Zuerst wurde erzählt, und die Schwestern hatten Kaffee bereit. Ja, er war ganz leicht und schnell entflogen, er war fast schelmisch von dannen geschlüpft, ohne Geräusch und Gebärden. Wir wußten, daß er, der von vielen Leiden her Mißtrauische, nicht ohne Furcht vor dem Tode gewesen war, den er doch oft und herzlich ersehnte. Das war nun gut, das war gelöst, da war nichts anders zu wünschen. Ich fand gedruckte Todesanzeigen daliegen; darin stand eine Psalmstelle bezeichnet, die nach seinem Wunsch auf seinem Grabe stehen soll. Ich fragte die Schwestern, wie der Spruch laute; sie lächelten beide und sagten: »Der Strick ist zerrissen, der Vogel ist frei!«

Nun ging ich leise beiseite und hinüber und tat die Tür zu seiner Stube auf. Das Fenster stand offen, Schneekühle wehte in den Blumenduft herein.

Unser Vater lag weiß in Blumen gebettet, die Hände leicht aufeinandergelegt. Sein Kopf lag weit zurückgelehnt, wie in einem tiefen Aufatmen, die hohe Stirn mächtig und königlich, die Augen still geschlossen. Und wie tief, wie innig atmete das Antlitz die erreichte Ruhe! Wie lag Rast und Erlösung und herzliches Genügen in seinen lieben Zügen! Er, den Schmerzen und Unrast sein Leben lang verfolgt und zum Kämpfer und Ritter gemacht hatten, er schien mit tiefem, innigem Erstaunen der unendlichen Stille zu lauschen, die ihn jetzt umgab. O Vater, Vater!

Als ich weinend seine Hände küßte und meine lebenden, warmen Hände auf seine steinerne Stirne legte, da fiel mir aus den Knabenzeiten ein, wie mein Vater oft, wenn im Winter eines von uns mit kalten Händen nach Hause kam, uns gebeten hatte, ihm die Hände ein wenig auf die Stirn zu legen; denn er war oft tagelang von schweren Kopfschmerzen heimgesucht. Jetzt lagen meine unruhigen, warmen Hände auf seiner Stirn und holten Kühle von ihm. Und alles Ritterliche und überlegen Edle, das er im Wesen gehabt, stand überklar in seinem Gesicht geschrieben, wie die Würde auf einem stillen Schneegipfel. O Vater, Vater!

Am Abend gab mir eine der Schwestern einen goldenen Trauring. Den hatte einst meine Mutter, am Anfang der sechziger Jahre, für ihren ersten Bräutigam machen lassen, ein Spruch stand innen eingegraben, und hatte ihn zehn Jahre später bei der Hochzeit meinem Vater gegeben.

Ich drehte den schmalen Goldring und las die alte Inschrift und steckte ihn an meinen Finger. Er paßte gut, und als ich den Finger mit dem Ring ansah, den ich vieltausendmal an meines Vaters Hand gesehen und als Knabe oft im Spiel gedreht, da blickte auch meine ältere Schwester her, und wir sahen beide, wie ähnlich mein Finger und meine Hand den Händen unsres Vaters war. In der Nacht erwachte ich zweimal an dem ungewohnten Ring, denn ich hatte bisher niemals einen getragen, und ich lag und fühlte ahnend, wie der Ring nur ein schwaches Gleichnis war für hundert Notwendigkeiten, die mein Sein und Schicksal an den Vater knüpften.

Am andern Tage war ich nochmals eine Zeit allein bei ihm, und noch immer schien er innig und erstaunt dem großen Frieden zu lauschen und ganz eins mit ihm zu sein; und wieder kühlte ich Stirn und Hände an der heiligen Quelle. Und alles, was weh tat, war nichts gegen diese gute Kühle. Und wenn ich ein schlechter Sohn und dieses Vaters noch so sehr unwürdig war, so würde doch einst auch mir die Seele so gestillt und der rastlose Puls so gekühlt werden. Und wenn gar kein anderer Trost im Leiden mehr zu finden wäre, so doch immer dieser: auch meine Stirn wird einmal so voll Kühle und mein Sinn so ins Wesentliche hinübergeflossen sein.

Erst seit den schönen, innig erfüllten Stunden, die ich im kalten, hellen Stüblein meines toten Vaters zu Gast war, ist das Wissen um den Tod mir wichtig und köstlich geworden. Bisher hatte ich den Tod wenig bedacht, nie gescheut, oft in verzweifelnder Ungeduld gewünscht. Erst jetzt sah ich ganz seine Wirklichkeit und Größe, wie er als Gegenpol da drüben steht und uns erwartet, damit ein Schicksal vollendet und ein Kreis geschlossen werde. Bisher war mein Leben ein Weg gewesen, bei dessen Anfängen ich viel in Liebe verweilte, bei Mutter und Kindheit, ein Weg, den ich oft singend und oft verdrossen ging und den ich oft verwünschte – aber nie war das Ende dieses Weges klar vor mir gestanden. Aller Antrieb, alle Kraft, die mein Dasein speiste, schien mir nur vom dunklen Anfang auszugehen, von Geburt und Mutterschoß, und der Tod schien mir nur der zufällige Punkt zu sein, wo diese Kraft, dieser Schwung und Antrieb einmal erlahmen und erlöschen würde. Jetzt erst sah ich die Größe und Notwendigkeit auch in diesem »Zufälligen« und fühlte mein Leben an beiden Enden gebunden und bestimmt und sah meinen Weg und meine Aufgabe, dem Ende entgegenzugehen als der Vollendung, ihm zu reifen und zu nahen als dem ernsten Fest aller Feste.

Wir sprachen viel, und wer sich an besondere Erzählungen des Vaters aus dessen frühern Jahren erinnerte, der suchte sie wiederherzustellen, dazwischen lasen wir einander Stücke aus seinen Aufzeichnungen vor. Hier und dort nahm eines von uns ein Familienbild von der Wand, studierte daran, suchte Daten auf der Rückseite. Hie und da verschwand eines von uns, um ein wenig »hinüber« zu gehen und beim Vater zu sein, und hie und da begann eines von uns zu weinen. Eine von meinen Schwestern hatte mehr verloren als wir andern, ihr wurde der Tod des Vaters zu Wende und Schicksal auch im äußern Leben. Um diese eine stellten wir andern uns und nahmen sie in die Mitte unsrer Liebe. Über Jahre und Jahrzehnte eines Auseinandergleitens hinweg umarmte uns, mit hundert teuren Erinnerungen an Vater und Mutter, die Gemeinsamkeit des Blutes und Geistes. Denn dies erkannten wir alle als das Wesentliche in der Erbschaft des Entschlafenen, die wir alsbald angetreten hatten: es war nicht bloß das Band des Blutes da, das uns in der Stunde der Angst zueinander drängte. Es war darüber hinaus das Vermächtnis einer Zucht und eines Glaubens da, dem unser Vater und unsre

Mutter gedient hatten und dem sich keines von uns Kindern zu entziehen dachte, der auch mich nach dem Zerschneiden aller Wort- und Gemeindefesseln immer noch innig mit umfaßt hatte. Diesen Glauben fühlten wir jetzt alle, den Glauben an eine Bestimmung, den Glauben an eine Berufung und Verpflichtung. Dieser Glaube, nicht in Worten auszudrücken und niemals durch Taten in seinem Trieb zu stillen, war uns allen gemeinsam wie das Blut. Auch wenn wir einander verlieren sollten, wußten wir uns doch für immer einem Orden, einer heimlichen Ritterschaft angehörig, aus der es keinen Austritt gibt. Denn man kann so einen Glauben wohl mit Füßen treten, nicht aber auslöschen.

Aber davon sprachen wir kein Wort.

Jetzt ist die braune Frühlingserde zwischen ihm und uns, und vielleicht sind heute auf seinem Grabe schon die ersten Blumen eingewurzelt. Eine Heimat habe ich jetzt nicht mehr, Mutter und Vater sind an verschiedenen Orten begraben. Erinnerungsstücke und Andenken habe ich keine mitgenommen, nur den dünnen goldenen Ring, an den sich meine Hand nun schon gewöhnt hat. Meine Heimat wird einmal dort sein, wo auch mir die Erde letzte Mutterdienste tut. Dennoch bin ich nicht in der Welt verloren, die ich liebe und der ich fremd bin, wie es der Tote war. Und habe mehr gewonnen als verloren an dem feuchten braunen Grab im schwäbischen Boden. Wer den Weg der Reife einmal betreten hat, der kann nicht mehr verlieren, nur gewinnen. Bis einmal auch ihm die Stunde kommt, wo er die Käfigtür offen findet und mit einem letzten Herzklopfen dem Unzulänglichen entschlüpft.

Wer dann für einen Menschen von unserer Art in der Bibel und in andern Büchern nach einem guten Spruch und Ausruf fahndet, der nicht alles sagt und sagen will, aber den holdesten Glanz der Sache doch im Spiegel fängt, der wird wohl nirgendwo einen bessern finden als den Psalmvers: »Der Strick ist zerrissen, der Vogel ist frei.«

(1916)

AN CHRISTIAN WAGNER

(Zu seinem 80. Geburtstag)

Lieber, verehrter Christian Wagner! Ich kann nicht an Sie denken, ohne Sie wieder so zu sehen, wie Sie damals nach einem Besuch in Gaienhofen von mir Abschied nahmen. Ich hatte Sie eine kleine Stunde weit begleitet, bis zu jener Grenze, an welche ich besonders werte Gäste zu begleiten pflegte. Es war ein Waldrand, bei dessen Betreten man von den Schweizer Bergen Abschied nahm, um nach dem Durchschreiten des Gehölzes plötzlich dem Radolfzeller See und dem Hegau gegenüberzustehen. Da gaben wir einander die Hände, und Sie standen noch einen Augenblick, mich mit Ihrem hellen Blick festhaltend, und Ihre greise, kleine Gestalt ist mir seither für immer so im Gedächtnis geblieben: am Waldrande stehend, den Blick in meinen Blick gerichtet, einen Streif Sonnenlicht auf der hohen Stirn. Dann wandten Sie sich, schritten mit erstaunlicher Rüstigkeit und Schnelligkeit in den Wald hinein, ohne nochmals zurückzusehen, und der durchsonnte Wald verschlang den kleinen, vergeisteten Greis wie der Märchenwald einen Gnom. – Ich aber sah Ihnen noch eine Weile nach, auch als Sie schon ganz verschwunden waren, und ich empfand einen Hauch jener beschämenden Traurigkeit, die ich oft auch nach dem Lesen Ihrer Gedichte gespürt hatte: eine Traurigkeit über die eigene Schwäche und Unreinheit, neben welcher Sie in Ihrer siebzigjährigen Herzensfrische und besonnten Kindlichkeit so mahnend und beschämend standen.

Ich weiß noch, wie ich Ihre kurzen, raschen Schritte, die Schritte eines Wanderers, der nichts von Alter weiß, hügelabwärts in den Wald hinein verklingen hörte. Ich dachte dabei an Ihre Wachsamkeit, an Ihr feines Ohr, an Ihre seltsame Empfindlichkeit für die kleinen, wirren Stimmen der Natur, und dachte an jenen Vers von Ihnen:

Unheimlich hört sich an im Wald das Knarren
Der Tannen, die, von andern überhangen,
Hinauf zum grauen Abendhimmel starren.
So stört in Nächten oft, in kummerbangen,
Der Schlafende den andern durch ein Schnarren
Und seltsam Rufen, wirr im Traum begangen.

Wie ich damals, im frischen Eindruck Ihrer Nähe, beim Heimgehen durch die Sommerlandschaft an Sie dachte, so denke ich heute wieder an Sie, nicht als an einen Kollegen und Literaten, mit dem man kluge Gespräche führen kann, sondern als an einen Dichter von der alten, heiligen Art, einen Seher und Gläubigen. Je mehr ich mit den Jahren dazu kam, über Sie und über die Art Ihres Dichtertums nachzudenken, desto klarer wurde mir, daß das das Herz Ihres Wesens sei: die Gläubigkeit, das lebendige Atmen und Wandeln in einem Lebensgefühl, das niemals vereinzelt und vereinsamt im Dunkel irrt, sondern immer und in jeder Stunde die Gemeinschaftlichkeit alles Lebens empfindet.

Vielleicht ist es nur ein schöner Zufall, daß Sie, der aus einer geringen Dorfschule der vierziger Jahre hervorgegangene Bauer, irgendeinmal in einer wachen Stunde Ihrer Jugendzeit etwas von dem indisch-pantheistischen Gedanken vernommen haben, dem Sie Ihr Leben lang so standhaft treu geblieben sind. Vielleicht war es aber auch notwendig, vielleicht hätte keine andere Gedankenwelt, kein anderes geistiges Klima Ihr eigentümliches Wesen so entfalten, Ihrem Suchen so die Erfüllung geben können. Wie es zugegangen ist, daß in Ihre ländliche Bildungslosigkeit einmal der Strahl aus Osten fiel, das haben Sie mir nie erzählt. Aber ich weiß, daß schon in Ihrem ersten Buche dieser indische Gedanke und Seelenglaube herrscht, der Glaube an die durch alle Verwandlungen unzerstörbare Wesenhaftigkeit der Seele. Seither hatten Sie für das innerste Bedürfnis Ihrer Seele die rechtfertigende Form, für das rege Leben Ihrer Phantasie die führende Mythologie gefunden. Und seither gehen Sie Ihren stillen, seltenen Weg unwandelbar in diesem Glauben. Sie sehen in Tier und Stein, in Baum und Schilf, in Blume und Schmetterling verwandte und geliebte Seelen, Sie atmen Seelengruß und fernste Seelengeschichte in jedem Duft des Feldes, im Rauschen jedes Baches. Blaue Wiesenblume, grünes Moos im Walde, wehendes Herbstlaub im Winde ist Ihnen nicht nur, wie den Bildungsdichtern, Sinnbild und hübscher Anklang, es ist Ihnen in Wahrheit Mahnung und Erinnerung, es mahnt Sie an Ehemals und an ferne Zukunft, sein Schicksal ist das Ihre, denn Sie leben nicht als ein abgetrennter »Mensch« zwischen fremden Dingen, sondern als Moos und Laub mit dem Laub und Moose.

Jugendgedächtnis und zarte Kindheitserinnerung weht Ihnen entgegen aus Gras und Blüte, in hundert feinen Spuren finden Sie

Wünsche, Träume, Erlebnisse der Vergangenheit aufbehalten. So wurde Ihnen im Schwinden der Jahrzehnte das Leben niemals ärmer, niemals haben Sie auf Trümmerstätten, auf Leichenfelder der eigenen Vergangenheit zurückgeblickt, sondern alles, was Sie je erlebt, je gefühlt, je gelitten, war zu Gott zurückgekehrt und aus dessen Schoß erneut in die Welt der Sinnbilder getreten, die wir Wirklichkeit heißen.

Es gibt ein Gedicht von Ihnen, wohl ein frühes, das beginnt:

> Laß hinter dir die Heimat, die dich quält
> Und nicht den Geist begreift, der dich beseelt!

Ich habe immer beim Lesen dieses Gedichtes an die Qualen der Absonderung, der Vereinsamung, des Zweifels, des feindseligen Unverstandenseins gedacht, die Sie zwischen Ihren Dorfgenossen in allen den vielen Jahren mögen erlitten haben. Dennoch haben Sie Ihr Dorf nie verlassen, sind treu und schweigend bei Ihrer Arbeit geblieben und haben Jahr für Jahr Ihr Feld bestellt.

> Laß hinter dir die Arbeit, die dich bückt,
> Und deine Frone, die dich niederdrückt!
> Laß hinter dir das Dorf, wo du geweilt,
> Das nichts mit dir als Irdisches geteilt!

Dadurch, daß Sie dennoch in dem Dorf geblieben sind, haben Sie das Dorf und die Fron, die Armut und die Einsamkeit gründlicher und männlicher überwunden, als wenn Sie geflohen und in der Ferne suchen gegangen wären. Sie haben Jahre und Jahrzehnte als ein verkannter Dichter, als ein heimlicher Fürst und Reicher mitten im dumpfen Alltag gelebt, und von Tag zu Tag den Alltag neu überwunden, ihn neu durchschaut in seiner Wesenlosigkeit, ihn neu verzaubert und erhöht, indem Sie still über die schmale Brücke gingen, die ins Jenseits führt. Da war das Dorf nicht mehr Dorf, die Fron nicht mehr Fron, da war überall Gott, überall strahlende Schöpfung. Und immer wieder spürten Sie in Ihren seherhaften Stunden jene »Erinnerung hinter der Erinnerung«, jene aufdämmernden Mahnungen aus vorweltlichen, vormenschlichen Existenzen, die Ihnen oft so viel näher standen als das Hier und Heute. Ihre schönsten Gedichte sprechen davon.

Sie haben immer in der höchsten, in der einzigen Wirklichkeit gelebt, im Unzerstörbaren, und in Ihren guten erhabenen Stunden haben Sie nicht Ruhm oder Reichtum geträumt, sondern waren daheim bei Ihrem Gott, als dessen armer Sänger und geheimer Gesandter Sie über die Erde gingen gleich dem heiligen Franz, von welchem Sie nichts wußten und wohl auch nichts wissen wollten, denn Sie hatten sich von der Christlichkeit längst weit entfernt in ein frommes Heidentum, dessen Gott jenseits der Konfessionen stand.

Was konnte Ihnen da unsere Literatur bedeuten! Wir von der Zunft machten zuweilen die besseren Verse, die feineren Reime, wir hüteten uns ängstlicher vor den Entgleisungen. Sie aber blieben in gewissem Sinne ein Dilettant, während Sie viel tiefer und kräftiger die Magie der wahren Dichtung atmeten als wir. Es gibt von Ihnen ein Gedicht »Blühender Kirschbaum«, es zeigt das freudige Leben der Bienen, Fliegen, Ameisen, Käfer im blühenden Baum; darin ist so viel Leben, eine solche Ehrfurcht vor der Natur, eine so heilige Berauschtheit von der Fülle der lebendigen Gestaltungen auf Erden und zugleich so viel Fröhlichkeit und gute Laune, daß es mich immer an ein chinesisches oder japanisches Gebilde erinnert. Und ein andermal haben Sie die Sonne angeredet und ihr kosmische Schicksale prophezeit. Ein anderes, wenig bekanntes Gedicht von Ihnen handelt von den Nelken auf einem Fensterbrett, und die blühenden Nelkenhäupter werden mit den am Fenster horchenden Mädchenköpfen und mit den Abendgesängen der Spinnerinnen in geheimnisvoller Farbenglut so eins und verschmolzen, daß ich wenig Ähnliches in unserer Dichtung weiß.

Zu Ihrem achtzigsten Geburtstag wünsche ich Ihnen nichts mehr von dem, was irdisch ist, nicht mehr Leser und Ruhm und Ehren. Ich wünsche, mehr für uns Freunde als für Sie selbst, Sie möchten noch eine Weile in Ihrem Dorfe leben. Aber unsere Gedanken werden Sie finden, wenn Sie auch nicht mehr dort wohnen, und Sie werden uns begegnen und nahe sein, auch wenn Sie einmal Ihr Dorf und die Erde werden verlassen haben. Es wird Ihnen zu diesem Geburtstage viel Ehre und Liebe zuströmen, und Sie werden für eine Stunde Freude daran haben. Aber Sie bedürfen dessen wenig mehr. Sie blicken still und mit Grauen in die blutig und wild gewordene Menschenwelt, und Sie sehnen sich vielleicht schon nach der Verwandlung, die Sie diesem

Anblick entrücken wird. Sie fürchten die Verwandlung nicht, denn Sie wissen, daß sie Ihnen nicht Leere, nicht Enttäuschung, nicht Wesensänderung bringen kann. Wie müssen Sie zuweilen unter dem Kampf der Völker gelitten haben, Sie, der so ernst und besorgt uns immer wieder ermahnt hat, kein Wesen in der Blüte zu brechen, keinen unnützen Tod, keine vermeidbare Pein zuzufügen! Aber Ihr Glaube weiß auch, daß keines der tausend Leben ins Leere fiel, daß jedes wiederkehrt. Und damit steht Ihr Glaube hoch über den unkräftigen Tröstungen der Vernunft, deren Schiffbruch wir heute zu erleben meinen.

(1916)

BEI CHRISTIAN WAGNERS TOD

Zweiundachtzig Jahre alt ist Christian Wagner gestorben. Man erschrickt oder klagt nicht, wenn man den Tod eines Freundes in diesem Alter erfährt, und gar den Tod dieses Mannes, der zeitlebens mit dem Jenseitigen in so gutem Einvernehmen lebte.

Er nimmt wenig Raum in der Erde ein, der kleine magere Greis, und sie wird ihn nicht drücken. Er stand sehr gut mit dem Tode. Er gehörte zu den braven, hellen, mannhaften Geistern, die den Tod weder fürchten noch hassen können, weil sie nicht an ihn glauben. Der stille alte Bauer Wagner hat schon in seinen frühesten Gedichten und Geschichten die uralte, frohe Botschaft vom Tode verkündet, der nichts ist als Wandlung, als Formenwechsel, als Übergang zu neuem Leben. Er war ein Gläubiger der Lehre vom Leben. Zuweilen hat er seinen Glauben in Worten geäußert, welche sehr nahe an die indische Lehre anklingen. Häufiger aber hat er eigene, neue, schöne Mythen und Gleichnisse dafür gefunden. Er begrüßte liebe ferne Tote in den Blumen, er sah in jedem Klang und Lichtblitz der lebendigen Welt neu aufklingendes Leben, das zuvor schon einmal, schon vielmal in anderen Formen über die Erde gegangen war.

Ehrfurcht vor dem Leben war der Grund seiner Dichtung und seiner Lehre. Er war ein Lehrer und Prediger, der immer von neuem lehrte, bat und mahnte, zu Güte, Mitleid und Schonung, zu Verständnis und Liebe für das Lebende. Er konnte Tiere, die für den Schlächter bestimmt waren, kaufen und im eigenen Hause pflegend aufnehmen.

Seine Dichtungen sind jahrzehntelang nur von wenigen Einzelnen verstanden worden. Noch weniger verstanden wurde das Ganze dieses Lebens, der stille Protest gegen verödete und verkalkte Ordnungen unseres Lebens, der in dieser einsamen und rührenden Figur des Bauerndichters lag. Überaus selten habe ich diesen reinen und zarten Mann schelten und polemisieren hören. Geschah es einmal, so galt seine Entrüstung stets der Veräußerlichung und Bureaukratisierung des Lebens, dem Servilismus der Menge. Literarisch hat diese Seite seiner Gesinnung sich kaum geäußert. Überhaupt – wieviel von dem, was in ihm war, hat dieser schlichte Mann zurückbehalten müssen! Außer der ländlichen Volksschule der vierziger Jahre hat er keine Schulung genossen, als die er sich selber geben konnte, und er hat sich zeitlebens in den literarischen Formen, die er für seine Äußerungen wählte, mit einer gewissen Fremdheit bewegt. So findet man denn auch in seinen Büchern genug Dilettantisches und Halbes.

Aber daneben stehen Perlen. Von Wagners Büchern ist ohne Vergleich das lebendigste und glühendste das, das er »Neue Dichtungen« nannte. Vor fünf Jahren habe ich eine kleine Auswahl seiner Gedichte herausgegeben, und ich erinnere mich wohl an das Erstaunen und Aufhorchen mancher unserer Dichter und Kritiker, wenn ich ihnen Proben aus diesem Buche vorlas.

Für die, welche tiefer lauschen, war dieser einsame Sonderling nicht nur ein Dichter, dem je und je ein kleines herrliches Stück gelang, sondern auch ein Zeuge und Vertreter eines Geistes, einer besonderen Art deutschen Wesens und Denkens, die zur Zeit wenig geachtet ist, deren Auswirkung aber noch in der Zukunft liegt. Er gehörte zu der Gemeinde, deren Bekenntnis man am besten und knappsten etwa in der wundervollen Vorrede Adalbert Stifters zu den »Bunten Steinen« ausgesprochen findet. Der Strom dieses besonderen Geistes, dieses innigen deutschen Menschentums, ist eine lange Zeit nur noch unterirdisch geflossen. Dagewesen ist er immer, und er wird nicht aufhören zu fließen, ob hell am Tage oder verborgen.

Das liebe Bild des ehrwürdigen Alten zu zeichnen, wird später Zeit sein. Heute sollen nur die Freunde seiner Dichtung an dies stille frische Grab im schwäbischen Dorfkirchhof gemahnt sein. Denen, die seine Gedichte kennen, wird es bei der Todesnachricht gehen wie mir: sie werden allsofort an Wagners Gedicht »Tausendmale« denken müssen:

Tausendmale werd ich schlafen gehen,
Wandrer ich, so müd und lebenssatt:
Tausendmale werd ich auferstehen,
Ich Verklärter, in der seligen Stadt.

Tausendmale werde ich noch trinken,
Wandrer ich, aus des Vergessens Strom;
Tausendmale werd ich niedersinken,
Ich Verklärter, in dem seligen Dom.

Tausendmale werd ich von der Erden
Abschied nehmen durch das finstre Tor;
Tausendmale werd ich selig werden,
Ich Verklärter, in dem seligen Chor.

(1918)

ERINNERUNG AN ALBERT WELTI

Wann und wo ich zuerst Weltis Namen gehört habe, ist mir nicht erinnerlich. Desto deutlicher erinnere ich mich des ersten Werkes von ihm, das ich sah. Es war die Radierung »Mondnacht« und bald darauf eine Abbildung des Hochzeitszuges auf der Brücke. Ich hatte aus den Bechern des Impressionismus, zumal der Franzosen, damals schon manchen tiefen Trunk getan und war keineswegs unbedingt auf »Heimatkunst« und dergleichen eingestellt, aber diese Werke sprachen gleich beim ersten Anblick stark und klar zu mir als schöne und wohlabgewogene Gebilde nicht nur, sondern vor allem als Äußerungen eines Geistes, den ich als verwandt empfand, dessen Kleid und Mundart mir ohne weiteres vertraut und verständlich war. Seit der Stunde, in der ich die »Mondnacht« gesehen, hat Welti für mich zu den Künstlern gehört, mit denen ich lebte, deren Stimme ich zuweilen in der Natur zu hören glaubte, an deren Art ich mich und andere maß. Dabei war ein gewisser Mangel an bestechender Technik, den ich sonst leicht peinlich empfand, mir bei ihm von allem Anfang an lieb und rührend, ich habe bei ihm niemals artistische Entzückungen des Pinsels und der Nadel gesucht. Sein Wesen empfand ich vom ersten Kennenlernen an als ganz und gar deutsch, als deutsch mit einem Beiklang von Romantik und mittelalterlicher Seelenkultur. Daneben war aber noch etwas, was ihn mir erst ganz lieb machte, etwas was er mit niemand teilte, ein ganz eigener Zug, eine eigene Sprache und Gebärde, in welcher die Gabe einer tüchtigen Rasse und Stammesart noch mit dem köstlichen Stempel einer eigenen, sehr eigenwillig verzweigten Geistesart ausgezeichnet schien. Dieser Künstler konnte sich keines Ausdrucks, keines Symbols, keiner noch so verbrauchten Allegorie bedienen, ohne daß sie in seinen Händen neu und anders wurde, einen Unterton und Reiz mitbekam. Man mußte, so schien mir, zu diesem Manne unbedingt Vertrauen haben und ihn lieben, weil so viel Geradheit, so viel Natur, so viel Kindheit in ihm war; aber man hatte ihn damit noch lange nicht erschöpft, es war außerdem in diesem Künstler eine seltene Gewalt der persönlichen Phantasie, eine urtümlich-wilde Stärke des Trieb- und Traumlebens, ja ein auffallender Zug von Dämonie vorhanden. Dieser Mann konnte kein Naturalist und kein Impressionist sein; er sah die ganze Welt aus einem Herzen heraus, dessen Leidenschaftlichkeit und Träumerei alle Wirklichkeiten überwog und verlachte. Vielleicht hatte man recht, wenn man ihn mehr einen Dichter als einen Maler nannte, dann war er also ein verirrtes Talent, eine Art von Dilettant und Eindringling, und gerade das paßte ausgezeichnet zu der urwüchsigen Rassigkeit und Wildheit mancher seiner Einfälle und Launen. Doch fühlte ich schon damals, daß auch dies, trotz seinem guten Kern von Wahrheit, nicht die Formel für diesen Menschen war, der innerhalb seiner Art oder Unart eine Meisterschaft, Treue und Selbstbezwingung in seiner Arbeit erreicht hat, wie sie einem bloßen Wildling und Naturspiel versagt wären.

Alles, was ich so über ihn gedacht und phantasiert hatte, fand ich später treu bestätigt. Es vergingen noch Jahre, ehe ich etwas Näheres über ihn erfuhr oder ein Originalgemälde von ihm zu sehen bekam. Als ich verheiratet war und mich am Bodensee niedergelassen hatte, lernte ich beim Maler Würtenberger in Zürich und bei Emil Strauß in Ueberlingen noch mehrere Blätter Weltis kennen, von denen namentlich die Lithographie »Das Haus der Träume« mir wieder einen tiefen, lang nachhallenden Eindruck machte. Hier erfuhr ich auch zum erstenmal Persönliches über den Maler, sah seine Handschrift und seine radierten Postkarten, und wenn ich zuweilen durch die Gäßchen des alten Zürich ging, mußte ich neben Gottfried Keller oft auch an ihn denken.

Und nun dauerte es nimmer lange, bis ich ihn selber in München kennen lernte. Ich trat ihm mit einer leisen Furcht entgegen. Diese Furcht, beruhend auf einer hohen Verehrung des Mannes, war doch auch gemischt aus einem Bangen vor der Möglichkeit einer Enttäuschung, vor der möglichen Erschütterung und Änderung eines inneren Bildes, das ich fest in mir trug, und aus der Schüchternheit einem Manne gegenüber, den ich als einen Meister kannte und liebte und in dem ich junger Mensch einen überlegenen, reifen, vielleicht ablehnenden Charakter vermutete. Daß man sich vor einen verehrten Künstler einfach hinstelle, ihn mit seiner Verehrung belästige und sein Interesse in Anspruch nehme, schien mir eigentlich unerlaubt, und ohne vermittelnde Freunde hätte ich es nicht unternommen.

Aber kaum hatten wir uns begrüßt, so war alle Bangigkeit verschwunden. Von Enttäuschung war keine Spur, er war fast ganz so, wie ich ihn gesucht und erwartet hatte, nur freundlicher, herzlicher, aufgeschlossener, und zu den erwarteten zeigte er noch eine ganze Reihe von überraschenden neuen kleinen Zügen. Eine kleine Beschämung und Kritik freilich, wie ich sie halb und halb gefürchtet hatte, blieb mir nicht erspart. Gleich im ersten Gespräch kamen wir auf Wohnungswechsel und Umzüge zu sprechen, und ich gestand meine tiefe Abneigung und Furcht vor solchen Prozeduren, denen ich mich nicht gewachsen fühlte, fügte aber hinzu, ich sei einigermaßen gesichert, da meine Frau mir längst versprochen habe, im Notfalle so etwas allein zu besorgen. Da blitzte mich Welti aus seinen leuchtend hellblauen Augen kampflustig an und rief kräftig: »Was, so ein Feigling sind Sie?!« Aber wir verstanden uns gut und wurden am selben Abend Freunde. Ich besuchte ihn in Solln draußen, ich saß einen Abend mit ihm in einer Italienerkneipe, ich brachte einen Vormittag mit ihm in der Druckerei beim Druck einer Radierung zu. Und von da an waren wir oft beisammen, in München, am Bodensee und in der Schweiz, unsere Frauen wurden ebenfalls Freundinnen, und es ging mit Besuchen, Briefen und Sendungen alle die Jahre bis zu seinem Tode ein Freundesverkehr zwischen uns und unsern Häusern hin und wider. Dabei mußte man mit ihm nur in einer Hinsicht vorsichtig sein: er war so freigebig, daß er blindlings wegschenkte, und wenn man ihm eine Radierung lobte, so rollte er sie sofort zusammen und gab sie her. Wehrte man sich, so konnte er grimmig werden und sagen, wenn man das Blatt nicht haben wolle, so sei offenbar das Lob vorher nicht aufrichtig gewesen. Etwas von ihm zu kaufen, selbst im Auftrag anderer, war immer schwierig und kostete Diplomatenschweiß.

Als ich Weltis Bekanntschaft machte, war er auf der Höhe seines reichen Lebens, die herrlichen »Penaten« hingen im Glaspalast, und zu Hause auf seiner Staffelei stand das Basler Eremitenbild, damals noch mit Einzelheiten, die er später weggetilgt hat, aber im ganzen schon durchaus so still und fertig, so kühlblau und schweigsam fromm, wie wir es heute sehen. Er wollte es für mich, als Beigabe zu einem geplanten Buche, in kleinem Format radieren; weder Radierung noch Buch sind aber zustande gekommen.

Zu den späten Auszeichnungen und Erfolgen, die Albert Welti erlebte, gehörte der Auftrag zu den Berner Fresken, an dem er damals eine rechte Freude hatte. Aber schon begann sein Leben sich zu senken, der Wegzug von München und den dortigen treuen Freunden fiel ihm bitter schwer, in Bern gab es manche Schwierigkeiten (sein Freund und Mitarbeiter Balmer stand ihm treulich bei), und bald nach dem Beginn der großen Arbeit für den Ständeratssaal begann Weltis schon unfest gewordene Gesundheit ihm und den Seinen Sorge zu machen. Im Jahre 1908 war ich im Frühling eine Woche in dem tief in alten Bäumen eingewachsenen Bernerhäuschen zu Gast; damals lachte durchs Haus noch der alte frohe Geist, Kinder und Hunde, Gäste und Ausflüge und schöne Abendstunden mit Schubertliedern. Er führte mich weit in der Landschaft herum und bis nach Freiburg hinüber. In dieses romantische Nest, das er sehr liebte, hat Welti mich auch noch drei Jahre später als kranker Mann begleitet.

Später sah ich ihn nur noch krank und verfallend, doch immer für die Freunde aufgeschlossen und immer wieder für einen Witz, für eine gute Musik, für ein Buch empfänglich. Manchmal grollte er mit dem alten wilden Temperament über die neueste Kunst, mit der er ganz zerfallen war, und manchmal, in unvergeßlich lichten Stunden, sprach er bescheiden und fein von Plänen künftiger Arbeiten. Nach dem Radieren, das über der Berner Arbeit ganz beiseite gelegt worden war, spürte er einen wahren Hunger. Unersetzlich ist der Verlust zweier seiner schönsten Blätter, des »Gang zum Hades« und der Lithographie »Das Haus der Träume«. Die Steine dazu waren, da das Blatt seinerzeit keinen Erfolg hatte, vom Verleger wieder abgeschliffen worden. Die vorhandenen Abzüge sind heute Kostbarkeiten. Und die Platte des »Gang zum Hades« hat ein Drucker durch falsche Behandlung verdorben.

Als ich Welti zuletzt sah, hatte er seine Frau, nächst der Kunst das beste Stück seines Lebens, vor kurzem verloren und lag selber krank und abgezehrt in dem verödeten Häuschen, er sprach milde und gut, aber müde, und ich sah mit tiefem Erschrecken dies kraftvolle und saftige Leben an den Wurzeln verletzt. Einige Monate später ist er gestorben, kurz nachdem ich mich entschlossen hatte, vor allem seinetwegen, nach Bern zu ziehen. Im Jahre 1912, an einem blaudunstigen Sommertag, haben wir ihn begraben. Viele Freunde standen am Grab, denen sein Andenken zum Besten gehört, was sie vom Leben erhielten.

Ich schreibe diese Worte in Weltis einstigem Atelier, das nun mein Studierzimmer ist, draußen schütteln meine Buben die Äpfel von seinen Bäumen. Manchmal hat mich mein Weg in die Stadt an seinem Grab vorbeigeführt, und wenn ich in Leid oder in Hast und Sorgen war, sah ich oft sein gutes Gesicht mit den kristallenen Augen wieder, voll von Begütigung und heiterem Spott. Er hat in einer Welt gelebt, die keine häßliche Hast und Wirrnis kannte, obwohl Abgründe genug, und er hat denen, die ihn kannten, außer seinem Werk auch noch ein Andenken und Beispiel hinterlassen, das sich in der Not bewährt. Die beiden Quellen seiner Meisterschaft waren eine starke, eigenwillige, aus tiefen Seelengründen genährte Phantasie und ein altmeisterlicher Formwille. In den Radierungen hat diese kühne, ganz männliche, aber tief musikalische Phantasie sich fast ohne Schranken ausgelebt. In der Mehrzahl der Tafelbilder hat der Formwille sie in langen Kämpfen gereift und vereinfacht. An einigen seiner Bilder, an den meisten sogar, hat er Jahre gemalt; das Eremitenbild habe ich zwei Jahre auf seiner Staffelei stehen sehen, ohne daß er in dieser Zeit an einem anderen Bilde gemalt hätte. Was er an fertig ausgeführten Tafelbildern hinterließ, ist an Zahl nicht eben viel, aber es sind keine Zufallsstücke und Halbgeburten darunter. Und die Meisterwerke seiner Höhezeit, obenan die Penaten, sind von einer wahrhaft magischen, kristallnen Reife und Durchglühtheit. In jeder Arbeit seiner Hände aber, noch im verlorensten Skizzenblatt, spricht unmittelbar seine rassige, starke Natur und ein edles Herz, dem die frohe Unschuld der Kindheit auch in den trübsten Tagen niemals ganz erloschen ist.

Als Maler hat Albert Welti zu seinen Lebzeiten auf viele als ein Altmodischer und Unzeitgemäßer gewirkt. Man hat das »Altmeisterliche« seiner Bilder oft schlecht verstanden. Nun aber sehen wir mehr und mehr, daß sein Weg und seine Gedankenwelt nur scheinbar unmodern waren. Wertvolle Neubildungen im persönlichen wie im Kulturleben haben stets eine Abwendung vom Gestrigen und ein Wiederaufnehmen älterer, vergessener Werte zur Grundlage. In diesem Sinne soll uns ein Wort aus einem von Weltis Briefen wichtig sein: »Viel ist der deutschen Kunst seit dem Mittelalter verloren gegangen. Mit dem will ich nicht sagen, daß ich jene Zeiten zurückwünsche, aber das viele Gute, das im Laufe der Zeiten verlernt wurde über dem Neuen, muß zurückgewonnen und von dem Neuen muß viel hohles Zeug auf die Seite geschafft werden.«

(1917)

GEORG MÜLLER IN MEMORIAM

Georg Müllers großer Verlag ist in sehr kurzer Zeit entstanden. Er begann, wenn ich mich recht entsinne, im Jahr 1903 oder 1904, und ist inzwischen zu einem der umfangreichsten jungen Verlage Deutschlands geworden. Wichtig für den jungen Verlag war sein anfänglicher Hauptautor O. J. Bierbaum. Literarisch hat er, obwohl er gewiß manchen Autor an Müller empfahl, dem Verlage nicht die Richtung gegeben. Wohl aber hat Bierbaum mit seiner »Bücherei der Abtei Thelem« seinen Verleger auf einen Weg gebracht, der für ihn und für das deutsche Buchgewerbe wichtig wurde. Zu einer Führerrolle in der heutigen Dichtung hat es der Verlag nicht gebracht, obwohl er außer Bierbaum Namen wie Wedekind im Katalog stehen hatte. Anfangs pflegte er das, was man damals Heimatkunst nannte, brachte schöne Ausgaben von Pichler, Grasberger, und führte namentlich den liebenswerten Grazer Wilhelm Fischer, der mit Verlegern vorher kein Glück gehabt hatte, wirkungsvoll ein. Dann kam Bierbaum dazu, auch Wilhelm Weigand, Wilhelm von Scholz und andere, zuletzt als einer der wertvollsten Wilhelm Schäfer.

Aber während Müllers Verlag in der jungen Literatur zwar mitzusprechen, aber keine entscheidende Note zu prägen hatte (darin bleiben S. Fischer, Albert Langen, Kurt Wolff in ihren Anfängen die Vorbilder), entwickelte er sich auf anderem Gebiet zu einer führenden Rolle. Er ist auf dem Gebiet der guten, sorgfältig bearbeiteten Neuausgaben und Übersetzungen neben dem Inselverlag weitaus der wichtigste Verlag in Deutschland geworden.

Müller hat mir im Lauf der Jahre manchen Brief geschrieben, und manchen Münchner Abend waren wir beisammen. Er hat auf meine Anregung hin eine sehr schöne deutsche Bibel gedruckt und sonst zuweilen Pläne mit mir besprochen und von mir angenommen. Der letzte dieser Pläne fiel mir sofort wieder ein, wie ich bestürzt die Todesanzeige las. Es handelte sich um einen alten Lieblingsplan von mir. Es handelte sich um das alte große Loch in allen deutschen Bibliotheken und Verlagskatalogen. Es handelte sich um die alte Schande des modernen Deutschland seinen Dichtern gegenüber. Kurz, es ging um Jean Paul. Von diesem deutschesten aller deutschen Dichter, von diesem seltsamen Riesen und Zauberer, den das deutsche Volk vergessen hat und der trotzdem auch heute noch bei Tausenden heimlich geliebt und verehrt ist, von diesem einstigen Liebling und Herzblatt der deutschen Frauen und Jünglinge existiert seit Jahrzehnten keine irgend lesbare und anständige Ausgabe. Ein vollständiger Jean Paul ist in moderner Zeit überhaupt nie mehr erschienen, nur einige mäßige, populäre Auswahlen. Während man den hintersten Mode-Engländer oder den entlegensten italienischen Novellisten des 16. Jahrhunderts in großen, dicken, ungemein kostbaren, teuren Luxusausgaben kaufen konnte, war man für die Werke eines der paar ganz großen deutschen Dichter auf die vergilbten Löschpapierausgaben alter Zeit angewiesen, und auch auf sie mußte man in den Antiquariaten fahnden. Dieser alten Schande ein Ende zu machen, habe ich seit fünfzehn und mehr Jahren manchen Brief, manchen Artikel geschrieben, manchen Besuch bei Verlegern gemacht. Mit Georg Müller war es nun beinahe im reinen. Es war eine große, vollständige Jean Paul-Ausgabe geplant. Müller erschrak zwar immerhin, als man ihm die ungefähre Zahl der Bände vorrechnete, die das gesamte Werk umfassen müßte, und ging nun zunächst einmal daran, die Ausgabe der Briefe vorzubereiten. Auch sie wurde nicht fertig, aus jener Zeit ist als schönes Denkmal nur noch der prächtige Band Eduard Berends da, »Jean Pauls Persönlichkeit«. Aber ich und mehrere Gleichgesinnte hatten die Hoffnung nicht aufgegeben. Hätte alles andere versagt, so hätten wir einen Aufruf an die Jean Paul-Freunde in der ganzen Welt gemacht, um die Ausgabe zu sichern. Es ist ja auch zu dumm – weil die Literaturhistoriker ihre Hunderte von Dissertationen und Werken über Jean Paul erst in zehn oder zwanzig Jahren schreiben werden (sie hängen jetzt noch, nachdem die Romantik für diesmal abgeklappert ist, bei der Aufklärungszeit), darum soll ein großer Dichter seinem Volk noch für unbestimmte Zeiten vorenthalten bleiben! Nun, wir hätten es schon durchgesetzt. Aber es kam der Krieg, der alle Unternehmungslust lähmte, und kaum hatte sich gezeigt, daß gerade der Verlagsbuchhandel im Kriege gar nicht übel gedieh, da begann der Materialmangel. Und nun ist Georg Müller tot, wir werden uns nie mehr in einem seiner Münchner Beisel über alte Dichter und neue Verleger die Köpfe heiß reden, und Jean Paul wird weiter im Grabe ruhen, bis seine Stunde kommt.

Dem Verleger Georg Müller aber sei ein herzliches Wort in sein Grab nachgerufen.

(1918)

ERINNERUNGEN AN CONRAD HAUSSMANN

Es soll – dies möchte ich gleich zu Anfang feststellen – in diesen Zeilen nicht von Politik die Rede sein. Ich bin zeitlebens ein unpolitischer Mensch gewesen, und wenn ich dennoch anderthalb Jahrzehnte lang mit Conrad Haußmann eine herzliche Freundschaft gepflegt habe, so beruhte dies wohl darauf, daß dieser Politiker und Parteiführer als Persönlichkeit für mich eine starke Anziehungskraft besaß.

Für mich war Haußmann stets vor allem Schwabe, er war für mich, der ich meist außerhalb meiner schwäbischen Kinderheimat lebte, ein prachtvoller Vertreter schwäbischer Art und schwäbischen Geistes. Zu diesem schwäbischen Geist gehört, wie mir scheint, ein Stück Poesie, ein gutes Stück Phantasie und Warmblütigkeit, dazu eine Freude am Einfachen und Stillen, ein gewisser heimlicher dauernder Protest gegen Berlin, es gehört weiter dazu Humor und Kunstsinn und das Wissen um den Reiz und Reichtum der heimatlichen Mundart. All das besaß Conrad Haußmann in hohem Maße. Unter den zahllosen Gesprächen, die ich im Laufe der Jahre mit ihm gehabt habe, sind sehr wenige politische gewesen, aber viele über China und Indien, über Hölderlin und Goethe, über Metrik und Melodik in der Dichtkunst, über Mundartliches, über Volkslieder.

Als ich Haußmanns Namen zum erstenmal vernahm, war ich ein Knabe von etwa 13 Jahren, aufgewachsen in einem Hause, dessen politische Gesinnung streng konservativ war. Da hörte ich je und je von den beiden Brüdern Haußmann, Friedrich und Conrad, sowie von F. Payer als von blutroten »Demokraten« reden, von Volksverführern, Aufwieglern und Unruhestiftern, welchen alles Schlimme zuzutrauen sei. Es waren nicht meine Eltern, welche so redeten, denn sie hielten sich von politischem Eifer und politischer Lektüre fern, aber manche Freunde des Hauses sprachen so. Und als ich, einige Jahre später, den einen dieser Brüder Haußmann in einer Wahlversammlung reden hörte, war ich darüber verwundert, ihn ohne Pferdefuß und Hahnenfeder als einen feurigen Redner und schwungvollen, warmherzigen, sympathischen Menschen kennenzulernen.

Ich lebte indessen weiter mein vollkommen unpolitisches Leben, und saß, als ich endlich meinen größten Jugendwunsch erfüllt sah und nur meiner Dichtung leben konnte, still und weltfern in einem kleinen Dorf am Bodensee. Unter den literarischen Beziehungen aber, die sich mir in jenen Jahren anspannen, war eine der lebendigsten die zum Münchner »Simplicissimus«. Und nachdem eines Tages der Verleger Albert Langen und Ludwig Thoma mich am Bodensee besucht hatten, wurde eine Freundschaft und ein dauernder Verkehr daraus. Ich kam von da an einige Jahre hindurch sehr häufig nach München, war meistens Langens Logiergast, und ging eine Zeitlang in der Redaktion des »Simplicissimus« viel aus und ein.

Damit hatte ich zum erstenmal im Leben eine Art von Beziehung zum politischen Leben gewonnen, insofern der »Simplicissimus« ein politisches Witzblatt war, und wenn ich auch als Mitarbeiter nur dichterische Beiträge gab, so spürte ich doch den Geist der Kritik, des Spotts und oft der Erbitterung, welche sich, neben vielen andern Zielen, ganz besonders gegen das Berlinertum, gegen die Einseitigkeit und den Hochmut des preußischen Militarismus, und gegen die Person des Kaisers Wilhelm richtete. Diese drei Feinde waren auch die meinen, hier konnte ich auch politisch mitfühlen, hier sah ich Schäden und Entartungserscheinungen des kulturellen und Volkslebens eng mit politischen zusammenhängen.

Aus dieser Stimmung, deren Grundton das Bedürfnis süddeutscher Selbstbehauptung gegen preußische Vorherrschaft war, wurde im Jahre 1905 von Langen, Ludwig Thoma, Conrad Haußmann und mir die Zeitschrift »März« begründet, deren literarische Leitung ich übernahm. Jetzt erst lernte ich Haußmann persönlich kennen. Er war längst keine sagenhafte Figur mehr für mich, denn er führte als Rechtsanwalt die Verteidigung des »Simplicissimus« in zahlreichen Prozessen, die ihm von eifrigen Staatsanwaltschaften angehängt wurden. Nun sah ich ihn endlich selber, es war in einer kleinen Münchner Weinstube, und vom ersten Augenblick an gefiel er mir, schien er mir ein guter, vorbildlicher Vertreter geistigen Schwabentums zu sein, und sehr bald schon bot er mir das Du an, und wir sind seither ohne Störung gute Freunde geblieben.

Bald kamen wir auch auf literarischem Gebiet einander nahe. Haußmann war zeitlebens ein Verehrer der Dichtung und ein guter, gründlicher, helläugiger Leser; seine literarischen Kenntnisse waren hervorragend. Und so war ich nicht erstaunt, als er mir eines Tages erzählte, daß er eine Auswahl chinesischer

Gedichte ins Deutsche übersetzt habe, allerdings nicht aus der Ursprache. Diese Übersetzungen, zu welchen manche Jahre später noch ein Band »Uralte Lieder aus dem Morgenland« hinzukam, brachten mir den lieben Menschen und zarten Geist noch näher. Auf ganz andere Art, mit völlig anderer Einstellung und Auffassung als ich, lebte auch er viel in einer westöstlichen Geisteswelt, und wir haben auf diesem Gebiet, ohne je einander mißzuverstehen und doch ohne je völlig einig zu sein, viele fruchtbare Unterhaltungen miteinander gepflogen. Und immer wieder, namentlich wenn Haußmann Verse vorlas, empfand ich schon seine Stimme und seinen schwäbischen Tonfall als etwas Heimatliches und Liebenswertes; und in den besten seiner Übertragungen oder Nachdichtungen war es ihm in der Tat geglückt, ganz den Ton deutscher Volkslieder zu treffen.

Wichtig wurde für mich, den Unpolitischen, auch Haußmanns politisches Denken, soweit ich darauf eingehen und daran teilnehmen konnte. Es ist in unserm »März« damals, in den ersten Jahren, ein guter Geist gewesen, und zwei der wichtigsten Tendenzen unserer Arbeit waren es, die mich auch politisch mit Haußmann nahe zusammenbrachten: die Tendenz gegen Berlin-Potsdam, und das Bestreben nach einer geistig-politischen, freundschaftlichen Annäherung an Frankreich. Im »März« konnte man nicht nur Artikel deutscher Unzufriedener gegen Byzantinismus und Kasernenhofkultur lesen, es waren nicht nur Haußmann, Ludwig Thoma, Gerlach, Wolfgang Heine und andere da, die ihre Stimme erhoben. Man fand im »März« auch Originalartikel von Jaurès und von Anatole France. Wir verdankten sie teils den guten Pariser Beziehungen Albert Langens, teils dem Vertrauen zum Geist unseres Unternehmens, und an diesem Vertrauen hatte Conrad Haußmann einen großen Anteil. Es wurden damals, ohne daß die offizielle deutsche Politik sich darum gekümmert oder gar mitgeholfen hätte, manche Fäden der Annäherung und des guten Willens von uns nach Frankreich hinüber gesponnen, und als dies endlich, im Jahre 1911, zur ersten Zusammenkunft französischer mit deutschen Deputierten in Bern führte, hatte Haußmann daran nicht das kleinste Verdienst.

Wenn ich während der Kriegsjahre je und je wieder mit Haußmann zusammentraf, dachten wir oft an jene erste »März«-Zeit mit ihren schönen Anfängen und Hoffnungen. Es grünte damals wirklich etwas Lebendiges und Zukunftsfrohes auf, das dann, mit so viel anderm, dem Kriege zum Opfer fiel.

Wenn ich in Stuttgart, wie es mehrmals vorkam, bei Haußmann wohnte, und er an einem schönen Tage einmal Zeit fand, mit mir eine Stunde an die Sonne zu gehen, dann schlug er gern den Weg zum Friedhof ein, wo sein Bruder Friedrich begraben liegt, zeigte mir dessen Grab und sprach mir von ihm, sprach mir von seinem Vater, von dem Kreise schwäbischer Demokraten mit den Traditionen der Uhlandschen Zeit. Auch sonst suchte er, sanft und ohne Zwang, mich je und je der Zusammengehörigkeit und Heimat zu erinnern, sah mich ungern in der Fremde leben und bei unserm letzten Zusammensein in seinem Hause, im Oktober letzten Jahres, legte er mir Pläne vor, die dahin zielten, mich für eine dauernde Tätigkeit in seiner Nähe zu gewinnen. Immer mahnte er mich, der Heimat nicht zu vergessen. Er, der zwanzig Jahre älter war als ich, erschien mir bei solcher Gelegenheit oft wie ein guter Geist, wie der gute Geist des schwäbischen Bodens, der mir nicht Heimat werden konnte wie er sie ihm war, dem ich mich aber doch zu allen Zeiten mit einem Teil meines Wesens anhänglich und verpflichtet fühlte.

Und wenn ich diese Heimat wieder besuchen werde, so wird dies die größte Veränderung und Lücke sein, die ich dort finden werde, daß er nicht mehr da ist, daß ich seine gütig frohen, warmen Augen nicht mehr sehen kann und seine warme, lebendige Stimme nicht mehr hören kann.

(1922)

[Antwort auf eine Rundfrage]

Ich bin mit dem Simplicissimus keineswegs immer völlig einverstanden gewesen. Aber ich habe, auch über meine persönliche Freundschaft für Albert Langen, Reinhold Geheeb und Olaf Gulbransson hinaus, früher stets eine tiefe Sympathie für den Kampf des Simplicissimus gegen das persönliche Regiment gehabt – aus diesem selben Kampf entstand ja seinerzeit auch unser »März«. Und bei der Neigung des Deutschen zum Doktrinären und seiner allzu großen Gefügigkeit allen Autoritäten gegenüber war mir der ganze Ton des Simplicissimus immer lieb, und ich glaube, daß er viel Gutes getan hat.

(1920)

ERINNERUNGEN AN DEN SIMPLICISSIMUS

Vom ersten Tage seines Erscheinens an habe ich seinerzeit den Simplicissimus gelesen. Er hat damals, in der zweiten Hälfte der neunziger Jahre, in meinem Leben eine gewisse Rolle gespielt, indem ich, politisch sonst vollkommen uninteressiert, durch ihn kritisch gestimmt und revolutioniert wurde. Dies neue Witzblatt war im Deutschland von 1896 eine aufregende und prachtvolle Erscheinung. Ich erinnere mich, wie vor allem eine Bilderserie von Heine mit dem Titel »Durch das dunkelste Deutschland« mich aufrüttelte und begeisterte. Der Geist dieses Blattes war eigentlich nicht deutsch, er kam aus Paris und bestand in jener typisch pariserischen, wundervollen Mischung von Künstlertum und Politik, die in Paris so viele junge Künstler und Literaten dazu trieb, auch das politische Leben bewußt und kritisch mitzuerleben.

Zuerst waren es am meisten die Bilder von Heine, von Bruno Wilke und Bruno Paul, die mich anzogen, namentlich Heine machte mir tiefen Eindruck. Dann war es die Kampfansage gegen das Muckertum und am allermeisten der konsequente und flott geführte Kampf gegen die Person des Kaisers, die mir den Simplicissimus vom ersten Anfang an so lieb machten. Denn diese Person war auch mir stets unheimlich und tief unsympathisch gewesen.

Persönlich kam ich aber erst vom Jahr 1905 an in Beziehung zu dem inzwischen berühmt gewordenen Witzblatt. Albert Langen suchte mich eines Tages am Bodensee auf und lud mich zur Mitarbeit ein. Wenig später nahm ich auch, zusammen mit Ludwig Thoma, im Langenschen Verlage teil an der Gründung des »März«, dessen politischer Teil, stark von Conrad Haußmann beeinflußt, ebenfalls im Kampf gegen das persönliche Regiment Wilhems II. gipfelte.

Mit mehreren der Gründer und ständigen Mitarbeiter des Simplicissimus habe ich jahrelang in nahen freundschaftlichen Beziehungen gestanden und konnte dabei in jenen Jahren zwischen 1905 und dem Kriegsbeginn, während ich selbst ein häufiger Mitarbeiter des Blattes war, die innern Kräfte und Triebfedern in der Redaktion einigermaßen kennenlernen. Es waren zweierlei Geister, die das Blatt schufen und stark machten.

Der eine war international, aufklärerisch, pazifistisch, dabei kultiviert und etwas genießerisch – dieser an Paris geschulte Geist wurde durch Albert Langen repräsentiert. Der andere Hausgeist, dargestellt durch Ludwig Thoma, war national, voll Freude am Heimatlich–Volkstümlichen, künstlerisch oft urteilslos, aber gesund, froh, jugendlich, kraftvoll, stets geneigt zu Impertinenzen gegen alle Autoritäten, aber auch zu bloßem Krakeelen.

Mit Albert Langens Tode begann jener internationale Geist im Simplicissimus abzusterben und bei Kriegsbeginn siegte Thoma gegen die ursprünglichen und besten Tendenzen des Blattes. Ich habe, obwohl ich Thoma sehr gern hatte, diesen Sieg vom ersten Tage an tief bedauert. Im Sommer 1914 hätte der Simplicissimus entweder sein Erscheinen einstellen oder mit allen nur möglichen Mitteln (auch eine Verlegung nach der Schweiz wäre in Frage gekommen) seinen alten Kampf gegen den Kaiser, gegen den Unteroffiziersgeist und gegen die Klassenjustiz fortsetzen müssen. Er tat es nicht und trat damit als europäische Macht von der Bühne. Er brachte nach wie vor entzückende Zeichnungen, gewann auch wertvolle künstlerische Mitarbeiter hinzu, aber jene Macht der Wahrheit, der echten Anklage, der echten Empörung, die mich einst seine allerersten Blätter mit Herzklopfen hatte lesen lassen, war ihm verlorengegangen. Zwar ist Thoma kein feiger Kompromißler gewesen, ihm war es mit seinem Patriotismus und Kriegsgeist blutiger Ernst, aber es war nun einmal die verhängnisvolle Anpassung an den Krieg vollzogen, es war die Kritik an der eigenen Regierung zugunsten eines erfolgreichen Witzfeldzugs gegen die äußern Feinde aufgegeben.

Einen Nachfolger hat der Simplicissimus nicht gefunden, er ist noch heute Deutschlands künstlerisch bestes Witzblatt, und wenn er auch nicht mehr jene Macht besitzt und jenen Zauber ausstrahlt, der mich bei seinem ersten Erscheinen fesselte, so wünsche ich ihm doch noch weitere Jahre des Gedeihens. Möchte er die Kraft haben, noch eine weitere Generation zu nachdenklichem Lachen zu bringen!

(1926)

AUS MEINER SCHÜLERZEIT

Zweimal während meiner Schülerjahre habe ich einen Lehrer gehabt, den ich verehren und lieben konnte, dem ich ohne Sträuben die höchste Autorität zugestand und der mich mit einem Augenzwinkern lenken konnte. Der erste hieß Schmid und war Lehrer an der Calwer Lateinschule, ein bei allen andern Schülern sehr unbeliebter, als streng und bitter, übellaunisch und unerbittlich gefürchteter Lehrer. Wichtig wurde er mir dadurch, daß in seiner Klasse (wir Schüler waren zwölfjährig) der Unterricht im Griechischen begann. Wir Schüler einer kleinen halb ländlichen Lateinschule waren an Lehrer gewöhnt, die wir entweder fürchteten und haßten, denen wir auswichen und die wir belogen, oder die wir belächelten und verachteten. Macht besaßen sie, daran war nicht zu zweifeln, eine gewaltige, durch nichts verdiente, oft furchtbar und unmenschlich mißbrauchte Macht – es kam damals noch häufig vor, daß das Aufdiehändeschlagen oder Andenohrenreißen bis zum Blutfließen betrieben wurde –, aber diese Lehrermacht war lediglich eine feindliche, gefürchtete und verhaßte. Daß ein Lehrer dadurch Macht besitzen könne, daß er hoch über uns stand, daß er den Geist und die Menschlichkeit vertrat, daß er uns Ahnungen einer höhern Welt in die Seelen senkte, das hatten wir bei all unsern Lehrern in den unteren Klassen der Lateinschule noch nicht erlebt. Wir hatten einige gutmütige Lehrer kennengelernt, die sich selber und uns die langweilige Schule dadurch erleichterten, daß sie fünfe grade sein ließen und durchs Fenster spazierenblickten oder Romane lasen, während wir irgendeine schriftliche Aufgabe voneinander abschrieben. Wir hatten auch böse, finstere, wütende, tobsüchtige Lehrer kennengelernt, von welchen wir an den Haaren gerissen und auf den Kopf geschlagen wurden – (einer davon, ein besonders ausgewachsener Wüterich, pflegte seine Strafreden an schlechte Schüler dadurch zu begleiten, daß er seinen schweren Hausschlüssel im Takt auf den Kopf des Schülers schlug). Daß es auch Lehrer geben könne, welchen der Schüler bezaubert und gerne folgt, für die er gern sich anstrengt, denen er sogar Ungerechtigkeit und Launen zugute hält, denen er für die Erschließung der höhern Welt dankbar ist und Dank abzutragen trachtet – diese Möglichkeit war uns bisher unbekannt geblieben.

Und nun kam ich zu Professor Schmid in die vierte Klasse. Von den etwa fünfundzwanzig Schülern dieser Klasse hatten sich unser fünf für die humanistischen Studien entschieden, sie hießen »Humanisten« oder »Griechen«, und während die übrige Klasse profane Lektionen, wie Zeichnen, Naturkunde und dergleichen betrieb, wurden wir fünf von Professor Schmid ins Griechische eingeführt. Der Professor war keineswegs beliebt; er war ein kränklicher, bleich, versorgt und bitter blickender Mann, glatt rasiert, mit dunklem Haar, meist ernst und streng gestimmt, und wenn er einmal witzig war, so war sein Ton sarkastisch. Was mich eigentlich, entgegen dem allgemeinen Urteil der Klasse, für ihn gewann, weiß ich nicht. Vielleicht war es der Eindruck seines Unglücks. Er war kränklich und sah leidend aus, hatte eine kranke, zarte Frau, die beinahe niemals sichtbar wurde, und lebte im übrigen, wie alle unsre Lehrer, in einer schäbigen Armut. Irgendwelche Umstände, wahrscheinlich die Krankheit seiner Frau, hinderten ihn daran, gleich den andern Lehrern sein schmales Einkommen durch das Aufnehmen von Pensionären zu verbessern, und dieser Umstand gab ihm schon einen gewissen Anstrich von Vornehmheit den anderen Lehrern gegenüber. Dazu kam nun das Griechische. Wir fünf Auserwählten unter den Mitschülern kamen uns immerhin wie eine geistige Aristokratie vor, unser Ziel waren die höheren Studien, während die Mitschüler zu Handwerkern oder Kaufleuten bestimmt waren – und nun begannen wir also diese geheimnisvolle, alte Sprache zu lernen, noch viel älter, geheimnisvoller und vornehmer als das Latein, diese Sprache, welche man nicht lernte, um Geld zu verdienen oder um die Welt reisen zu können, sondern nur um mit Sokrates, Plato und Homer bekannt zu werden. Von dieser Welt war mir dies und jenes schon bekannt, denn das Griechische und die Gelehrsamkeit waren auch schon meinen Vätern und Großvätern vertraut gewesen, und in den Schwabschen »Sagen des klassischen Altertums« hatte ich längst schon den Odysseus und Polyphem, den Phaethon und den Ikarus, die Argonauten und den Tantalus kennengelernt. Und in unserm Lesebuch, das wir seit kurzem in der Schule benutzten, stand zwischen lauter ziemlich prosaischen Sachen einsam wie ein Paradiesvogel ein wunderbares Gedicht von Hölderlin, das ich zwar nur halb verstand, das mir aber unendlich süß und verführend klang, und dessen geheimen Zusammenhang mit der griechischen Welt ich dunkel empfand.

Leicht machte uns dieser Herr Schmid unser Schuljahr keineswegs. Er machte es uns sogar reichlich schwer, oft unnötig schwer. Er verlangte viel, wenigstens von uns »Humanisten«, und war nicht bloß streng und oft hart, sondern häufig auch sehr launisch; er konnte Anfälle von Jähzorn haben und wurde dann von uns allen, mich einbegriffen, richtig gefürchtet, so wie die junge Fischbrut in einem Weiher den jagenden Hecht fürchten mag. Nun, das hatte ich schon bei anderen Lehrern kennengelernt. Bei Schmid erlebte ich etwas Neues. Ich erlebte neben der Furcht die Ehrfurcht, ich erfuhr, daß man einen Menschen lieben und verehren kann, auch wenn man ihn gerade zum Gegner hat, auch wenn er launisch, ungerecht und furchtbar ist. Manchmal, wenn er seine finsteren Stunden hatte und aus dem hageren Gesicht unter den langen schwarzen Haaren hervor so leidend, schwer und böse blickte, mußte ich an den König Saul und seine Verfinsterungen denken. Aber dann genas er wieder, glättete sein Gesicht, malte griechische Buchstaben an die Wandtafel und sagte über die griechische Grammatik und Sprache Dinge, von denen ich fühlte, daß sie mehr als Schulmeisterkram waren. Ich verliebte mich sehr in das Griechische, obschon ich mich vor den Griechischstunden fürchtete, und manche griechische Buchstaben wie das Ypsilon, das Psi, das Omega malte ich zuweilen ganz gebannt und besessen wie magische Zeichen in mein Heft.

Während dieses ersten Humanistenjahres wurde ich plötzlich krank. Es war eine Krankheit, die man meines Wissens heute nicht mehr kennt und schätzt, und die damals von den Ärzten »Gliederweh« genannt wurde. Ich bekam Lebertran zu schlucken und Salizyl, und die Knie wurden mir eine Zeitlang mit Ichthyol eingerieben. Ich genoß das Kranksein sehr, denn trotz allem Humanistenidealismus war ich doch allzusehr daran gewöhnt, die Schule zu hassen und zu fürchten, als daß ich eine halbwegs erträgliche Krankheit nicht als Gnadengeschenk und Erlösung empfunden hätte. Lange lag ich in meinem Bett, und da die Wand neben meinem Bett mit weißgestrichenem Holz bekleidet war, begann ich auf diese angenehme Fläche mit Wasserfarben zu malen, und malte in der Höhe meines Kopfes ein Gemälde an die Wand, das die sieben Schwaben darstellen sollte und von meinen Geschwistern sehr belacht wurde. Aber als die zweite und dritte

Woche vergangen war und ich immer noch krank lag, da entstand die Sorge, ob ich, wenn das noch länger dauerte, im Griechischen nicht allzusehr zurückbleiben werde. Es wurde einer meiner Kameraden berufen, der mich über die Fortschritte der Klasse auf dem laufenden halten mußte, und da zeigte es sich, daß Herr Schmid mit den Humanisten inzwischen in der griechischen Grammatik eine bedenkliche Zahl von Kapiteln hinter sich gebracht hatte. Die mußte ich jetzt nachholen und kämpfte, angesichts der sieben Schwaben, manche Stunde einsam mit meiner Trägheit und mit den Hindernissen der griechischen Konjugation. Zuweilen half mir mein Vater, aber als ich wieder gesund war und aufstehen durfte, war ich doch stark zurückgeblieben, und man fand es notwendig, daß ich einige Privatstunden bei Professor Schmid nehme. Er war bereit sie zu geben, und ich kam nun kurze Zeit hindurch jeden zweiten Tag in seine Wohnung, wo es düster und unfroh war und wo Schmids bleiche, schweigsame Frau mit einem tödlichen Leiden kämpfte. Ich bekam sie selten zu sehen, sie starb bald darauf. Die Stunden in dieser bedrückenden Wohnung waren wie verzaubert, mit dem Überschreiten der Türschwelle trat ich in ein andres, unwirkliches, schauerliches Reich, fand den verehrten Weisen, den gefürchteten Tyrannen, wie ich ihn von der Schule her kannte, sonderbar und unheimlich verändert, begann den leidvollen Ausdruck seines mageren Gesichts ahnungsweise zu verstehen, litt für ihn, litt auch unter ihm, denn seine Stimmung war meistens sehr übel. Aber zweimal ging er mit mir spazieren, wandelte mit mir ins Freie, ohne Grammatik, ohne Griechisch, und auf diesen beiden kurzen Spaziergängen war er lieb und freundlich mit mir, ohne Sarkasmen, ohne Zornanfälle, fragte nach meinen Liebhabereien, nach meinen Zukunftsträumen, und von da an habe ich ihn geliebt, obwohl er, sobald ich wieder in seiner Schule saß, die Spaziergänge ganz und gar vergessen zu haben schien. Seine Frau wurde begraben, und ich erinnere mich, wie Schmids charakteristische Gebärde, das Zurückstreichen des langen Haares aus der Stirn, damals häufiger und hastiger wurde. Als Lehrer war er damals recht schwierig, und ich glaube, daß ich der einzige seiner Schüler war, der ihn trotz seiner Härte und trotz seinen Unberechenbarkeiten lieb hatte.

Nicht lange nachdem ich die Jahresklasse absolviert hatte,

deren Ordinarius Schmid war, verließ ich die Heimat und die heimatliche Schule und wurde zum erstenmal in die Fremde gebracht. Es geschah dies zum Teil aus erzieherischen Gründen, denn ich war damals ein schwieriger und sehr unartiger Sohn geworden, und die Eltern wurden nicht mehr fertig mit mir. Außerdem aber war es notwendig, daß ich möglichst gut auf das »Landexamen« vorbereitet werde. Diese staatliche Prüfung, die jedes Jahr im Sommer für das ganze Land Württemberg stattfand, war sehr wichtig, denn wer sie bestand, der bekam eine Freistelle in einem der theologischen »Seminare«, und konnte als Stipendiat studieren. Diese Laufbahn war auch für mich vorgesehen. Nun gab es einige Schulen im Lande, an denen die Vorbereitung auf diese Prüfung ganz speziell betrieben wurde, und auf eine von diesen Schulen wurde ich also geschickt. Es war die Lateinschule in Göppingen, wo seit Jahren der alte Rektor Bauer als Einpauker fürs Landexamen wirkte, im ganzen Lande berühmt und Jahr für Jahr von einem Rudel strebsamer Schüler umgeben, die ihm aus allen Landesteilen zugesandt wurden.

Der Rektor Bauer hatte in früheren Jahren im Ruf eines rauhen Prügelpädagogen gestanden; ein älterer Verwandter von mir war vor manchen Jahren sein Schüler gewesen und hart von ihm gepeinigt worden. Jetzt war er ein alter Mann und galt für ein wunderliches Original, dazu für einen Lehrer, der sehr viel von seinen Schülern verlangte, aber auch nett mit ihnen sein könne. Immerhin hatte ich keine kleine Furcht vor ihm, als ich an der Hand meiner Mutter, nach dem ersten schmerzlichen Abschied vom Vaterhaus, vor dem Studierzimmer des berühmten Rektors wartete. Ich glaube, meine Mutter war zunächst gar nicht von ihm entzückt, als er uns entgegentrat und uns in seine Klause eintreten ließ, ein gebeugter alter Mann mit wirren grauen Haaren, etwas vorstehenden rotgeäderten Augen, gekleidet in ein grünlich verschossenes, unbeschreibliches Gewand von großväterlichem Schnitt, eine Brille tief unten auf der Nasenspitze tragend und in der rechten Hand eine lange, beinahe bis zum Boden reichende Tabakspfeife mit großem Porzellankopf haltend, aus der er ununterbrochen gewaltige Rauchwolken emporzog und in die verräucherte Stube blies. Auch in den Schulstunden trennte er sich nicht von dieser Pfeife. Mir erschien dieser wunderliche alte Mann mit seiner gebückten, vernachlässigten Haltung, seiner alten verwahrlosten Kleidung, seinem trauriggrüblerischen Blick, seinen zertretenen Pantoffeln, seiner langen, qualmenden Pfeife wie ein alter Zauberer, dessen Obhut ich jetzt übergeben würde. Es konnte vielleicht schrecklich sein bei diesem grauen, verstaubten und weltfremden Greis, es konnte möglicherweise auch reizvoll und entzückend sein – auf jeden Fall war es etwas Besonderes, war ein Abenteuer, war ein Erlebnis. Ich war bereit und begierig, ihm entgegenzugehen.

Aber erst war der Augenblick zu bestehen, wo meine Mutter am Bahnhof mich küßte und segnete und in den Zug stieg, und der Zug davonfuhr, und ich zum erstenmal allein in der »Welt« draußen stand, in der mich zurechtzufinden und zu bewähren ich jetzt lernen sollte – ich habe es aber bis heute, wo meine Haare grau zu werden beginnen, nicht richtig gelernt. Vor dem Abschied hatte die Mutter noch mit mir gebetet, und obwohl es damals mit meiner Frömmigkeit schon nicht mehr rühmlich stand, hatte ich doch während ihres Gebetes und während ihres Segens mir feierlich im Herzen vorgenommen, hier in der Fremde mich brav zu halten und der Mutter keine Schande zu machen. Auf die Dauer ist mir das nicht gelungen, meine späteren Schuljahre brachten mir und ihr schwere Stürme, Prüfungen und Enttäuschungen, viel Leid und Tränen, viel Streit und Mißverständnis. Aber damals, in Göppingen, habe ich mein Gelübde leidlich eingelöst und mich brav gehalten. Allerdings nicht in den Augen der Musterknaben oder gar in den Augen meiner Pensionsmutter, bei der ich mit vier anderen Knaben zusammen wohnte, speiste und erzogen wurde und der ich nicht die Hochachtung und den Gehorsam entgegenbringen konnte, welche sie von ihren Kostbuben erwartete. Nein, bei ihr stand ich, obwohl ich an manchen Tagen ein Charmeur war und sie zum Lächeln und Wohlwollen verführte, niemals in hohem Ansehen, sie war eine Instanz, der ich keine Macht und Wichtigkeit zugestand, und als sie einst an einem bittern Tage, nach einem kleinen knabenhaften Vergehen, ihren groß und stark gewachsenen Bruder holen ließ, damit er mich körperlich strafe, setzte ich ihr und ihrem Helfer den härtesten Widerstand entgegen und hätte mich eher aus dem Fenster gestürzt oder den Mann in die Gurgel gebissen, als mich von ihm, der dies Recht nach meiner Meinung nicht hatte, strafen zu lassen. Er durfte mich nicht anrühren und mußte sich unverrichteter Dinge wieder zurückziehen.

Göppingen gefiel mir nicht. Die »Welt«, in die man mich hineingestoßen hatte, mundete mir nicht, sie war kahl und nüchtern, rauh und kärglich. Damals war Göppingen noch nicht die Fabrikstadt von heute, doch standen immerhin auch damals schon siebzig oder achtzig hohe Fabrikschlote dort, und der kleine Fluß war im Vergleich mit dem meiner Heimat ein Proletarier, der schäbig zwischen Scherbenhaufen dahinkroch, und daß die weitere Umgebung der Stadt sehr schön war, davon merkten wir wenig, denn wir hatten immer nur kurze Ausgangszeiten, und auf den Hohenstaufen bin ich nur ein einziges Mal gekommen. O nein, dies Göppingen mißfiel mir durchaus, diese prosaische Fabrikstadt konnte sich mit meiner Heimat wahrlich nicht vergleichen, und wenn ich meinen Kameraden, die alle gleich mir in der Fremde und Gefangenschaft schmachteten, von Calw und vom dortigen Leben erzählte, dann trug ich die Farben dick auf und schuf Dichtungen der Sehnsucht und der Renommierlust, für die niemand mich zur Rechenschaft ziehen konnte, denn ich war der einzige Calwer in unsrer Schule. Im übrigen waren fast alle Landschaften und Städte des Landes vertreten, in unserer Klasse saßen kaum sechs oder sieben Göppinger, alle anderen waren von weither gekommen, um hier, auf dem bewährten Sprungbrett, den Anlauf zum Landexamen zu nehmen.

Das Sprungbrett bewährte sich denn auch bei unserer Klasse wie schon bei so vielen. Am Ende unsrer Göppinger Zeit waren wir eine stattliche Anzahl von Erfolgreichen, die das Examen bestanden hatten, und auch ich gehörte zu ihnen. Göppingen war nicht daran schuld, wenn nichts Rechtes aus mir geworden ist.

Wenn mir nun auch die nüchterne Industriestadt, die Gefangenschaft unter der Aufsicht einer strengen Pensionsmutter und die ganze Außenseite meines Göppinger Lebens höchlich mißfiel, so war diese Zeit (es sind nahezu anderthalb Jahre gewesen) dennoch außerordentlich fruchtbar und wichtig für mein Leben. Jenes Verhältnis zwischen Lehrer und Schüler, von dem ich in Calw bei Professor Schmid eine Ahnung bekommen hatte, jene so unendlich fruchtbare, dabei so subtile Beziehung zwischen einem geistigen Führer und einem begabten Kinde, kam zwischen Rektor Bauer und mir zur vollen Blüte. Der sonderbare, beinah abschreckend aussehende, mit zahllosen Originalitäten und Schrulligkeiten ausgestattete alte Mann, der hinter seinen schmalen grünlichen Augengläsern hervor so lauernd und schwermütig blickte, der unsre enge, überfüllte Schulstube beständig aus seiner langen Pfeife vollrauchte, wurde mir für einige Zeit zum Führer, zum Vorbild, zum Richter, zum verehrten Halbgott. Wir hatten neben ihm noch zwei andere Lehrer, aber die waren für mich wie nicht vorhanden; sie verschwanden, als hätten sie eine Dimension weniger, hinter der geliebten, gefürchteten, verehrten Gestalt des alten Bauer wie Schatten. Und ebenso verschwand das mir so wenig sympathische Göppinger Leben, verschwanden sogar meine damaligen Freundschaften mit Mitschülern und wurden unwichtig neben dieser Hauptfigur. In jener Zeit, während doch mein Knabenalter in voller Blüte stand und sogar schon die ersten Ahnungen und Vorgefühle der Geschlechtsliebe sich regten, war in der Tat mehr als ein Jahr lang die Schule, diese sonst so gleichgültige, verachtete Anstalt, der Mittelpunkt meines Lebens, um den sich alles drehte, sogar die Träume, sogar die Gedanken in den Ferienzeiten. Ich, der ich stets ein empfindlicher und auch kritischer Schüler gewesen war und mich gegen jede Abhängigkeit und Untertanenschaft bis aufs Blut zu wehren pflegte, war von diesem geheimnisvollen Alten eingefangen und völlig bezaubert worden, einfach dadurch, daß er an die höchsten Strebungen und Ideale in mir appellierte, daß er meine Unreife, meine Unarten, meine Minderwertigkeiten scheinbar gar nicht sah, daß er das Höchste in mir voraussetzte und die höchste Leistung als selbstverständlich betrachtete. Er brauchte nicht viel Worte, um ein Lob auszusprechen. Wenn er zu einer lateinischen oder griechischen Arbeit sagte: »Das hast du ganz nett gemacht, Hesse«, dann war ich für Tage glücklich und befeuert. Und wenn er einmal, nur so im Vorbeigehen, ohne mich dabei anzublicken, mir zuflüsterte: »Ich bin nicht recht mit dir zufrieden, du könntest mehr leisten«, dann litt ich und gab mir wilde Mühe, den Halbgott wieder zu versöhnen. Oft sprach er lateinisch mit mir, meinen Namen übersetzte er mit Chattus.

Ich kann nun durchaus nicht sagen, wieweit dies Erlebnis einer ganz besonderen Beziehung von meinen Mitschülern geteilt wurde. Einige Bevorzugte allerdings, meine nächsten Kameraden und Rivalen, standen sichtlich ebenso wie ich im Bann des alten Seelenfängers und empfingen in jener Zeit ebenso wie ich die Weihe der Berufung, fühlten sich als Initianten auf den untersten Stufen eines Heiligtums. Wenn ich es versuche, meine eigene

Jugend psychologisch verstehen zu wollen, so finde ich, daß das Beste und Wirksamste in ihr, trotz mancher Rebellion und auch mancher Fahnenflucht, eine Fähigkeit zur Ehrfurcht war, und daß meine Seele am besten gedieh und am schönsten blühte, wenn sie verehren, anbeten, zu hohen Zielen streben durfte. Dies Glück, dessen erste Anfänge schon mein Vater verstanden und gepflegt hatte, das unter einer Reihe von unbegabten, durchschnittlichen, gleichgültigen Lehrern nahe am Verwelken gewesen, das unter dem galligen Professor Schmid wieder ein wenig aufgeblüht war, kam unter Rektor Bauer zur vollen Entfaltung, zum ersten- und zum letztenmal in meinem Leben.

Hätte unser Rektor nun nichts andres gekonnt als einzelne idealere Schüler ins Latein und ins Griechische verliebt zu machen und ihnen den Glauben an eine geistige Berufung und deren Verantwortung einzuflößen, so wäre schon dies etwas Großes und Dankenswertes gewesen. Das Eigene und Seltene an diesem Lehrer aber war seine Fähigkeit, nicht bloß die Geistigeren unter seinen Schülern herauszuspüren und ihrem Idealismus Nahrung und Halt zu geben, sondern auch dem Alter seiner Schüler, ihrer Knabenhaftigkeit, ihrer Spielsucht gerecht zu werden. Denn Bauer war nicht bloß ein verehrter Sokrates, er war außerdem auch ein geschickter und höchst origineller Schulmeister, der es verstand, seinen dreizehnjährigen Buben die Schule immer wieder schmackhaft zu machen. Dieser Weise, der uns die lateinische Syntax und die griechische Formenlehre so geistreich beizubringen wußte, hatte außerdem beständig pädagogische Einfälle, die uns Knaben entzückten. Man muß eine Ahnung von der Strenge, Steifheit und Langeweile einer damaligen Lateinschule haben, um sich vorstellen zu können, wie frisch, originell und genial dieser Mann inmitten einer Kaste von dürren Beamten wirkte. Schon sein Äußeres, seine phantastische Erscheinung, die anfänglich Kritik und Lachlust weckte, wurde bald zum Mittel der Autorität und Disziplin. Aus seinen Eigenheiten und Liebhabereien, die an sich keineswegs geeignet schienen, seine Autorität zu stützen, machte er neue Hilfsmittel der Erziehung. So war zum Beispiel seine lange Tabakspfeife, über die meine Mutter sich entsetzt hatte, für uns Schüler schon nach kürzester Zeit kein lächerliches oder lästiges Attribut mehr, sondern eine Art Zepter und Machtsymbol. Wer ihm die Pfeife einen Augenblick halten durfte, wen er mit dem Amt betraute, sie auszuklopfen und in Ordnung zu halten, der war ein beneideter Günstling. Es gab noch andere Ehrenämter, um die wir Schüler uns eifrig bewarben. Es existierte das Amt eines »Windbeutels«, das ich einige Zeit hindurch mit Stolz bekleidete. Der Windbeutel hatte täglich das Pult des Rektors abzustauben, und zwar mit zwei Hasenfüßen, die zuoberst auf dem Pulte lagen. Als mir dies Amt eines Tages wieder entzogen und einem anderen Schüler übertragen wurde, war es eine schwere Strafe für mich.

An einem Wintertag, wenn wir im überheizten und vollgerauchten Schulraum saßen und draußen vor den gefrorenen Fenstern die Sonne schien, konnte unser Rektor plötzlich sagen: »Buben, hier drinnen stinkt es erbärmlich, und draußen scheint die Sonne. Machet einen Wettlauf ums Haus herum, und reißet vorher die Fenster auf!« Oder er lud in Zeiten, wo wir Landexamens-Kandidaten sehr mit Extraarbeiten überhäuft waren, uns unvermutet ein, nach oben in seine Wohnung zu kommen, und dort fanden wir in einem besonderen Zimmer einen riesigen Tisch und darauf viele Schachteln voll Zinnsoldaten stehen, die wir nun zu Heeren und Schlachtreihen aufbauten, und wenn die Schlacht losging, blies der Rektor aus seiner Pfeife feierliche Rauchwolken zwischen die Bataillone.

Die schönen Dinge sind vergänglich, und die schönen Zeiten dauern nie lange. Wenn ich an die Göppinger Zeit denke, an die einzige kurze Periode meiner Schuljahre, in der ich ein guter Schüler war, meinen Lehrer verehrte und liebte und mit vollem Ernst bei der Sache war, dann muß ich immer auch an die Sommerferien des Jahres 1890 denken, die ich zu Hause bei meinen Eltern in Calw zubrachte. Wir waren für die Ferien nicht mit Schulaufgaben beladen worden. Dagegen hatte der Rektor Bauer uns auf die »Lebensregeln« des Isokrates aufmerksam gemacht, die in unsrer griechischen Chrestomathie standen, und uns erzählt, daß in früheren Zeiten einige seiner besten Schüler diese Lebensregeln auswendig gelernt hatten. Es blieb jedem von uns überlassen, diesem Wink zu folgen oder nicht.

Aus jenen Sommerferien sind mir einige Spaziergänge mit meinem Vater im Gedächtnis geblieben. Wir brachten zuweilen einen Nachmittag in den Wäldern über Calw zu; unter den alten Weißtannen gab es Heidelbeeren und Himbeeren genug, und in den Waldlichtungen blühte der Weiderich und flogen die Sommerfalter, Admiral und Fuchs. Es duftete stark nach Tannenharz und nach Pilzen, und gelegentlich bekamen wir Rehe zu Gesicht. Da strich ich mit meinem Vater durch den Wald und rastete mit ihm da und dort im Heidekraut an den Waldrändern. Und hie und da fragte er mich, wie weit ich jetzt mit dem Isokrates gekommen sei. Denn ich saß jeden Tag eine Weile überm Buch und lernte jene »Lebensregeln« auswendig. Und heute noch ist der Anfangssatz des Isokrates das einzige Stück griechischer Prosa, das ich auswendig weiß. Dieser Isokrates-Satz, und dann noch ein paar Homer-Verse, sind die letzten Reste der ganzen griechischen Schülergelehrsamkeit, die mir übriggeblieben sind. Übrigens gelang es mir doch nicht, die ganzen »Lebensregeln« zu bewältigen. Es blieb bei einigen Dutzend Sätzen, die ich auswendig lernte und eine Weile bei mir trug und beliebig hervorholen konnte, bis sie sich im Laufe der Jahre verloren und verkrümelten wie alles, was der Mensch eine Weile besitzt und zu eigen zu haben glaubt.

Heute kann ich kein Griechisch mehr, und auch vom Latein hat das meiste sich längst wieder verloren – ich hätte es ganz und gar vergessen, wäre nicht einer meiner Göppinger Schulkameraden heute noch am Leben und heute noch mein Freund. Er schreibt mir von Zeit zu Zeit einen lateinischen Brief, und wenn ich ihn lese und mich durch die schönen klassischen Satzkonstruktionen pirsche, dann duftet es ein wenig nach den Gärten der Jugend und nach der Tabakspfeife des alten Rektors Bauer.

(1926)

NACHRUF AUF HUGO BALL

(Geschrieben am Tag des Begräbnisses, 16. September 1927)

Da wir dich jetzt in dein Grab gelegt und von deinem lieben Anblick Abschied genommen haben, wollen wir uns nochmals dankbar dessen erinnern, was du uns gewesen bist. Du warst uns nicht nur ein zuverlässiger, hochherziger und nachsichtiger Freund, ein lieber und überlegener Kollege, dazu ein prachtvoller Kamerad und Gegner für Stunden und Nächte des Plauderns, des Disputierens, des dialektischen Spiels. Du warst nicht nur ein begabter, angenehmer, interessanter und geistvoller Mensch, den wir lieben und bewundern und mit dem wir plaudern und Kameradschaft halten konnten – du warst viel mehr. Du warst uns ein Vorbild.

In der Zucht deines Denkens, in der Strenge deines sprachlichen Verantwortungsgefühls, im unablässigen Dienst am Worte, im bewußten Kampf gegen die Neigung der Epoche zur Fahrlässigkeit und Verantwortungslosigkeit im Denken und im Reden, bist du uns manche Jahre hindurch ein Beispiel gewesen, das uns in mancher Stunde der Not tröstlich angespornt, in mancher Stunde der Schwäche mahnend erinnert hat.

Es war in deiner Nähe unmöglich, mit einer flachen Alltagsgeistigkeit oder mit einer virtuosen Berufsgeistigkeit vorliebzunehmen. Im Gespräch mit dir ging es stets um das Ganze, niemand war mehr als du ein Feind alles gewissenlosen Schwatzens. Wie waren wir dir dankbar für den heißen, rücksichtslosen Wahrheitsdrang deiner Zeitkritik! Und wie dankbar und glücklich atmeten wir die wahrhaft magische Atmosphäre deiner Heiligenleben! Und neben deinen Büchern und Gedanken stand dein Leben, dein eigenes armes und tapferes Asketenleben: dem Geiste dienend, der Welt abgewandt, von der Welt verachtet.

Dies alles bleibt. Deine Schriften werden einmal zu den besten deutschen Büchern unsrer Zeit gezählt werden. Und indem wir von deiner sterblichen Person mit tiefer Trauer Abschied nehmen, sehen wir beinahe erschrocken, wieviel Unsterbliches sie uns schon jetzt bedeutet. Du hast uns durch deinen stillen Aufbruch aus dieser zweifelhaften Welt tief betrübt, Freund, aber du hast uns Unvergängliches hinterlassen. Von den Wenigen, die dich wirklich gekannt haben, ist keiner von deinem Grabe weggegangen ohne das stille Gelöbnis, deiner würdig zu bleiben und deines Vorbildes nie zu vergessen.

(1927)

DER DICHTER UND UNSERE ZEIT

Als vor einigen Monaten der Dichter Rilke starb, konnte man aus dem Verhalten der geistigen Welt – teils aus ihrem Schweigen, teils und noch mehr aus dem, was sie äußerte – deutlich sehen, wie in unsrer Zeit der Dichter, als reinster Typus des beseelten Menschen, zwischen Maschinenwelt und der Welt der intellektuellen Betriebsamkeit gleichsam in einen luftlosen Raum gedrängt und zum Ersticken verurteilt ist.

Diese Zeit deswegen anzuklagen, haben wir kein Recht. Diese Zeit ist nicht schlechter noch besser als andere Zeiten. Sie ist ein Himmel für den, der ihre Ziele und Ideale teilt, und ist eine Hölle für den, der ihnen widerstrebt. Da nun der Dichter, wenn er seiner Herkunft und Berufung treu bleiben will, sich weder der erfolgstrunkenen Welt der Lebensbeherrschung durch Industrie und Organisation anschließen und hingeben darf, noch der Welt rationalisierter Geistigkeit, wie sie etwa unsre Universitäten beherrscht, sondern da es des Dichters einzige Aufgabe und Sendung ist, Diener, Ritter und Anwalt der Seele zu sein, sieht er sich im heutigen Welt-Augenblick zu einer Vereinsamung und einem Leiden verurteilt, welches nicht jedermanns Sache ist. Wir wehren uns alle gegen das Leiden, jeder von uns hat es gern ein bißchen gut und warm auf der Welt, und sieht sich gern von seiner Umwelt verstanden und bestätigt. So sehen wir denn die Mehrzahl der heutigen Dichter (ihre Zahl ist ohnehin klein) sich irgendwie der Zeit und ihrem Geiste anpassen, und gerade diese Dichter sind es, denen die größten Erfolge an der Oberfläche zufallen. Andere wieder verstummen und gehen im luftleeren Raum dieser Hölle still zugrunde.

Noch andere wieder – zu ihnen gehörte Rilke – nehmen das Leid auf sich, unterwerfen sich dem Schicksal und wehren sich nicht dagegen, wenn sie sehen, daß die Krone, welche andere Zeiten für den Dichter hatten, heut zum Dornenkranz geworden ist. Bei diesen Dichtern ist meine Liebe, sie verehre ich, ihr Bruder möchte ich sein. Wir leiden, aber nicht um zu protestieren und zu schimpfen. Wir ersticken in der für uns nicht atembaren Luft der Maschinenwelt und der barbarischen Notdurft, die uns umgibt, aber wir lösen uns nicht vom Ganzen, wir nehmen dies Leiden und Ersticken an als unsern Teil am Weltgeschick, als unsere

Sendung, als unsere Prüfung. Wir glauben an keines von den Idealen dieser Zeit, nicht an das der Diktatoren noch an das der Bolschewiken, nicht an das der Professoren noch an das der Fabrikanten. Aber wir glauben, daß der Mensch unsterblich ist und daß sein Bild aus jeder Entstellung wieder genesen, aus jeder Hölle geläutert wieder hervorgehen kann. Wir glauben an die Seele, deren Rechte und Bedürfnisse, wenn auch noch so lange und noch so hart unterdrückt, niemals sterben können. Wir suchen unsere Zeit nicht zu erklären, nicht zu bessern, nicht zu belehren, sondern wir suchen ihr, indem wir unser eignes Leid und unsere eigenen Träume enthüllen, die Welt der Bilder, die Welt der Seele, die Welt des Erlebens immer wieder zu öffnen. Die Träume sind zum Teil arge Angstträume, diese Bilder sind zum Teil grausige Schreckbilder – wir dürfen sie nicht verschönern, wir dürfen nichts weglügen. Wir dürfen nicht verhehlen, daß die Seele der Menschheit in Gefahr und nah am Abgrund ist. Wir dürfen aber auch nicht verhehlen, daß wir an ihre Unsterblichkeit glauben.

(1927)

EINE ERINNERUNG AN CARL BUSSE

Am 3. Dezember sind es zehn Jahre, seit Carl Busse gestorben ist, ein in meiner Jünglingszeit unter uns Jungen viel gelesener und diskutierter Dichter und Schriftsteller. Einige seiner Gedichte hatten wir gern, und seine Anthologie der neuen deutschen Lyrik war jahrzehntelang eins der verbreitetsten Gedichtbücher in Deutschland, ist es vielleicht heute noch. Trotzdem hätte ich Busse vielleicht vergessen, wie die Öffentlichkeit ihn ein wenig scheint vergessen zu haben. Er starb gerade nach Deutschlands Zusammenbruch, da hatte niemand Zeit und Stimmung, sich eines einst geschätzten Dichters zu erinnern. Aber für mich wurde Carl Busse, den ich persönlich nie kennengelernt habe, auf andere Weise wichtig. Er ist einer der ganz wenigen Menschen, die mir in meinen jungen Jahren Vertrauen erwiesen haben und mir moralisch halfen, die Jahre des Anfangs, des Unbeachtetbleibens und Ausgelachtwerdens zu überstehen. Ich war ein junger Mensch von etwa 23 Jahren, und arbeitete als Gehilfe in einer Buchhandlung mit einem monatlichen Gehalt von 110 (hundertundzehn) Franken. Ich hatte ein winziges Heft Verse auf eigene Kosten drucken lassen, das natürlich ganz unbeachtet blieb, außerdem war bei dem damals ganz jungen Verleger Diederichs (jetzt in Jena) ein Bändchen früher Prosa von mir erschienen. Diese zweite Veröffentlichung hatte mir eine freundschaftliche Besprechung durch Rilke gebracht, im übrigen war sie ebenso erfolglos wie die erste geblieben. Ich konnte nicht hoffen, nochmals einen Verleger zu finden. Da kam eines Tages, aus blauem Himmel, ein Brief von Carl Busse aus Berlin. Er habe Verse von mir gelesen, schrieb er, und da er soeben bei Grote eine kleine Reihe von Versbüchern jüngster Lyriker herauszugeben beginne, lade er mich ein, ihm einen Band Gedichte zur Herausgabe zu überlassen. Diese freundliche Aufforderung war die erste wirkliche Freude, die ich in meinem jungen Literatenleben erfuhr. Ich machte mich sofort an die Auswahl und Ordnung des Gedichtbandes, und saß glücklich und ungeduldig Nacht für Nacht viele Stunden an dieser Arbeit, bis ich das Manuskript an Busse absenden konnte. Es war der Band »Gedichte«, der bei Grote als dritter der Busseschen Sammlung erschien, und der heute noch existiert. Zwar hatte auch dieser Gedichtband damals nicht den mindesten Erfolg. Aber daß ich von einem berühmten Schriftsteller ohne mein Zutun zur Publikation eingeladen worden war, daß mein Gedichtband bei einem angesehenen Verleger erscheinen konnte, das hielt meinen Glauben wieder für zwei Jahre am Leben. Eine ähnliche Freude wie die über Busses Einladung habe ich nur noch einmal erlebt: als ein oder zwei Jahre später, ebenfalls für mich ganz überraschend, der Verleger S. Fischer mir einige Zeilen schrieb, in denen er mich einlud, ihm mein nächstes Manuskript zur Prüfung zu übersenden.

Ich lebte damals ebenso abseits wie heute, und hatte keine Ahnung davon, was für ein freundlicher Glücksfall jener Brief Busses an mich war. So sehr er mich überraschte und erfreute, so schien es mir damals doch im Grunde durchaus verständlich und richtig, daß ein arrivierter Literat, wenn er ein junges Talent entdeckt zu haben glaubt, sich seiner ein wenig annehme. Mit den Jahren lernte ich sehen, was für eine edle und seltene Ausnahme die gute Tat Busses bedeutete. Ich bin ihm dafür immer dankbar geblieben.

(1928)

BEIM EINZUG IN EIN NEUES HAUS

In ein neues Haus einziehen heißt nicht nur etwas Neues anfangen, sondern auch etwas Altes verlassen. Und wenn ich jetzt in unser neues Haus einziehe, so kann ich wohl dem Freunde, dessen Güte ich dies Haus verdanke, von Herzen dankbar sein, ich kann seiner und der anderen Freunde, die am Zustandekommen des Hauses und seiner Einrichtung mitgeholfen haben, in Dankbarkeit und erneuter Freundschaft gedenken. Über das neue Haus aber etwas zu sagen, es erzählend zu schildern, es zu preisen, ihm ein Lied zu singen, dazu wäre ich nicht imstande, denn wie soll man Worte setzen und Lieder singen beim ersten Schritt eines Neubeginns, wie soll man einen Tag vor seinem Abend loben? Wohl können wir bei der Einweihung des neuen Hauses Wünsche im Herzen hegen und unsere Freunde bitten, diese stillen Wünsche für die Zukunft des Hauses und unseres Lebens darin ebenfalls im Herzen zu tragen. Über dies Haus selbst jedoch etwas zu sagen, eine wirkliche Kunde von ihm zu geben, mich im Sinn eines Erlebnisses zu ihm zu stellen und zu bekennen, das vermöchte ich erst in Jahr und Tag.

Wohl aber kann und muß ich bei unserm Einzug ins neue Haus jener anderen Häuser gedenken, welche in früheren Epochen meines Lebens mir Obdach geboten und mein Leben und meine Arbeit beschützt haben. Jedem von ihnen bin ich dankbar, jedes von ihnen bewahrt unzählige Erinnerungen für mich, und jedes hilft in meinem Gedächtnis dazu mit, der Zeit, in der ich es bewohnte, ein eigenes Gesicht zu geben. Darum, wie man bei einer seltenen Familienfeier wohl zuerst das Einstmals beschwört und der Verstorbenen gedenken mag, will ich heute all der Vorgänger unsres schönen Hauses mich erinnern, ihr Bild in mir wachrufen und den Freunden von ihnen erzählen.

Obwohl in charaktervollen alten Häusern aufgewachsen, war ich in meinen jungen Jahren doch zu wenig kultiviert, und vor allem zu sehr mit mir selbst beschäftigt, als daß ich dem Haus und der Wohnung, worin ich lebte, viel Aufmerksamkeit und Liebe zugewandt hätte. Zwar war es mir keineswegs gleichgültig, wie mein Wohnraum aussehe, aber wichtig war mir damals am Aussehen meines jeweiligen Zimmers bloß das, was ich selber zu diesem Aussehen beitrug. Es interessierten und erfreuten mich nicht die Dimensionen des Raumes, nicht die Wände, ihre Winkel, ihre Höhe, die Farben, die Fußböden und so weiter, es interessierte mich lediglich das, was ich selber ins Zimmer mitgebracht und aufgestellt, gehängt und geordnet hatte.

Die Art, wie ein zwölfjähriger träumerischer Knabe sein erstes eigenes Zimmer zu schmücken und auszuzeichnen sucht, hat mit Geschmack und Dekoration nichts zu tun; die Antriebe zu diesem Schmücken liegen viel tiefer als aller Geschmack. So habe auch ich einst als Zwölfjähriger, als ich zu meinem Stolz im geräumigen Vaterhaus zum erstenmal mein eigenes Zimmer bekam, den großen und hohen Raum in keiner Weise aufzuteilen und zu beherrschen, ihn durch Farben oder Anordnen der Möbelstücke schön und wohnlich zu machen versucht, sondern mich um die Aufstellung des Bettes, der Schränke und so weiter überhaupt nicht gekümmert, dagegen alle Aufmerksamkeit auf die paar Stellen der Stube gerichtet, die für mich nicht Gebrauchsgegenstände, sondern Heiligtümer waren. Die wichtigste dieser Stellen war mein Stehpult, ich hatte mir lange eins gewünscht und es jetzt bekommen, und an diesem Pult wieder war mir das Wichtigste der Hohlraum unter seinem schrägen Deckel, wo ich ein Arsenal von mehr oder weniger geheimen Trophäen einzurichten bestrebt war, von lauter Dingen, welche man nicht braucht und nicht kaufen kann, und welche für niemand als für mich selbst ihren Erinnerungswert und zum Teil auch ihre magischen Bedeutungen hatten. Es war darunter ein kleiner Tierschädel, dessen Herkunft ich nicht kannte, ferner getrocknete Baumblätter, eine Hasenpfote, ein brüchiges Stück dicken grünen Glases und manche andre solche Dinge, die lagen in der Dämmerung ihrer Höhle unter dem Pultdeckel verborgen, von niemand gesehen und gewußt als von mir, meine Besitztümer und meine Geheimnisse, und sie waren mir wertvoller als jeder andre Besitz. Nächst dieser geheimen Schatzkammer kam die obere Ebene des Stehpultes in Betracht, und hier handelte es sich schon nicht mehr um den engsten und eigensten Bezirk, hier spielte schon Dekoration, Aufmachung und auch Großtuerei mit hinein. Hier nämlich wollte ich nicht verbergen und hüten, sondern zeigen und prahlen, hier sollte es großartig und schön zugehen, außer Blumensträußen und Marmorstücken gab es hier Photographien und andre Bildchen zu sehen, und meine höchste Sehnsucht war, hier eine Plastik stehen zu haben, einerlei was für eine, aber etwas Plastisches, ein dreidimensionales Kunstwerk, irgendeine Figur oder einen Kopf, und so stark war dies Verlangen, daß ich einmal eine Mark gestohlen und mir für achtzig Pfennige die winzig kleine Büste des jungen Kaisers Wilhelm aus gebranntem Ton, ein wertloses Massenfabrikat, gekauft habe.

Übrigens war diese Sehnsucht des Zwölfjährigen auch beim Zwanzigjährigen noch vorhanden, und zu den ersten Sachen, die ich mir aus selbstverdientem Gelde kaufte, in Tübingen als Buchhändlerlehrling, gehörte ein schneeweißer Gipsabguß der Hermesbüste des Praxiteles. Ich würde ihn wahrscheinlich heut in keinem Zimmer ertragen, aber damals empfand ich noch beinah ebenso stark wie als Knabe mit meinem tönernen Kaiserbild den primitiven Zauber der Plastik, der körperlichen, greifbaren, abtastbaren Naturnachahmung. Ein wesentlicher Fortschritt des Geschmackes also ist kaum festzustellen, wenn auch freilich der Hermes ein edleres Gebilde war als jene Kaiserbüste. Auch muß ich sagen, daß ich damals, während meiner vier Tübinger Jahre, noch immer gegen Haus und Raum, in denen ich wohnte, sehr gleichgültig war. Mein Tübinger Zimmer in der Herrenberger Straße war alle die vier Jahre hindurch dasselbe, das meine Eltern mir bei meinem Eintritt besorgt hatten: ein nüchternes ödes Erdgeschoßzimmer in einem öden häßlichen Hause an einer reizlosen Straße. Obwohl für viel Schönes empfänglich, litt ich damals unter diesem Wohnen keineswegs. Allerdings war es ja auch eigentlich kein »Wohnen«, denn ich war von frühmorgens bis zum Abend fort, in der Buchhandlung, und wenn ich dann nach Hause kam, war es meistens schon dunkel, und ich hatte nach nichts Verlangen als nach Alleinsein, nach Freiheit, nach Lektüre und nach eigener Arbeit. Und unter einem »schönen« Zimmer verstand ich auch damals noch nicht einen schönen Raum, sondern einen geschmückten. An Schmuck ließ ich es denn nicht fehlen. An die Wände waren teils in großen Photographien, teils in kleinen Ausschnitten aus illustrierten Zeitschriften oder aus Verlagskatalogen mehr als hundert Bildnisse von Männern genagelt, die ich aus irgendeinem Grunde bewunderte, und die Sammlung wuchs während jener Jahre beständig; ich erinnere mich noch wohl, wie ich seufzend die etwas teureren Preise für eine Photographie des jungen Gerhart Hauptmann bezahlte, dessen »Hannele« ich damals gelesen hatte, und für zwei Bilder von Nietzsche; das eine war das bekannte mit dem großen Schnurrbart und dem Blick etwas von unten herauf, das andre war die Photographie eines Ölbildes, das ihn als Kranken, mit ganz versunkenem und abwesendem Blick, darstellte, im Freien in einem Krankensessel hockend. Ich stand oft vor diesem Bilde. Außerdem war also der Hermes da, und die größte Wiedergabe eines Chopin-Bildnisses, die ich hatte auftreiben können. Außerdem war eine halbe Stubenwand, über dem Sofa, auf studentische Art mit einer Anordnung symmetrisch aufgehängter Tabakspfeifen dekoriert. Ein Stehpult hatte ich auch hier, und in seinem dunklen Hohlraume war noch immer Zauber, Geheimnis und Schatzkammer, war noch immer Zuflucht vor der nüchternen Außenwelt in ein magisches Reich; nur waren es jetzt nicht mehr Schädel, Hasenpfote, ausgehöhlte Roßkastanien und Glasstücke, sondern in Heften und auf vielen losen Papieren meine Gedichte, Phantasien und Aufsätze.

Von Tübingen kam ich, zweiundzwanzigjährig, im Herbst 1899 nach Basel, und dort erst geriet ich in ein ernsthaftes, lebendiges Verhältnis zur bildenden Kunst: während meine Tübinger Zeit, soweit sie mir gehörte, ausschließlich literarischen und intellektuellen Eroberungen gewidmet gewesen war, vor allem der wie berauschten oder besessenen Beschäftigung mit Goethe und dann mit Nietzsche, ging mir in Basel auch das Auge auf, ich wurde ein aufmerksamer und bald auch ein wissender Betrachter von Architekturen und Kunstwerken. Der kleine Kreis von Menschen in Basel, der mich damals aufnahm und bilden half, war ganz durchtränkt vom Einfluß Jacob Burckhardts, der erst vor kurzem gestorben war, und der dann in der zweiten Hälfte meines Lebens allmählich jene Stelle einnehmen sollte, welche vorher Nietzsche gehört hatte. Während meiner Basler Jahre machte ich denn auch zum erstenmal den Versuch, geschmackvoll und würdig zu wohnen, indem ich mir ein originelles hübsches Zimmer in einem Altbasler Hause mietete, ein Zimmer mit großem altem Kachelofen, ein Zimmer mit Vergangenheit. Ich hatte damit aber kein Glück; das Zimmer war wunderschön, aber es wurde niemals warm, obwohl der alte Ofen große Mengen Holz verschlang, und unter seinen Fenstern fuhren durch die scheinbar so ruhige Gasse morgens von drei Uhr an die Milch- und Marktwagen vom Albantor her über das Steinpflaster mit einem Höllenlärm und raubten mir den Schlaf; geschlagen floh ich nach einiger Zeit aus dem schönen Zimmer in eine moderne Vorstadt.

Und jetzt erst beginnt die Zeit meines Lebens, in der ich nicht mehr zufällige und oft gewechselte Zimmer, sondern Häuser bewohnte, und in welcher diese Häuser mir lieb und wichtig wurden. In den Jahren zwischen meiner ersten Heirat im Jahre 1904 und meinem Einzug in die Casa Bodmer im Jahre 1931 habe ich vier verschiedene Häuser bewohnt, und eines von ihnen selber gebaut. An sie alle muß ich heute denken.

In ein häßliches oder auch nur gleichgültiges Haus wäre ich jetzt nicht mehr gezogen; ich hatte viel alte Kunst gesehen, war zweimal in Italien gewesen, und auch sonst hatte mein Leben sich verändert und bereichert: zugleich mit dem Abschied von meinem bisherigen Berufe beschloß ich zu heiraten und beschloß zugleich, künftig ganz auf dem Lande zu leben. An diesen Entschlüssen sowohl wie an der Wahl der Orte und Häuser, in welchen wir künftig lebten, hatte meine erste Frau großen Anteil. Entschlossen zu einem einfachen, ländlichen, gesunden und möglichst bedürfnislosen Leben, legte sie doch großen Wert darauf, bei aller Einfachheit sehr schön zu wohnen, das heißt in schöner Landschaft mit schöner Aussicht, und in schönen, das heißt in charaktervollen, würdigen, nicht gleichgültigen Häusern. Ihr Ideal war das halb bäurische, halb herrschaftliche Landhaus, mit moosigem Dach, geräumig, unter uralten Bäumen, womöglich mit einem rauschenden Brunnen vor dem Tor. Ich selbst hatte ganz ähnliche Vorstellungen und Wünsche und stand in diesen Dingen auch unter Mias Einfluß. So war uns das, was wir zu suchen hatten, etwa vorgezeichnet. Zunächst suchten wir in der Nähe von Basel da und dort in hübschen Dörfern, dann trat durch meinen ersten Besuch bei Emil Strauß in Emmishofen auch der Bodensee in unsern Gesichtskreis, und zuletzt entdeckte, während ich zu Hause in Calw bei Vater und Schwestern saß und »Unterm Rad« schrieb, meine Frau das badische Dorf Gaienhofen am Untersee, und darin ein leerstehendes Bauernhaus, an einem kleinen stillen Platz gegenüber der Dorfkapelle. Ich war einverstanden, und wir mieteten das Bauernhaus für einen Mietzins von hundertfünfzig Mark im Jahr, was uns selbst dort und damals wohlfeil erschien. Dort begannen wir uns im September 1904 einzurichten, anfangs mit Enttäuschungen und Schwierigkeiten, mit langem Warten auf die ausbleibenden

Möbel und Betten, die aus Basel kommen sollten und die wir Tag um Tag mit dem von Schaffhausen kommenden Morgenschiff erwarteten. Dann ging es vorwärts, und unser Eifer wuchs. Wir strichen das rohe Dachgebälk in den Stuben des obern Stockwerks dunkelrot, die beiden unteren Stuben, die hübschesten des Hauses, hatten alte Wandverkleidungen von unbemaltem Tannenholz, und neben dem gediegenen Ofen war eine sogenannte »Kunst«: ein Stück Wand war dort, oberhalb einer rohen Sitzbank, mit grünen alten Kacheln bekleidet, die vom Herdfeuer der Küche her erwärmt wurden. Hier war der Lieblingsplatz unsrer ersten Katze, des schönen Katers Gattamelata. Dies also war mein erstes Haus. Eigentlich freilich hatten wir bloß die Hälfte des Hauses gemietet, die andre Hälfte bestand aus Scheune und Stall, die der Bauer zur eigenen Verwendung behielt. Der Wohnteil des Fachwerkhauses bestand unten aus einer Küche und zwei Stuben, deren größere mit dem großen Kachelofen unser Wohn- und Speisezimmer war, rohe Holzbänke liefen der halben Wand entlang, es war dort warm und behaglich zwischen den Holzwänden. Das kleinere Zimmer daneben war das meiner Frau, dort stand ihr Klavier und Schreibtisch. Eine primitive Brettertreppe führte ins obere Geschoß. Dort war, dem Wohnzimmer unten entsprechend, ein großer Raum mit zwei Fenstern übereck, aus denen an der Kapelle vorbei Stücke der Seelandschaft zu sehen waren; dies war mein Studierzimmer, darin stand der große Schreibtisch, den ich mir hatte bauen lassen und den ich als einziges Stück von damals noch heute habe, auch ein Stehpult stand wieder darin, und alle Wände voll von Büchern. Trat man ein, so mußte man auf die hohe Balkenschwelle achten; wer das außer acht ließ, stieß sich in der niedrigen Türe den Kopf an, es ist manchem passiert. Der junge Stefan Zweig mußte bei seinem Besuch sich erst eine Viertelstunde hinlegen und erholen, ehe er sprechen konnte, er war zu rasch und enthusiastisch eingetreten, als daß ich ihn noch vor der Schwelle hätte warnen können. Daneben waren auf diesem Boden noch zwei Schlafzimmer, und darüber ein großer Dachboden. Ein Garten war nicht bei diesem Hause, nur ein kleiner Grasfleck mit zwei, drei geringen Obstbäumen, dazu grub ich dem Hause entlang eine Rabatte und pflanzte Johannisbeersträucher und einige Blumen hinein.

In diesem Haus habe ich drei Jahre gewohnt, während dieser Zeit ist mein erster Sohn zur Welt gekommen und sind viele

Gedichte und Erzählungen entstanden. Im »Bilderbuch« und anderwärts findet sich manche Schilderung aus unsrem damaligen Leben. Etwas, was kein späteres Haus mehr zu geben hatte, macht dieses Bauernhaus mir lieb und einzigartig: Es war das erste! Es war die erste Zuflucht meiner jungen Ehe, die erste legitime Werkstatt meines Berufes, hier zum erstenmal hatte ich das Gefühl von Seßhaftigkeit, und eben darum auch zuweilen das Gefühl der Gefangenschaft, des Verhaftetseins an Grenzen und Ordnungen; hier zum erstenmal ließ ich mich auf den hübschen Traum ein, mir an einem Orte eigener Wahl etwas wie Heimat schaffen und erwerben zu können. Und es geschah mit geringen und primitiven Mitteln. Nagel um Nagel in diesen Stuben habe ich selber eingeschlagen, und es waren nicht gekaufte Nägel, sondern die Kistennägel von unsrem Umzug, die ich Stück für Stück auf unsrer steinernen Hausschwelle geradegeklopft hatte. Ich habe die klaffenden Ritzen im Obergeschoß ausgestopft, mit Werg und mit Papier, und rote Farbe drübergestrichen, ich habe in dem schlechten Boden bei der Hauswand gegen Trockenheit und Schatten um die paar Blumen gekämpft. Das Einrichten dieses Hauses war mit dem schönen Pathos der Jugend geschehen, mit dem Gefühl eigenster Verantwortlichkeit für unser Tun, und mit dem Gefühl, es sei fürs ganze Leben. Dazu hatten wir auch den Versuch gemacht, in dieser bäuerlichen Hütte ein ländliches, einfach-aufrichtiges, natürliches, unstädtisches und unmodisches Leben zu führen. Die Gedanken und Ideale, die uns dabei führten, waren ebenso verwandt mit denen Ruskins und Morris', wie mit denen von Tolstoi. Zum Teil war es geglückt, zum Teil mißlungen, aber es war uns beiden mit allem Ernst gewesen, es war alles in Treue und mit Hingabe getan worden.

Zwei Bilder, zwei Erlebnisse stehen jedesmal scharf und wohlerhalten in meinem Gedächtnis auf, wenn ich an dies Haus und die ersten Gaienhofener Jahre erinnert werde. Das erste Bild ist ein warmer strahlender Sommermorgen, der Morgen meines achtundzwanzigsten Geburtstages. Da wachte ich früh auf, von wunderlichen Tönen geweckt und beinah erschreckt, lief im Hemd ans Fenster, und unterm Fenster stand, von meinem Freund Ludwig Finckh aus den paar Nachbardörfern zusammengeholt, eine ländliche Blasmusik, die spielte einen Marsch und einen Choral, und die Hörner und die Klarinettenklappen funkelten in der Morgensonne.

Dies ist das eine Bild, das mir bei dem alten Hause einfällt. Das andre hat ebenfalls mit meinem Freund Finckh zu tun. Auch diesmal wurde ich aus dem Schlaf geschreckt, aber es war noch mitten in der Nacht, und unterm Fenster stand nicht Finckh, sondern Freund Bucherer und meldete mir, daß das kleine Häuschen, das Ludwig Finckh sich gekauft und soeben für seine junge Frau hergerichtet hatte, in Flammen stehe. Schweigend gingen wir durchs Dorf hinauf, da stand der Himmel hochrot, und das kleine putzige Hexenhäuschen, eben erst frisch ausgebaut, gemalt und eingerichtet, brannte vor unsern Augen bis zur letzten Schindel nieder, während sein Besitzer auf der Hochzeitsreise war und morgen eintreffen und seine Frau in das Haus einführen sollte. Als der Trümmerhaufen noch glühte und rauchte, mußten wir uns auf den Weg machen, um dem Freund entgegenzugehen und ihn und seine Frau mit der Unglücksbotschaft zu empfangen.

Von unsrem Bauernhaus nahmen wir einen langsamen und leichten Abschied, denn wir hatten beschlossen, uns nun selber ein Haus zu bauen. Es hatten sich dafür verschiedene Gründe eingefunden. Erstens waren unsre äußeren Verhältnisse günstig, und bei dem einfach-sparsamen Leben, das wir führten, war jedes Jahr Geld zurückgelegt worden. Dann hatten wir schon lange Sehnsucht nach einem richtigen Garten, und nach einer freieren und höheren Lage mit weiter Aussicht. Auch war meine Frau viel krank gewesen, und es war ein Kind da, und solche Luxuseinrichtungen wie eine Badewanne und ein Badeofen schienen uns jetzt nicht mehr so ganz entbehrlich wie vor drei Jahren. Und, so dachten und sprachen wir, wenn unsre Kinder nun hier auf dem Lande aufwuchsen, so war es schöner und richtiger, wenn sie es auf eigenem Grund und Boden, im eigenen Haus, im Schatten eigener Bäume tun konnten. Ich weiß nicht mehr, wie wir diese Auffassung vor uns selber begründeten, ich erinnere mich nur daran, daß es uns wirklich Ernst damit war. Vielleicht stand dahinter nichts als häuslicher Bürgersinn, obwohl der bei uns beiden nie stark gewesen war – aber am Ende waren wir durch die fetten Jahre erster Erfolge verdorben; oder aber spukte auch da so ein Bauerntum-Ideal mit hinein? Ich fühlte mich meiner Bauernideale zwar niemals sicher, auch schon damals nicht, aber von Tolstoi her und auch von Jeremias Gotthelf her, und gespeist aus einer damals in Deutschland ziemlich lebhaften Regung von

Stadtflucht und Landleben mit moralisch-künstlerischer Begründung lebten nun eben diese hübschen, aber unklar formulierten Glaubensartikel in unsern Köpfen, wie sie auch im »Peter Camenzind« zum Ausdruck kamen. Ich weiß nicht mehr genau, was ich damals unter dem Wort »Bauer« verstand. Heute jedenfalls glaube ich nichts gewisser zu wissen, als daß ich das genaue Gegenteil eines Bauern bin, nämlich (dem angeborenen Typus nach) ein Nomade, ein Jäger, ein Unseßhafter und Einzelgänger. Nun, damals dachte ich im Grunde wahrscheinlich gar nicht viel anders als heute, aber statt des Gegensatzes »Bauer – Nomade« sah und formulierte ich damals eben den Gegensatz »Bauer – Städter«, und verstand unter Bauerntum nicht bloß die Stadtferne, sondern vor allem die Naturnähe und die Sicherheit, die ein nicht von Vernunftsätzen, sondern von Instinkten geleitetes Leben auszeichnet. Daß mein ländliches Ideal selber nur ein Vernunftsatz war, störte mich dabei nicht. Unsre Neigungen haben ja stets eine erstaunliche Begabung, sich als Weltanschauungen zu maskieren. Der Fehler meines Gaienhofener Lebens war denn auch nicht der, daß ich falsche Gedanken über Bauerntum und so weiter hegte, sondern daß ich zum Teil mit meinem Bewußtsein etwas ganz andres wollte und anstrebte, als meine wirklichen Triebe meinten. Wie weit ich dabei Ideen und Wünsche meiner Frau Mia über mich herrschen ließ, kann ich nicht sagen, ihr Einfluß in jenen ersten Jahren war aber, wie ich erst im Zurückblicken sehe, stärker als ich zugegeben hätte.

Kurz, es war beschlossen worden, Land zu kaufen und zu bauen. Ein von Basel her befreundeter Architekt, Hindermann, war zur Verfügung, die Schwiegereltern gaben den größten Teil der Bausumme als Darlehen, Land war überall billig zu kaufen, ich glaube, das Quadratmeter kostete etwa zwei oder drei Groschen. So haben wir in unsrem vierten Bodenseejahr ein Grundstück gekauft und ein hübsches Haus darauf gebaut. Wir wählten einen Platz weit außerhalb des Dorfes, mit freier Aussicht über den Untersee. Man sah das Schweizer Ufer, die Reichenau, den Konstanzer Münsterturm und dahinter ferne Berge. Das Haus war bequemer und größer als das verlassene, es war Raum darin für Kinder, Magd, Gast, Schränke und Truhen wurden eingebaut, und wir brauchten das Wasser nicht mehr wie bisher vom Brunnen herzutragen, es gab eine Wasserleitung im Haus, und unterm Boden einen Wein- und Obstkeller und eine

Dunkelkammer für die Photographien meiner Frau, und noch dies und jenes Hübsche und Angenehme. Nachdem wir eingezogen waren, gab es auch Enttäuschungen und Sorgen, die Senkgrube war häufig verstopft und in der Küche blieb das Altwasser im Schüttstein stehen und drohte überzulaufen, während ich mit dem herbeigeholten Baumeister vor dem Hause auf dem Bauche lag und mit Ruten und Drähten in den wieder aufgegrabenen Ablaufröhren wühlte. Das Ganze aber bewährte sich und machte uns Freude, und wenn auch unser tägliches Leben ebenso einfach geführt wurde wie vorher, so gab es doch eine Menge von kleinem Luxus, den ich mir nie hätte träumen lassen. In meinem Arbeitszimmer war eine Bibliothek eingebaut und ein großer Mappenschrank. An allen Wänden drängten sich die Bilder, wir hatten jetzt manche Künstlerfreunde, kauften einiges und bekamen andres geschenkt. In den Räumen des weggezogenen Max Bucherer wohnten jetzt im Sommer zwei Maler aus München, Blümel und Renner, die wir gern hatten und mit denen ich noch heute befreundet bin.

Besonders üppig und fein hatte ich mir die Heizung meines Studierzimmers ausgedacht: da stand ein großer grüner Kachelofen, der aber als Dauerbrenner mit Kohlen geheizt werden konnte. Wir gaben uns viel Mühe mit ihm, und schickten einmal während des Bauens eine ganze Wagenladung Kacheln wieder an die Fabrik zurück, weil sie nicht ganz das schöne Grün hatten, das ich gemeint und bestellt hatte. Aber gerade dieser Ofen zeigte mir die Schattenseiten aller Bequemlichkeiten und technischen Verfeinerung: der Kerl heizte zwar gut, aber bei etwas föhnigem Wetter braute er Gase, die er nicht wieder loswerden konnte, und explodierte dann mit einem Ton, den ich heut noch höre, und die Stube war plötzlich voll Kohlengas, Rauch und Ruß, man mußte das Feuer schleunigst herausholen und löschen, und zwei Stunden weit nach Radolfzell laufen, um den Hafner zu holen, und dann war es für manche Tage aus mit Heizung und Studierstube. Drei- oder viermal ist das passiert, und zweimal reiste ich gleich nach dem Unglück ab: kaum war der böse Knall erfolgt und meine Stube eingeräuchert, so packte ich die Handtasche, lief weg, bestellte in Radolfzell den Hafner und fuhr von da nach München, wo ich als Mitherausgeber einer Zeitschrift ohnehin zu tun hatte. Immerhin waren diese Eskapaden seltne Ausnahmen.

Beinahe wichtiger als das Haus wurde mir der Garten. Einen eigenen Garten hatte ich noch nie gehabt, und aus meinen ländlichen Grundsätzen ergab sich von selbst, daß ich ihn selber anlegen, bepflanzen und pflegen mußte, und das habe ich denn auch manche Jahre lang getan. Ich baute im Garten einen Schuppen für das Brennholz und das Gartengerät, ich steckte gemeinsam mit einem mich beratenden Bauernsohn Wege und Beete ab, pflanzte Bäume, Kastanien, eine Linde, eine Katalpe, eine Buchenhecke und eine Menge von Beerensträuchern und schönen Obstbäumen. Die Obstbäumchen wurden im Winter von den Hasen und Rehen abgenagt und zerstört, alles andre gedieh recht schön, und wir hatten damals die Erdbeeren und Himbeeren, den Blumenkohl, die Erbsen und den Salat im Überfluß. Daneben legte ich eine Dahlienzucht an, und eine lange Allee, wo zu beiden Seiten des Weges einige hundert Sonnenblumen von exemplarischer Größe wuchsen und zu ihren Füßen viele Tausende von Kapuzinern in allen Tönen von Rot und Gelb. Mindestens zehn Jahre lang habe ich, in Gaienhofen und in Bern, allein und eigenhändig meine Gemüse und Blumen gepflanzt, meine Beete gedüngt und begossen, die Wege von Unkraut befreit, habe all unser vieles Brennholz selber gesägt und gespalten. Es war schön und lehrreich, und wurde doch am Ende zu einer schweren Sklaverei. Das Bauernspielen war hübsch, solang es ein Spiel war: als es sich zur Gewohnheit und Pflicht ausgewachsen hatte, war die Freude daran vorüber. Hugo Ball hat, nach meinen sehr sparsamen Auskünften, den Sinn dieses Gaienhofener Umweges in seinem Buch gut herausgeschält, wenn auch ein wenig zu kahl und zu wenig gerecht gegen Freund Finckh. Es war mehr Wärme dabei und mehr Unschuld und Spiel, als er ahnen läßt.

Wie sehr übrigens unsre Seele das Bild der Umwelt bearbeitet, verfälscht oder vielmehr korrigiert, und wie sehr die Erinnerungsbilder unsres Lebens von innen her beeinflußt werden, das zeigt mir meine Erinnerung an das zweite Gaienhofener Haus beschämend deutlich. Ich habe vom Garten dieses Hauses heute noch die genaueste Vorstellung, und im Hause selbst sehe ich mein Studierzimmer und dessen geräumigen Balkon deutlich mit allen Einzelheiten, ich könnte noch von jedem Buch die Stelle nennen, die es einnahm. Dagegen ist meine Vorstellung von den übrigen Räumen schon heute, zwanzig Jahre nachdem ich das Haus verlassen, merkwürdig unscharf geworden.

Nun waren wir also richtig für Lebenszeiten eingerichtet und angesiedelt, friedlich stand vor unsrer Haustür der einzige große Baum unsres Grundstücks, ein alter gewaltiger Birnbaum, unter den ich eine Lattenbank gezimmert hatte, fleißig bestellte ich meinen Garten, pflanzte und schmückte, und schon kam mein ältestes Söhnchen mir im Garten spielend mit seinem Kinderspaten nach. Aber die Ewigkeit, für die wir gebaut hatten, dauerte nicht lange. Ich hatte Gaienhofen erschöpft, es war dort kein Leben mehr für mich, ich reiste nun häufig für kurze Zeit weg, die Welt war so weit da draußen, und fuhr schließlich sogar nach Indien, im Sommer 1911. Die heutigen Psychologen, der Schnoddrigkeit beflissen, nennen so etwas eine »Flucht«, und natürlich war es unter andrem auch dies. Es war aber auch ein Versuch, Distanz und Überblick zu gewinnen. Im Sommer 1911 fuhr ich nach Indien und kam ganz am Ende des Jahres zurück. Aber das alles genügte nicht. Mit der Zeit fanden sich zu den verschwiegenen inneren Gründen unsrer Unzufriedenheit auch die äußern, die zwischen Mann und Frau leicht diskutierbaren: ein zweiter und dritter Sohn war geboren, der älteste wurde schulpflichtig, meine Frau empfand zuweilen Heimweh nach der Schweiz und auch nach der Nähe einer Stadt, nach Freunden und nach Musik, und allmählich gewöhnten wir uns daran, unser Haus als verkäuflich und unser Gaienhofener Leben als eine Episode zu betrachten. Im Jahre 1912 wurde die Sache reif, es fand sich ein Käufer für das Haus.

Der Ort, an den wir jetzt ziehen wollten, nach acht Gaienhofener Jahren, war Bern. In die Stadt selbst wollten wir zwar nicht ziehen, das wäre uns wie Verrat an unsern Idealen vorgekommen, aber wir wollten in der Nähe von Bern ein stilles ländliches Haus suchen, etwa ein ähnliches wie das wunderschöne alte Landgut, das mein Freund Albert Welti, der Maler, seit einigen Jahren bewohnte. Ich hatte ihn mehrmals in Bern besucht, und sein hübsches, leicht verwahrlostes Haus und Gütchen weit draußen vor der Stadt hatte mir sehr gefallen. Und wenn meine Frau ohnehin, aus Jugenderinnerungen her, eine große Liebe für Bern und Bernertum und alte Berner Landsitze hatte, so war für mich der Umstand, dort einen Freund wie Welti zu wissen, mitbestimmend, als ich mich für Bern entschied.

Als es aber soweit war und wir wirklich vom Bodensee nach Bern umzogen, da sah schon alles wieder anders aus. Ein paar

Monate vor unsrer Übersiedlung nach Bern waren Freund Welti und seine Frau rasch hintereinander gestorben, ich war zu seinem Begräbnis in Bern gewesen, und da hatte es sich ergeben, daß es, wenn wir nun schon nach Bern ziehen wollten, das Beste wäre, Weltis Haus zu übernehmen. Wir wehrten uns innerlich gegen diese Nachfolgerschaft, es roch uns zu sehr nach Tod, wir suchten auch nach einem andern Unterkommen in der Nähe Berns, aber es fand sich nichts, was uns gefallen hätte. Das Weltihaus war nicht Weltis Eigentum gewesen, es gehörte einer Berner Patrizierfamilie, und wir konnten Weltis Miete übernehmen, zusammen mit einigem Hausrat und mit Weltis Wolfshündin Züsi, die ebenfalls bei uns blieb.

Das Haus am Melchenbühlweg bei Bern, oberhalb von Schloß Wittigkofen, war nun eigentlich in jeder Hinsicht die Verwirklichung unsrer alten, seit den Basler Zeiten mehr und mehr befestigten Vorstellung von einem idealen Hause für Leute von unsrer Art. Es war ein Landhaus im Berner Stil mit dem runden Berner Giebel, der an diesem Haus durch seine starke Unregelmäßigkeit etwas besonders Gewinnendes an sich hatte, ein Haus, das aufs angenehmste und in einer wie für uns eigens ausgesuchten Mischung bäuerliche und herrschaftliche Merkmale vereinigte, halb primitiv, halb vornehm-patrizisch, ein Haus aus dem siebzehnten Jahrhundert, mit Anbauten und Einbauten aus der Empirezeit, inmitten ehrwürdiger uralter Bäume, von einer riesigen Ulme ganz überschattet, ein Haus voll wunderlicher Winkel und Versponnenheiten, manchmal behaglicher, manchmal spukhafter Art. Es gehörte dazu ein großes Stück Bauernland mit Bauernhaus, die waren an einen Pächter vergeben, von welchem wir die Milch fürs Haus und den Mist für den Garten bekamen. Zu unsrem Garten, der gegen Süden vom Hause abwärts streng symmetrisch mit Steintreppen in zwei Terrassen angelegt war, gehörten schöne Obstbäume und gehörte auch noch, zweihundert Schritt etwa vom Wohnhaus entfernt, ein sogenanntes »Boskett«, ein Wäldchen aus ein paar Dutzend alten Bäumen, darunter herrlichen Buchen, das auf einem kleinen Hügel lag und die Gegend beherrschte. Hinter dem Hause rauschte ein hübscher steinerner Brunnen, die große Veranda nach Süden war von einer riesigen Glyzine umwachsen, von dort blickte man über die Nachbarschaft und viele Waldhügel auf die Berge, deren Kette man vom Thuner Vorberggebiet bis zum

Wetterhorn alle sah, die großen Berge der Jungfraugruppe in der Mitte. Haus und Garten sind ziemlich ähnlich geschildert in meinem Romanfragment »Das Haus der Träume«, und der Titel dieser unvollendeten Dichtung ist eine Erinnerung an meinen Freund Albert Welti, der eins seiner merkwürdigsten Bilder so genannt hatte. Und innen in diesem Hause gab es mancherlei interessante und schätzenswerte Dinge: hübsche alte Kachelöfen und Möbel und Beschläge, elegante französische Pendülen unter Glasglocken, alte hohe Spiegel mit grünlichem Glas, in dem man wie ein Ahnenbild aussah, ein marmorner Kamin, in dem ich an jedem Herbstabend Feuer brannte.

Kurz, es war alles, wie wir es nicht besser hätten ausdenken können – und war trotzdem schon von Anfang an verschattet und unglücklich. Daß diese unsre neue Existenz mit dem Tod der beiden Weltis begonnen hatte, war wie ein Vorzeichen. Dennoch genossen wir zu Anfang die Vorzüge des Hauses, die unvergleichliche Aussicht, den Sonnenuntergang überm Jura, das gute Obst, die alte Stadt Bern, in der wir einige Freunde hatten und gute Musik hören konnten, nur war alles ein wenig resigniert und gedämpft; erst manche Jahre später hat meine Frau mir einmal gesagt, daß sie von Anfang an in dem alten Hause, von dem sie doch gleich mir entzückt schien, oft Angst und Bedrückung, ja etwas wie Furcht vor plötzlichem Tod und vor Gespenstern fühlte. Es kam nun langsam der Druck heran, der mein bisheriges Leben verändert und zum Teil vernichtet hat. Es kam, nicht ganz zwei Jahre nach unsrer Übersiedlung, der Weltkrieg, es kam für mich die Zerstörung meiner Freiheit und Unabhängigkeit, es kam die große moralische Krise durch den Krieg, die mich zwang, mein ganzes Denken und meine ganze Arbeit neu zu begründen, es kam das jahrelange schwere Kranksein unsres jüngsten, dritten Söhnchens, es kamen die ersten Vorboten der Gemütskrankheit meiner Frau – und während ich durch den Krieg amtlich überanstrengt und moralisch immer mehr verzweifelt war, bröckelte langsam alles das zusammen, was bis dahin mein Glück gewesen war. In der spätern Kriegszeit saß ich in dem abgelegenen Hause, das kein elektrisches Licht hatte, oft ohne Petroleum im Finstern, allmählich ging unser Geld verloren, und schließlich, nach langen bösen Zeiten, kam die Krankheit meiner Frau zum Ausbruch, sie war lange Zeit in Heilanstalten; im verwahrlosten, viel zu großen Berner Hause war der Haushalt kaum mehr aufrechtzuerhalten, die Kinder mußte ich in Pension weggeben, lange Monate saß ich mit einer treugebliebenen Magd ganz allein in dem verödeten Haus, und wäre längst fortgegangen, wenn mein Kriegsamt mir das erlaubt hätte.

Endlich, als im Frühling 1919 auch dies Amt zu Ende und ich wieder frei war, verließ ich das verzauberte Haus in Bern, in dem ich nun beinahe sieben Jahre gewohnt hatte. Der Abschied von Bern fiel mir im übrigen nicht mehr schwer. Es war mir klar geworden, daß es moralisch nur noch *eine* Existenzmöglichkeit für mich gab: meine literarische Arbeit allem andern voranzustellen, nur noch in ihr zu leben und weder den Zusammenbruch der Familie noch die schwere Geldsorge, noch irgendeine andre Rücksicht mehr ernst zu nehmen. Gelang es nicht, so war ich verloren. Ich fuhr nach Lugano, saß einige Wochen in Sorengo und suchte, dann fand ich in Montagnola die Casa Camuzzi, und zog dort im Mai 1919 ein. Aus Bern ließ ich nur meinen Schreibtisch und meine Bücher kommen, im übrigen lebte ich mit gemieteten Möbeln. In diesem letzten meiner bisherigen Häuser blieb ich zwölf Jahre wohnen, die ersten vier Jahre ganz, von da an nur noch in den wärmeren Jahreszeiten.

Dies schöne wunderliche Haus, von dem ich jetzt Abschied nehme, hat mir viel bedeutet, und war in mancher Hinsicht das originellste und hübscheste von allen denen, die ich je besaß oder bewohnte. Freilich besaß ich hier gar nichts, und bewohnte auch nicht das Haus, sondern nur eine kleine Wohnung von vier Stuben als Mieter, ich war kein Hausherr und Familienvater mehr, der ein Haus und Kinder und Dienstboten hat, seinem Hunde ruft und seinen Garten pflegt; ich war jetzt ein kleiner abgebrannter Literat, ein abgerissener und etwas verdächtiger Fremder, der von Milch und Reis und Makkaroni lebte, seine alten Anzüge bis zum Ausfransen austrug und im Herbst sein Abendessen in Form von Kastanien aus dem Walde heimbrachte. Aber das Experiment, um das es ging, ist geglückt, und trotz allem, was auch diese Jahre schwer gemacht hat, sind sie schön und fruchtbar gewesen. Wie aus Angstträumen aufgewacht, aus Angstträumen, die Jahre gedauert hatten, sog ich die Freiheit ein, die Luft, die Sonne, die Einsamkeit, die Arbeit. Ich schrieb noch in diesem ersten Sommer hintereinander den »Klein und Wagner« und den »Klingsor«, und entspannte damit mein Inneres so weit, daß ich im folgenden Winter den »Siddhartha« beginnen konnte. Ich war also nicht zugrunde gegangen, ich hatte mich nochmals zusammengerafft, ich war noch der Arbeit, der Konzentration fähig; die Kriegsjahre hatten mich nicht, wie ich halb gefürchtet hatte, geistig umgebracht. Materiell hätte ich jene Jahre nicht zu überdauern und meine Arbeit nicht zu leisten vermocht, wären nicht mehrere Freunde mir immer wieder treulich beigestanden. Ohne die Unterstützung durch den Freund in Winterthur und die lieben Siamesen wäre es nicht gegangen, und einen besonders großen Freundesdienst hat mir Cuno Amiet geleistet, als er meinen Sohn Bruno zu sich nahm.

Und so habe ich also die letzten zwölf Jahre in der Casa Camuzzi gewohnt, Garten und Haus kommen im »Klingsor« und in anderen meiner Dichtungen vor. Manche Dutzendmale habe ich dies Haus gemalt und gezeichnet, und bin seinen verzwickten launischen Formen nachgegangen; namentlich in den beiden letzten Sommern, zum Abschied, habe ich vom Balkon, von den Fenstern, von der Terrasse aus noch alle Blicke gezeichnet, und viele von den wunderlich schönen Winkeln und Gemäuern im Garten. Mein Palazzo, Imitation eines Barock-Jagdschlosses, der Laune eines Tessiner Architekten vor etwa fünfundsiebzig Jahren entsprungen, hat außer mir noch eine ganze Reihe von Mietern gehabt, aber keiner ist so lange geblieben wie ich, und ich glaube, keiner hat ihn so geliebt (auch belächelt) und ihn sich so zur Wahlheimat werden lassen wie ich. Aus einer ungewöhnlich üppigen und munteren Baulust entstanden, im lustvollen Überwinden großer Terrainschwierigkeiten, hat dieser halb feierliche, halb drollige Palazzo ganz verschiedene Ansichten. Vom Portal des Hauses führt pompös und theatralisch eine fürstliche Treppe hinab in den Garten, der in vielen Terrassen mit Treppen, Böschungen und Mauern sich bis in eine Schlucht hinab verliert und in dem alle südlichen Bäume in alten, großen Prachtexemplaren vorkommen, ineinander verwachsen, von Glyzinen und Clematis überwuchert. Für das Dorf selbst liegt das Haus fast ganz verborgen. Aus dem Tale unten sieht es, mit seinen Treppengiebeln und Türmchen über stillen Waldrükken hervorschauend, ganz wie das ländliche Schloß einer Eichendorffnovelle aus.

Manches hat sich auch hier während der zwölf Jahre geändert, nicht bloß in meinem Leben, sondern auch im Hause und Garten. Der herrliche alte Judasbaum unten im Garten, der größte, den ich jemals gesehen, der Jahr um Jahr vom Anfang Mai bis weit in den Juni hinein so üppig geblüht und im Herbst und Winter mit seinen rotvioletten Schoten so fremdartig ausgesehen hatte, fiel in einer Herbstnacht dem Sturm zum Opfer. Die große Sommermagnolie Klingsors, dicht vor meinem Balkönchen, deren geisterhafte weiße Riesenblüten mir beinahe ins Zimmer hereingewachsen waren, wurde einst während meiner Abwesenheit umgehauen. Einmal kam ich nach langer Abwesenheit im Frühling aus Zürich zurück, da war wahrhaftig meine brave alte Haustür verschwunden und die Stelle zugemauert, ich stand verzaubert und wie im Traume davor und fand keinen Eingang mehr: man hatte ein wenig umgebaut, ohne mir etwas davon zu sagen. Aber das Haus ist mir durch keine dieser Veränderungen entleidet worden, es war mehr das meinige als irgendeines der früheren, denn hier war ich nicht Ehemann und Familienvater, hier war nur ich allein zu Hause, hier hatte ich in bangen harten Jahren nach dem großen Schiffbruch mich durchgekämpft, auf einem Posten, der mir oft vollkommen verloren schien, hier hatte ich viele Jahre die tiefste Einsamkeit genossen, und auch an ihr gelitten, hatte viele Dichtungen und Malereien gemacht, tröstende Seifenblasen, und war mit allem so verwachsen, wie ich es seit der Jugend mit keiner andern Umgebung gewesen war. Zum Dank habe ich dies Haus oft genug gemalt und besungen, habe ihm auf viele Arten zu erwidern gesucht, was es mir gab und war.

Wäre ich in meiner Einsamkeit geblieben, hätte ich nicht nochmals einen Lebenskameraden gefunden, so wäre es wohl nie dazu gekommen, daß ich das Camuzzihaus wieder verlassen hätte, obwohl es in vielen Beziehungen für einen alternden und nicht mehr gesunden Menschen unbequem war. Ich habe in diesem märchenhaften Haus auch bitter gefroren und allerlei andre Not gelitten. Darum war in den letzten Jahren je und je der Gedanke aufgetaucht, aber niemals recht ernst genommen worden: vielleicht doch noch einmal umzuziehen, ein Haus zu kaufen, zu mieten oder gar zu bauen, wo ich fürs Alter eine bequemere und gesundere Unterkunft hätte. Es waren Wünsche und Gedanken, nichts weiter.

Da ereignete sich das schöne Märchen: in der »Arch« in Zürich saßen wir an einem Frühlingsabend des Jahres 1930 und plauderten, und die Rede kam auch auf Häuser und Bauen, und auch meine gelegentlich auftauchenden Hauswünsche wurden erwähnt. Da lachte plötzlich Freund B. mich an und rief: »Das Haus sollen Sie haben!«

Auch dies war, so schien mir, ein Spaß, ein hübscher Spaß am Abend beim Wein. Aber der Spaß ist Ernst geworden, und das Haus, von dem wir damals spielerisch träumten, steht jetzt da, unheimlich groß und schön und soll mir für Lebenszeit zur Verfügung stehen. Wieder einmal unternehme ich es, mich neu einzurichten, und wieder geschieht es fürs »ganze Leben«, und diesmal wird das vermutlich stimmen.

Seine Geschichte zu schreiben wird später Zeit sein, sie hat je kaum begonnen. Heute ist andres an der Reihe. Wir wollen mit den Gläsern anstoßen und den guten hilfreichen Freunden ins Auge blicken und ihnen danken. Auf sie und auf das neue Haus wollen wir die Gläser leeren.

(1931)

BESUCH BEI WILHELM RAABE

Ich habe nicht sehr viele berühmte Männer gekannt, oder die Mehrzahl dieser Bekanntschaften blieb oberflächlich, wurde von mir nicht gesucht und bedeutete mir nicht viel. In meinen Jugendjahren, als ich noch jene enthusiastische Sehnsucht nach dem Anblick und der Nähe verehrter Menschen empfand, bot sich mir keine Gelegenheit, sie jemals zu erfüllen, und ich war schon beglückt und fühlte mich gehoben und ein wenig geweiht, wenn ich etwa einen verehrten Musiker vom Saale aus auf dem Podium gesehen und gehört hatte, die Geiger Sarasate und Joachim etwa. Und als sich mir mit den Jahren solche Gelegenheiten geboten hätten, war ich noch manche Jahre lang schüchtern und brachte es nicht leicht über mich, etwa einen berühmten Schriftsteller aufzusuchen, mich als Kollegen vorzustellen und ihm ein kollegiales Gespräch abzunötigen. Und später, als auch diese Scheu sich verloren hatte oder doch kleiner geworden war, da war mir mit andern Jugendlichkeiten auch der Enthusiasmus für solche Begegnungen verlorengegangen. Es gab nicht sehr viele Männer oder Frauen, deren Namen ich aus der Ferne kannte und auf deren persönliches Kennenlernen ich sehr erpicht gewesen wäre. Einige gab es zwar immerhin: zum Beispiel hatte ich in den Jahren, in denen ich in München auf der Redaktion des »Simplicissimus« und im Verlag Albert Langen als Freund und Mitarbeiter verkehrte, viele Male den heimlichen Wunsch, es möchte einmal Knut Hamsun dort auftauchen und ich könnte ihn sehen. Aber es gab solcher Wünsche nicht viele, und die wenigen haben sich nicht erfüllt. Ich habe die Öffentlichkeit nie geliebt, und es war mir niemals angenehm, in einer Umgebung zu leben, wo man mich als Namen und als Marke kannte; mein Leben konnte mir gar nicht privat genug sein, und so habe ich niemals irgendeiner Ansammlung von »Prominenten« beigewohnt, sei es Salon, Klub, Ball oder Bankett; ich hatte es leicht, mich darum zu drücken, ich wohnte ja immer weitab auf dem Lande.

Es stand im Widerspruch mit diesen Neigungen, wenn ich in früheren Jahren, namentlich in der Zeit vor dem Kriege, beinahe jedes Jahr ein- oder zweimal oder gar dreimal mich bereden ließ, die Einladung zu einer Vorlesung anzunehmen. Ich tat es zum

Teil aus Reiselust und Bedürfnis nach Wechsel; es schien so angenehm, je und je irgendeine schöne Stadt aufzusuchen, Köln oder Wien, Straßburg oder Prag, die Reisekosten durch die kleine Mühe einer Vorlesung zu verdienen, und so nebenher doch ein klein wenig am Becher der Berühmtheit zu nippen, einen Abend lang gefeierter Gast zu sein. Es war oft sehr hübsch, und ich sah manche schöne Stadt dabei, aber im ganzen bekam es mir doch niemals gut: etwas von Katzenjammer und schlechtem Gewissen kam meistens nach: ich hatte zwar nichts an sich Verbotenes getan, aber doch etwas gegen meine Natur, hatte eine Anpassung versucht, die doch niemals glücken konnte. Aber dies und jenes Gute bekam ich dabei doch zu schmecken, was mir geblieben ist.

Auf einer solchen Reise war es, im Jahre 1909, daß ich also doch einmal meinen Besuch bei einem Manne machte, den ich seit manchen Jahren aufrichtig verehrte und liebte. Ich war zu einer Vorlesung nach Braunschweig gefahren und hatte schon in der Stunde, in der ich die Einladung annahm, gewußt, daß in Braunschweig der alte Wilhelm Raabe lebe, und hatte die leise Hoffnung gehegt, ich würde ihn vielleicht zu sehen bekommen. Und nun war ich in Braunschweig, war von freundlichen Menschen empfangen worden, und noch ehe ich etwa mich zu fragen getraute, ob vielleicht die Möglichkeit bestehe, Raabe zu sehen, hatte man es dort für selbstverständlich gehalten, daß ich ihn aufsuche. Nur bestand eine Schwierigkeit: man pflegte sich mit Raabe in seiner Weinstube zu treffen, und jetzt war er erkältet und ging nicht aus. Aber mein Wunsch, ihn zu begrüßen, wurde ihm zugetragen, und so lud er mich ein, ihn am Spätnachmittag des folgenden Tages in seiner Wohnung zu besuchen.

Inzwischen lief ich durch die herrliche alte Stadt, ruhte zwischenhinein in meinem Gastzimmer und dachte die ganze Zeit mit einer Mischung von Freude und Beklommenheit an den mehr als siebzigjährigen Dichter, den ich bald sehen würde. Ich dachte darüber nach, was er mir eigentlich bedeute und wie ich eigentlich zu ihm stehe. Ich hatte als Jüngling ein Buch von ihm gelesen, das mir halb gefallen hatte, halb nicht, es war etwas Krauses, beinah Kauziges darin, was mich bald entzückt, bald befremdet hatte, und etwas Norddeutsches, das mir fremd war, und etwas Bürgerlich-Patriotisches, das ich zwar damals keineswegs ablehnte, das mich aber doch ein wenig an die Auffassungen unsrer Lehrer erinnerte. Dann hatte ich ihn vergessen, ich hatte Gottfried Keller entdeckt und gleich darauf Storm und dann Conrad Ferdinand Meyer, die alle schon tot waren, die mir aber viel zeitgemäßer und wichtiger schienen als Raabe. Dann aber hatte mich der Hinweis eines Freundes wieder zur Lektüre Raabes geführt; inzwischen hatte ich auch viel Jean Paul gelesen, und nun hatte ich im Lauf einiger Jahre mehr als ein Dutzend Bücher von Raabe gelesen, und hatte einen tiefen Respekt vor diesem Mann bekommen, dem einzigen wirklich dichterischen Darsteller des Deutschland zwischen 1850 und 1880, dem träumerischen Fabulisten und zähen Kritiker, dem strengen und so warmherzigen Liebhaber seines Volkes. Und tieferen Eindruck noch als diese würdigen Eigenschaften hatten mir seine hintergründigen Humore gemacht, seine zähen Liebhabereien und Spiele, seine Vorliebe für Umwege und lange Gänge, seine Lust an wunderlichen und schwierigen Charakteren, seine Menschenkenntnis, hinter deren Schärfe und gelegentlichen Spottlust ein großer Glaube, eine große Menschenliebe zu stehen schien. Diesen alten Dichter sollte ich jetzt sehen, der beinahe so alt war wie meine Großväter, der den »Abu Telfan«, den »Dräumling«, »Die Akten des Vogelsangs« geschrieben hatte, dessen »Sperlingsgasse« schon bei den Büchern meiner Mutter stand, als ich lesen lernte und zum erstenmal Büchertitel entzifferte. An Ehrfurcht vor dem Alter war ich ohnehin gewöhnt, sie war mir anerzogen oder lag mir im Blut; aber es kam noch etwas Besonderes zu dieser Ehrfurcht hinzu, was etwa so auszudrücken wäre: ich hatte schon seit dem Ende meiner Jünglingszeit ein unausgesprochenes und auch etwas unklares Gefühl, als sei ich an einer Grenzscheide von Zeitaltern geboren, als habe ich in der Kindheit noch ein Abendrot miterlebt, den Rest einer Epoche, die von Tag zu Tag ferner rückte und im Entschwinden begriffen war. Zum Teil mag dies Gefühl von manchen Reden der Eltern und Großeltern genährt worden sein (obwohl ich mir an diesen Reden ziemlich viel Kritik erlaubte), zum Teil entsprang es wohl daraus, daß ich als Kind die rasch wachsende Industrie unsre Gegend erobern sah, jedenfalls war von allen den Empfindungen, mit denen ich an Raabe dachte, keine andre so stark wie diese, daß er zur Generation meiner Großväter gehöre und gleich ihnen etwas besitze und verkörpere, was uns Jüngern fehlte oder doch in uns nur noch verdünnt und halbverloren vorhanden wäre, eine etwas andere Art von Menschentum, von Glauben, von Ritterlichkeit. Und Raabe war ja nicht nur zufällig ein alter Mann und ein Angehöriger jener aussterbenden Art, er war einer ihrer echtesten Vertreter, einer ihrer Darsteller und Mitgestalter.

Die Stunde kam, ich fand mich in Raabes Haus ein; es war schon sehr abendlich und dämmerte stark. Ich habe keine Erinnerung mehr an das Haus, nur an das Zimmer, in das ich über eine Treppe geführt wurde. Da stand in der Dämmerung eine sehr große hagere Gestalt, mit dem Anzünden einer kleinen Erdöllampe beschäftigt; sie wandte sich mir zu, nach Bildern erkannte ich Raabes Gesicht, und doch war es anders als auf den Bildern. Schmal und sehr hoch, in einem langen Schlafrock, stand die friedliche und auch feierliche Gestalt, und von ihrer Höhe blickte ein altes, faltiges, spöttisch-kluges Gesicht zu mir herab, sehr lieb und freundlich und doch ein Fuchsgesicht, schlau, verschlagen, hintergründig, das greise Gesicht eines Weisen, spöttisch ohne Bosheit, wissend, aber gütig, altersklug, aber eigentlich ohne Alter, woran auch die aufrechte Haltung der Gestalt teilhatte, ein Gesicht, ganz anders und doch dem meines Großvaters verwandt, aus derselben Zeit, von derselben herben Reife, von beinahe derselben Würde und Ritterlichkeit, die ein vielfältiges Spiel alter, erprobter Humore überflog und milderte.

Er sprach leise, hieß mich willkommen, deutete an, daß er ungefähr wisse, wer ich sei, und lud mich zum Sitzen ein. Auch er setzte sich, stand aber bald wieder auf, ging hin und her, rückte an der Lampe, und so sieht ihn meine Erinnerung heute noch: in einer kleinen dämmerigen Stube, Bücher auf dem Tisch, Bücher an den Wänden, stehend, sehr groß und aufrecht, aus milden und sehr klugen Augen auf mich niederblickend. Er zeigte mir ein Buch, das auf dem Tische lag und das er zur Zeit las; es war ein Band der Erinnerungen von Moritz Busch, er fragte, ob ich es kenne, fing an von Bismarck zu sprechen, merkte aber schnell, daß ich da sehr wenig beschlagen war und nicht einmal die »Gedanken und Erinnerungen« ganz gelesen hatte, lächelnd gab er es auf. Lächelnd stand er, der Lampenschein floß an ihm hinauf und ließ sein sanft leuchtendes Gesicht einsam vor den halbdunkeln Bücherreihen schweben.

Ich hatte diesen alten Mann schon oft lieb gehabt und hätte ihm jetzt gerne sagen mögen, wie gut ich viele seiner Bücher kenne und wie sehr ich ihn verehre, aber man sagt das einem solch schlauen, alles schon wissenden, alten, ehrwürdigen Zauberer nicht so leicht, es kommt sich da jedes Wort der Verehrung, noch eh es gesprochen ist, schon erraten und belächelt vor und will nicht mehr aus dem Munde. Aber von »Abu Telfan« sprach ich dennoch, und ich glaube auch vom »Dräumling«. Dazwischen fragte er nach dem und jenem, nach meiner Reise und ziemlich eingehend nach meiner Familie. Ich hatte eine Frage, eine Bitte an ihn mitgebracht, aber erst gegen Ende meines Besuches überwand ich meine Scheu und rückte damit heraus. Ich sagte, es sei mir bekannt, daß er vor bald vierzig Jahren längere Zeit in Stuttgart gelebt habe, und gewiß habe er doch den Eduard Mörike dort gekannt, und ob er mir nicht etwas von ihm erzählen könne.

»O ja, Mörike!« lächelte er. »Sehr gemocht habe ich ihn nicht, offen gesagt.«

Ich sagte, das tue mir leid, ich hielte von Mörike außerordentlich viel und gäbe wohl etwas darum, ihn noch gekannt zu haben. Jawohl, sagte Raabe, das glaube er mir gerne, und Mörike sei ganz ohne Zweifel ein echter und richtiger Dichter gewesen, gewiß; indessen, was so den persönlichen Umgang unter Kollegen betreffe, da habe er in Stuttgart und auch anderwärts Leute gekannt, die ihm doch lieber gewesen seien. Er sei ein sehr zarter und etwas wunderlicher Mensch gewesen, dieser Mörike, und leicht verletzt; manchmal sei er, wenn irgend etwas oder irgend jemand ihm auf die Nerven gegangen sei, einfach ins Bett gelegen und sei ein paar Tage nicht zu sehen gewesen. Ein zarter Mensch und ein bißchen weich gegen sich selber, das sei er wohl gewesen. Er lächelte vor sich hin, und voll Spannung starrte ich ihn an, denn ich spürte deutlich, daß er sich eben jetzt sehr genau an Mörike erinnerte, ihn vor sich sehe, und ich hätte viel darum gegeben, das Bild sehen zu können, das ihm jetzt vor Augen stand. Ich sah aber nur sein Lächeln, ein nachsichtiges Lächeln für Mörike, für den feinen Dichter, für den wunderlichen Kollegen, den etwas weichlichen Schwaben. Ich sah: zwischen diesen beiden Dichtern war kaum mehr Freundschaft, Austausch und Spiel gewesen als zwischen Keller und Meyer in Zürich. Ich sah auch oder glaubte doch zu sehen, wie er den Mörike noch weniger liebte als er aussprach, wie er ihn eigentlich ganz und gar nicht leiden mochte, was er aber aus Schonung für mich, den jungen Mörikeschwärmer, nicht schroff aussprechen mochte.

Als ich wieder fortging und er oben an der Treppe stand, der ohnehin hochgewachsene und durch meine Verehrung noch vergrößerte Mann, sah ich im Niedersteigen noch mehrmals zu ihm empor, mit der innigsten Liebe und Bewunderung, zu ihm, dessen schöne, langgestreckte Hand »Die Akten des Vogelsangs« geschrieben hatte und »Pfisters Mühle«; der Abschied war mir schwergefallen. Draußen war es schon Nacht, am Abend war ich in Raabes Weinstube von seiner Stammtischrunde erwartet. Bis dahin lief ich herum, saß in meinem Zimmerchen, dachte an die Stunde bei Raabe, versuchte mich an alles zu erinnern, was er gesagt hatte, verwunderte und entsetzte mich darüber, daß ich schon jetzt, da die Worte unsres Gesprächs kaum verklungen waren, so vieles davon vergessen hatte. Über eine Stelle in Bismarcks Erinnerungen hatte er lebhaft gesprochen, aber die Materie war mir fremd, ich hätte seine Worte, oder auch nur den Sinn, schon jetzt nicht mehr reproduzieren können.

Raabe hatte mich eingeladen, ihn wieder einmal zu besuchen. Noch oft hätte ich dazu Lust gehabt, aber ich bin nie wieder nach Braunschweig gekommen. Ich mußte damals noch in eine andre Stadt reisen, hielt dort eine Vorlesung, wurde vielen Menschen vorgestellt, wurde von Vertretern der Presse herumgeführt und ausgefragt, wurde von verschiedenen Familien eingeladen, bekam Blumen ins Hotel geschickt, lauter Ehrungen, die mich mehr in Verlegenheit brachten als erfreuten. Und immer wieder mußte ich an den alten Wilhelm Raabe denken, mit Verehrung und auch mit Scham. Denn so wie dieser alte Mann in seinem Wesen, in seinen Büchern, in seinem Blick und Wort das Beste einer dahingehenden, ja einer schon dahingegangenen Welt darstellte und noch für eine kurze Weile aufbewahrte, ein gewesenes Deutschland, eine vergangene Art von Geist, Bildung, Charakter, etwas halb Heiliges und auch halb Rückständiges, so war auch sein Ruhm, seine Art von Namen und Berühmtheit von einer ganz andern, edlern, harmlosern, unschuldigern und zugleich ehrwürdigern Art als unsere modische Berühmtheit. Unsereiner wurde jede Woche von irgendeiner Gesellschaft in irgendeiner Stadt zu Vorlesungen eingeladen, er bekam immerzu Zeitungsausschnitte zugesandt, alle Zeitungen und Zeitschriften wollten Beiträge von ihm haben, alle Verleger ihn drucken, alle illustrierten Blätter sein Bild bringen. Man konnte sich dagegen wehren, man konnte sich zum Teil darum drücken, aber überall, wo man dieser Welt, in der die Berühmtheiten gemacht wurden, auch nur den kleinen Finger gegeben hatte, da kam man sich nachher irgendwie mißbraucht und entgleist vor. Nein, Raabes Ruhm war etwas ganz anderes. Langsam, ohne plötzliche heftige Erfolge, war er in Jahrzehnten durch eine lange Reihe von Büchern, durch eine wundervoll ehrliche, einheitliche und eigensinnige Lebensart berühmt geworden – und auch das »berühmt« klang in Verbindung mit seinem Namen ganz anders. In Wirklichkeit, das wußte ich wohl, war nämlich in der Literatur und Kritik unsrer Zeit für Raabe und seinen Ruhm sehr wenig Raum vorhanden; man wußte nicht viel von ihm, und von den Feuilletonredakteuren, die mir damals Werbebriefe schrieben, hatte nicht der Zehnte ihn gelesen. Man überließ die Pflege seines Ruhmes seiner Braunschweiger Tafelrunde und einigen eher altmodischen und provinziellen Zeitschriften, auch die Verleger rissen sich nicht um ihn, viele seiner schönsten Bücher hatten in zehn, in zwanzig Jahren nur eben eine zweite oder dritte oder höchstens vierte Auflage erlebt, nur zwei von ihnen waren in größerer Masse verbreitet. Ferner wurde sein Ruhm gepflegt von seinen Lesern, einer Gemeinde von meist schon älteren Leuten, die keine modernen Zeitschriften lasen, und deren Gedankenwelt und Anschauungen ich damals gewiß als rückständig empfunden hätte. – Und ist es denn heute anders? Nein, es hat sich nichts geändert – das heißt für mich wohl, da hat sich vieles geändert, und heute weiß auch ich recht wohl, was Ruhm und Erfolg bedeuten, und daß unsre heutige Art von Ruhm nicht Menschen und ihrem Lebenswerke gilt, sondern Rekorden der Auflagen, Modeerfolgen, und daß der sehr berühmte und umworbene Autor von gestern schon übermorgen wieder seine Gedichte als leider nicht verwendbar von denselben Redaktionen zurückbekommt, die ihn gestern um Mitarbeit bestürmten. Das alles weiß ich jetzt, und allmählich nähere ich mich schon dem Punkte, wo diese Dinge der Vergangenheit angehören und ohne Leidenschaft betrachtet werden. Aber ich wollte nicht davon sprechen, sondern von Raabe und der besonderen Art seines Ruhmes, und daß dieser sich seit damals eigentlich gar nicht verändert hat. Die Zeitungen von heute und die Literaturbörse von heute wissen von Raabe ebensowenig als sie damals, vor etwa fünfundzwanzig Jahren, von ihm wußten. Er wird, hie und da, und mit einem gewissen kleinen Abstand, in Verbindung mit Gottfried Keller genannt. Er hat einen Verehrerkreis, mehrmals ist ein Raabe-Kalender herausgegeben worden; aber alle diese Ehrungen des lang Verstorbenen hatten einen mehr lokalen, provinziellen Anstrich. Raabe gehört für heutige Literaturmenschen etwa in die Abteilung »ältere Heimatkunst«. Und doch sind schon in den Jahren seit meinem Braunschweiger Besuch bis heute eine ganze Menge von Erzählern und Dramatikern, deren jeder zur Zeit seiner Höhe hundertmal berühmter und erfolgreicher war als Raabe, wieder untergesunken und vollständig vergessen worden, während Raabe, ohne je die Menge zu interessieren, seinen festen Platz behauptet und jenen stillen Ruhm genießt, der erst um vieles später kommt als die Erfolge. Sein Kollege Mörike, den er so wenig leiden mochte, hat das in noch höherem Grade erlebt: bei ihm kam der »Erfolg« überhaupt nie, er starb geachtet, aber keineswegs berühmt oder gefeiert, und auch sein Tod wurde nicht eben beachtet, und die Jahre und Jahrzehnte gingen weiter, und als es sich dann doch herumgesprochen hatte, daß da in Schwaben ein kleiner Pfarrer und Töchterschulprofessor gelebt habe, der unsterbliche Verse geschrieben, und als Mörike in die Reihe der ernstgenommenen großen Dichter einzog, da wäre er, wenn er noch gelebt hätte, schon nahezu hundert Jahre alt gewesen.

Raabe hat diesen Grad des Ruhmes noch nicht erreicht. Die Literaturgeschichte spricht von ihm mit Achtung, sie kennt ihn, sie hat von ihm Notiz genommen; aber das Einmalige und Innigste seiner Dichtung, das eigentliche Wunder seiner Person und seines Wortes ist noch immer nicht eigentlich erkannt und als ewiger Wert erkannt, von seinen Zeitgenossen sind zum Beispiel Storm und auch Fontane in den Literaturgeschichten, in den Lesebüchern und so weiter sicherer und besser eingeordnet als er. Es wird ihm vielleicht einmal wie dem Mörike gehen, den er als einen empfindlichen und zarten Herrn gekannt und nicht eben gern gehabt hat und der nachher von der Welt für einen der großen Dichter erklärt wurde. Man wird vielleicht ihn doch noch erkennen; er hat die Anwartschaft darauf, denn er hat jenes die Kritik verwirrende Plus, jene Dimension zuviel, die so schwer einzureihen ist und die sich mit der Zeit doch meistens durchsetzt. Gewiß, er kann nicht in die Anthologien eingehen wie Mörike; sein Ruhm wird nicht mit dem Zitieren von drei Gedichten belegt werden können, es wird stets etwas mühsamer bleiben, ihn zu kennen, er hat viel geschrieben und sehr Verschiedenes, sein Leser braucht Zeit, braucht Geduld, braucht langsames Eindringen, sonst kommt er nie ins Innere dieses Werkes. Aber man hat es bei seinem Vorfahren Jean Paul erlebt, daß auch ein solches Werk sehr zählebig sein kann, und daß ein Dichter, über den dreißig Jahre lang jeder Hochschulprofessor der Literatur die inzwischen vermoderte Nase rümpfte, wieder mit allen Kränzen des Ruhms behangen werden kann. Es ist gut, daß er diese Zeilen über ihn nicht lesen kann. Ich hätte sie auch nicht geschrieben, wenn er noch lebte. Wie spöttisch-klug, wie unsäglich listig würde er blinzeln und mich von oben her aus seinen halbgeschlossenen Augen betrachten!

Nachbemerkung

In meiner Erzählung ist eine Stelle als zweifelhaft zu bezeichnen, da sie nur auf einem Gedächtnisfehler, sei es bei mir oder bei Raabe, beruhen kann. Raabe hat nämlich, wie ich später entdeckte, mehrmals deutlich bekannt, daß er Mörike nicht persönlich gekannt habe.

Bei meinem Besuch war Raabe etwa achtundsiebzig Jahre alt, und zwischen meinem Besuch bei ihm und der Aufzeichnung des Gedenkblattes für ihn liegen wieder etwa vierundzwanzig Jahre. Wie immer der Irrtum mag entstanden sein, der Leser möge ihn korrigieren. Was die übrigen Äußerungen Raabes über Mörike betrifft, so kann ich für die Zuverlässigkeit meines Gedächtnisses einstehen. Sein Urteil über die Person Mörikes beruhte also nicht auf persönlicher Bekanntschaft, sondern auf Hörensagen.

(1933)

ERINNERUNG AN S. FISCHER

Im Laufe von dreißig Jahren habe ich S. Fischer als Verleger kennengelernt, und mit der Erfahrung wuchs meine Achtung für ihn, und aus der Achtung wurde mit den Jahren eine bewährte und herzliche Zuneigung.

Der Verkehr zwischen uns begann in meiner Basler Zeit, während ich an meinem ersten Roman schrieb. Jemand hatte Fischer mein kleines Basler Buch, den »Hermann Lauscher«, gezeigt. Er las ihn und forderte mich in einer kurzen Mitteilung auf, ihm gelegentlich eine neue Arbeit zur Prüfung vorzulegen. Ich war ein unbekannter junger Autor, und so gefiel es mir sehr, daß diesem angesehenen Verleger etwas von mir in die Hände geraten war und ihm Lust gemacht hatte, es mit mir zu versuchen. Er mußte eine Weile warten, dann konnte ich ihm den »Peter Camenzind« vorlegen, und da dies erste Buch von mir, das bei Fischer erschien, für mich und ihn ein Erfolg wurde, war es uns beiden leicht gemacht, miteinander zufrieden zu sein. Mit den Jahren lernte ich aber auch Fischers Verantwortungsgefühl für diejenigen seiner Autoren kennen, denen der materielle Erfolg spärlicher zufiel; namentlich habe ich mehrmals mit ihm über Emil Strauß gesprochen und fand ihn bekümmert und sehr ernsthaft um das Finden der Ursachen bemüht, aus welchen ein so bedeutender und von der Kritik voll anerkannter Autor die Popularität nicht fand, die er nach unserer Meinung verdiente. Auch über andere Autoren, deren ich ihm einige zuführte oder empfahl, hörte ich seine vorsichtigen, stets um Gerechtigkeit bemühten Urteile gern. Nicht immer war ich damals seiner Meinung und nicht immer mit ihm zufrieden, oft schien er mir und meinen jeweiligen Auffassungen und Vorlieben allzu kühl gegenüberzustehen, schien mir allzu schwer zum Enthusiasmus zu verführen. Es schien zuweilen zwischen ihm und mir ein größerer Altersunterschied als der der Jahre zu bestehen. Allmählich aber lief auch ich mir einige Hörner ab und bekam über meine persönlichen Wünsche hinaus ein Verständnis für die Funktion des Verlegers. Und ich sah, daß Fischer von seinem Verlag, dem bestehenden, wie dem werdenden, eine bestimmte Vorstellung hatte, der er mit dem Gefühl hoher Verpflichtung, aber auch mit wachem Instinkt folgte. Ich lernte mit der Zeit auch andere Verleger kennen, von welchen der eine oder andre mir für eine Weile gefiel oder imponierte, aber ich habe es nie bereut, bei Fischer geblieben zu sein. Man konnte ihn nicht zu guter Stunde bei einem Glas Wein zu kühnen Plänen verführen, wie das etwa mit Albert Langen und etwa auch mit Georg Müller möglich war. Aber im Verkehr mit Fischer war eine Stetigkeit und Zuverlässigkeit, die ich bei keinem andern fand. In geschäftlichen Fragen habe ich ihn wenig behelligt und nur wenige vorübergehende Verstimmungen zwischen uns erlebt. Und in manchen wichtigen Dingen, deren Wichtigkeit ich erst im Vergleich mit der Art ihrer Behandlung bei manchem anderen Verlag erkannte, war Fischers Verlag von einer vorbildlichen, niemals enttäuschenden Zuverlässigkeit. Besonders dankbar war ich immer für die Sorgfalt und Wachsamkeit, mit welcher der Verlag die Texte behandelte: war ein neues Buch oder ein Neudruck im Satz, so wurden nicht nur meine Angaben und Korrekturen aufs genaueste respektiert, sondern ich wurde auch wegen jedes strittigen Wortes oder Satzzeichens eingehend befragt. Obwohl ich niemals das Fischersche Verlagshaus in Berlin betreten habe, kann ich bezeugen: es wurde in diesem Haus mit musterhafter Sauberkeit gearbeitet. Briefe, auf die man keine Antwort bekam oder die nicht genau gelesen wurden, Wartenmüssen auf kleine Auskünfte, Ärger wegen unverbindlicher und unpräziser Antworten, das alles gab es dort nicht.

Aus dem Vertrauens- und Achtungsverhältnis zwischen dem älteren Verleger und dem jungen Autor, aus der Zufriedenheit des Autors mit der guten Ordnung des Hauses, dem er sich anvertraut hatte, wurde mit Hilfe unserer nicht allzu häufigen persönlichen Begegnungen allmählich etwas wie eine Freundschaft, langsam nur entdeckte ich in dem geschätzten älteren Mann, der meine Geschäfte so gut führte und mir so manchen Kram abnahm, mit dem ich mich nicht selber befassen mochte, auch den liebenswerten Menschen, lernte seine wohltemperierte, doch eher zarte und mancher Beschattung erreichbare Natur näher kennen, und in den letzten Jahren erlebte ich noch manche Stunde, in der sein Gespräch und auch seine bloße Gegenwart mich erfreut und erwärmt hat. Rührend war mir in den späteren Jahren manchmal das freundliche und etwas schutzbedürftige Lächeln, mit dem er als Schwerhöriger auf das volle Verstehen einer Unterhaltung verzichtete, ein wenig melancholisch konnte dieses Lächeln sein und enthielt doch zuweilen auch einen Anflug von Schelmerei, als wolle es andeuten, daß dies Sichzurückziehen des Schwerhörigen gelegentlich auch Entlastung und Zuflucht sein könne.

Mit diesem Lächeln bleibt mir Vater Fischer im Gedächtnis.

(1934)

[Antwort auf eine Rundfrage]

Ich glaube nicht, daß mein Verleger und ich viele verwandte Charakterzüge haben – das wäre auch schade, wir haben ja so verschiedene Funktionen. Aber Eines habe ich mit ihm gemeinsam: das zähe Festhalten, den Sinn für Gründlichkeit, das Nicht-so-leicht-zufriedensein, das »Fünfe-nicht-grade-sein-lassen«. Dazu gehört auch das Worthalten, die Zuverlässigkeit bei Abmachungen; und so habe ich in 25 Jahren mit meinem Verleger nicht nur ein angenehmes Verhältnis gehabt, sondern ihn auch lieben und verehren gelernt.

(1929)

OTHMAR SCHOECK

Als ich Schoeck kennenlernte, war er etwa zwanzig Jahre alt, und vom ersten seiner Lieder an, das ich damals hörte, war ich ihm nicht nur im Herzen zugetan, sondern wußte auch, daß er zu den seltenen echten Künstlern gehört, zu denen, die im Innersten eins mit der Natur sind, auch da wo sie leiden, auch da wo sie Probleme haben, auch da wo sie protestieren.

Die damals begonnene Freundschaft mit Schoeck hat sich in vielen Jahren bewährt, und mein damaliges Gefühlsurteil über seine Kunst auch. Unsere Zeit reagiert auf den Intellekt und den Willen in der Kunst rascher und sicherer als auf das eigentlich Schöpferische, das nichts anderes ist, als jenes innere Einssein mit der Natur. Wer das hat, wer bei den Müttern wohnt, wer bei den Quellen zu Hause ist, der mag lange verkannt bleiben – es kann ihn betrüben oder ärgern, schädigen kann es ihn nicht. Ich habe oft die Urteile des Tages über Schoeck bedauert, habe oft mit Seufzen oder Ärger zugesehen, mit wieviel weniger an Schöpferkraft andere Erfolge haben konnten, aber ich habe nie daran gezweifelt, daß Schoeck erkannt werden und jene wohlfeileren Erfolge überdauern werde. Und ich habe mit aller Liebe des Freundes und allem Verständnis des Künstlers, habe mit Freude und oft mit grimmigem Jubel zugesehen, wie er sich treu blieb, wie er sich unabhängig hielt bis zum Eigensinn, wie er weder dem Usus des Theaters noch dem Usus des Konzertsaals Konzessionen machte, und zum Glück auch nicht den Mahnungen und Klagen jener Freunde, die ihn gerne für immer in der Atmosphäre seiner frühsten Lieder festgehalten hätten.

Umgekehrt hat auch er jeden meiner dichterischen Anläufe und Versuche verstanden, auch dort wo nur wenige mitkamen. Er hatte zu der Notwendigkeit meines Weges dasselbe Vertrauen wie ich zu seinem, erkannte hellhörig jeden neuen Ton, ließ sich durch keinen Umweg im Urteil verwirren, und so ist er mehr als zwanzig Jahre lang mein bester und klügster Kollege gewesen. Da er häufig Gedichte von mir komponiert hat, habe ich sehr intime Erfahrungen machen können. Ich habe Hunderte von Kompositionen mit Achselzucken oder mit Schaudern über meine Gedichte ergehen lassen. In Schoecks Vertonungen ist nirgends das leiseste Mißverständnis des Textes, nirgends fehlt das zarteste

Gefühl für die Nuancen, und überall ist mit fast erschreckender Sicherheit der Finger auf das Zentrum gelegt, auf jenen Punkt, wo um ein Wort oder um die Schwingung zwischen zwei Worten sich das Erlebnis des Gedichtes gesammelt hat. Gerade dies Erfühlen der Keimzelle in jedem Gedicht war mir stets das sicherste Kennzeichen für Schoecks Genialität. Er kann aus Laune oder aus Selbstschutz sich einem Kunstwerk verschließen. Er kann aber kein Kunstwerk in sich einlassen, ohne auf dessen wesentliche Qualitäten peinlich genau zu reagieren, er liest Verse oder sieht Bilder wie ein Jäger Wildspuren liest.

Auch für dies Verständnis bin ich ihm dankbar, noch mehr aber für seine Werke, für die Lieder, die Chöre, die Opern, die Quartette. Ich verdanke ihnen nicht bloß viele glückliche Stunden, ich verdanke ihnen auch manchen Trost in Zeiten, wo die meisten andern Tröster versagten.

(1931)

ERINNERUNGEN AN OTHMAR SCHOECK

(Geschrieben zu Schoecks fünfzigstem Geburtstag)

Der Aufforderung, einige Erinnerungen an Begegnungen mit Othmar Schoeck aufzuzeichnen, leiste ich gern Folge. Nur bin ich ein schlechter Memoirenschreiber, denn es fehlt mir dazu eine der wichtigsten Begabungen: die Zuverlässigkeit des Gedächtnisses. Wohl bewahrt mein Gedächtnis erlebte Einzelheiten ganz gut, aber das Ganze einer Beziehung in seiner Kontinuität entzieht sich ihm: ich bewahre die Bilder, vergesse aber die Zeiten, das heißt die Daten und ihre Reihenfolge.

Die Bekanntschaft mit Schoeck verdanke ich unsrem Freund Alfred Schlenker in Konstanz. Damals war Schoeck kaum über zwanzig Jahre alt, und es wurde in Zürich sein »Postillon« aufgeführt, er war meinem Freunde Albert Welti gewidmet, und ich habe noch vieles aus diesem lieben Jugendwerk in Erinnerung, das ich seit wohl fünfundzwanzig Jahren nicht wieder gehört habe. Die Soli sang damals der Tenor Flury, den ich bei jener Aufführung kennenlernte und der dann einige Jahre lang mir in Schoecks nächster Umgebung oft begegnet ist. Er gefiel mir nur mäßig, aber den Postillon sang er prachtvoll, und die süße Innigkeit und unschuldige Melodik des Werkes, samt dem Lenauschen Text und samt der Widmung an Welti, gewann mich von der romantischen und idyllischen Seite her sofort. Ich fühlte mich bei dieser Musik zu Hause wie bei Schubert, und wenn ich auch schon zu jener Zeit viel Problematik in mir trug, so war doch gerade die Musik nicht die Kunst, von welcher ich mir meine Problematik bestätigen lassen mochte. Sondern ich war in der Musik eher konservativ, wie die meisten Dichter, und zur musikalischen Romantik hatte ich damals auch noch ein jugendlich-verliebtes Verhältnis, das mir erst viel später verlorenging. So wirkte denn das erste Schoecksche Werk, das ich hörte, auf mich noch unproblematischer und zeitabgewandter als es wirklich war; dazu kamen die beinah zehn Jahre, um die ich älter war als Schoeck, und so nahm ich ihn im ersten Augenblick, obwohl ich ihn sofort gern hatte und auch seine Kraft ahnte, ganz von dieser harmlosen Seite. Das hielt allerdings nicht lange vor, und schon nach wenigen Begegnungen tauchte in unsern Gesprächen als

Hauptfigur ein geliebter, dämonischer Schatten auf, den wir beide glühend liebten und über den wir oft und oft gesprochen haben: Hugo Wolf.

In jenen Jahren meines ziemlich abseitigen und bewußt stadtfeindlichen Lebens am Untersee war ich zwar nicht ohne Musik, meine Frau spielte viel und gut Klavier, aber es fehlte mir ein musikalischer Freund, mit dem ich nicht nur über Musik sprechen, sondern der mir Musikwerke aller Art rekapitulierend, kürzend und gelegentlich erläuternd hätte vorführen können. Dies nun konnte Schoeck, mit dem ich mich rasch und herzlich befreundete, in einer so universalen und dabei so entzückenden Weise, wie sie mir bisher trotz mancher Musikerbekanntschaften nie begegnet war. Und nun war er für mich durch mehrere Jahre der Türhüter und Schatzbewahrer einer Welt, die ich auf keine andere Art so unmittelbar und frei hätte durchschweifen können. Jeder seiner Freunde erinnert sich dankbar solcher Stunden, in denen Schoeck ihm zu Hause auf seiner Bude, oder auf irgendeinem Wirtshausklavier den »Figaro«, »Die Zauberflöte«, den Rossinischen »Barbier« oder den »Corregidor«, oder auch »Die Fledermaus« oder Lieder von Schubert und von Wolf vorführte, leise andeutend alle Stimmen gab, die charakteristischen Themata betonte, sogar die Instrumentierung andeutete, mit Worten, Blicken und Gesten den Gang jedes Werkes miterzählend und zugleich erläuternd. Ein sehr großer Teil von dem, was ich in jenen Jahren an guter Musik näher kennengelernt und woran ich meine Auffassung vom Wesen der Musik gebildet habe, ist mir aus dieser Quelle geflossen. Manches Werk, das ich im Theater oder Konzertsaal nur ein- oder zweimal im Leben hören konnte, habe ich von ihm wieder und wieder gehört, besonders unsern damaligen Liebling, den »Corregidor«. Ich habe für Schoeck in jenen ersten Jahren unsrer Freundschaft, aus dem Bedürfnis des Beschenkten nach Betätigung seiner Dankbarkeit, sogar den Text zu einer romantischen Oper geschrieben, und bedaure weder, daß ich das getan habe, noch daß er den Text nicht brauchen konnte.

In meinem Dorf am Untersee hat Schoeck mich des öfteren besucht, und wenn wir uns, sehr viel später, je und je einmal jener Besuche im Gespräch wieder erinnerten, bekam er manchmal, an damals denkend, einen träumerisch verklärten Ausdruck. »Damals«, sagte er sinnend, »hast du immer einen Meersburger Wein im Keller gehabt, einen wunderbaren Wein, weißt du noch?« Es stimmte, wir haben manchen Krug von diesem Meersburger miteinander genossen. Noch sehe ich Schoeck, wie er an jenen Gaienhofener Abenden je und je bei einer Gesprächspause von der Wandbank aufstand und ins Nebenzimmer zum Klavier ging, um ein Lied von Wolf, oder ein neues von ihm selber, oder auch einen Straußwalzer zu spielen.

In den Jahren vor dem Weltkrieg war ich gewohnt, in jedem Frühling einen kurzen Ausflug nach Italien zu machen, und auf mehreren Reisen, meist in kleinere oberitalienische oder toskanische Städte, war Schoeck dabei. Einmal brachten wir – es war außer Schoeck und mir noch der Maler Fritz Widmann dabei – einige Tage in der città alta von Bergamo zu und saßen an den Abenden in einem kleinen, recht verfallenen Café, dessen Wirt einmal Musikant gewesen war. In der düsteren Kneipe stand ein heruntergekommenes altes Tafelklavier, mit dünnem schleirigem Ton und mancher gesprungenen Saite, auch reichlich verstimmt. Auf diesem Klavier spielte uns Schoeck halbe und ganze Opern, entzückt lauschte die Wirtsfamilie; und einmal bekam auch unser Reisekamerad Widmann Lust, das Instrument zu probieren, setzte sich davor und griff mutig in die Tasten, aber entsetzt sprang er gleich wieder auf, und auch ich probierte es nun und schlug ein paar Töne an – es war ganz und gar unmöglich, aus dieser Ruine etwas wie Ton zu locken. Und doch hatte Schoeck es fertiggebracht, uns darauf Musik zu machen, er hatte das Ding bezaubert, er hatte die Geister der Meister beschworen, und unter seinen Händen war der brave alte Kasten wieder ein Klavier geworden, hatte Rossini und Verdi von sich gegeben und hatte sogar seinen alten Herrn, den Exmusiker, überrascht und entzückt. Es war eins der Beispiele für Schoecks suggestive Kraft: mochte er nun das kaputte Klavier behext haben oder die Zuhörer, jedenfalls war der Zauber gelungen.

Auf einer andern Reise, damals war Fritz Brun mit dabei, sahen wir den jungen Schoeck noch einen anderen Apparat siegreich bezaubern. Es war in Orvieto. Wir hatten den Dom und den Signorelli gesehen, waren durch das Städtchen geschlendert, hatten den Gang in die Tiefe des Pozzo di San Patrizio hinab gemacht, und ruhten jetzt in einem Café an der Piazza aus. Dort stand eine merkwürdige Maschine, ein mechanisches Glücksspiel. Dieser Automat hatte kleine Schlitze, in welche man

Zwanzigrappenstücke stecken konnte. Je nachdem man das Loch wählte, konnte man, falls man Glück hatte, für seinen Zwanziger zwei, oder fünf, oder zehn, ja sogar zwanzig und vierzig solche Geldstücke zurückgewinnen. Nur kamen natürlich die höheren Zahlen entsprechend selten heraus, und die anwesenden Stammgäste versicherten uns, daß schon mancher von ihnen die Fünf, auch die Zehn, und je und je sogar einer auch die Zwanzig gewonnen habe, obwohl natürlich auf Zwanzig zu spielen schon recht gewagt sei. Die Vierzig aber, meinten sie, sei zwar irgend einmal auch schon herausgekommen, aber ein vernünftiger Mensch setze natürlich auf diese Nummer nicht. Wir faßten allmählich Interesse, standen von unsrem Wermut auf und begannen den Apparat zu betrachten, und schließlich ließen wir uns zwei oder drei Franken wechseln und fingen an, der Maschine unsre Zwanziger in den Rachen zu stoßen, welche sie willig fraß, und einmal sogar eine Zwei oder eine Fünf von sich gab. Da erklärte Schoeck, beim Spielen müsse man aufs Ganze gehen, stellte auf die Vierzig ein, spendete sein Geldstück und drückte los. Die Maschine grollte heftig, und in die unten angebrachte muschelförmige Geldschale, und über sie hinaus ins Café ergoß sich ein Wasserfall von Münzen, vierzig Stück. Der Wirt sprang auf, die Gäste machten Augen, Schoeck erntete mit beiden Händen den Münzenschwall in seine Taschen. Wir lachten sehr und gratulierten ihm, nahmen noch einen Wermut, und ehe wir das Café verließen, steckte er noch einmal Spaßes halber eine Münze hinein, setzte auf die Vierzig, und mit Getöse spie der Apparat nochmals vierzig Geldstücke aus. Wir kamen am nächsten Vormittag wieder, und ein drittes Mal tat Schoeck, was kein vernünftiger Mensch tut, und gewann die Vierzig nochmals. Jetzt war es Zeit abzureisen, die Stammgäste und die Nachbarschaft waren beunruhigt. Noch auf dem Weg zum Bahnhof faßte mich ein Mann auf der Straße höflich am Arm, deutete auf den vorausgehenden Schoeck und fragte flüsternd: »Sagen Sie, ist es der dort, der junge Blonde, der dreimal die Vierzig gewonnen hat?«

Manche Male habe ich Freund Schoeck in seinem Elternhaus in Brunnen besucht oder bin von ihm dorthin mitgenommen worden. Da war sein Vater, ein heiterer alter Weiser, in seinem Atelier zurückgezogen lebend, ein stiller Künstler und ein Mann des Maßes und der Harmonie, ich habe ihn sehr geliebt und bewundert, und einst hat er mir von einem seiner süditalienischen Bilder, das ich besonders gerühmt hatte, eine Kopie gemacht und geschenkt; sie hängt in meinem Arbeitszimmer, nicht weit von den beiden kleinen Landschaften von Othmars Hand. Dann war da die Mutter Schoeck mit dem Falkenprofil und den leidenschaftlichen Augen, eine besorgte alte Frau, aber zu manchen Stunden war sie beschwingt und feurig. Mehrmals hat sie mich beiseite genommen und mich innig beschwörend, voll Liebe und voll Sorge, über ihren Sohn ausgefragt, was ich von ihm, von seiner Begabung und von seiner Zukunft halte, und ob er nicht gar zu leichtsinnig lebe, sie sei oft sehr in Sorge um ihn. Und dann hörte sie zu, wie ich ihn lobte oder verteidigte, fühlte, wie ich an ihn glaube, und begann in dem sorgenvollen Gesicht mehr und mehr zu strahlen. Ferner war Fräulein Suter da, der gute Hausgeist, und die Brüder Schoeck, zuweilen alle vier zugleich, und nach den Mahlzeiten im kleinen »Stubli« saß man noch stundenlang in fürchterlichem Zigarrenqualm und stritt miteinander und schrie einander an in den heftigsten Diskussionen über Politik und über Religion und Kunst, es ging oft großartig wild zu, ängstlich schmiegte sich der Dachshund Waldi zu Ralphs Füßen, die schöne Katze mit dem Namen Lady saß unbekümmert.

Und dann löste das Konklave sich auf, meistens in Frieden, der Vater verschwand in sein Atelier, und wir schlenderten waldwärts bergan oder nach Brunnen hinein, und gern machten wir dort der achtzigjährigen Großmutter Faßbind einen Besuch, durch deren Fenster man auf den Platz und die Schifflände hinuntersah und die im vornehmen Frieden ihres Alters auf die Gasse und die Menschen und unsre jugendlichen Wichtigkeiten hinabsah, fein und klug und schon ein wenig entfernt.

Im Schoeckschen Haus in Brunnen gab es außer den Menschen noch viel Schönes und Merkwürdiges zu sehen. Über dem Hotel und von seinem Betrieb vornehm distanziert hauste Vater Schoeck in den höchsten und prächtigsten Räumen des Hauses, umgeben von seinen Bildern und von den tausend Erinnerungsstücken, die er von seinen weiten Malerfahrten vor Jahrzehnten mitgebracht hatte. Gleich im Treppenhaus vor dem Eingang zum großen Atelier schwebte ein riesiger Kondor, den hatte er in Amerika geschossen, und im Atelier gab es ein stattliches Schrankgebäude, das enthielt in vielen, vielen Schubladen eine unendlich große Sammlung von Schmetterlingen aus allen Ländern. Vor allem aber waren da, in unerschöpflicher Fülle, Früchte eines stillen Fleißes und einer großzügigen Wanderleidenschaft und Weltneugierde, die Naturstudien von des Alten Hand, meisterhafte Studien aus vielen Ländern und Breitegraden, namentlich aber aus Süditalien und aus dem hohen Norden: Felsenküsten und farbige Hafensiedlungen auf den Lofoten, norwegische Fjorde, violett blühende nordische Heide. Inmitten dieser Sachen empfing uns zuweilen der alte Herr, die Mütze über dem weißen Haar, die hellen klugen Augen freundlich blickend, von uns und der Außenwelt nicht mehr erregbar, aber keineswegs weltfremd. Oft habe ich ihn an der Staffelei gesehen, sorgfältigst mit seiner Palette beschäftigt; manchmal blickte er über den blaugrünen See zum Urirotstock hinüber, dann mischte er wieder prüfend seine abgetönten Blau und Grau. Das Hotel unter ihm und die Welt unter ihm mochten ihren Gang gehen, er ging den seinen.

Einmal brachte Schoeck einen Sommer in einer einsamen kleinen Pension im Zürcher Oberland zu, und ich habe ihn dort einmal besucht. Es regnete viel, man konnte wenig draußen sein. Im Hause war ein kleines Schulmädchen, Schoeck hatte es gern und gab sich viel mit ihm ab, brachte ihm auch hie und da eine Melodie bei, ich hörte ihn mit der Kleinen zweistimmig das Lied einstudieren: »Wer hat die schönsten Schäfchen?« Dort sprachen wir einst auch über Meinrad Lienert, und Schoeck sang und spielte mir sein Lied:

Nüd Schöiners as wäns dimmered
Äs schöins wildgwachses Liedli.

An jenem Ort lernte ich meinen Freund auch als Maler kennen. Ich wußte zwar längst, daß er zuweilen male, und war davon keineswegs überrascht gewesen, denn im Haus seines Vaters war das kein Wunder, und auf unsern Reisen hatten wir auch oft und intensiv über Malerei gesprochen. Jetzt sprach er mir auch vor der Natur davon, das heißt wir betrachteten gelegentlich die Landschaft daraufhin, wie sie malerisch wiederzugeben wäre, und hier wie überall ging Schoeck nicht von Theorien und Gedanken aus, sondern vom Sinnlichen. Er sprach gern von dem Reiz und der Qual, die das Suchen eines Farbtones mit sich bringt; und einmal, als er davon sprach, welche sinnliche Wonne das Malen auf den frischen Kalk der Wände den italienischen Meistern der Freskenmalerei bereitet haben müsse, bewegte er dazu die Hand wie zu satten breiten Pinselstrichen, und machte zugleich mit den Lippen ein schlürfendes Geräusch, als höre man, wie der Kalk begierig die Farbe einsauge. Es ist gesunden und sinnenfrohen Genies gegeben, eine Menge von dem, was sie gerade mitteilen wollen, auf solchen Wegen mitteilen zu können, es macht einen großen Teil ihres Zaubers aus, und bei Schoeck war nicht selten der Höhepunkt eines Gesprächs eben der Moment, wo das nicht mehr Sagbare durch Mimik oder Tonmalerei ausgedrückt wurde. Ich weiß solche Reize zu schätzen, ich unterliege ihnen wie jeder andre; das Gewinnende und Seltene an Schoeck aber waren für mich nie diese Gaben und Künste selbst, sondern das Maß, mit dem er sie anwendete. Was mich, über die erste Sympathie hinweg, immer wieder an Schoeck angezogen hat, war nicht mehr die naive sinnliche Genialität seines Empfindens und seiner Art, es zum Ausdruck zu bringen – das konnten auch andre, namentlich Frauen konnten es oft fabelhaft, und begabte Tiere konnten es noch besser. Nein, was mich an Schoeck erfreute und mir ihn so wertvoll machte, war das Nebeneinander und die Spannung von Gegensätzen in seinem Wesen, das Beieinander von Robustheit und Leidensfähigkeit, das Verständnis für die naivsten Freuden gepaart mit dem Verständnis fürs Geistige, die hohe und nicht schmerzlose Differenzierung der Persönlichkeit, die sinnliche Potenz im Verein oder auch im Kampf mit der geistigen. Dieser Mann konnte nicht bloß vorzüglich musizieren und sich in alle andern Künste spielend hineinfühlen, er konnte nicht bloß Frauen scharmieren und mit Genuß ein Bankett mitmachen (ja nachts drei Uhr nach reichlichem Bankett und vielen Gläsern Wein, mit der brennenden Zigarre im Mund, auf den Händen durch einen ganzen Speisesaal marschieren!) – nein, er konnte auch weitgehend sich seine Fähigkeiten, seine Konflikte und Probleme bewußt machen, und konnte manchmal (es klingt komisch, aber es stimmt) geradezu: denken, und das ist bei Künstlern ebenso selten wie bei andern Menschen. Daß sein Sinnlich-Seelisches am Ende doch stärker ist als das Geistige, daß bei ihm nie das Bewußtsein ernstlich den Instinkt störte oder gar überwog, gehört mit zu seiner Gesundheit und zu seiner Stärke, er ist ja

Musiker, nicht Philosoph. Aber er hatte die Fähigkeit zu hoher Differenzierung, zur Einsamkeit, zum Abstrahieren, zum Leiden in sich, er war nicht bloß der charmante liebe Kerl, den man mehr liebt als ernst nimmt, und er war nicht bloß Musikant, sondern auch Schöpfer. Das alles hielt unser Verhältnis in beständiger Lebendigkeit, und wenn man sich einmal übereinander geärgert hatte, war alsbald die Anziehungskraft zwischen uns wieder da.

Aber ich bin abgeschweift, ich wollte noch etwas über Schoecks Malerei sagen. In jenen Gesprächen bekannte er sich zur größten Delikatesse und Sorgfalt im Suchen der Töne, und lehnte jedes kindliche oder auch expressionistische Drauflosgehen mit heftigen, wenig gebrochenen Farben ab. »Sieh«, sagte er etwa, »dort ganz in der Ferne siehst du die Vorberge mit den beleuchteten Matten. Sie scheinen grün zu sein, nicht wahr? Sie sind ja schon grün, aber in unendlicher Verdünnung, und eigentlich sehen wir sie gar nicht so sehr grün, aber wir wissen: Matten sind grün, also sehen wir sie grün.« Jetzt bückte er sich, brach ein Blatt von einer Wiesenpflanze ab und hielt es vor die Aussicht. »Das ist grün!« rief er, »schau, wie das knallt! Daneben ist die Ferne dort farblos.« Für einen großen Genuß erklärte er es, auf der Palette die Töne auszupröbeln, bis der Moment erreicht sei, wo sie haarscharf stimmen.

Ich besitze seit langen Jahren zwei Landschaften von Schoeck, zwei winzig kleine Ölbilder. Sie haben ihren hohen Reiz und Wert für mich in all den Jahren nicht verloren, und es ist nicht selten passiert, daß Maler, die mich besuchten und ohne viel Neugierde die Bilder an meinen Wänden betrachteten, plötzlich lebhaft wurden und nach dem Namen des Malers fragten, wenn sie eins dieser Bilder entdeckten. Das eine von ihnen, ein sehr frühes, hat einen ganz merkwürdigen Klang und hat sich eine ganz eigene Aufgabe gestellt: es ist eine Landschaft, ein tief eingeschnittenes Alpental gegen Abend, großenteils schon im Schatten, und ein ganz eigenes Licht herrscht in dieser schweigsamen Landschaft: auf einigen Gipfelkanten und einem Teil des Vordergrundes scheint noch die Sonne, am Himmel über den noch warm beschienenen Felsgipfeln aber steht schon der mehr als halbvolle Mond; sein kühles Weiß steht noch im Gegensatz zu allen Farben der Erde, macht aber doch schon den Himmel kälter und tritt in Beziehung zu den Schatten. Das winzig kleine Bild –

man kann es nach Belieben als naiv oder als raffiniert empfinden – hat schon manchen Betrachter nachdenklich gemacht. Und wenn ich, seit langen Jahren räumlich von Schoeck getrennt und noch mehr von ihm getrennt durch seine schon mehr als geniale Schreibfaulheit, etwa einmal ihn vermisse oder wieder einmal durch das Ausbleiben jeder Antwort enttäuscht bin, so habe ich mir angewöhnt, eins seiner Bilder anzusehen und ihn mir dabei zu vergegenwärtigen.

Das zweite Bild von ihm, das bei mir hängt, stammt aus jenem Sommer im Zürcher Oberland, es stellt einen Blick nach der Innerschweiz dar, unter einem verstürmten grauen Regenhimmel herrscht jene Stimmung, die Gottfried Keller so gezeichnet hat:

Es ist ein stiller Regentag,
So weich, so ernst, und doch so klar
Wo durch den Dämmer brechen mag
Die Sonne weiß und sonderbar.

Vom dunklen Wald des Vordergrundes hebt sich, weit zurückweichend, die Ferne in bleicher Klarheit ab, grell und doch müde bestrahlt von der Sonne weiß und sonderbar, zuhinterst stehen vor einem hellen Himmelsstreifen zart, aber klar die beiden Mythen. Auch dieses Bild ist eine Dichtung, es ist klein wie das andre, aber wenn es auch mit spitzem Pinsel zart gemalt ist, die Pinselschrift ist dennoch ganz frei und spielend, ohne alle Ängstlichkeit.

Die beiden Bilder gehören für mich mit zum Bild meines Freundes, ebenso wie seine Handschrift, ebenso wie mancher Witz und manches gute Wort auf einer rasch auf Reisen geschriebenen Ansichtspostkarte. Einmal war er in Lucca und schrieb mir von dort auf einer Karte nichts als den ersten Satz aus dem »Marmorbild« von Eichendorff.

Und damit wären wir bei den Dichtern. Das wäre ein großes Kapitel, aber es ist mir unmöglich, das heute in Worte zu bringen. Ich habe mit Schoeck des öfteren über Dichter und Dichtungen gesprochen, am häufigsten über die Texte seiner Lieder, und ich darf sagen, daß sein Gefühl für Dichtung und sein Urteil über sie mich oft erfreut und bestätigt und in keinem wichtigen Punkte je enttäuscht hat.

Noch ein letztes Blatt sei diesen Erinnerungen hinzugefügt. Es war im April des Jahres 1916, mitten im Weltkrieg, ich hatte die Einladung zu einer Vorlesung in Winterthur angenommen und war dorthin unterwegs; von Bern, wo ich damals wohnte, war ich nach Zürich gefahren, wollte am Abend zu Freunden nach Winterthur weiter und dort übernachten, am nächsten Tag sollte die Vorlesung sein. In Zürich hatte ich allerlei zu besorgen, Schoeck konnte ich diesmal nicht aufsuchen. Es hatte schon für mich die schreckliche Zeit begonnen, in der ich die Berührung mit dem Schönen, und vor allem mit der Musik, kaum mehr ertragen konnte. Brun in Bern war oft sehr unwillig über mich, wenn er mich zu einem Konzert einlud und ich mich entzog. Aber Musik war für mich damals die stärkste, unmittelbarste Mahnung an alles Zarte, Holde und Heilige, von dem die Welt nichts mehr wissen wollte. Ich konnte zur Not den Krieg noch eine Weile ertragen, weil ich einen Platz in ihm gefunden hatte, wo ich mir einbilden konnte, Menschlichkeit zu üben und Wunden heilen zu helfen; Musik aber konnte ich kaum mehr ertragen, ein paar Takte Musik brachten die ganze notwendige Ordnung und Zucht, in der ich mich hielt, zum Einsturz und weckten eine nicht auszuhaltende Sehnsucht nach Flucht aus dieser Welt und diesem Kriege.

Müde und von meiner Reise und meinem Vorhaben wenig befriedigt, fand ich mich gegen Abend auf dem Zürcher Bahnhof ein, um mein Köfferchen abzuholen und weiterzufahren. Ich war früh gekommen und stand eine Weile müßig auf dem Bahnhof herum, ein wenig froh über die Aussicht, den Abend wenigstens bei sehr lieben Freunden zubringen zu dürfen, aber weit mehr bedrückt als froh. Es drückte so vieles, es drückte auf die Welt, auf die Schweiz, auf mein eigenes kleines Leben, der Krieg hatte mir sehr wenig übriggelassen, namentlich sehr wenig vom Sinn meines Lebens und Tuns, man atmete Gift statt Luft, man trank Leid und Angst statt Wasser, man aß Gram statt Brot. Nun, ich stand also da herum und dachte unnütze Gedanken, da spürte ich plötzlich eine Hand sich auf meine Schulter legen, schreckte auf und sah Schoeck vor mir. Freundlich fragte er mich, ob ich denn wirklich wegfahren wolle, ich solle doch den Abend in Zürich bleiben und mit ihm verbringen. Ich lachte und sagte, daran dürfe ich nicht denken, ich sei in Winterthur erwartet und mein Zug gehe bald.

Da sah er mich merkwürdig an und sagte mit einer großen, eindringlichen Herzlichkeit: »Nein, nein, fahre du nicht nach Winterthur, wir müssen miteinander sprechen.«

In diesem Augenblick spürte ich, daß etwas Besonderes und Schlimmes auf mich warte, ich fühlte eine Beklommenheit und Kälte in mir aufsteigen, die ich selber nicht verstand, und sagte: »Was ist denn los? Sage es mir nur gleich!«

Da sagte er leise: »Du, dein Vater ist gestorben.«

Ich war ahnungslos gewesen, die Nachricht kam ganz unerwartet. Sie war gleich nach meiner Abreise in Bern eingetroffen, meine Frau hatte sie an Schoeck weitergeleitet, und er war seit Stunden auf der Suche nach mir.

Und so fuhr ich denn nicht nach Winterthur, sondern schnell nach Bern zurück, denn nach Deutschland zu reisen und meinen Vater vor dem Begräbnis noch einmal zu sehen, das war damals nicht einfach, es stand der Krieg und die Grenzsperre und eine Menge kleiner und großer zäher Widerlichkeiten dazwischen. Für den Augenblick aber, in dem jener erste Schreck und Schmerz ertragen werden mußte, war ein Freund bei mir. Dafür war ich dankbar, und bin es noch heut.

(1936)

ERINNERUNG AN HANS

Zu den unvergeßlichen Augenblicken eines Lebens gehören jene seltenen, in welchen der Mensch sich selber wie von außen sieht und plötzlich Züge an sich erkennt, welche gestern noch nicht da oder ihm doch unbekannt waren: mit einem Zusammenzucken und leisen Erschrecken nehmen wir wahr, daß wir nicht das immer gleiche festgeprägte und ewige Wesen sind, als das der Mensch sich meistens fühlt, wir erwachen aus diesem süß lügenden Traum für einen Augenblick, sehen uns verändert, gewachsen oder geschwunden, entwickelt oder verkümmert, sehen und wissen uns für einen Augenblick, sei es entsetzt oder beseligt, mit in dem unendlichen Strom der Entwicklung, der Veränderung, der rastlos zehrenden Vergänglichkeit schwimmen, von welchem wir zwar wohl wissen, von welchem wir aber gewöhnlich uns selber und etwa einige unsrer Ideale ausnehmen. Denn wären wir wach, dehnten jene Sekunden oder Stunden des Erwachens sich zu Monaten und Jahren, so vermöchten wir nicht zu leben, wir ertrügen es auf keine Weise, und vermutlich kennen die meisten Menschen auch jene kurzen Blicke, jene Sekunden des Wachwerdens nicht, sondern wohnen zeitlebens im Turm ihres scheinbar unveränderlichen Ich wie Noah in der Arche, sehen den Lebensstrom, den Todesstrom an sich vorübertosen, sehen Fremde und Freunde von ihm fortgerissen, rufen ihnen nach, beweinen sie, und glauben selbst immerzu festzustehen und vom Ufer her zuzuschauen, nicht mitzuströmen und mitzusterben. Jeder Mensch ist Mittelpunkt der Welt, um jeden scheint sie sich willig zu drehen, und jeder Mensch und jedes Menschen Lebenstag ist der End- und Höhepunkt der Weltgeschichte: hinter ihm die Jahrtausende und Völker sind abgewelkt und dahingesunken, und vor ihm ist nichts, einzig dem Augenblick, dem Scheitelpunkt der Gegenwart scheint der ganze riesige Apparat der Weltgeschichte zu dienen. Der primitive Mensch empfindet jede Störung dieses Gefühls, daß er Mittelpunkt sei, daß er am Ufer stehe, während die anderen vom Strom hinabgerissen werden, als Bedrohung, er lehnt es ab, erweckt und belehrt zu werden, er empfindet das Erwachen, das Berührtwerden von der Wirklichkeit, er empfindet den Geist als feindlich und hassenswert, und wendet sich mit erbittertem Instinkt von jenen ab, die er von Zuständen des Wachwerdens befallen sieht, von den Sehern, Problematikern, Genies, Propheten, Besessenen.

Von jenen Augenblicken eines Erwachens oder Sehendwerdens, so scheint es mir heute, habe auch ich nicht sehr viele gehabt, und manche von ihnen hat mein Gedächtnis durch lange Strecken meines Lebens hin verleugnet und immer wieder mit Staub zu bedecken gesucht. Die paar Erlebnisse des Wachwerdens, welche in meine jungen Jahre fallen, waren die stärksten. Später freilich, wenn wieder einmal eine Mahnung kam, war ich erfahrener, war klüger, oder war doch weiserer und besser formulierter Reflexionen fähig, aber die Erlebnisse selbst, die Zuckungen jener wachen Momente, waren in der Jugend elementarer und überraschender, sie wurden blutiger und leidenschaftlicher erlebt. Und wenn zu einem Achtzigjährigen ein Erzengel träte und ihn anredete, so würde das greise Herz auch nicht banger und nicht seliger zu schlagen vermögen als einst, da er jung war und zum erstenmal vor einer abendlichen Gartentür auf Lise oder Berta wartete.

Das Erlebnis, dessen ich mich heute erinnere, hat nicht einmal Minuten gedauert, nur Sekunden. Aber in den Sekunden des Erwachens und Sehendwerdens sieht man viel, und das Erinnern und Aufzeichnen braucht, wie bei Träumen, das Vielfache an Zeit als das Erleben selbst.

Es war in unsrem Vaterhaus in Calw, und es war Weihnachtsabend im »schönen Zimmer«, die Kerzen brannten am hohen Baum, und wir hatten das zweite Lied gesungen. Der feierlichste und höchste Augenblick war schon vorüber, der war das Vorlesen des Evangeliums: da stand unser Vater hoch aufgerichtet vor dem Baum, das kleine Testament in der Hand, und halb las er, halb sprach er auswendig mit festlicher Betonung die Geschichte von Jesu Geburt: »und es waren Hirten daselbst auf dem Felde bei den Hürden, die hüteten des Nachts ihre Herde . . .« Dies war das Herz und der Kern unsres Christfestes: das Stehen um den Baum, die bewegte Stimme des Vaters, der Blick in die Ecke des Zimmers, wo auf halbrundem Tisch zwischen Felsen und Moos die Stadt Bethlehem aufgebaut war, die letzte freudige Spannung auf die Bescherung, auf die Geschenke, und bei alledem im Herzen der leise Widerstreit, der zu allen unsern Festen gehörte, der sie uns ein wenig verdarb und störte und sie zugleich erhöhte und steigerte: der Widerstreit zwischen Welt und Gottesreich, zwischen natürlicher Freude und frommer Freude. War es auch nicht so schlimm wie an Ostern, und war auch am Geburtsfest des Herrn Jesus ohne Zweifel Freude nicht nur erlaubt, sondern geboten, so war doch die Freude über Jesu Geburt im Stalle zu Bethlehem und die Freude am Baum und Kerzenlicht und am Duft der Lebkuchen und Zimmetsterne, und die drängende Spannung im Herzen, ob man wirklich das seit Wochen Gewünschte auf dem Gabentisch finden werde, eine wunderlich unreine Mischung. Indessen das war nun so, zu den Festen gehörte ebenso wie die Kerzen und die Lieder auch die leise Betretenheit und dieser sanftbange kleine Beigeschmack von schlechtem Gewissen. Wenn ein Geburtstag im Hause gefeiert wurde, so begann die Feier stets mit dem Singen eines Liedes, das mit der zweifelnden Frage anhob:

Ist's auch eine Freude,
Mensch geboren sein?

Nun, es war eine Freude, trotzdem, und als Kind hatte ich Jahr um Jahr über das Fragezeichen hinweggesungen und war überzeugt gewesen, daß das »Mensch geboren sein« wirklich eine Freude sei, zumal an Geburtstagen. Und so waren wir auch heut, an diesem Christabend, alle von Herzen fröhlich.

Das Evangelium war gesprochen, das zweite Lied war gesungen, ich hatte schon während des Singens die Tischecke erspäht, wo meine Geschenke aufgebaut waren, und jetzt näherte sich jeder seinem Platze, die Mägde wurden von der Mutter an die ihren geführt. Es war im Zimmer schon warm geworden und die Luft ganz überfüllt vom Geflimmer der Kerzen, vom Wachs- und Harzgeruch und vom starken Duft des Backwerks. Die Mägde flüsterten aufgeregt miteinander und zeigten sich und betasteten ihre Sachen, eben hatte meine jüngere Schwester ihre Geschenke entdeckt und stieß einen lauten Jubelruf aus. Ich war damals entweder dreizehn oder vierzehn Jahre alt.

Ich hatte mich, wie wir alle, vom Christbaume weg und den Tischen zugewendet, wo die Geschenke lagen, ich hatte meinen Platz mit suchenden Augen entdeckt und strebte jetzt auf ihn zu. Dabei mußte ich meinen kleinen Bruder Hans und ein niedriges Kinder-Spieltischchen umgehen, auf dem seine Bescherung aufgebaut war. Mit einem Blick streifte ich seine Geschenke, ihr

Mittelpunkt und Prunkstück war ein Satz von winzig kleinem Tongeschirr; drollig liliputanische Tellerchen, Krügchen, Täßchen standen da beisammen, komisch und rührend in ihrer hübschen Kleinheit, jede Tasse war kleiner als ein Fingerhut. Über dieses tönerne Zwerggeschirr gebeugt, mit vorgestrecktem Kopf, stand mein kleiner Bruder, und im Vorbeigehen sah ich eine Sekunde lang sein Kindergesicht – er war fünf Jahre jünger als ich – und habe es in dem halben Jahrhundert, das seitdem vergangen ist, manche Male in Erinnerung so wiedergesehen, wie es mir in jener Sekunde sich offenbarte: ein still strahlendes, leicht zum Lächeln zusammengenommenes, von Glück und Freunde ganz und gar verklärtes und verzaubertes Kindergesicht.

Dies war das ganze Erlebnis. Es war schon vorüber, als ich mit dem nächsten Schritt bei meinen Geschenken angekommen war und von ihnen in Anspruch genommen wurde, Geschenke, von denen ich heute keins mehr mir vorstellen und benennen kann, während ich Hansens Töpfchen noch in genauester Erinnerung habe. Im Herzen blieb das Bild bewahrt, bis heute, und im Herzen geschah alsbald, kaum daß mein Auge das Brudergesicht wahrgenommen hatte, eine mannigfaltige Bewegung und Erschütterung. Die erste Regung im Herzen war die einer starken Zärtlichkeit gegen den kleinen Hans, gemischt jedoch mit einem Gefühl von Abstand und Überlegenheit, denn hübsch und entzückend zwar, aber kindisch erschien mir solche Verklärtheit und Beseligung über diesen kleinen tönernen Kram, den man beim Hafner für ein paar Groschen haben konnte. Indessen widersprach schon die nächste Zuckung des Herzens wieder: sofort nämlich, oder eigentlich schon gleichzeitig empfand ich meine Verachtung für diese Krügelchen und Täßchen als etwas Schmähliches, ja Gemeines, und noch schmählicher war mein Gefühl von Klügersein und von Überlegenheit über den Kleineren, der sich noch so bis zur Entrücktheit zu freuen vermochte und für den die Weihnacht, die Täßchen und das alles noch den vollen Zauberglanz und die Heiligkeit hatten, die sie einst auch für mich gehabt hatten. Das war der Kern und Sinn dieses Erlebnisses, das Aufweckende und Erschreckende: es gab den Begriff »Einst« für mich! Hans war ein Kind, ich aber wußte plötzlich, daß ich keines mehr sei und nie mehr sein würde! Hans erlebte sein Gabentischchen wie ein Paradies, und ich war nicht nur solchen Glückes nicht mehr fähig, sondern ich fühlte mich ihm mit Stolz entwachsen, mit Stolz und doch auch beinah mit Neid. Ich blickte zu meinem Bruder, der eben noch meinesgleichen gewesen war, aus einer Distanz hinüber, von oben und kritisch, und fühlte zugleich Scham darüber, daß ich ihn und sein Tongeschirr so hatte betrachten können, so zwischen Mitleid und Verachtung, so zwischen Überheblichkeit und Neid. Ein Augenblick hatte diese Distanz geschaffen, hatte diese tiefe Kluft aufgerissen. Ich sah und wußte plötzlich: ich war kein Kind mehr, ich war älter und klüger als Hans, und war auch böser und kälter.

Es war an jenem Christabend nichts geschehen, als daß ein kleines Stück Wachstum in mir drängte und Unbehagen schuf, daß im Prozeß meiner Ichwerdung einer von tausend Ringen sich schloß – aber er tat es nicht, wie fast alle, im Dunkeln, ich war einen Augenblick wach und mit Bewußtsein dabei, und ich wußte zwar nicht, konnte es aber am Widerstreit meiner Empfindungen deutlich spüren, daß es kein Wachstum gibt, das nicht ein Sterben enthält. Es fiel in jenem Augenblick ein Blatt vom Baum, es welkte eine Schuppe von mir ab. Dies geschieht in jeder Stunde unseres Lebens, es ist des Werdens und Welkens kein Ende, aber nur sehr selten sind wir wach und achten einen Augenblick auf das, was in uns vorgeht. Seit der Sekunde, in der ich das Entzücken im Gesicht meines Bruders gesehen, wußte ich über mich und über das Leben eine Menge Dinge, die ich beim Eintritt in dies festlich duftende Zimmer und beim Mitsingen des Weihnachtsliedes noch nicht gewußt hatte.

Bei den vielen späteren Malen, in denen ich mich des Erlebnisses erinnerte, war es mir jedesmal merkwürdig, wie genau in ihm die beiden gegensätzlichen Hälften ausgewogen waren: dem gesteigerten Selbstgefühl entsprach ein dunkles Gefühl von Schuld, dem Gefühl von Erwachsensein ein Gefühl von Verarmung, dem Klugsein und Überlegensein eine Regung von schlechtem Gewissen, der spöttischen Distanz zum kleineren Bruder ein Bedürfnis, ihn dafür um Verzeihung zu bitten und seine Unschuld als den höheren Wert anzuerkennen. Das klingt alles recht unnaiv und kompliziert, aber in den Momenten des Wachseins sind wir eben keineswegs naiv; in den Momenten, in denen wir nackt der Wahrheit gegenüberstehen, fehlt uns stets die Sicherheit eines guten Gewissens und das Behagen des unbedingten Glaubens an uns selber. Im Augenblick des Wachseins könnte möglicherweise ein Mensch sich töten, niemals aber einen andern. Im Augenblick des Wachseins ist der Mensch stets sehr gefährdet, denn er steht nun offen und muß die Wahrheit in sich einlassen, und die Wahrheit lieben zu lernen und als Lebenselement zu empfinden, dazu gehört viel, denn zunächst einmal ist der Mensch Kreatur und steht der Wahrheit durchaus als Feind gegenüber. Und in der Tat ist ja die Wahrheit niemals so, wie man sie sich wünschen und wählen würde, aber immer ist sie unerbittlich.

Und so hatte auch mich in der Sekunde des Wachseins die Wahrheit angeblickt. Man konnte sie gleich nachher wieder zu vergessen suchen, man konnte sie nachträglich mildern und beschönigen, und das tat man denn auch, jedesmal tat man es. Dennoch blieb von jedem Erwachen ein Blitz zurück, ein Sprung in der glatten Oberfläche des Lebens, ein Schreck, eine Mahnung. Und sooft man sich eines Erwachens später erinnert, sind es nicht die Reflexionen und Beschönigungen, deren man wieder inne wird, sondern des Erlebnis selbst: der Blitz, der Schreck.

Ich hatte, selbst beinah noch Kind, plötzlich die von mir abgewelkte Kindheit leibhaftig vor mir gesehen, im Gesicht des Brüderchens, und die Betrachtungen und Erkenntnisse, die sich mir daraus in den folgenden Stunden und Tagen ergaben, waren nur abblätternde Schalen, sie lagen schon alle im Erlebnis selber. Das meine war eigentlich ein hübsches und freundliches gewesen; was ich gesehen hatte und wofür mir für einen Moment die Augen geöffnet worden waren, war ein liebenswertes, sanftes und holdes Bild. Die Seligkeit auf einem Kindergesicht hatte ich gesehen. Trotzdem war es Blitz und Schreck, denn der Inhalt eines jeden Wachwerdens ist der gleiche, es gibt Millionen Gesichter der Wahrheit, aber nur *eine* Wahrheit. Mir war gezeigt worden, daß der kleine Hans etwas besaß, etwas sehr Schönes und Kostbares. Ich aber hatte es verloren, ich besaß es nicht mehr, und vielleicht hatte ich damit das Allerbeste, das einzige wirklich Wertvolle verloren, denn selig werden ja die Kinder gepriesen, und zu den Erwachsenen wird gesagt, wenn sie ins Reich Gottes wollen: »Wahrlich, so ihr nicht werdet wie dieser Kinder eines . . .« Ich hatte das Glück und die Unschuld verloren, und hatte es nur daran gemerkt, daß ich es mit Augen, außerhalb meiner, auf dem Gesicht eines andern gesehen hatte. Auch diese Einsicht gehörte zur Frucht des Erlebnisses: Was man besitzt, das sieht man nicht und davon weiß man kaum. Auch ich war ein Kind gewesen und hatte nichts davon gewußt. Jetzt hatte ich Augen bekommen und sah. In Gestalt eines Lächelns und Augenschimmers, in Gestalt eines zarten Leuchtens hatte ich das Glück zu sehen bekommen, das Glück, das man nur besitzen kann, solange man es nicht sieht. Es sah wunderbar strahlend und herzgewinnend aus, das Glück. Aber es hatte auch etwas, worüber man lächeln und dem man sich überlegen fühlen konnte, es war kindlich, und ich war sogar geneigt, es etwas kindisch zu finden, etwas dümmlich. Es forderte zum Neid heraus, aber auch zum Spott, und wenn ich schon des Glücks nicht mehr fähig war, so war ich dafür des Spottes fähig und der Kritik. Und wahrscheinlich hatten die Jünger des Heilands einst genau so auf die seliggepriesenen Kinder geblickt wie ich auf Hans, mit Neid nämlich und zugleich mit etwas Spottlust. Sie wußten sich erwachsen, wußten sich klüger, erfahrener, wissender, sie waren überlegen. Nur daß eben die Erwachsenheit, Klugheit und Überlegenheit kein Glück war und nicht seliggepriesen wurde und keinen ins Reich Gottes führen konnte.

Dies war das Bittere und Anklagende, das mir der Blitz des Wachwerdens gebracht hatte. Aber es war noch etwas anderes Bitteres in der Wahrheit enthalten. Das erste ging nur mich selber an und war moralisch, es war eine Beschämung und Lektion für mich. Das andere aber war allgemeiner, tat im Augenblick weniger weh und ging am Ende doch tiefer – es war nun einmal so mit der Wahrheit, sie war unangenehm und unerbittlich. Nämlich: auch das Glück, das Bruder Hans besaß und von dem sein Gesicht so leuchtend gewesen war, auch dieses Glück war nichts Zuverlässiges, es konnte welken, es konnte verlorengehen, auch ich hatte es ja gehabt und hatte es verloren, und auch Hans, der es noch hatte, würde es einmal verlieren. Davon, daß ich dies wußte, kam es, daß ich außer dem Neid und außer der Spottlust auch noch etwas andres gegen Hans empfand, nämlich Mitleid. Nicht ein brennendes und heftiges Mitleid, sondern ein sanftes, aber herzbewegendes, dasselbe Mitleid, das man mit den Blumen einer Wiese haben konnte, die schon der Schnitter zu mähen begonnen hat.

Ich sage es nochmals: natürlich standen die Begriffe, mit welchen ich jenen seelischen Vorgang darzustellen und zu deuten versuche, mir damals noch nicht zur Verfügung. Ich konnte damals mein Erlebnis nicht analysieren, begann aber allerdings die Versuche dazu noch am selben Abend, und habe sie je und je wieder fortgesetzt, bis heute, wo ich zum erstenmal etwas davon niederschreibe. Von manchen meiner heutigen Gedanken weiß ich nicht, ob ich sie damals schon hatte oder ob sie erst viel später hinzugekommen sind, wie zum Beispiel der Gedanke an den Tod, den ich damals bestimmt nicht gehabt habe. Ich fühlte mich zwar durch den Anblick meines lächelnden Bruders an die Vergänglichkeit gemahnt, sogar ungemein stark, aber Vergänglichkeit und Tod sind für Kinder noch weit auseinander. Daß meine Kindheit im Verwelken begriffen sei, daß ich das Beste von ihr schon hinter mir und verloren hätte, dies sagte mein Erwachen mir deutlich, und es sagte mir sogar: auch er, auch dein Brüderchen wird es verlieren, auch er unterliegt dem Gesetz. Daß dies Gesetz aber Tod heiße, das wurde mir von keiner Stimme gesagt, denn ich wußte damals nichts vom Tod und glaubte nicht an ihn. Um die Vergänglichkeit aber wußte ich schon ganau, sie war mir aus der Natur und aus den Dichtern sehr wohl bekannt, ich hatte das Fallen der Blätter schon oft genug gesehen. Daß jedes »Erwachen«, jede Berührung mit der Wirklichkeit und den Gesetzen unter andrem auch eine Berührung mit dem Tod bedeute, davon wußten meine Gedanken nichts, wenn auch das innerste Empfinden in mir mit Schauern davon wissen mochte.

Als ich diese Aufzeichnung begann, hatte ich nichts im Sinn, als mir jenen Augenblick in der heimatlichen Weihnachtsstube einmal wieder vor Augen zu rufen, schriftlich dieses Mal, denn manchmal nimmt ein Erlebnis oder Gedanke beim Versuch des Aufschreibens ein etwas anderes Gesicht an, zeigt neue Seiten und geht neue Verbindungen ein. Nun sehe ich aber, daß ich zwar jenes kleine Erlebnis selbst noch mit aller Deutlichkeit vor Augen habe, als sei es von gestern, daß es aber so für sich allein kein volles Leben hat, ja eigentlich nicht einmal recht mitteilbar ist. Auch wenn ich ein großer Dichter wäre, könnte ich den Schein von Glück und Unschuld über dem lieben Kindergesicht meines Bruders nicht so darstellen, daß es einem andern, einem Leser ernstlich etwas bedeuten könnte. Gibt auch das Erlebnis Gelegenheit, allerlei zu erzählen und zu sagen, so handelt dies alles doch nur von mir; nicht auf dem strahlenden Hansgesicht ging das vor, worauf es hier ankommt, sondern einzig in mir selbst. Durch sein Strahlen wurde der kleine Hans mir, ohne davon zu wissen und es je zu erfahren, Anlaß zu einem Erlebnis, zu einer Erweckung und Erschütterung. Und hier stoße ich, überrascht, auf einen kleinen Fund: nicht bloß dieses eine Mal hat Bruder Hans mir, ohne es zu ahnen, den Anstoß zu Erlebnis und Erschütterung gegeben, sondern mehrmals. Wenn ich dem Erlebnis vom Weihnachtsbaum gerecht werden will, darf ich es nicht isolieren und abschnüren, ich muß – auf die Gefahr hin, auch hier wieder mehr von mir selbst zu sprechen als von ihm – die Gestalt und das Leben meines Bruders im ganzen betrachten. Ich bin nicht Künstler genug, um ein einheitliches Bildnis von ihm zu zeichnen – das hieße, mir selbst den Glauben zu suggerieren, daß ich Hans wirklich und ganz gekannt und verstanden habe. Aber ich habe einige Erlebnisse und Begegnungen mit ihm gehabt, und wir hatten das gleiche Blut und manche Familienähnlichkeiten, und obwohl ich ihm niemals ganz nahegekommen bin, habe ich ihn doch sehr geliebt. Ich versuche also von seinem Leben so viel mitzuteilen, als ich verstehend miterleben konnte. Das ist nur ein ganz kleiner Teil seiner wirklichen Biographie, die ich nicht sehr genau kenne, aber er muß Wesentliches von ihm enthalten, denn merkwürdigerweise und obwohl wir vom Ende der Kindheit an nie mehr intim miteinander gewesen sind, haben unsere Lebensläufe sich mehrmals an wichtigen Punkten einander genähert, und so sehr verschieden sein Leben von dem meinen war, hat es doch immer wieder für das meine Bedeutung gehabt, und einige Male erschien es mir wie ein ganz leicht verzeichnetes Spiegelbild des meinen.

Hans war nicht auf den Namen Hans getauft, er hieß nach unsrem Vater Johannes. Niemals hätte ein Mensch den Einfall haben können, unsern Vater Hans zu nennen; für ihn war Johannes genau der richtige Name, ein Name, welcher Autorität und Würde hat und dennoch nicht einer großen Zärtlichkeit entbehrt: Johannes hieß der »gnostische« Evangelist, und der Lieblingsjünger des Herrn. Der Name war zugleich vornehm, zart und geistig. Hingegen kam niemand auf den Einfall, unsern Hans Johannes zu nennen. Er war Hans, er war eine nahe, vertraute, liebe und harmlose Gestalt, an ihm schien nichts Fremdes und Geheimnisvolles zu sein wie an Johannes, seinem Vater, er wurde darum vertraulich und bürgerlich Hans genannt, sein ganzes Leben lang. Und doch war er nicht so ganz eins mit seinem behaglichen Namen, und war gar nicht so geheimnislos wie es schien. Auch er hatte sein Geheimnis, und auch er hatte Teil an der Vornehmheit seines Vaters, hatte manche Anlagen sowohl zum Ritter wie zum Don Quichotte.

Als jüngstes meiner Geschwister wuchs er zwischen uns auf, von allen als der Jüngste geliebt, befürsorgt und zuweilen gehänselt, und hat in den Kinderjahren unsern Eltern nur einmal ernste Sorge gemacht, da er als etwa Vierjähriger eines Tages verlorenging. Wir wohnten damals am äußersten Rande der Stadt Basel, da wo jenseits des Spalenrings und der alten Elsässer Bahnlinie die Stadt sich ins Ländliche auflöste. Einmal nun spazierte der Kleine allein von Hause weg, über die Bahnlinie und stadteinwärts, wo er sich schon nach der ersten Straßenbiegung in einer unbekannten und interessanten Welt befand, in welche er neugierig eindrang. Irgendwo traf er auf spielende Kinder seines Alters, schloß sich ihnen an und spielte ihre Spiele mit, lehrte sie vermutlich auch neue, denn das Spielen war seine eigentliche Begabung, sie ist ihm sein Leben lang treu geblieben. Er gefiel seinen neuen Spielkameraden und hat sie wahrscheinlich dazu verführt, auch ihrerseits ganz im Spiel aufzugehen und die lästigen Ordnungen der Welt zu vergessen; sie spielten bis es dunkelte und die Kinder von ihren Eltern heimgeholt wurden, und da ging Hans mit, und weil die Kinder nicht von ihm lassen wollten und er auch den Eltern gefiel, behielt man ihn da, vorerst beim Abendessen, und weil er zwar seinen Namen, nicht aber die Adresse seiner Eltern sagen konnte, auch über die Nacht. Wir verbrachten diese Nacht ohne Hans, er fehlte, war verschwunden, vielleicht in den Rhein geraten, vielleicht geraubt worden, es war ein großes Abenteuer, und den Eltern war recht bange. Am Morgen dann meldeten Hansens freundliche Gastgeber die Anwesenheit des fremden Kindes der Polizei, und da Hans dort schon als vermißt gemeldet war, konnte er abgeholt werden. Seine Wirte rühmten sein Betragen und namentlich sein andächtiges Beten bei Tisch und beim Schlafengehen, er schien sie ungern zu verlassen. Wir aber freuten uns sehr, ihn wiederzuhaben, und erzählten die Geschichte von unsrem interessanten verlorengegangenen Bruder oft und mit Stolz.

Viel später erst, wir waren inzwischen nach Calw zum Großvater übersiedelt und Hans war in die Lateinschule eingetreten, wurde er je und je wieder zum Sorgenkinde. Die Lateinschule, welche auch mir viele Konflikte gebracht hatte, wurde für ihn mit der Zeit zur Tragödie, auf andere Weise und aus anderen Gründen als für mich, und wenn ich später als junger Schriftsteller in der Erzählung »Unterm Rad« nicht ohne Erbitterung mit jener Art von Schulen abrechnete, so war das leidensschwere Schülertum meines Bruders dazu beinah ebensosehr Ursache wie mein eigenes. Hans war durchaus gutwillig, folgsam und zum Anerkennen der Autorität bereit, aber er war kein guter Lerner, mehrere Lehrfächer fielen ihm sehr schwer, und da er weder das naive Phlegma besaß, die Plagereien und Strafen an sich ablaufen zu lassen, noch die Gerissenheit des Sich-Durchschwindelns, wurde er zu einem jener Schüler, von denen die Lehrer, namentlich die schlechten Lehrer, gar nicht loskommen können, welche sie nie in Ruhe lassen können, sondern immer wieder plagen, höhnen und strafen müssen. Es sind mehrere recht schlechte Lehrer dagewesen, und einer von ihnen, ein richtiger kleiner Teufel, hat ihn bis zur Verzweiflung gequält. Dieser Mann hatte unter andern bösen Gewohnheiten die, daß er sich beim Abfragen dicht und drohend vor dem Schüler aufstellte, ihn mit schrecklichem Richtergesicht anbrüllte und dann, wenn der verängstigte Schüler natürlich versagte und ins Stottern geriet, seine Frage viele Male wiederholte, in einem rhythmischen Singsang, und dazu im Takt mit seinem eisernen Hausschlüssel auf des Schülers Kopf losschlug. Ich weiß aus späteren Erzählungen meines Bruders, daß dieser böse kleine Tyrann mit seinem Hausschlüssel zwei Jahre lang den kleinen Hans nicht nur Tag für Tag, sondern oft auch bis in die Angstträume der Nacht hinein gepeinigt hat. Oft kam er in einem hoffnungslosen Krampf von Kopfweh und Todesangst aus der Schule nach Hause. Ich war in jener schlimmsten Zeit seines Schulelendes schon fort von zu Hause, und machte, auch ich, den Eltern zeitweise Sorge genug.

Viele Jahre später hat Hans mir versichert, er sei von unsrem Vater strenger erzogen worden als ich. Vielleicht täuschte er sich, ich glaube aber, daß er recht hatte, und zwar waren es ohne Zweifel die schlechten Erfahrungen, die man mit mir gemacht hatte, welche der Jüngere hat büßen müssen. Übrigens war auch mir meine Erziehung nicht leicht und sanft erschienen, trotz der unerschöpflichen Liebeskraft der Mutter und dem ritterlichen, delikaten und zarten Wesen des Vaters. Streng und hart waren nicht sie, sondern das Prinzip. Es war das pietistisch-christliche Prinzip, daß des Menschen Wille von Natur und Grund aus böse sei und daß dieser Wille also erst gebrochen werden müsse, ehe der Mensch in Gottes Liebe und in der christlichen Gemeinschaft das Heil erlangen könne. So wurden wir – denn unsre Eltern liebten uns sehr und waren beide nichts weniger als hart – zwar nicht spartanisch erzogen und wurden körperlich weniger oft und weniger schwer gezüchtigt als viele unsrer Schulkameraden, deren Väter weder Christen waren noch Ideale hatten, jedoch mit Prügeln und Einsperren schnell bei der Hand waren; aber wir lebten unter einem strengen Gesetz, das vom jugendlichen Menschen, seinen natürlichen Neigungen, Anlagen, Bedürfnissen und Entwicklungen sehr mißtrauisch dachte und unsre angeborenen Gaben, Talente und Besonderheiten keineswegs zu fördern oder gar ihnen zu schmeicheln bereit war. Indessen war der Raum, in welchem wir diesem harten Gesetz unterstellt wurden, nicht ein Kerker oder eine nüchtern strenge Erziehungsanstalt, sondern ein mit Liebe, mit Bildung und Geistigkeit und mancherlei Kultur gesättigtes Elternhaus, in dem es außer jenem Gesetz auch eine Menge schöner, lebendiger, liebenswerter und interessanter Gewohnheiten, Übungen, Spiele und Tätigkeiten gab; Singen und Musizieren, Märchenerzählen und Bücherlesen, einen Blumengarten, abendliche Spiele, an welchen die ganze Familie teilnahm und deren manche der Vater selbst ersonnen hatte, Spaziergänge und Freude an Landschaft, Bäumen und Blumen, geschmückte Zimmer an festlichen Tagen. Und vor allem waren da die Eltern, verehrte Vorbilder zwar der christlichen Lebensführung, aber nicht Heiligenfiguren, sondern lebendige, begabte, originelle, warme Menschen, mancher schönen und liebenswürdigen Künste kundig, beide hervorragende Erzähler und Briefschreiber, die Mutter zuzeiten Dichterin, der Vater ein Gelehrter und großer Freund der Sprache und Sprachen, Erfinder von Schreibspielen, Improvisator von Rätseln und Wortspielen. Trotz des Gesetzes, trotz des stets gespannten Zwiespaltes zwischen Unschuld und Gewissen, war das Leben in diesem Hause reich und mannigfaltig und war weder düster noch langweilig. Es gab Konflikte und Bangigkeiten, man stand unter dem Gesetz, aber es gab auch Fröhlichkeit und Feste, an Besuchen und Gästen war niemals Mangel.

Aus dem Reichtum dieses Lebens, in dem jeder Tag mit

Bibelwort, Gesang und Gebet begann und endete, nahm von uns Kindern jedes das Seine. Ich nehme an, daß Bruder Hans, ohnehin von der Schule her mit dem Geistigen auf gespanntem Fuß und im Selbstvertrauen geschwächt, von der starken und vielseitig angeregten Geistigkeit des Hauses gelegentlich sich bedrückt fühlte. Ich könnte mir denken, daß er zuzeiten den Vater und den Großvater, der über seiner indischen Gelehrsamkeit saß und etwa einen jungen Indologen dadurch erschrecken und entzücken konnte, daß er ihn in Sanskrit anredete, sowie manchen ihrer Gäste und Hausfreunde als mahnende Vorbilder empfand, als Leute, welche allzuviel Latein, Griechisch und Hebräisch konnten, als daß man hätte hoffen können, sie jemals zu erreichen, da doch schon das Latein und Rechnen in der Schule so mühsam ging. Ich weiß es nicht, ich vermute es nur. Dafür streckte seine bedrängte und gefährdete Natur die Wurzeln nach andrer Nahrung im Elternhause aus, es gab ihrer genug, und vor allem war es die Hausmusik und das gesellige Spiel, worin er Freude fand und keine Bestätigungen seiner Minderwertigkeitsgefühle zu fürchten brauchte. Beim Singen konnte er ganz und gar dabei sein, sich hingeben und ausströmen, und dieses Glück ist ihm bis in seine letzten Zeiten geblieben. Und im Spielen erschien er oft wie ein Besessener und oft wie ein Künstler. Es waren nicht jene seßhaften bürgerlichen Spiele, in welchen es gilt, den Spielgegner an Wachsamkeit, Aufmerksamkeit, Ausdauer und Kombinationskraft zu übertreffen und ihn am Ende beschämt und besiegt zu sehen, nicht jene Brett- und Figurenspiele, bei welchen man einander mit meditierenden oder vom Denken überanstrengten Stirnen gegenübersitzt – nicht diese Spiele waren es, die Hans liebte und in denen er zum Meister wurde. Er bevorzugte die Spiele, die man selber erfindet. Beim Spielen konnte der ruhige und zuweilen ängstliche Knabe sich ganz und gar vergessen, vielmehr ganz und gar er selbst werden und die Welt und Schule vergessen, aufblühen und sich steigern bis zum Genialen. Die Welt der ihm aufgenötigten, halb oder gar nicht verstandenen Zwecke und Regeln zu verlassen und sich in eine selbstgeschaffene Welt sinnvoller, von ihm ersonnener und mit Sinn gefüllter Zwecke und Gesetze zu begeben, ist jedem begabten Kind Bedürfnis, und bei Hans handelte es sich zu manchen Zeiten um mehr, es ging ums Leben; um gegen eine von den Erwachsenen ausgesonnene oder von einem unverständlichen Gott geschaffene Weltordnung aufzukommen und nicht von ihr hoffnungslos totgewalzt zu werden, mußte man sich selber seine Welt und Ordnung schaffen.

Es gab Spiele, zu deren Zustandekommen es der Freiheit und Freizeit bedurfte, wie es Spiele gab, die man nicht ohne Apparate, Figuren, Bälle und so weiter spielen konnte. Es gab aber auch Spiele, welche sich nur im Spieler selbst abspielten, welche man überall und zu jeder Zeit und noch mitten unter der Aufsicht ahnungsloser Lehrer oder Eltern spielen konnte. Man ging seinen Weg in die Schule, wenn man nicht gerade verspätet war, nicht selten in einem bestimmten Rhythmus, nach einer ungeschriebenen Musik, und komplizierte und ornamentierte diesen Marsch noch durch besondere Regeln und Verbote, man durfte bestimmte Steine oder Lagen des Straßenpflasters nicht betreten, es gab erlaubte und verbotene Passagen. Manchmal wurde aus dem Schulweg ein solenner Tanz oder eine geometrische Figur. Während der Lektion in der Schule ließ der Tanz sich mit den Fingern auf der Bank, das Takthalten sich mit rhythmischem Atmen weiterspielen. Oder man verabredete mit einem Kameraden vor der Schulstunde: Sobald der Lehrer dies oder jenes Wort sagt, so bedeutet es: ich bin ein Affe. Dann, wenn das Wort fiel und der Lehrer sich als Affe bekannt hatte, brauchte man nur einander einen Blick zuzuschicken, und man hatte mitten in der ödesten Schulstunde eine Sensation, einen Spaß, ein Gefühl von Freude und Triumph.

Am liebsten aber spielten wir Scharade und Theater. Wir haben nie eine Bühne gehabt und niemals Stücke auswendig gelernt, aber wir haben viele Rollen gespielt, manchmal vor den Geschwistern und Kameraden, häufiger allein. Manchmal begaben wir uns in Rollen, die wir tage- und wochenlang nicht wieder losließen. War die Schule, das Gebet, die Mahlzeit zu Ende, war ich wieder mit Hans allein, so waren wir alsbald wieder Räuber, Indianer, Zauberer, Walfischjäger, Geisterbeschwörer. Wenn sich ein paar Zuschauer fanden, spielten wir am liebsten Zauberer. Ich war der Hexenmeister, Hans war der Adept und Famulus. Doch konnten wir diese Vorführungen nur am Abend richtig und wirkungsvoll bewerkstelligen, teils weil wir selber und unsre Zuschauer erst am Abend in die richtige Stimmung kamen, teils weil bei den Zauberstücken das Dunkel unser bester Bundesgenosse und Helfer war. Es gab in unsrem großen alten

Hause einen Saal; in dem spielten wir, er war im vorigen Jahrhundert ein Tanzsaal gewesen, mit einer hohen balkonartigen Galerie für die Tanzmusik. Die Zuschauer, Kinder und Mägde, saßen im Dunkeln hinten gekauert auf einer Bank und ein paar Truhen, ich als Zauberer stand am andern Ende des Saales neben einem Tischchen, auf dem meine Zauberwerkzeuge lagen und eine Erdöllampe stand. Hans war mein Schüler und Gehilfe, mußte meine Befehle ausführen und mir bei meinen heimlichen Manipulationen behilflich sein. Wir verfügten über lange, feierliche Zauber- und Beschwörungsformeln, die ich beständig weiter ausbaute, und welche für uns beide eigentlich die Hauptsache waren; das Murmeln oder Brüllen dieser Formeln und Anrufungen erzeugte in uns die Stimmung von gewagten nächtlichen und magischen Unternehmungen und hätte uns an sich schon genügt. Die Zuschauer allerdings wollten uns nicht nur deklamieren, psalmodieren oder schauerlich flüstern hören, obwohl manche kleine Base oder Nachbarstochter auch dabei schon in Ekstase oder Todesangst geriet; wir mußten auch den Augen etwas bieten. Wenn ich, im kleinen Lichtkreis der Lampe stehend, phantastisch gekleidet und mit einer spitzen Papiermütze auf dem Kopf, meine Beschwörungen und Evokationen in die finstere Tiefe des Saales richtete, etwa einen Geist oder Teufel beschwor, und wenn sich dann endlich, zögernd, in kleinen Rucken und Stößen dort hinten im Finstern etwas zu regen begann und etwa ein Stuhl oder Schemel mit leisem Scharren sich zu nähern anschickte (er wurde von Hans an einem Faden gezogen), dann waren wir alle verzaubert, und mancher Zuschauer brach in einen Angstschrei aus. Einmal, als ich tief im Deklamieren war und mich ganz als Magier fühlte, schrie ich den Famulus Hans an, er solle mir leuchten. Er packte die schwere Petroleumlampe, balancierte sie etwas zögernd und hielt wieder inne. Ich, ungeduldig, rief ihm mit Donnerstimme zu: »Ha, du zögerst? Hierher, sag' ich dir, hierher, sterblicher Wurm!« Dieser Anruf wirkte so stark, daß Hans die Lampe fallen ließ und um ein Haar wir alle samt Saal und Haus verbrannt wären.

Alles in allem war damals mein brüderliches Verhältnis zu Hans das natürliche und normale, ich habe mich seiner nicht zu schämen. Es ging nicht immer fein und lieblich zu, es gab auch Streit und Balgerei und Schimpfreden; ich war der viel Ältere, der Große, Starke, und Hans war mir gegenüber der Kleine und

Schwache, daran war nichts zu ändern. Nun aber steht mir, sobald ich an Hans und an jene Jahre denke, jedesmal ein Bild vor Augen, das diese angenehmen Erinnerungen Lügen straft.

Es ist ein Bild, ebenso scharf und überdeutlich und mir für Lebenszeit eingeprägt wie jenes etwas frühere Bild des entzückten kleinen Hans unterm Weihnachtsbaum. Ich sehe Hans vor mir stehen, den Kopf geduckt und zwischen die Schultern gezogen, denn ich war wütend und wollte ihm eben einen Schlag versetzen. Nun wendet er mir wortlos ein ergebenes und leidendes Gesicht zu, mit einem Vorwurf in den Augen. Wieder ein Erlebnis und ein Erwachen! Jener Blick mit seinem Vorwurf traf mich tief, obwohl er zu spät kam, um mich am Schlagen zu verhindern. Ich ließ die Faust niederfallen, auf eine seiner Schultern, dann lief ich weg, verstört, plötzlich erwacht. Voll Selbstgefühl und Sicherheit, voll Herrengefühl und gerechter Empörung über irgendein Versagen, irgendeine Gehorsamsverweigerung hatte ich die Faust geballt und erhoben, ganz Zorn, ganz Krieger, ganz eins mit mir – und fallen ließ ich sie schon mit Widerwillen und schlechtem Gewissen, uneins mit mir, mich meines Zornes und meiner Gewalttätigkeit schämend, mich andrer Schläge, andrer Mißbräuche meiner Kraft und meines Altersranges erinnernd. Aus den Augen meines Bruders Hans, aus diesem Blick, den ich so gern wieder vergessen hätte und nie mehr vergessen konnte, hatte mich wieder einmal die Wirklichkeit angeblickt, es hatte mich alles Leiden und alle Wehrlosigkeit angeblickt und angeklagt, und meine schöne Wut und Sicherheit war dahin und in einem schrecklichen Erwachen untergegangen: zum erstenmal im Leben hatte ich beim Schlagen den Schmerz und die Beleidigung des Geschlagenen mitgefühlt, und hatte im Grund des Herzens gewünscht, er möge nicht so stumm dulden und mir dann verzeihen, sondern aufflammen und Rache an mir nehmen.

Dies sind die beiden Bildnisse meines Bruders, die mir aus der Zeit seiner Kindheit eingebrannt blieben, sie allein von tausend andern sind übriggeblieben: das Kind Hans, über seine irdenen Weihnachtstöpfchen entzückt und wie ein Engel strahlend, und der Knabe Hans, meinen Schlag erwartend und durch seinen stumm anklagenden Blick auf mich zurückwerfend. In manchen Stunden, wenn ich dazu neigte, mein Leben als verfehlt und wertlos anzusehen, stiegen die beiden Bilder auf: der kindlich Strahlende und der kindlich Leidende, und beiden stand ich gegenüber als der scheinbar Überlegene, Ältere, Starke, heimlich aber Beschämte und Gerichtete.

Ich glaube nicht, daß ich nachher Hans je wieder geschlagen habe. Es waren ja jene mit Erlebnis überladenen Augenblicke nur Augenblicke gewesen, im übrigen lebten wir ja gut und freundlich miteinander, besser als viele andere Brüder miteinander lebten. Aber trotz allem schien jenes Augenblicksbild vom geschlagenen Hans mehr Wahrheit zu enthalten als alle die Monate und Jahre. Ich war nicht böser und nicht schuldiger als jedermann, ich kannte viele, die mit weit größeren Sünden unbeschwert dahinlebten; aber ich war wissend geworden, jene Augenblicke hatten mir gezeigt, wie es ist, wie es zugeht, wie wir Menschen leben, wie immer der Größere und Stärkere dem Schwächeren Gewalt antut, wie immerzu die Schwachen unterliegen und dulden müssen, und wie dennoch alle Überlegenheiten und Vorrechte dahinfallen, wie dennoch immer wieder das Recht bei den Duldenden ist, wie stumpf und leichthin man das Unrecht begeht, wie es aber aus einem Augenblick, aus dem einzigen Blick eines Auges auf uns zurückstrahlen und uns strafen kann.

Inzwischen waren die Zeiten schon vorüber, in denen ich in meines Bruders täglichem Leben eine Rolle spielte. Ich war fort und kehrte nur für Ferienwochen oder Festtage zurück. Ich wußte wenig mehr von Hans, ich hatte Freunde meines Alters, und noch lieber solche, die mir im Alter voraus waren; und Hans selber hatte seine Schulsorgen, und hatte selber seine Freunde, und eines Tages bekam er, da ich keinen Musikunterricht mehr nahm, meine Violine und wurde ein eifriger Musikschüler. Von seinen schweren Schulsorgen wußte ich damals kaum, erst viel später hat er mir davon erzählt. Für mich war er noch ein Kind und bedeutete mir eine Mahnung an meine eigene Kindheit, auch als er längst im Schatten der Sorge und des Leides ging. In jenen Ferienzeiten, die an sich schon jedesmal eine Art freundlicher Rückkehr in meine Kinderwelt waren, suchte ich auch je und je aus einem dunklen Bedürfnis die Freuden und Spiele der Knabenzeit wieder auf, und dann war Hans mein Spielkamerad, und es war an manchen Tagen, als wären Jahre wieder ausgelöscht. Dann spielten wir die Knabenspiele wieder, die allgemein üblichen mit Murmeln oder Schlagball und auch unsre privaten, von uns selbst erdachten. Und je mehr ich ein Erwachsener wurde und meine Ziele in der Zukunft und Ferne sah, desto mehr lernte ich Hans als einen ungewöhnlichen Spielkünstler schätzen. Noch immer konnte er sich dem Spiel ganz hingeben; es war, wenn er spielte, nicht ein Teil von ihm doch dem Spiel entwachsen, es war nicht ein Teil seiner Gedanken oder Träume anderswo, bei »ernsteren« oder »wichtigeren« Dingen, sondern er war mit ganzer Seele und mit vollem Ernst beim Spiel.

Der Hans, den ich damals kannte und mit dem ich in den Ferien halbe Tage spielte, schien mir rund und ganz, aber ich sah und kannte nur die Hälfte von ihm, nur die freundliche Seite seines Lebens, das schon damals sehr viel schwerer war als ich wußte. Daß er in der Schule schwer mitkam und viel geplagt wurde, war mir zwar nicht unbekannt, aber ich hatte es nicht mit angesehen und konnte mich da nicht recht hineindenken, fühlte auch keinen Antrieb dazu, ich war von meinen eigenen, zuzeiten recht verworrenen und bedrängenden Nöten, Wünschen und Hoffnungen genug in Atem gehalten.

Die Schulzeit meines Bruders ging zu Ende, er freute sich sehr darauf und die Eltern nicht minder. Es war nun die Frage, was aus ihm werden solle. Bei seiner Schulmüdigkeit und ausgesprochenen Ablehnung aller Studien und verstandesmäßigen Bildung schien eine Handwerkslehre vielleicht angezeigt, aber seine Freude an Musik und anderen schönen Dingen, und schon seine Herkunft aus einem Geschlecht von Gebildeten und Gelehrten schien es doch zu verbieten, ihn so früh in einen Beruf und Lebenskreis abwandern zu lassen, der ihm vielleicht später doch nicht genügen mochte. Man war in Verlegenheit, es zeigte sich schon damals, daß unser Hans es sehr schwer damit haben werde, einen Weg und Platz im Leben zu finden; vermutlich hat unsre Mutter manches Gebet gesprochen und manchen sorglichen Brief geschrieben und hat die Familie manche Beratung abgehalten, bis der Entschluß gefaßt wurde, den Knaben einem Kaufmann in die Lehre zu geben. Das war, wie mein Vater sich ausdrückte, ein »praktischer« Beruf, man konnte ihn ausüben wie ein Handwerk, nämlich im Kaufladen, während doch in seinen Hintergründen auch etwas wie eine Theorie und Wissenschaft vorhanden war, mit Kanzleien, Archiven, Büros, aus welchen eine Hierarchie von Dienern und Priestern Merkurs sich emporstufte bis zu den ehrwürdigen Ministern und Königen des Welthandels. Vorläufig begann es mit der Handarbeit und dem Laden, Hans wurde Lehrling in einem Laden und lernte Ballen schleppen, Kisten öffnen und zunageln, auf der Leiter turnen und mit der Waage umgehen.

Jetzt schien auch für ihn die Kindheit gründlich zu Ende gegangen zu sein. Zwar hatte die Lateinschule ihn entlassen, aber er hatte sich dafür in ein neues Joch begeben müssen, das sich mit der Zeit als nicht weniger drückend erwies und das er bis zum letzten Tag seines Lebens tragen mußte. Er war in einen Beruf hineingeraten, an dem er keine Freude, zu dem er keine Berufung und wenig Geschick hatte, dem er sich immer wieder einzupassen bemüht war, ohne daß es richtig glückte, und in den er sich schließlich als in ein bittres und unentrinnbares Los ergab.

Ich kenne nicht alle Stationen dieses Weges, obwohl wir die Verbindung nie ganz verloren. Ich versuche, diesen Weg vereinfacht nachzuzeichnen, so wie er mir erscheint, so wie ich ihn abzulesen und zu deuten versuchte. Es gab auf diesem Wege manche Ortsveränderung und manchen Wechsel in der Arbeit, es gab manches Versagen oder unwillige Abbrechen und manche immer neue Anläufe und Versuche. Nach der Lehrzeit versuchte er es wieder in einem Laden, in einem alten gediegenen Hause in der nächsten großen Stadt; dann erschien es ihm notwendig, die formalen Methoden seines Berufes und namentlich der Buchführung gründlicher zu erlernen, es gab Kurse auf Handelsschulen, dann neue Anstellungen, Kurse in Stenographie und Englisch, und schließlich blieb er Sekretär und Korrespondent, meistens in industriellen Betrieben. Nirgends war ihm wohl, nirgends vermochte die Arbeit, so ernst und gewissenhaft er sie nahm, ihn tiefer zu interessieren und ihm Freude zu machen, oft genug mag er an sich und an seinem Leben verzweifelt sein. Aber er hatte die Musik, er spielte Violine, fand manchmal Kameraden zum Singen, und viele Jahre hatte er einen Herzensfreund, seinen Vetter, mit dem er fleißig Briefe wechselte und sich in den Ferien traf. Einmal, Hans war noch in den Zwanzigern und in einer Fabrik im Schwarzwald beschäftigt, überkam ihn Elend und Überdruß allzusehr, er schmiß die Arbeit hin und lief davon, wir waren alle erschrocken und in Sorge. Ich war seit kurzem verheiratet und lebte in einem kleinen Dorf am Bodensee, ich lud ihn ein, sich bei mir zu erholen. Er kam und war mitgenommener und geplagter, als er zugeben wollte, ich half ihm sein Köfferchen auspacken, da kam auch ein Revolver zum Vorschein. Er lachte verlegen, ich auch, dann nahm ich das Ding an mich, um es aufzubewahren, bis er wieder reise. Wir hatten damals eine gute brüderliche Kameradschaft miteinander, er war mehrere Wochen mein Gast, wurde kräftiger und heiterer, und begann allmählich sich wieder nach einer Arbeit umzusehen. Aber es scheint mir heute, als sei schon damals etwas nicht ganz Geklärtes in unsrem brüderlichen Verhältnis zueinander gewesen und als habe ich schon damals etwas von der Verschiebung und Entfremdung gespürt, welche dies Verhältnis dann mit den Jahren erfuhr, ohne daß einer von uns es wissentlich verschuldet hätte.

Meine Laufbahn war ebensowenig glatt und ungebrochen gewesen wie die des Bruders, es hatte eine Schultragödie gegeben, auch bei mir, wennschon aus andern Gründen, ich war ungeduldig und gewaltsam aus der Bahn gebrochen, hatte die Eltern schwer bekümmert, und war überhaupt dem Bruder darin ähnlich, daß ich mir selber das Leben erschwerte und daß ich zur Bewunderung anderer Charaktere und Leistungen und zum Zweifel an meinen eigenen leicht bereit war. Outsiders waren wir beide. Dagegen hatte ich, anfangs unklar und nur mit halbem Glauben, dann immer energischer und konzentrierter mich auf die Zukunft hin bewegt, von der ich seit Knabenzeiten träumte. Auch als ich, nach schweren Kämpfen, den Eltern nachgab und mich einem Beruf und einer Lehrzeit unterzog, als Buchhändler, hatte ich es im Blick auf mein Ziel getan, es war eine Anpassung, ein vorläufiger Kompromiß gewesen. Ich war Buchhändler geworden, um zunächst einmal von den Eltern unabhängig zu werden, auch um ihnen zu zeigen, daß ich im Notfall mich beherrschen und etwas im bürgerlichen Leben leisten könne, aber es war für mich von Anfang an nur ein Sprungbrett und Umweg zu meinem Ziel gewesen. Und schließlich hatte ich das Ziel erreicht, hatte mich erst vom Vaterhaus, dann vom vorläufigen Beruf befreit, war Schriftsteller geworden, konnte davon leben, hatte mich mit dem Vaterhaus und der bürgerlichen Welt versöhnt und war von ihnen anerkannt. Ich hatte geheiratet, mich fern von allen Städten in einer schönen Landschaft niedergelassen, lebte nach meinem Geschmack, ein Freund der Natur und ein Freund der Bücher, und die Konflikte und Schwierigkeiten, deren auch dies frei gewählte Leben genug enthielt, waren noch nicht ernsthaft, und waren mir damals noch kaum bewußt geworden. Für Hans, der damals mein Gast war, mit mir spazierenging oder Ruderfahrten auf dem See unternahm, für

Hans war ich ein arrivierter Mann, dem seine Sache geglückt war. Er, so fühlte er, würde niemals arrivieren, ihm würde seine Sache niemals glücken. In einen Beruf verirrt, in dem er es nie weit bringen würde, von der eigenen Unzulänglichkeit überzeugt, ohne Selbstvertrauen, den Frauen gegenüber hoffnungslos schüchtern, ohne einen Traum im Herzen, an dessen Verwirklichung er hätte glauben können, sah er zwischen sich und mir eine Kluft, die für mich kaum sichtbar war, die sich nun aber mit den Jahren vergrößerte und später auch mir immer fühlbarer wurde.

Natürlich hatte er auch seinen Traum in der Seele, seine Vorstellung von Glück und wahrem Leben, aber das Wunschbild ließ sich nicht nach vorn ins Leben projizieren, es wies zurück ins Paradies, in die Kindheit. Als Jüngster war er daran gewöhnt, der Kleinere und Unwissendere zu sein, die Schule hatte ihn noch kleiner gemacht, im Beruf sah er andre ihn überholen, die ihm nur durch Härte und Selbstvertrauen überlegen waren. Und so ist er, während er nach außen allmählich lernte, sich dem Notwendigen zu fügen und wenigstens sein Brot zu verdienen, in seinem inneren Leben immer nach rückwärts gewendet geblieben, zur Kindheit hin, zu jener unschuldigen, seelenhaften, aber kampflosen Welt der Träume und Spiele, des Singens, des Lachens um nichts, des Wanderns ohne Ziel.

Er fand wieder eine Anstellung, trieb wieder Englisch, spielte Violine, sang in einem Chor mit. Und außer der Musik gab es noch etwas, worin er atmen und schwimmen und sich entfalten und aufblühen konnte, das war der Umgang mit Kindern. Wohnte in erreichbarer Nähe seiner jeweiligen Arbeitsstätte eine befreundete oder verwandte Familie mit Kindern, so brachte er unfehlbar dort seine Sonntage zu, ein immer spielfroher, alle Kinderlaunen und Kinderwünsche verstehender Kamerad und Onkel. Er wurde sehr geliebt, und die Kinder und jungen Leute, mit denen er musizierte oder Scharaden aufführte und die er in seine wahrhaft dichterische Spielwelt einführte, waren ihm für immer zugetan und wußten nichts davon, daß ihr Onkel und Freund ein enttäuschter und oft schwermütiger Mann war. Selbst Kinder zu haben, hat er sich sehnlich gewünscht. Aber da war vieles im Wege. Wovon eine Frau ernähren und kleiden, eine Wohnungsmiete bezahlen? Um das zu können, mußte man zu denen gehören, welche vorwärtskommen und von Stelle zu Stelle nach oben aufrücken. Und dann waren die Frauen so unnahbar, oder so enttäuschend, und wie sollte man es denn auf sich nehmen, fürs ganze Leben einer Frau das Brot und das Glück zu versprechen, wo man sich selbst so wenig trauen konnte?

Manche Jahre lang sahen wir uns nur noch sehr selten, wir wohnten weit voneinander entfernt, schrieben einander zu den Geburtstagen, sonst selten. Wenn ein Buch von mir erschien, schickte ich es ihm, er bedankte sich jedesmal, hat sich aber nie über eines geäußert, ich erfuhr nie, ob eines von ihnen ihm gefallen hat. Drei Jahre vor dem großen Krieg probierte er es noch einmal mit einem Ortswechsel, seinem letzten. Er fand Arbeit in einem Städtchen im Aargau, und ich zog ein Jahr später nach Bern, nun waren wir näher beieinander, ein paarmal kam er über einen Sonntag auf dem Fahrrad zu uns, saß mit uns in der Laube, spielte mit unsern Knaben, man sprach von Basel und Calw, vom Vaterhaus. Hans arbeitete jetzt in einer großen Fabrik, da saß er als Korrespondent in einem der vielen Büros, klagte hie und da ein wenig über die Öde der langen Tage, erzählte von Verwandten in Zürich, bei denen er viele Sonntage mit den Kindern verbrachte. Als der Krieg ausbrach, sprach ich einmal über die Weltpolitik mit ihm, er hörte zu und schüttelte den Kopf, er las selten eine Zeitung und nahm nirgends Partei. Es war merkwürdig mit ihm, halb war er ein Knabe, der Knabe Hans, den ich einmal am Christabend in der Verklärung der Freude gesehen, mit dem ich gespielt und der mich einmal, als ich wütend war und ihn schlug, so stumm mit anklagenden Augen angeblickt hatte, halb war er ein bescheiden kleinbürgerlich aussehender Mann mit einer tiefen Stimme, der den Kopf etwas vorneigte und resigniert einer Arbeit oblag, die ihm nur eben das Brot brachte, ein geduldiger Arbeiter und kleiner Angestellter.

Immerhin hatte er, außer seiner Violine und seinen Sonntagen, die er mit den Neffen in Zürich verspielte oder verwanderte, andre Reserven, aus denen seine Seele sich erneuerte, aus denen er lebte und immer wieder Mut schöpfte. Er war nicht nur im Herzen ein Kind, er war auch fromm geblieben, fromm im doppelten Sinn der Herzensreinheit und der Pietät gegen die Menschen und gegen die Weltordnung, und fromm auch als Christ und Mitglied einer Gemeinde. Er nahm es auf sich, daß er schlecht in die Welt der Geschäfte und Arbeit paßte, daß er auf kleinen und untergeordneten Posten blieb, er anerkannte sein Schicksal, und in den Zeiten, wo es ihm schwer zu ertragen schien, haderte er mehr mit sich selber als mit Gott und der Welt, den Einrichtungen, den Vorgesetzten. Er blieb vollkommen unpolitisch und erlaubte sich keine Kritik, er lebte zwar nicht asketisch oder abstinent, aber äußerst bescheiden, war auch sparsam, denn seine Groschen waren mühsam verdient. Einen Abend oder zwei in der Woche war er im Kirchenchor seiner Gemeinde, übte Choräle und studierte neue Lieder, ein brauchbarer und zuverlässiger Sänger.

Mit dem Weltkrieg kam eine Zeit, in der es Hans besser zu gehen schien als mir. Das Politische berührte ihn nicht, seine Existenz war bescheiden, aber gesichert, und die Welt, wie er sie sah, wurde nicht von den Ministern und Generälen, sondern von Gott regiert. Einmal während des Krieges fanden wir Geschwister uns alle noch einmal zusammen, um unsern Vater zu begraben. Da waren wir alle versammelt, nicht im einstigen Vaterhaus mehr, aber doch um den Vater, sprachen uns aus und waren im Schmerz dieser Tage wieder eins wie in der Kindheit, aufeinander angewiesen, um gemeinsam Leid zu tragen und zugleich das Glück der Zusammengehörigkeit zu fühlen.

In der letzten Zeit des Krieges war von der Freiheit und Sorglosigkeit, in der ich früher gelebt hatte, nichts mehr übriggeblieben. Mein Arbeitszimmer war längst ein Büro geworden, mein Wohlstand dahin, meine bald arbeitsame, bald genießerische Zurückgezogenheit von der Welt zu Ende, ich war dem Krampf und Leid der Welt verflochten und hingegeben, und auch das, was sonst noch mein letzter und innigster Trost gewesen war, die Musik, konnte ich nicht mehr ertragen. Und jetzt wurde meine Frau schwerkrank, ich mußte die Kinder weggeben, es schien alles zusammenbrechen zu wollen, in einem verödeten Hause und Leben saß ich und sah Schlimmes kommen. Gerade in dieser Zeit nun, im Herbst 1918, kam der Brief von Hans, in dem er mich bat, zu seiner Hochzeit zu kommen. Er hatte sich verlobt, ein Strahl Licht war in sein Leben gefallen, er wollte es noch einmal versuchen, sich ein Glück aufzubauen.

Mir nun fiel die Aufgabe zu, bei seiner Hochzeit unsre Familie zu vertreten, die andern waren alle in Deutschland drüben, die Grenze gesperrt, das trennte mehr als zwanzig Breitegrade. Es fiel mir sehr schwer, diesem Ruf zu folgen, ich war in der Arbeitslast, in der Hetze und Seelennot der Kriegsjahre ein scheuer und verzweifelnder Mensch geworden, zur Not noch fähig, sich Tag um Tag mit lästiger Pflichtarbeit zu beladen und zu betäuben, aber schon seit langer Zeit nicht mehr fähig, irgendwo mitzuschwingen, sich zu freuen oder gar ein Fest zu feiern. Auch das hätte man ja für einen Tag hinunterwürgen können, aber es war mir vor dieser Hochzeit nicht nur meinetwegen bange. Mein eigenes Eheglück war eben erst endgültig gescheitert; mir schien, es wäre tausendmal besser gewesen, wenn ich nie geheiratet hätte, heftig erinnerte ich mich jetzt der inneren Widerstände, mit welchen ich vor vierzehn Jahren mich zur Heirat entschlossen und meine Hochzeit gefeiert hatte. Nein, meine Anwesenheit bei Hansens Hochzeit konnte kein Glück bringen. Es konnte ja doch nichts Gutes daraus werden, wenn unsereiner heiratete und den Bürger spielte, wir taugten dazu nicht, wir taugten zu Einsiedlern, zu Gelehrten oder Künstlern, meinetwegen zu Wüstenheiligen, aber nicht zu Gatten und Vätern. Man hatte sich, als wir Kinder waren, viele Mühe damit gegeben, uns den »Willen zu brechen«, wie die fromme Pädagogik das damals nannte, und man hatte in der Tat allerlei in uns gebrochen und zerstört, aber gerade nicht den Willen, gerade nicht das Einmalige und mit uns Geborene, nicht jenen Funken, der uns zu Outsiders und Sonderlingen machte.

Indessen war an Absage und Ausrede gar nicht zu denken. Ich spürte selbst, wie nervös und in mein eigenes Unglück versponnen ich war, und wie töricht und unrecht es wäre, dem Bruder das endlich gefundene Glück nicht von Herzen zu gönnen oder es durch mein Fernbleiben von seinem Fest zu trüben, ihm Teilnahme und Segen gewissermaßen zu versagen. Es war mir auch von frühern Beispielen her bekannt, wie wenig angenehm es für einen Hochzeiter ist, völlig allein ohne Familie und Anhang dem Aufgebot der Brautverwandtschaft gegenüberzustehen. Ich fuhr also schwarz gekleidet ins Aargau zu Hans und schämte mich meiner Hypochondrie, denn es war ein schöner und rührender Anblick, den Bruder still, glücklich und etwas befangen neben seiner freundlich-ernsten Braut zu sehen, und dazu fanden sich ihre Schwestern und Schwäger ein, die mich alle sehr artig aufnahmen und mir alle gefielen, es war eine rüstige und hochgewachsene Rasse, und noch ehe wir zum Festmahl ins Haus des Brautvaters in ein nahegelegenes Dorf hinausfuhren, zwischen herbstlichen Wäldern und Weinbergen bergan, hatte ich schon den Eindruck gewonnen, es stehe gut mit Hans und seiner

Zukunft. Es war seit geraumer Zeit die erste Freude, die ich erlebte, und die ganze ländliche, gesunde und friedliche Welt, bei welcher ich da zu Gast war, schien tausend Meilen weit von allen Kriegen, Revolutionen und Weltuntergängen zu liegen. Es war ein schönes und heiteres Fest, ich wurde nicht nur beruhigt, sondern vergnügt, und das Gefühl, den Bruder nach so langem Suchen und Darben versorgt und eingereiht zu wissen, tat mir gründlich wohl. Das einzige, was mir nicht gefiel und was ich nur der Höflichkeit wegen loben half, war die Stadtwohnung des neuen Paares, im Erdgeschoß an einer lärmigen Straße.

Für mich kam nun eine Zeit, in der ich an Hans wenig denken konnte. Es kam das Ende des Kriegs, und die Revolution, ein sorgenvoll durchfrorener Winter in meinem gespenstisch gewordenen Hause, und der Zusammenbruch meiner damaligen Existenz. Im Frühling erst war es so weit, daß ich meine Bücher, meinen alten Schreibtisch und ein paar Andenken zusammenpakken und den Versuch zu einem neuen Lebensbeginn machen konnte. Hans aber war zufrieden, ein guter Ehemann, der am Abend nach seinem grauen Arbeitstag eine kleine Heimat auf sich warten wußte. Es wurden ihm zwei Söhne geboren, und nun besaß er in seiner kleinen Wohnung alles das, was er viele Jahre lang nur als Gast und an Sonntagen in fremden Häusern gefunden hatte.

Vier oder fünf Jahre nach jenem Hochzeitsfest fügte es sich, daß ich mich einige Zeit in der Stadt aufhalten mußte, wo Hans wohnte, er war nun schon ein Dutzend Jahre am selben Ort und in derselben Fabrik tätig, ist auch vollends dort geblieben, die Jahre der Unrast waren vorüber. Ich fand Hans mit seiner kleinen Familie in einer anderen Wohnung als jener, die mir so mißfallen hatte, er schien mir ruhiger geworden und etwas gealtert, es gab natürlich auch Sorgen. Nach seiner Verheiratung – das erzählte er mir aber nicht, ich erfuhr es erst viel später – hatte der Vorstand seines Büros ihn einmal zu sich bestellt und ihm freundlich auseinandergesetzt, er sei ja nun schon manches Jahr hier angestellt, habe sich auch als fleißig und zuverlässig erwiesen, doch sei seine Tätigkeit ja nur eine subalterne, und da er jetzt Familie habe, müsse er sich klarmachen, daß die Beamtenschaft der Fabrik eine Hierarchie bilde, in welcher er sich bisher mit seinem Platz auf einer der untersten Stufen begnügt habe. Wer aber guten Willen und einige Gaben besitze, der strebe nach oben, wo man nicht nur zu gehorchen, sondern auch zu befehlen lernen müsse, wo man nicht mehr nur beaufsichtigt werde, sondern auch Aufsicht über andre zu führen habe. Man wolle einem Angestellten, der sich brav gehalten und jetzt geheiratet habe, den Weg zu den höheren Stufen nicht versperren, wenn er strebsam sei und sich zutraue, mehr und Wichtigeres als bisher zu leisten, es werde dann auch an einem entsprechend höheren Lohn nicht fehlen. Und so biete man ihm also an, für eine gewisse Probezeit es mit einer etwas verantwortungsvolleren und besser bezahlten Arbeit zu versuchen. Man hoffe, er freue sich über dies Anerbieten und werde sich in der Probezeit bewähren. Der gute Hans hörte dieses ehrerbietig an, stellte auch einige schüchterne Fragen, und bat dann um eine Bedenkzeit. Der Vorgesetzte, ein wenig verwundert, daß er nicht sofort zugriff, ließ ihm die gewünschte Frist, und Hans ging an seine Arbeit zurück. Dann war er einige Tage sorgenvoll und in sich gekehrt und kämpfte um seinen Entschluß. Nach abgelaufener Frist meldete er sich und bat, man möge ihn auf seinem bisherigen Posten lassen. Nun erzählte er es auch seiner Frau und hatte einige Mühe, sie davon zu überzeugen, daß er nicht anders habe handeln können. Von da an blieb er, ohne mit weitern Vorschlägen behelligt zu werden, für immer auf seinem bescheidenen Posten an der Schreibmaschine sitzen.

Davon wußte ich damals noch nichts. Ich besuchte Hans ein paarmal, machte mit ihm und den Seinigen einen Sonntagsausflug, hatte ihn einen Abend zum Plaudern und Essen bei mir im Hotel, und jetzt wollte ich auch einmal die Stätte seiner Arbeit sehen. Aber da war kein Zutritt möglich. Hans wehrte erschrokken ab, und der Portier der Fabrik, den ich dann aufsuchte, konnte es mir auch nicht gestatten. So stellte ich mich denn, um wenigstens irgendeine Vorstellung von meines Bruders geheimnisvollem Alltagsleben zu bekommen, eines Tages kurz vor der Mittagsstunde am Eingang zur Fabrik auf, um ihn herauskommen zu sehen und abzuholen. Es war ein gewaltiger Eingang wie zu einer Festung, dahinter saß im Fenster seines Wärterhäuschens der Pförtner und bewachte die Straße. Eine dreifache Straße führte vom Eingangstor zur Fabrik, welche weit hinten lag, eine kleine Stadt von Gebäuden, Höfen und Schloten. In der Mitte lief eine Fahrstraße, rechts und links je ein breiter Gehsteig. Außen vor dem Tore stand ich und wartete, blickte die leere breite

Straße hinauf gegen die Gebäude und stellte mir vor, daß in einem von ihnen Tag um Tag und Jahr um Jahr mein Bruder in einem Saal mit vielen Schreibmaschinen sitze und Briefe schreibe. Es war eine sehr ernste, strenge und etwas düstere Welt, in welche ich da blickte, und wenn ich mir dachte, ich müsse mein Leben lang jeden Morgen und jeden Nachmittag pünktlich hier erscheinen, durch dieses Tor die breite Straße hinan und in eines der großen kahlen Gebäude gehen und dort in einem Büro Befehle und Diktate entgegennehmen und Briefe und Rechnungen schreiben, so mußte ich mir gestehen, daß ich das nicht vermöchte. Gewiß, als Besitzer oder Leiter oder Ingenieur oder Werkmeister hier zu arbeiten, als einer, der das Ganze dieser großen Maschinerie übersah und sich ihm gewachsen fühlte, das war mir vorstellbar. Aber als kleiner Angestellter auf einer der niederen Stufen, als Arbeiter, der nie etwas Ganzes zu machen bekommt, der immer die gleichen Handgriffe zu tun hat oder die gleichen Briefe diktiert bekommt – das war ein Angsttraum. Ich blickte angestrengt durch das Fabriktor hinein, dachte an Hans und sah einen Augenblick sein still verklärtes, leuchtendes Kindergesicht an jenem unendlich fernen Christabend wieder, und das Herz zog sich mir zusammen.

Jetzt sah ich weit hinten zwischen den Gebäuden sich etwas regen, es kamen ein paar Menschen heraus, dann mehr, dann viele, die bewegten sich dem Tore und mir entgegen, und als die ersten schon an mir vorübergegangen waren und sich in die Straßen nach der Stadt hin verloren, quoll von dort innen ein dichter, ununterbrochener Menschenstrom heraus, dunkel floß er in gleichmäßigem Trott heran und an mir vorbei, viele Dutzende, viele Hunderte, auf beiden Gehsteigen kamen sie geströmt, und auf der breiten Straße dazwischen hundert Fahrräder, Motorräder und je und je ein Automobil. Es waren Männer und Frauen, aber viel mehr Männer, manche junge Leute mit bloßen Köpfen, forsch und vergnügt, manche plaudernd, die meisten aber ernst, schweigend, etwas müde, vorwärtsgetrieben im Tempo, das ihnen der große Strom aufzwang. Ich hatte bei den ersten Dutzend mir die Gesichter angesehen, ob Hans unter ihnen sei, aber da es auf allen drei Straßen quoll und quoll und in dem Strom der Gesichter längst nicht mehr die einzelnen zu fassen möglich war, ließ ich die Ströme vorüberziehen und mußte darauf verzichten, den Bruder herauszufinden. Ich stand und schaute zu, wohl eine gute Viertelstunde lang, bis die Flut versiegte und ein Ende nahm und Straßen und Höfe wieder öde lagen, die Rückkehr der Scharen erwartend.

Später habe ich bei jedem Besuche in jener Stadt einige Male diese mittägliche Anabasis abgewartet, manchmal gelang es mir, Hans abzufangen, manchmal war er es, der mich entdeckte und anrief, manchmal auch mußte ich wie jenes erste Mal weggehen, ohne ihn gesehen zu haben. Es war jedesmal eine Qual und eine Lektion für mich. Wenn ich meinen Bruder in der Menge entdeckte und ihn zwischen den andern trotten sah, den Kopf etwas gesenkt, fühlte ich jedesmal ein bittres, nutzloses Mitleid, und wenn er mich dann erblickte und mit einem kleinen, freundlichen Lächeln sein stilles Gesicht erhob und mir die Hand entgegenstreckte, kam ich mir jedesmal einen Augenblick wie der Jüngere und Unfertigere von uns vor. Seine Zugehörigkeit zu diesen tausend Männern, sein geduldiger Schritt und das etwas müde, aber freundliche, so geduldig gewordene Gesicht gaben ihm, den ich bis in seine Mannesjahre immer ein wenig wie ein Kind betrachtet hatte, eine traurige Würde, einen Stempel von Ergebenheit und Geprüftsein, der mich rührte und beschämte.

Obwohl ich jetzt sein Leben besser kannte, das aus den Tagen in der Fabrik und den Abenden in seiner Familie bestand, habe ich doch noch ein paarmal den Versuch gemacht, ihm auch ein Stück von meinem Leben zu zeigen und ihn einmal in meine Kreise zu bringen. Er war ja ein Freund der Musik und selber ein wenig Musikant, und wenn er von Literatur und Philosophie, auch von Politik nichts wissen wollte, so wollte ich doch einmal mit ihm gute Musik hören, ihn für einen Abend oder Sonntag aus seinem Kleinbürgerleben zu uns Künstlern herüberholen, ihn mit nach Zürich in eine Oper, zu einem Oratorium oder Symphoniekonzert nehmen, und nachher zu ein paar geselligen und musikalischen Stunden mit meinen Freunden, den Musikern. Ich habe den Versuch damals gemacht und habe ihn bei meinen späteren Besuchen drei-, viermal wiederholt, habe ihn herzlich und dringlich eingeladen und ihm zugeredet, aber es ist mir nicht geglückt, und am Ende gab ich es auf und war enttäuscht. Hans mochte nicht, es lag ihm nichts an der Oper und dem Konzert, nichts an dem Zusammenkommen mit meinen Freunden. Ich aber hatte schon wieder vergessen, wie mir damals, im dritten und vierten Jahr des Krieges, die Musik und die Geselligkeit und jedes Erinnertwerden an die Welt der Kunst unerträglich geworden war, denn das Leben war für mich damals nur noch zu ertragen, wenn man diese köstlichen Dinge vollkommen vergaß und verdrängte; schon bei ein paar Takten Schubert oder Mozart, die einem in einem müßigen Augenblick einfielen, war man ja nah am Weinen. Ich hatte das wieder vergessen, oder sah und spürte doch nicht, daß es vermutlich meinem Bruder nicht anders erging als damals mir, daß sein ganzes tapferes Durchhalten in der Tretmühle des Berufs vielleicht in Frage gestellt und gefährdet worden wäre durch ein rauschhaftes Kunsterlebnis, eine Hingabe an »Die Zauberflöte« oder »Das Oboenquartett«. Ich war enttäuscht, daß Hans allen meinen Einladungen sich zu entziehen wußte, es schien mir schade um ihn, daß er der Verlockung nicht folgte, daß er mit seinem kleinen engen Leben zufrieden war, das späte Nachhausekommen fürchtete und sich offenbar vor den Leuten, zu denen ich ihn da bringen wollte, genierte. Es wurde nicht mehr davon gesprochen. Allmählich erfuhr und merkte ich dann auch, daß Hans es nicht gern hörte, wenn ihn jemand aus seiner Bekanntschaft nach seinem Bruder, dem Dichter, fragte. Er hatte mich gern und ist in diesen Jahren nie anders als lieb und freundlich mit mir gewesen, aber meine Schriftstellerei, meine Künstlerfreundschaften, meine geistigen, artistischen, historischen Interessen, das alles war ihm lästig, er wollte damit verschont sein, er lehnte es mit freundlicher Beharrlichkeit ab, daran teilzunehmen.

Ich habe mir darüber manchmal Gedanken gemacht, denn unser Umgang litt darunter; nicht selten, wenn wir uns nach einer Pause von einem oder zwei Jahren wiedersahen, hatten wir nach den Erkundigungen über Gesundheit und Familie nichts Rechtes mehr miteinander zu sprechen. Ich weiß auch heute über die Gründe dieses Mißverhältnisses nicht genau Bescheid, wenn ich auch manche Vermutungen darüber anstellte. Mir gegenüber war mein Bruder, daran war nicht zu zweifeln, schwer gehemmt, und er zeigte sich mir interesseloser und philiströser, als er wirklich war. Denn in seinem eigenen Kreise war er, wie ich gelegentlich erfuhr, durchaus kein Langweiler, galt vielmehr für einen guten und interessanten Kameraden, der durch Laune, Phantasie und Witz überraschen konnte. Es scheint, daß ich für ihn zeitlebens der ältere Bruder geblieben bin, der fortgeschrittnere und für klüger gehaltene, und daß ich für ihn immer etwas von der Geistigkeit darstellte, mit welcher er im Vaterhaus und in der Schule in Konflikt gekommen war. Es war in ihm wie in mir eine Anlage zum Künstlertum und zum Fabulieren; diese Anlage sah er bei mir zum anerkannten Beruf ausgebildet, ich war ein Artist und Fachmann geworden, während sie bei ihm ein freies und gelegentliches Spiel geblieben war und die Unschuld und Unverantwortlichkeit des Kinderspiels behalten hatte. Aber die psychologische Erklärung will mir nicht genügen. Es war im Leben des Bruders noch eine andre Macht vorhanden, die religiöse. Sie war auch bei mir vorhanden, und sie hatte bei uns beiden dieselbe Wurzel und Herkunft. Aber während ich in der Jugend erst Freidenker, dann Pantheist geworden war und mir manche alte und fremde Theologie und Mythologie angeeignet hatte, und auch bei meiner langsam sich entwickelnden Versöhnung mit der christlichen Frömmigkeit immer kontemplativ und einsam geblieben war, hatte Hans den Glauben der Eltern behalten oder nach einer Zeit der Entfremdung wiedergewonnen, und war nicht nur in Gedanken und im Herzen fromm, sondern war es auch in der Gemeinschaft. Ich weiß, daß er auch dort zuzeiten Zweifel hatte und sich gelegentlich mit einer privaten und manchmal eher abenteuerlichen Theologie befaßte; aber er praktizierte seinen Glauben, er war viele Jahre lang und bis zu seinem Ende ein treues Gemeindeglied und ging regelmäßig zu Gottesdienst und Abendmahl.

Diese Frömmigkeit, zusammen mit dem Verantwortungsgefühl für Frau und Kinder, hat ihm die Kraft gegeben, auf seinem so sehr verfehlten und freudlosen Platz im praktischen Leben auszuharren. Und diese beiden Mächte bewahrten ihn auch davor, verbittert zu werden. So wenig er über die Automobile und Villen der Fabrikdirektoren und das Verhältnis ihrer Gehälter zu seinem nachgrübelte, so wenig verlor er die Freundlichkeit und Achtung gegen die Mitmenschen. Seine Arbeit tat er ungern, aber folgsam und sorgfältig, und wenn er abends mit dem großen Menschenstrom die Fabrik verlassen hatte, ließ er diese Arbeit und die Gedanken an sie ebenfalls hinter sich, er sprach zu Hause nie von ihr. Da gab es andere Sorgen, Krankheit, Geldsorgen, Schulfragen, und es gab Singen und Musizieren, Abendgebet, den Gottesdienst am Sonntag und den Ausflug mit seinen Knaben, wobei er stets ein kleines Liederbuch in der Tasche mit sich trug. Gelegentlich klagte er mir, wenn wir uns wiedersahen, über Veränderungen in seinem Büro, einmal über einen harten Vorgesetzten; damals war es mir mit Hilfe von Freunden möglich, die Spannung auszugleichen. Es schien ihm jahrelang recht gut zu gehen. Nur wenn ich bei meinen gelegentlichen Besuchen in jener Stadt mich zur Mittagszeit am Fabriktor aufstellte und ihn abholte, schien er mir zuweilen etwas allzu alt und erloschen, allzu ergeben und müde. Und als es in der Fabrik anfing an Arbeit zu mangeln, als immer wieder Leute entlassen und die Gehälter kleiner wurden, als seine Augen empfindlich zu werden begannen und im Winter das vielstündige Arbeiten bei künstlichem Licht oft nur schwer ertrugen, fand ich ihn einige Male tief niedergedrückt.

Und nun komme ich in meinem Bericht zu den Tagen unsres letzten Wiedersehens.

Ich war wieder für kurze Zeit in die Stadt gekommen, es war im November; ich wohnte im selben Hotel, wo ich im Lauf der Jahre manchen Aufenthalt genommen und manchen Abend mit Hans verbracht hatte. Es ging mir wenig gut, und als ich den Weg zur Fabrik einschlug und am Tor auf den Bruder wartete, wollte es mir scheinen, ich sei nun oft genug an dieser Einfahrt gestanden und habe oft genug dem guten Hans aufgelauert und ihn aus dem grauen Strome gefischt, sei oft genug hierher in diese Stadt und dann wieder heim in mein Haus im Tessin gefahren, es wäre nicht schade, wenn das alles sich nicht immer wiederholte, sondern einmal ein Ende nehme. Ob ich nun noch fünfmal oder noch zehnmal in meinen Geschäften hierher gereist käme, ob ich noch ein Buch oder zwei schriebe oder keines mehr, das schien mir belanglos, ich war müde und krank und hatte in diesem Jahr nicht viel Freude an meinem Leben gehabt. Ich besann mich, ob es denn recht sei, in dieser Stimmung von Unlust und Schwäche meinen Bruder zu begrüßen, ob ich nicht eine bessere Stunde dafür abwarten sollte. Aber da schickte der mittägliche Menschenstrom schon seine ersten Wellen heraus, ich blieb, ich fand Hans und nickte ihm zu, er kam wie immer und schüttelte mir die Hand, und wir gingen miteinander stadteinwärts, suchten eine ruhige Seitengasse und gingen da ein wenig auf und ab. Hans wollte hören, wie es mir gehe, aber ich kam nicht recht zum Berichten, ich wußte, wie kurz seine Mittagszeit war und daß seine Frau und sein Essen auf ihn warteten. Wir verabredeten uns für einen Abend ins Hotel und trennten uns bald.

Pünktlich fand Hans sich in meinem Hotelzimmer ein, und nach einigem Zögern und Herumreden fing er plötzlich mit gepreßter Stimme an, mir zu schildern, wie er es jetzt in seinem Büro habe, es sei oft kaum zu ertragen, die Augen machten ihm zu schaffen, es ginge bergab mit ihm, und es sei ihm dort auch niemand wohlgesinnt, es seien jetzt so viele junge Angestellte da, die machten hinter seinem Rücken Bemerkungen über ihn, es werde wohl nächstens dazu kommen, daß man ihn entlasse. Ich erschrak, ich hatte ihn in diesem Ton seit Jahren nicht mehr sprechen hören. Ich fragte, ob etwas Besondres vorgefallen sei. Ja, gab er zu, es sei etwas passiert, er habe eine kleine Dummheit begangen. Es sei da ein Augenblick gekommen, da habe ein Kollege ihn unfreundlich behandelt, und er habe deutlich gemerkt, daß sie alle gegen ihn wären, und da habe er für einen Augenblick die Gewalt über sich verloren und habe zornig gesagt, man solle ihm nur kündigen, er habe ohnehin von allem genug.

Er blickte düster vor sich hin. »Aber Hans«, sagte ich, »das ist doch wahrhaftig nicht so schlimm! Wann war es denn, gestern, oder heute?«

Nein, sagte er leise, es sei schon vor ein paar Wochen gewesen. Ich erschrak nochmals. Ich sah, es stand gar nicht gut mit Hans. Daß er sich so beargwöhnt und verfolgt fühlte! Und daß er sich wochenlang mit der Furcht vor den Folgen eines unbeherrschten Augenblicks schleppen konnte! Ich erklärte ihm: wenn seine Vorgesetzten damals seine paar Worte wirklich ernst genommen und ihn hätten entlassen wollen, so hätten sie das inzwischen längst getan. Ich redete ihm eine Weile zu. Daß ihm die jungen Angestellten keinen Respekt zeigten, nun das sei eben so, er solle sich doch nur erinnern, wie auch wir als junge Burschen uns oft über ältere Leute lustig gemacht und sie komisch gefunden hätten mit ihrem Ernst und ihrer Pedanterie. Mir gehe das, wenn ich unter jüngere Leute komme, manchmal ebenso, man komme sich eingerostet und langweilig vor, und sobald die Jungen das spüren, spielen sie sich gern auf und lassen einen merken, daß wir Alten ihnen nicht imponieren könnten. Und so weiter; ich hielt ihm eine richtige Ermunterungs- und Trostrede. Und Hans ging darauf ein. Er gab zu, das mit den jungen Kollegen sei vielleicht nicht ganz so schlimm, aber er fühle sich seiner Arbeit oft nicht mehr gewachsen, sie mache ihm oft so große Mühe, und Freude habe er ja ohnehin nie an ihr gehabt. Ob ich es nicht für möglich halte, fragte er, daß er an einem anderen Ort Arbeit finde, und ob ich ihm nicht dabei helfen würde, etwas zu finden, ich habe doch manche Freunde und Beziehungen.

Auch das gab mir einen Stich. So gern ich bereit war, ihm jeden Dienst zu tun, und so lieb es mir hätte sein müssen, von ihm darum gebeten zu werden – ich wußte allzu gut, wie schwer er eine solche Bitte aussprach. Er mußte in großer Seelennot sein, wenn er sich so an mich wandte. Offenbar wollte er um jeden Preis fort, es war ihm hier alles entleidet und unerträglich geworden – aber warum hatte er dann doch wieder diese Furcht vor dem Entlassenwerden?

Ich suchte ihn nochmals zu beruhigen. Vor allem versprach ich ihm, daß er auf mich rechnen könne, und wenn er wirklich seinen Posten durchaus nicht behalten wolle, dann müßten wir eben einen andern suchen; aber ich erinnerte ihn auch daran, daß das heute nicht so leicht sei, überall würden Leute entlassen. Jedenfalls möge er doch ja seine Stelle nicht aufgeben, ehe ihm eine andre gewiß sei, er habe doch Frau und Kinder. Darauf ging er ein, ja er war plötzlich von diesem Gedanken wie eingeschüchtert, und schien alles wieder ungesagt zu wünschen. Aber ich bestand darauf, daß er sich ausspreche und mir sage, was er sich denn eigentlich wünsche. Jetzt gestand er mir, er wünsche nichts andres als hier herauszukommen, aus diesem Büro, einerlei wohin, nur fort. Er wisse, wie schwer es jetzt sei, eine Stelle zu finden, aber er würde auch mit einem geringeren Lohn und einer geringeren Arbeit zufrieden sein. Er würde zum Beispiel auf eine Stelle als Korrespondent oder Sekretär keinen Wert legen, er würde ebenso gern, oder viel lieber, etwa ein Warenlager beaufsichtigen oder Bürodiener sein, den Boden reinhalten, die Pulte aufräumen, Post wegtragen und dergleichen.

Es läutete zum Abendessen. Seine Not war mir zu Herzen gegangen, ich tröstete ihn nochmals, erinnerte ihn an frühere Male, wo ihm auch alle Wege verbaut schienen und sich dennoch wieder einer geöffnet hatte. Ich schlug ihm vor, wir wollten, solang ich hier in der Stadt sei, seine Sache weiter beraten und durchsprechen, und wenn wir einen Plan fänden, könne er auf meine Hilfe zählen. Sein Gesicht erhellte sich, er war einverstanden. Wir gingen zu Tisch, tranken ein Glas Wein zum Abendessen und sprachen von alten Zeiten, Hans wurde heiterer, beinah vergnügt. In der Halle fanden wir ein Brettspiel, damit setzten wir uns in bequeme Stühle und probierten die alten Spiele einmal wieder, Mühleziehen, Dame, Wolf und Schaf. Wir hatten beide die Übung in diesen Spielen verloren, aber wunderlich versetzten mich der Anblick der Spielfelder und Steine, die Handbewegungen beim Ziehen, das Rückbesinnen auf die Spielregeln in die Kindheit zurück; es fielen mir Dinge ein, an die ich in Jahrzehnten nicht mehr gedacht hatte: der Geruch unsres eichenen Eß- und Spieltisches in Basel, die starken eisernen Scharniere, um die man ihn zusammenklappen konnte, das weiße Lamm im Innern einer Glaskugel, die ich damals besaß, und auf dem Deckelinnern von Mutters Harmonium die Inschrift »Strasbourg – Rue des enfants«, über welche ich als Kind eine Zeitlang viel nachgedacht und phantasiert hatte, und die für mich etwa »Ruhe des Infanten« bedeutete. O ferne, lebensprühende Welt, Urwald der Kindheit! Und wenn ich meines Bruders Gesicht ansah, das sich bei der Entdeckung, daß seine Partie verloren sei, zu einem knabenhaften, bedauernden Lachen zusammenzog, dann spürte ich, daß auch er ein wenig unter dem Zauber stand. Wie duftete es aus den verschollenen Zeiten herüber! Und wie war es möglich, daß aus uns beiden, denen einst das Paradies geblüht hatte, diese beiden alternden Männer geworden waren, welche da in einer Hotelhalle beim Brettspiel saßen und nicht aus ihren Sorgen herausfanden!

Früh wie immer sagte Hans Gutnacht, ich stieg zu meinem Zimmer hinauf, und noch ehe ich im Bett war, hatte der Schimmer von Heiterkeit und Harmlosigkeit, den die letzte Stunde gehabt hatte, sich verloren. Ich vergaß unser Brettspiel und unser Abendessen, und hörte nur noch die gepreßte Stimme, mit der mir Hans seine Not und Angst geklagt hatte. So hatte ich ihn seit vielen Jahren nicht mehr sprechen hören. Es war Ernst, das hatte ich sofort gespürt, das Leben meines Bruders stand in einer schweren Krise. Und wie zugleich bitter und furchtsam er von den jungen Leuten im Büro gesprochen hatte – als hätten sie wirklich Macht über ihn! Da war ein Schatten von angstvoller Unvernunft, von Verfolgungswahn zu spüren. Und dieses Hin und Her zwischen seiner Furcht vor einer Kündigung und der Lust, selber zu kündigen und sich davonzumachen! Daß er daran dachte, statt Briefschreiber lieber Bürodiener zu werden, konnte ich verstehen, auch ich hätte wohl lieber den Boden gefegt und die Post weggetragen als Geschäftsbriefe oder Lohnlisten geschrieben. Dieser Wunsch, so schien es mir, war nicht krankhaft, er war in Hansens Geständnis das Positive und Brauchbare. Ich fing an, nachzusinnen, bei welchem meiner Bekannten ich ihm vielleicht einen Platz würde verschaffen können. Aber da war keiner, der nicht seit geraumer Zeit Leute hatte entlassen müssen, keiner, dem nicht das Halten seiner alten Angestellten, besonders der verheirateten, eine ernste Sorge war. Und wenn es wider alles Erwarten gelänge, ihn an einen andern Posten zu bringen, wie lang würde er sich dort halten, wo man ihn nicht kannte, wo er sich nicht, wie hier, auf mehr als zwanzig Dienstjahre berufen konnte? Aber, ob er nun blieb oder wegging, ich wußte ihn seinem alten Feind verfallen, dem Zweifel an sich selber, der ratlosen Furcht vor der Kompliziertheit und Grausamkeit der Welt. Ich lag und plagte mich die halbe Nacht, dann wurde ich des Nachdenkens müde, und jetzt sah ich nur noch das zu mir erhobene Kindergesicht des Bruders, damals als ich ihn geschlagen hatte. Das ging mit mir bis in den Schlaf hinein.

Der nächste Tag brachte mir unerwartete Aufgaben und Arbeiten, ich hatte den ganzen Tag mit Post und Telephon zu tun, und so ging es einige Tage, und als ich Hans kurz wiedersah, waren wir nicht allein, auch fand ich ihn nicht mehr so gedrückt und erregt wie an jenem Abend. Meine Tage waren ausgefüllt, Besuche kamen und gingen. Hinter allem blieb die Beunruhigung um Hans bestehen; ich war entschlossen, keinesfalls wieder abzureisen, ehe ich seine Sache mit ihm zu Ende besprochen und womöglich geklärt hatte. Vielleicht hätte die Stimmung von Krisis und Gefahr, die ich bei Hans empfand, mich weniger offen und aufmerksam gefunden, wäre sie nicht mit einer ähnlichen Stimmung in meinem eigenen Leben zusammengetroffen. Bedrohungen meiner Existenz von außen und von innen her trafen zusammen, um mir den Blick für ähnliche Konstellationen auch bei andern zu öffnen, und daß der seit Jahren gegen mich so schweigsam gewordene Bruder sich mir jetzt mitgeteilt und erschlossen hatte, beruhte wohl auch auf einer Witterung für das Verwandte in meiner eigenen augenblicklichen Lage.

Es kam nun für mich eine freundliche Unterbrechung in diese schwierigen Tage; zwei meiner Söhne kamen, wie es seit einer Weile schon verabredet war, über einen Sonntag zu mir auf Besuch. Sie kamen am Sonnabend, und ich bat sie, mit mir am

Nachmittag ihren Onkel aufzusuchen, ich dachte, es würde ihm eine freundliche und vielleicht wohltuende und aufmunternde Überraschung sein. Wir wurden in der guten Stube empfangen, es waren alle zu Hause, Hans und seine Frau, einer seiner Knaben und, statt des zweiten, ein Pensionär, ein Schüler aus der welschen Schweiz, der zum Deutschlernen hier war und dessen Eltern dafür den zweiten Sohn meines Bruders eingetauscht hatten. Meine Söhne unterhielten sich mit den Jünglingen, und ich saß neben Hans auf dem Kanapee. Hans saß da und hörte auf seine freundliche Art allem zu, was wir erzählten und schwatzten, war aber sichtlich sehr müde nach seiner Arbeitswoche, ich sah ihn des öfteren verstohlen gähnen. Er sah sehr friedlich aus, müde und gedankenlos, aber nicht geplagt oder unzufrieden, er fröstelte ein wenig, stand ein paarmal auf, ging zum erlöschenden Ofen und hielt eine Weile beide Hände an die Röhre, um sie zu wärmen. Auch als wir nach einer Stunde wieder aufstanden und uns empfahlen, stand er während unsrer Abschiedsreden beim Ofen, beide Hände um die Röhre gelegt, etwas vornübergebeugt mit seinem müden, aber freundlichen Gesicht. Dann gaben wir uns die Hände. So sehe ich ihn noch, beim Ofen stehend, müde und etwas fröstelnd, offenbar mit seinen Wünschen den Abend und das Bett erwartend.

Keine Ahnung sagte mir, daß ich ihn nie mehr wiedersehen werde. Vielmehr hatte diese Stunde, in der wir nichts als Alltägliches gesprochen hatten und die nichts war als ein artiger Besuch bei Verwandten, meine Sorge um Hans merkwürdig eingeschläfert. Seine gutartige Müdigkeit, sein Gähnen, sein stilles Stehen an der Ofenröhre, seine feierabendliche Dösigkeit hatten mich wie angesteckt, ich sah an diesem Abend weder den Hans mit dem anklagend erhobenen Kinderblick, noch den Hans im grauen Strom der Fabrikleute, noch den Hans, der kürzlich bei mir mit so gepreßter Stimme über so unheimlich verworrene Dinge geklagt hatte, ich sah heute nur den Hans des Alltags, vielmehr des Sonnabends, den auf seinem Kanapee etwas dösenden Familienvater, der einen unerwarteten Besuch zwar artig empfängt, aber doch eher durch ihn geniert ist; ich wußte das Bett und dann den Sonntag auf ihn warten, auf den er sich freute, wie ich mich auf den morgigen Tag mit meinen Söhnen freute. Nichts warnte mich, keine Unruhe trieb mich dazu, ihn schon für übermorgen zu mir zu bitten, um seine Sorgen weiterzubesprechen. Wir drei gingen vergnügt und hatten einen heiteren Abend und Sonntag miteinander.

Wenige Tage darauf saß ich am kleinen Schreibtisch meines Hotelzimmers, nach dem Bade noch in Hausschuhen und Schlafrock, und schrieb Briefe, da klopfte es, und man meldete, es sitze unten ein Herr, ein Pfarrer, der mich sprechen wolle. Es störte mich ein wenig, aber an den Briefen konnte ich ja nachher weiterschreiben. Ich zog mich an und ging hinunter. Im Lesezimmer saß ein graubärtiger Herr, und ich sah beim ersten Blick, daß das kein Höflichkeitsbesuch sei. Er stellte sich vor, es war der Pfarrer, dessen Gemeinde mein Bruder angehörte. Er fragte, ob etwa Hans heute bei mir gewesen sei, und nun wußte ich sofort Bescheid und spürte, während wir uns setzten, ein kaltes Unbehagen, eine einschnürende Bangigkeit im Innern. Hans war heut morgen, etwas früher als sonst, von Hause fortgegangen, trotz der Kühle ohne Mantel, und eine Stunde darauf hatte sein Büro nach ihm fragen lassen, er war dort ausgeblieben. Ich sagte dem Pfarrer, was Hans mir neulich erzählt hatte. Er wußte das alles und wußte mehr als ich. Die Furcht, man werde ihn wegen jener unbeherrschten Worte entlassen, war ein Wahn; längst war Hans, noch ehe er mir von der Sache erzählt hatte, zu seinem Vorgesetzten gegangen und hatte die Versicherung erhalten, man denke nicht daran, ihm zu kündigen. Das hatte er also, als er bei mir war, wieder vergessen oder nicht wahrhaben wollen. Ich erzählte dem Pfarrer einiges aus meines Bruders Jugendzeit, er nickte dazu, er kannte ihn sehr gut, er sah die Sache nicht anders an als ich. Wir waren beide in großer Sorge, aber wir ließen nicht sofort den schlimmsten Vermutungen Raum, und vor allem dachten wir an meines Bruders Frau. Wir nahmen vorläufig an, Hans laufe draußen in den Wäldern herum, kämpfe mit seinen Anfechtungen, protestierte durch seine Flucht gegen das Büro, und werde, wenn er sich tüchtig müde gelaufen, wiederkommen. Dahin kamen wir überein, und nun lief ich schnell zu Hansens Frau. Ich weiß nicht, ob es die Kraft meines Vorsatzes war, es war wohl eher ein listiger Instinkt, der es mir möglich machte, für diesen ersten Tag nicht nur der tapfern Frau Hoffnung einzureden, sondern selber an die Rückkehr des Vermißten zu glauben. Ich vertraute auf das Kindliche und Gläubige in Hans; so wie er die politischen und sozialen Zustände und Ordnungen hinnahm und anerkannte, auch wo er ihr Opfer war, so anerkannte er auch Gottes Ordnungen, und würde sein Leben nicht selbst auslöschen. Er würde seine Mutlosigkeit und Verzweiflung draußen auf den Landstraßen und Waldwegen herumtragen, sich tüchtig müde laufen, einen Tag oder auch zwei Tage lang, dann würde er zurückkommen, vielleicht klein und beschämt und trostbedürftig, aber heil. Heil am Leibe wenigstens, denn daß er am Gemüt nicht mehr heil war, wußten wir beide, seine Frau noch besser als ich. Sie erzählte mir mehrere beklemmende Vorkommnisse aus der letzten Zeit, die es bestätigten. Kürzlich hatte er sich aus einem nächtlichen Angsttraum mit einem so furchtbaren Schrei losgerissen, daß das ganze Haus aufwachte. Und einmal hatte er aus der Nachbarschaft eine klagende oder weinende Stimme vernommen oder zu vernehmen gemeint, hatte in die Richtung gedeutet, aus der sie ihm zu kommen schien, und zu seiner Frau gesagt: »Siehst du, das ist Frau B., die so schrecklich weint. Sie weint aus Mitleid mit uns, sie weiß, daß ich bald entlassen werde und wir unser Brot verlieren.« – Und sie bestätigte mir, daß die Versicherung seiner Vorgesetzten, man sei mit ihm zufrieden und werde ihn nicht entlassen, ihn damals nur für Augenblicke beruhigt habe. Er habe sie nicht geglaubt.

Und gestern abend beim Zubettgehen habe er das Nachtgebet nicht selbst sprechen wollen, sondern habe sie gebeten, es zu tun. Nur das Amen habe er laut mitgesprochen. Heut früh sei er etwas zeitiger als sonst aufgestanden und sei fortgegangen, als sie noch zu Bett war. Nachher habe sie gesehen, daß er seinen Mantel dagelassen habe. Es sei gar nicht zu begreifen, daß er ihr diesen Schrecken habe antun können, er müsse verwirrt gewesen sein, er sei gegen sie immer die Rücksicht selbst gewesen.

Als ich später wiederkam und noch keine Nachricht von Hans da war, mußte besprochen werden, ob man sein Verschwinden der Polizei melden solle. Am Ende entschlossen wir uns dazu. Tagsüber hatte sein Sohn schon weitherum auf dem Fahrrad die Gegend durchstreift und nach ihm gesucht und gerufen. Es war nach laufeuchten Tagen heute sehr kühl geworden. Am Abend, als ich ins Gasthaus zurückkehrte, hatte es sachte zu schneien begonnen, dünn und zögernd sanken die Flocken durch das Abendgrau. Mir war kalt, und ich dachte mit beklommenem Herzen an Hans; es stand ihm und uns eine böse Nacht bevor. In meines Bruders Wohnung blieb in dieser Nacht bis zum Morgen das Licht brennen, damit er es sähe, wenn er draußen irrte, und immer saß jemand wach im erwärmten Zimmer, falls er etwa käme. Seiner Frau stand jetzt eine ihrer Schwestern bei, sie hielt sich in all ihrer Not aufrecht und tapfer.

Die Nacht war hingegangen, das Licht gelöscht, der graue kalte Tag gekommen, der zweite Tag ohne Hans. Ich war wieder in seinem Hause gewesen, meine Frau war hergekommen, wir saßen im Hotel und versuchten, etwas zu arbeiten. Da kam ein Besuch, ein junger Dichter fand sich ein, mit dem ich dieser Tage Briefe gewechselt hatte, nun wollte er mich kennenlernen. Es war keine günstige Stunde, seit dreißig Stunden warteten wir, liefen herum und telephonierten, ich hatte keine Hoffnung mehr. Wir gingen in die Halle hinab, und so wenig es uns um Gespräch und Geselligkeit zu tun war, tat es uns doch wohl, das Warten unterbrochen und einen Mann bei uns zu sehen, dessen Gedichte wir vor kurzem erst mit Freude gelesen hatten. Er hatte das Manuskript eines Buches bei sich, das eben gedruckt werden sollte, er kam aus Zürich mit Grüßen von einem gemeinsamen Bekannten, und wie seine Gedichte uns beiden gefallen hatten, so gefiel uns nun auch er selbst. Aber wir waren noch keine halbe Stunde beisammengesessen, da sah ich durch die Glastür jemand sich nähern, einen ehrwürdig und bekümmert aussehenden Mann mit grauem Bart, es war der Pfarrer. Ich ging ihm rasch entgegen, er gab mir die Hand und sagte: »Jetzt ist Nachricht da. Man hat Ihren Bruder gefunden.« Ich blickte ihn an, ich wußte schon. »Er ist nicht mehr am Leben«, sagte er. Die Polizei hatte ihn im Felde draußen gefunden, etwas abseits der Straße, nicht sehr weit von Hause. Den Revolver von einstmals hatte er längst nicht mehr besessen, sein Taschenmesser hatte ihm genügt.

Als Hans sich vor siebzehn Jahren verheiratet hatte, war es mir zugefallen, dem Entfremdetsten und Familienfernsten der Geschwister, dabeizusein und als einziger die Familie zu vertreten. Ungern war ich zu jenem Fest gekommen, mit tiefem Mißtrauen gegen alles, was Familie, Ehe und bürgerliches Glück heißt, aber doch hatte ich an jenem Tage meine Zugehörigkeit zu Hans und unsre Blutsverwandtschaft als eine starke Macht im Herzen empfunden und war am Abend von der Hochzeit zurückgekommen voll Freude über Hansens Glück, und für mein eigenes Leben gestärkt. Alles dieses wiederholte sich nun bei seinem Begräbnis. Auch dieses Mal war es keinem andern der Geschwister möglich, dabeizusein, auch dieses Mal schien niemand in der

Welt mir ungeeigneter als ich, an diesem Sarg zu stehen, Bruder und Schwager und Vertreter einer Sippe zu sein. Auch dieses Mal nahm ich die Aufgabe mit Widerstreben auf mich, und auch dieses Mal war alles ganz anders, als ich gedacht hatte.

Es war der letzte Tag des November. Der Schnee war schon wieder vergangen, es regnete leise in den graukühlen Morgen hinein, naß glänzte um das Grab her die lehmige Erde. In seinem Sarge lag Hans, und er hatte ein Lächeln auf dem Gesicht. Nun war der Sarg geschlossen und wurde ins Grab hinabgeseilt. Wir standen unter Regenschirmen auf dem zertretenen Rasen, es war ein großes Trauergeleite mit auf den ländlichen Friedhof gekommen. Der Kirchenchor, in dem Hans so viele Jahre mitgesungen hatte, war da und sang ihm den Abschiedschoral, und jetzt trat der graubärtige Pfarrer vor das Grab, und war der Choral schön gewesen, so war das Abschiedswort des Pfarrers noch schöner, und daß ich seinen und meines Bruders Glauben nicht so völlig teilte, war jetzt von keiner Bedeutung. Es war ein trauriges Fest, aber doch ein Fest, ein warmer und würdiger Abschied. Da waren viele Menschen, manche weinten; sie alle, die ich nicht kannte, hatten Hans gekannt und hatten ihn gern gehabt, manche von ihnen waren ihm seit Jahren näher gewesen und hatten ihm mehr bedeutet als ich, und doch war ich der einzige, der von seinem Geschlecht war und der sich in seinem Gedächtnis frühe Kinderbildnisse dieses Toten bewahrte und seinen Weg bis in die gemeinsamen Herkünfte zurück kannte und verstand. Je weiter zurück, desto besser verstand ich ihn. Auch unsre Base aus Zürich war gekommen, in deren Hause Hans einst manche Jahre lang seine Sonntage zugebracht hatte, und von den Kindern, deren Onkel und geliebter Spielkamerad er damals gewesen war, standen zwei mit mir beim Grabe, längst erwachsene Männer. Auch nach dem Amen des Pfarrers blieben wir noch lange stehen, ich hörte von manchem Mund einen Nachklang der Liebe, die Hans erweckt und genossen, und des kindlichen Zaubers, den er für viele gehabt hatte. Da war mehr gewesen, als ich gewußt hatte, und wenn mir das Glück geworden war, meinen Beruf mehr zu lieben und im Dienst einer edleren Arbeit zu stehen als mein Bruder, so hatte ich das doch mit einem guten Stück Leben bezahlt, mit einem allzu großen vielleicht, und ich durfte nicht hoffen, daß um mein Grab her einst so viel Strahlung und Liebeswärme walten werde wie um dieses Grab, in das ich jetzt, Abschied nehmend, noch einmal blickte. Diese Stunde auf dem Friedhof, die ich ein wenig gefürchtet hatte, war merkwürdig schnell hingegangen und merkwürdig schön gewesen. Ich hatte zu dem Sarg anfangs nicht ohne jenen Neid hinabgeblickt, mit welchem man im Altern manchmal den betrachtet, der die Ruhe schon gefunden hat. Auch dies Gefühl war jetzt erloschen. Ich war einverstanden, ich wußte mein Brüderchen geborgen, und wußte auch mich nicht am falschen Ort: Ich hätte viel versäumt, wenn ich nicht diese bangen Tage mitgelebt und mit an diesem Grabe gestanden hätte.

(1936)

ERNST MORGENTHALER

Auf seiner kräftigen Gestalt hat Ernst Morgenthaler einen großen, kräftigen, schweren Kopf sitzen, einen Berner Kopf, aber nicht einen von jenen, welche dem Gesicht wenig Raum lassen, er hat vielmehr ein großes und großflächiges Gesicht, und dieses Gesicht, ursprünglich gleich der ganzen Gestalt auf Festigkeit und Ruhe angelegt, hat sich zu einem sensiblen Organ entwickelt und spiegelt sein inneres Leben ausdrucksvoll wider. Es spiegelt auch die Zweipoligkeit, die Problematik seines Inneren, und eine ihm besonders geläufige Gebärde ist das Emporziehen der Brauen, wobei die gerunzelte Stirn sich verkleinert und Brauen und Schopf sich zu vereinigen bestrebt sind: es ist der charakteristische Ausdruck des Staunens – aber nicht eines nur nach außen gewandten und nur neugierigen Staunens, sondern zugleich eines Insichversinkens und Nachsinnens, ja Grübelns. So wie die Differenzierung und Problematik dieses Gesichts in Widerspruch steht zu Morgenthalers ganzer, kraftvoll derber Gestalt und Rasse, so wie der bei ihm so häufig zu sehende Ausdruck des Erstaunens sich zugleich auch nach innen wendet und zum Ausdruck des Grübelns wird, so ist das ganze Wesen und Leben dieses Künstlers durchzuckt und durchspielt vom lebendigen Hin und Wider widersprüchiger Kräfte, und gerade darauf beruht die Wucht und die Aktivität dieses Wesens. Wir kennen diese selbe Zweipoligkeit und Widersprüchigkeit aus vielen, aus fast allen Künstlerbildnissen und Selbstbildnissen unserer Zeit, und möchten sie an Morgenthaler nicht missen. Es wäre kein Plus, sondern ein Verlust, wenn seiner gesunden, bäurisch kraftvollen Natur die Brechung durch Zweifel, durch Nachdenklichkeit und durch den schweren Kampf seiner Jugendjahre fehlen würde, wenn seine Lebenskraft und Lebenslust nicht auch den Schatten, den Kampf und die Trauer mit umfaßte. Doch möchten wir keineswegs ein abstraktes psychologisches Porträt zu zeichnen unternehmen, wären dazu auch nicht befugt. Statt dessen sei ein kurzer, nur andeutender Überblick über die Werdezeit des Künstlers versucht, in der Hoffnung, es werde sich daraus für jene Leser, welche von seinem Leben nichts wissen, mancher Aufschluß ergeben.

Die Herkunft Morgenthalers ist keine verwickelte und komplizierte, er ist von beiden Eltern her der Abkömmling alter

Bauerngeschlechter. Er ist am 11. Dezember 1887 in Kleindietwil bei Huttwil im Unteremmental geboren. Das Heimatdorf seines Vaters und seiner Mutter, Ursenbach, war ganz in der Nähe, kaum eine halbe Stunde entfernt, nur war der Vater kein Bauer mehr, sondern hatte als einziges von vielen Geschwistern studiert und war Ingenieur geworden, hatte die Eisenbahn nach Huttwil gebaut und saß nun als Eisenbahndirektor in der Gegend seiner Väter. Die ersten zehn Jahre seiner Jugend, die Kleindietwiler Dorfjahre, waren ein Paradies, eine frohe und wohlgeborgene Kindheit im Schutz der Heimat, die nicht nur aus Landschaft und Dorf, aus Feld, Wald und Kirchturm bestand, sondern auch aus den uralten Quellen der Mundart und Sitte, und diese zehn glücklichen Jahre haben, zusammen mit dem Erbe von den Ahnen her, genügt, um dem jungen Menschen die feste Prägung der Stammesart mitzugeben und ihn zwar nicht vor der Vielfältigkeit und Problematik der Welt, wohl aber vor dem Aufgehen in einem heimatlosen Internationalismus zu schützen. Die Welt, die der Knabe hier kennenlernte und die vorerst für ihn die einzige Welt und Wirklichkeit bedeutete, war eine ländliche und bäuerliche, sie war auch eine patriarchalisch durch Sitte geordnete, und außer der Statur, dem Temperament und der Mundart hat er im väterlichen Haus auch ein waches Gewissen und Verantwortlichkeitsgefühl fürs Leben mitbekommen, das er im späteren Kampf um den Sinn seines Lebens wohl ebensooft als Hemmung wie als Stütze mag empfunden haben. Die Dorfschule machte keine Schwierigkeiten, und schon hier in der Kinderheimat machte er auch die erste Bekanntschaft mit einer großen, zauberkräftigen und tröstlichen Macht, mit der Musik: in einem Nachbardorf gab es einen Photographen, der dem kleinen Morgenthaler die ersten Violinstunden erteilte.

Es existieren zwei Lichtbilder, welche uns einen lebendigen Eindruck von der Familie geben. Das erste, eine Daguerrotypie auf Glas, zeigt Morgenthalers Großvater mit seiner Frau und einem sehr anmutigen, etwa sechsjährigen Töchterchen, der spätern Mutter des Malers. Der Großvater ist ein stattlicher, würdig dasitzender Mann mit einem prachtvollen, klugen, scharfgeschnittenen Gesicht, einem festen, bedeutenden Gesicht mit schöner, großer Stirn und beobachtendem, klugem, denkerischem Blick und Ausdruck; sein Kopf hat etwas Eigenwilliges, ja Trotziges. Die Großmutter, in der Emmentaler Tracht, mit sorgfältig vergoldeter Kette und goldglänzendem Ehering, erscheint sanft und duldend, zart und fein das kleine Mädchen, beide mit rund vorgewölbten Backenknochen, wie man sie in der Gegend des öftern antrifft. Dieser Großvater, für den schon sein Bild Respekt und Interesse erweckt, war Bauer gleich allen Vorfahren, aber er war auch eine Art von Künstler; er hatte die Liebhaberei, sich in müßigen Stunden mit dem Zeichnen kleiner Bilder und Bilderfolgen zu vergnügen, Märchen mit Drachen und Rittern, eine Folge von Zeichnungen, die das Leben und die Taten von Wilhelm Tell darstellen, und andere solche Sachen. Es wird in der Familie noch heute ein kleines Buch mit Zeichnungen von seiner Hand aufbewahrt.

Das zweite Familienbild, wohl um dreißig Jahre später, zeigt die Eltern des Malers mit ihren fünf Kindern; einer der Brüder Ernsts, ein leidenschaftlicher Zeichner, sieht besonders wach und begabt aus, er starb im Alter von sechzehn Jahren. Der Vater sitzt würdig, ein Herrscher, inmitten der Seinen, sanft und bescheiden neben ihm die Mutter, der kleine Ernst aber hockt mit halboffenem Mäulchen dick und naiv zur Rechten, gesund und eher etwas dösig, und scheint noch nicht die leiseste Ahnung davon zu haben, daß je etwas anderes aus ihm werden könne als ein fester, gesunder und vergnügter Bauernbub.

Das patriarchalische Verhältnis zum Vater, den sein Sohn später, leider erst in der Zeit seines Alters und Hinsiechens, einigemal gemalt hat, hat unerschüttert bis zu des Vaters Tode sich erhalten, der Sohn hat bis zuletzt an ihm einen unbedingt zuverlässigen Freund und Ratgeber gehabt, und daß der Vater die Begabung und die Kunst des Sohnes zwar zu schätzen, doch nicht völlig zu erkennen und zu beurteilen imstande war, hat diesem schönen, würdigen Verhältnis nicht zu schaden vermocht. Als erster und bisher einziger aus seiner Familie hatte der Vater studiert, als Ingenieur, als Beamter und als Politiker war er das Muster eines aufrechten, gediegenen und pflichtbewußten Mannes. Seine Weltanschauung war eine aufgeklärte und liberale. Der Religion und Kirche fragte er wenig nach, dafür liebte er seine Heimat, den Kanton Bern, in einer gläubigen Hingabe und Dienstbereitschaft. Zwei kleine Züge aus seiner letzten Lebenszeit erlauben einen Blick in seine Seele. Als er alt und nicht mehr arbeitsfähig war, sehnte er sich nach dem Tode und war ungeduldig, ja ungehalten darüber, daß er noch unnütz herumsitzen solle, aber seine Natur hielt länger stand als er gedacht hatte, er mußte noch viel Geduld lernen, bis er sterben konnte. Als nun einmal in seiner letzten Zeit wieder der März und der Frühling kamen, die er nicht mehr zu erleben geglaubt hatte, brummte er ein wenig darüber und zitierte den alten Bauernspruch:

Was der Märzen nicht will,
Nimmt vielleicht der April.

Und in seinem Testament hat er gewünscht, man möge seine Leiche verbrennen und die Asche dann in Bern von der Nydeckbrücke hinab in die Aare streuen, »so fahre ich noch ein letztesmal durch den Kanton Bern hinab«. Es kam zwar nicht zur Ausführung dieses letzten Auftrags, aber er ist für ihn bezeichnend.

Den Glauben seiner Heimat und seiner Vorfahren, den Christenglauben, den Ernst Morgenthaler vom Vater nicht eingetrichtert bekam, lernte er auf sanfte Weise von seiner Mutter; sie war ohne viel Kirchengehen fromm und lehrte die Kinder Gebete und Lieder, noch bis ans Ende seiner Knaben- und Jünglingszeit blieb dem Sohn das abendliche Gebet vor dem Einschlafen Gewohnheit und Bedürfnis.

Früh aber erfuhr er auch, daß es hinter dem Glauben auch einen Aberglauben, hinter dem Christentum ein Heidentum gebe. Bei den Großeltern saß er etwa am Abend mit den Knechten und Mägden und hörte da Geschichten von Dämonen und unseligen Geistern erzählen, bei denen ihm die Haare zu Berg standen und bei denen er vor innerem Frieren und Grausen die Knie an sich zog.

Es ist in diesen ersten zehn Lebensjahren unserem Freunde ein reiches und ungebrochenes Leben beschieden gewesen, er sog mit allen Wurzeln in der heimatlichen Erde, wo man nicht bloß jeden Menschen kennt, sondern auch jedes Stück Vieh, jeden Hund und jede Katze, und wo jede Hofstatt, jeder Bach in den Wiesen und jeder alte Baum eine Sprache und ein Gesicht haben. Morgenthaler hat uns gelegentlich ein wenig davon erzählt, und es seien noch zwei Erlebnisse dieser frühesten Zeit berichtet. Da war, als Ernst noch ein Röckchen trug und etwa zwei Jahre alt war, einmal nachts ein schweres Gewitter, und der Vater weckte das ganze Haus, alle mußten aufstehen und vollständig angekleidet in die Stube kommen, damit man gerüstet sei, falls der Blitz ins Haus schlage. Den kleinen Sohn trug der Vater auf seinem Arm, und der Kleine sah und hörte mit Entsetzen vor den Fenstern die Blitze zucken und die Donner krachen, die Bäume sich verzweifelt im Sturm und Regen biegen und zur Erde bücken. Das Kind glaubte, jetzt müsse alles untergehen und es könne nie mehr hell und gut und freundlich werden auf der Welt. Da kamen, dicht neben ihm, aus dem Mund des Vaters die ruhigen Worte: »Es kann sein, daß morgen früh schon wieder die Sonne scheint.« Man ging, als das Ärgste vorbei war, wieder ins Bett, und als am Morgen richtig die Sonne am blauen Himmel stand und das Haus und die Bäume und alles noch vorhanden waren, dachte er mit einem Schauer von Ehrfurcht an die nächtlichen Worte des Vaters.

Das andere ist ein Erlebnis der Augen gewesen. Es gab beim Dorf eine kleine Fabrik, die aber dem Knaben riesengroß erschien, und es führte zu dieser Fabrik eine Straße, die hatte etwas Besonderes an sich, etwas was zugleich reizvoll und unheimlich war: diese Straße nämlich war nicht weiß wie die Landstraßen und nicht braun oder rosig wie die Feldwege, sondern schwarz, vermutlich war sie mit irgendeiner Art von Schlacke oder Abfallprodukt belegt. Vom Vaterhause aus konnte man die Fabrik sehen, und nun war es in der Jahreszeit der kurzen Tage jeden Tag ein gewaltiges Lichtwunder, wenn am Abend, zur Zeit wo es draußen blau wurde, plötzlich alle die vielen Fenster der Fabrik aufstrahlten, einen Palast aus Lichtvierecken darstellend.

Alles, was eine glückliche Kindheit einem Menschen zu schenken und ins Leben mitzugeben vermag, umgab den Knaben hier in der Heimat. Indessen pflegt das Paradies sich erst dann als Paradies zu erkennen zu geben, wenn wir aus ihm vertrieben worden sind. Diesen Bruch mit dem Gewohnten und Liebgewordenen, diesen Verlust des unschuldigen Glückes mußte Morgenthaler in seinem zehnten Jahr erleben, und es zeigte sich bei dieser ersten Probe, daß er kein gewandter Jongleur der Anpassung, sondern durch seine zähe Treue und Anhänglichkeit in der Tiefe seines Wesens gebunden und verpflichtet war; die Trennung vom Dorf und der Kinderheimat wurde ein wahres Leid und Unglück für ihn, und hat tiefe Schatten über seine ganze Jugend geworfen.

Sein Vater war bernischer Regierungsrat geworden und die

Familie nach Bern übersiedelt, und die Stadt erwies sich für den Knaben auf lange Zeit als eine fremde, unheimliche, ja feindselige Welt. Der Dorfbub in seinen halblangen Hosen aus Bauerntuch kam sich zwischen den städtisch gekleideten, gewandteren und gelegentlich spottenden neuen Schulkameraden rückständig und minderwertig vor und fühlte sich tief unglücklich; und es wurde auch als ein Schmerz und Stachel mehr empfunden, daß hier in Bern sogar die geliebte und verehrte Mutter in ihrer Emmentaler Tracht gelegentlich von den Städtern mit spottlustigen Augen betrachtet wurde. Und das Schlimmste war die Schule, das Gymnasium. Hier war nicht nur alles neu und ungewohnt und voll großer Anforderungen; hier waren auch die beiden älteren Brüder Ernsts zur Schule gegangen, und er bekam immer wieder zu hören, was für begabte, geschickte und strebsame Buben das doch gewesen seien, während er selber die Geduld der Lehrer auf so harte Proben stellte. Er hat sich durch das Gymnasium tapfer, aber mühsam und oft höchst unfroh durchgekämpft.

In jenen Schuljahren hat sich der Knabe und Jüngling eine gründliche Brechung und Niederlage seines angeborenen, gesunden Selbstgefühls und Selbstvertrauens erworben; aber wie noch heute eine gutartige Bescheidenheit und eine offene Bereitschaft zum Anerkennen anderer zu seinen Eigenschaften gehört, so hat er sich damals keineswegs etwa als verkanntes Genie gefühlt. Er litt ganz einfach und aufrichtig unter seinem Unvermögen, es dem verehrten Vater und den begabten älteren Brüdern gleichzutun und seinen Platz in den Ordnungen der Schule und der bürgerlichen Welt zu finden.

Als diese Fron nun endlich abverdient und die Maturitätsprüfung bestanden war, zeigte dieses Problem der Einordnung neue und kompliziertere Seiten. Es war jetzt die Frage, was aus ihm werden solle, und er wußte darauf keine Antwort. Der Vater forderte ihn auf, sich ein Studium zu wählen, etwa das der Jurisprudenz, aber davor graute ihm so sichtlich, daß auch der Vater sich darein ergab und sich weiter nach einem Beruf für seinen Sohn umsah. Da führte ihn ein Zufall mit einem Bekannten zusammen, dessen Sohn sich für die Seidenfabrikation ausgebildet und jetzt einen Posten in Japan hatte. Davon erzählte er dem Sohn, in der Meinung, dies könnte am Ende auch für ihn ein gangbarer Weg sein. Der Jüngling hörte zu, und das Zauberwort »Japan« schlug wie ein Blitz bei ihm ein. Japan! Das war genau die Entfernung von Bern und von allem Gewesenen, die er sich wünschte, und hatte überdies die Verlockung von Weltweite und Exotik. Er sagte sofort ja zu diesem Vorschlag, und war nun von neuem auf einem Wege, der sich nach Jahren als Sackgasse erweisen sollte.

Daß er ein Künstler oder zum Künstler berufen sei, war ihm niemals in den Sinn gekommen. In dem Kreis, dem er durch Geburt und Erziehung angehörte, spielt die Kunst keine Rolle, man wußte kaum von ihr. Zwar hat Morgenthaler schon als Schüler in Bern viel gezeichnet, einfach weil ihm das Freude machte und weil das Fabulieren mit Bleistift oder Feder ihm inmitten der Schulmisere Stunden der Erquickung und des Vergessens brachte; daß er damit aber ein Talent bekunde und übe, daß er vielleicht Künstler sein oder werden könnte, daran zu denken lag ihm fern.

Er hat sich also für Japan entschieden, und es zeigte sich, daß es ein weiter und dornenvoller Weg dorthin war. Er sollte die Seidenwebschule besuchen, dazu wurde erst eine praktische Lehrzeit erfordert, und so gab man ihn in Bern in eine Seidenspinnerei, wo er im Fabriksaal mitarbeiten und sich gewaltig langweilen mußte. Im Hof der Spinnerei stand ein Baum, zu dem blickte er oft aus einem der obersten Stockwerke hinunter, sah den Vormittagsschatten des Stammes schwarz und still am Boden liegen, und bedachte mit Seufzen, wie unendlich lang es dauern würde, bis dieser Schatten ein Abendschatten werden und ihm den Feierabend anzeigen werde. Aber er dachte an Japan und hielt durch, wurde dann auch in die Seidenwebschule in Zürich aufgenommen und führte dort dasselbe bedrückte Leben eines, der fehl am Ort ist, zwei Jahre lang. Weder die fleißigen und strebsamen Arbeitersöhne noch die weltmännischen Fabrikantensöhne, die seine Mitschüler waren, kamen ihm nah. Doch schuf er sich einen kleinen Trost: er gründete mit einigen Kameraden ein kleines Schülerorchester.

Als diese Schule absolviert war, sollte also endlich der Schritt ins wirkliche, praktische Leben getan werden. Es fand sich eine Stelle im Büro der Seidenfabrik Thalwil, da saßen in zwei großen Räumen fleißige Kaufleute und Buchhalter an ihren Tischen und Pulten, aber es gab da Lehrlinge, die um manche Jahre jünger und doch schon viel gewandter waren als er, und wenn er an heiteren Tagen durch die Fenster den See blauen und die weißen

Segel sich wiegen sah, wurde ihm eng ums Herz, und Japan schien noch um nichts näher gerückt. Sein Chef aber war ein verständiger und gütiger Mann, er schien etwas von den Nöten des jungen Angestellten zu ahnen, jedenfalls nahm er ihn eines Tages mit zu sich nach Hause, und hier wartete ein Ereignis auf den jungen Mann: die erste lebendige Begegnung mit der Kunst. Die Frau des Chefs war eine Sängerin von Ruf, Morgenthaler kam nun des öfteren in dies freundliche Haus, und die Frau, sein dankbares Verständnis fühlend, machte ihn am Flügel mit den schönsten Opern bekannt. Er genoß es freudig und dankbar, aber das Dasein im Büro gewann dadurch eher ein noch graueres Gesicht. Zu Hause war indessen die Mutter gestorben, der Vater war nach Burgdorf gezogen, einigemal klagte ihm der Sohn, wie unnütz er sich in seinem Beruf vorkomme, aber es leuchtete ihm selber ein, daß man Begonnenes auch durchführen müsse, er biß auf die Zähne und ließ es sich sauer werden.

In dem nüchternen Büro der Seidenfabrik gab es nun einen Gebrauchsgegenstand, der etwas Heiteres und Verführerisches an sich hatte, nämlich eine Sammlung roter, blauer, grüner und anderer Farbstifte, deren man zu gewissen büromäßigen Signaturen bedurfte, und es traf Morgenthaler, daß die Farbstifte und das Hantieren mit ihnen ihm anvertraut wurden. Und eines Tages stellte der Bürovorstand fest, seit dieser junge Mann sie in Verwahrung habe, brauche man dreimal soviel Stifte als früher. Mit diesen Stiften hat Morgenthaler in jedem freien Augenblick gezeichnet und gemalt, hat alle seine Kollegen porträtiert und karikiert, und jene spielerischen, erzählenden Griffelkünste getrieben, die er schon in Bern als Schüler begonnen hatte, und die ihn bald darauf zum bekannten Mitarbeiter des »Nebelspalter« machten. Ohne Schule und Vorbild, ohne Ehrgeiz, aber hingegeben wie ein Kind an sein Spiel zeichnet er seine kleinen Blätter, und was er da zeichnet, ist nicht eine »schöne«, eine klassische und ideale Welt, sondern es ist die Welt seines eigenen Innern, einer kräftigen und trotzigen, aber auch schwer niedergedrückten und leidenden Seele. Er liebt die Nacht und den Mond, nicht die Sonne und den Tag, er liebt an den Menschen und in der Natur das Leidende, das schwer Ringende, das Verborgene, Geplagte, auch das Krumme, Groteske und Dämonische, nicht das Gefällige, Normale und Angenehme. Das Chaos seiner zeichnerischen Phantasien entspricht genau dem Chaos in seinem Gemüt, das sich alle Wege zum Glück und zur Freiheit verbaut sieht außer diesem einen, dem Glück des einsamen Dichtens mit dem Zeichenstift. Aber auch jetzt ist sein eigenes Talent kein Phänomen für ihn, er weiß nichts davon, er zeichnet leidenschaftlich, aber rechenschaftslos, wie ein anderer Melodien pfeift oder Seifenblasen bläst. Die Kunstübung wird zwar mit Leidenschaft betrieben, sie wird als Trost genossen, nicht aber als Weg und Aufgabe erkannt.

Er las in der Zeitung von einem am Albis erfrorenen Landstreicher. Die Geschichte bewegte ihn, er zeichnete ein Blatt, da liegt ein abgekämpft aussehender Mann im Schnee, von drei Raben umflattert, durch die Äste eines großen Baumes blicken Mond und Sterne. Er zeichnet zwei verstümmelte Männer – das Blatt sieht heute aus wie eine Anklage gegen den Krieg, ist aber schon aus dem Jahre 1912 –, der eine schleppt sich elend an Krücken weiter, der andere steht in Hemd und Hose da, die rechte Hand in der Hosentasche, vom linken Arm ist nur noch ein kurzer, knollig abgebundener Oberarmstumpf da, blöde glotzt er in die leere, weite Landschaft und wartet auf den sich nachschleppenden Kameraden; am Wegrand steht ein frommer Bildstock, der kleine struppige Hund der Verstümmelten ist angelegentlich damit beschäftigt, am Fuß des Bildstockes sein Wasser zu lassen. Der Hund wartet auf den Einarmigen, der Einarmige wartet auf den Gelähmten, in einer weiten Krümmung verliert sich der Weg ins Endlose. Oder er zeichnet einen Bettler, der nachts auf einer Parkbank schläft, und auch dies Blatt ist eingesponnen in eine tiefe Melancholie und Trostlosigkeit, und auf allen ähnlichen Blättern fühlt man: es ist nicht nur das Mitleid des Zeichners mit dem Elend und der Not anderer, das ihm den Stift führt, sondern es ist sein eigenes, als trostlos und sinnlos empfundenes Sichhinschleppen auf einem endlosen Weg, das er darstellt. Einmal steigert diese Darstellung eigener innerer Zustände sich in einem Blatt zu folgender Phantasie: ein Gefangener hockt, in den Block gespannt, elend zusammengekauert, Arme und Beine eingepflöckt, mit dem Rücken gegen eine Seelandschaft mit untergehender Sonne und ziehenden Segeln, und daneben sitzt ein grinsender Genießer, hat ein feistes Ferkel bei sich, dem schon Messer und Gabel im Rücken stecken, und schwingt einen vollen Humpen Bier höhnisch dem Gefangenen entgegen: darunter steht: Prosit! Unter jenem schlafenden alten Bettler aber steht geschrieben:

Vater, laß die Engelein
Über meinem Bette sein.

Auf ein anderes Blatt hat er als Text einen Vers aus dem einstigen Nachtgebet gezeichnet, das er nun nicht mehr betet und dessen er sich angesichts einer trostlosen und lieblosen Welt mit bitterem Hohn erinnert.

Der Maler hat auch später noch ähnliche Sachen gezeichnet. Aber das »Literarische« dieser späteren Blätter erscheint eher lyrisch als erzählend, und es sind die Träger der Stimmung nicht mehr so absichtlich und naiv in den Vordergrund gesetzt und überbetont. Es gibt zum Beispiel aus dem Jahr 1922 eine Zeichnung – Morgenthaler hat sie auch lithographiert – mit einer Schneelandschaft. Auch hier geht ein Mann, und er scheint ein Verwandter jener Vaganten und Krüppel von einst, aber er ist winzig klein, und wenn er auch die Einsamkeit und Kälte der Landschaft betonen hilft, so geht doch nicht von ihm die Stimmung aus, sondern von den Bäumen, die unterm Schnee mit unheimlich gewundenen Schlangenarmen um sich greifen, und das Geschehnis, das hier erzählt wird, ist kein menschliches: ein schwarzer Vogel hat sich soeben vom gekrümmten Ast eines Baumes erhoben und fliegt davon, und unter ihm stäubt vom erleichterten Zweig eine Schleierfontäne von pulvrigem Schnee.

Inzwischen war die Sängerin, die sich seiner so freundlich angenommen hatte und die er sehr bewunderte, instinktiv zu der Überzeugung gelangt, daß ein Künstler in ihm stecke. Doch dachte sie dabei keineswegs an die Malerei, sondern an ihre eigene Kunst, die Musik. Unter ihrem Einfluß begann Morgenthaler intensiv Musik zu treiben, mit unzulänglichen Mitteln, ohne bedeutende Lehrer, mit einer billigen Schülergeige, ohne genügende Zeit zum Studium (denn die Arbeit im Büro ging ja weiter), aber mit einer zähen, geduldigen, jede Bequemlichkeit sich versagenden Hingabe übte er Violine und lernte Klavierspielen, er stand meistens um fünf Uhr auf, und wie die Morgenstunden bis zur Bürozeit, so gab er die Abendstunden nach Büroschluß für seine Übungen hin. Nur allmählich wurde ihm klar, daß er, schon über die Zwanzig hinaus, für eine Virtuosenlaufbahn zu spät begonnen habe, aber der Geige blieb er treu, und später hat er in Zürich an dem bekannten Musiker Herbst einen Violinlehrer gefunden, den er trotz seiner Boheme-Allüren herzlich verehrte und in dessen origineller Person ihm zum erstenmal die Besessenheit des Künstlers vor Augen trat, der nicht an sich, sondern nur an seine Kunst denkt. Vorläufig aber kämpfte unser Freund in Thalwil sich weiter durch die überfüllten und doch sinnlos scheinenden Tage, und während der Gedanke an eine Musikerlaufbahn sich mehr und mehr zum Traum verdünnte, warf er sich mit erneutem Eifer aufs Zeichnen. Und jetzt schickte er auch zum erstenmal etwas von seinen Blättern weg, und siehe, der »Nebelspalter« ging darauf ein und konnte sie brauchen, und in allen den Jahren, die ihn noch von seinem eigentlichen Beruf und seiner Künstlerfreiheit trennten, betrieb Morgenthaler, neben dem Beruf und den anderen Studien her, diese Mitarbeiterschaft als satirischer und erzählender Zeichner. Es brachte ein Taschengeld, und es brachte bald sogar schon eine Art von Ruhm; als Zeichner des »Nebelspalter« war er in der Schweiz eine nicht unbekannte Persönlichkeit, noch ehe er den ersten Kunstunterricht erhalten und noch ehe ihm richtig klargeworden war, daß er ein Künstler sei. Als er den ersten Maler – es war E. Stiefel – im Haus seines Chefs kennengelernt hatte, suchte er ihn auf und bat ihn um ein Urteil über seine Versuche. Sie wurden anerkannt, und Stiefel gab ihm in der Folge auch eine Zeitlang Zeichenunterricht. Diese Thalwiler Periode hat vier Jahre gedauert. An ihrem Ende war der Traum von Japan erloschen, erreicht war nichts als jene Mitarbeiterschaft am »Nebelspalter«, und noch immer war kein Weg gefunden, keine Richtung eingeschlagen, noch nicht einmal die Wahl zwischen Musik und bildender Kunst war getroffen. Er lebte eine Weile in Zürich, bei Stiefel lernte er den Maler Fritz Burger aus Berlin kennen, der forderte ihn auf, als Malschüler zu ihm nach Berlin zu kommen, eine kleine Weile saß er dort zwischen lauter jungen Amerikanerinnen, wieder war es nicht das Rechte, trüb und gequält lief er in der Riesenstadt herum, zeichnete viel, aber mit dem Malen war es nichts. Die große Stadt gefiel ihm, vielmehr es entsprach seiner damaligen Stimmung, sich so im Grau der endlosen Straßen zu verlieren. Das viele Umherstreifen in Berlin brachte ihm die städtische, vorstädtische und proletarische Welt näher, er liebte und zeichnete ihre Gestalten, zu ihnen fühlte er sich gehörig, sie waren seinesgleichen und seine Brüder, nicht die schwatzenden Girls in Burgers Atelier.

Nach der Rückkehr erfolgte eine Aussprache mit dem Vater, der sich schon daran gewöhnte, in Ernst sein Sorgenkind zu sehen, und der seinen Neigungen und Versuchen zwar nicht mit vollem Verständnis entgegenzukommen vermochte, ihn aber auch nie im Stich gelassen hat. Das Sorgenkind war jetzt in seinem Entschluß, das Zeichnen und Malen gründlich zu erlernen, fest geworden und nicht mehr zu erschüttern, aber über den Weg und die Methode war er mehr als je im ungewissen. Der Vater vereinfachte die Fragestellung, indem er feststellte, daß es für einen jungen Menschen, der fürs Zeichnen begabt war, nur einen einzigen staatlich und bürgerlich anerkannten Beruf gebe, den des Zeichenlehrers. Er willigte also ein, daß der Sohn (er war mittlerweile schon über die Mitte der Zwanzig hinaus) noch einmal von vorne anfange, aber es müsse auf dem vorgeschriebenen Wege geschehen, an dessen Ende die Zeichenlehrerprüfung stand. So wurde er Schüler der Kunstgewerbeschule Zürich. Es wurde ihm ein Eichenblatt oder ein Ahornblatt vorgelegt, und der Lehrer wollte ihn dazu bringen, ein sauberes, ideales, vollkommenes Eichen- oder Ahornblatt zu zeichnen; aber der hartnäckige Schüler hielt sich nicht an das Idealbild im Kopf des Lehrers, sondern an das einmalige, individuelle Blatt, das da vor ihm lag, und ging nicht dem Idealbild, sondern gerade den Abweichungen, Verkrümmungen und eigensinnigen Formlaunen seiner Vorlage nach. Er fühlte bald, daß er auch hier keine Erfolge zu erhoffen habe, und ergab sich dumpf in sein Schicksal; aber an seinem privaten Zeichnen, Erzählen und Karikieren hielt er mit zäher Treue fest.

Da findet im Kunsthaus eine große Amiet-Ausstellung statt, die den jungen Zeichner sehr ergreift und bewegt. Es waren nicht die Inhalte dieser Bilder, die ihn so bewegten, und über die Art der Malerei sich fachmännische Gedanken zu machen, war er noch nicht in der Lage; aber was ihn als großes Erlebnis anfaßte und anrief, war das Ganze: das Wunder, hier Säle und Kabinette, Wand um Wand, mit den Werken eines einzigen, eines noch lebenden Malers bedeckt zu sehen, eine ganze farbige Welt, freudig ausgestrahlt und entfaltet aus einer einzigen Hand, einem einzigen Willen und Temperament, ihre eigene Gesetzlichkeit in sich tragend. Wie ein Posaunenstoß rief ihn das wach, und als er sich vom ersten rauschhaften Eindruck des Erlebnisses erholt und besonnen hat, da erinnert er sich, daß dieser Maler Amiet nicht nur ein Landsmann, sondern durch seine Frau sogar eine Art von

Vetter oder Onkel sei; es gab da gemeinsame Tanten und Ahnen, jedenfalls wußte Morgenthaler von einem seiner Onkel, daß dieser Amiet kenne und als Verwandter von ihm begrüßt worden sei. An diesen Onkel wandte er sich mit der Bitte, ihn zu Amiet zu begleiten, dem er eine kleine Auswahl von Zeichnungen mit der Bitte um ein Urteil vorlegen wolle. Der Onkel war dafür keineswegs begeistert, er sperrte sich und riet dringend ab. Aber er wurde bezwungen und kam mit, man meldete sich in der Oschwand an, und zur verabredeten Stunde saß man beklommen mit Herrn und Frau Amiet im Vorraum des großen Ateliers, trank schwarzen Kaffee und bemühte sich, Konversation zu machen; man redete von allem möglichen, bloß von den Zeichnungen des jungen Menschen und seinem Anliegen mochte niemand anfangen, und die Stunde war schon fast herum, als Amiet selber nach den Blättern fragte, die er ihm habe zeigen wollen. Da packte er sie aus und sah zu, wie Amiet Blatt um Blatt in die Hände nahm, die Stirne kraus zog und kleine Augen machte, aber bei einem der Blätter, einer phantastischen Karikatur, brach der Gefürchtete in ein schallendes Gelächter aus, und die Sache war gewonnen. Amiet ließ sich erzählen, von der Zeichnerei in Thalwil und Berlin, von der Kunstgewerbeschule und dem Zeichenlehrerexamen, und meinte, er solle sich das aus dem Kopf schlagen und aufs Malen losgehen, er sei bereit, ihn als Schüler aufzunehmen.

Im Frühjahr 1914 kam Morgenthaler als Schüler zu Amiet, denn dessen Wort ließ auch der Vater gelten, und war voll heiligen Eifers, jetzt ganz und gar der Kunst zu gehören. Als er im Schüleratelier zum erstenmal vor der Staffelei steht und den Ölpinsel in den Fingern hat, ergreift ihn noch einmal eine wahre Angst vor dem, auf was er sich da einläßt, flehentlich wendet er sich an Amiet mit der Bitte, ihm doch ein wenig über die Technik des Ölmalens Auskunft zu geben. Da lacht Amiet und sagt: »Was Technik! Streichet Ihr Gelb hin, wo Ihr Gelb sehet, anders mache ich's auch nicht.« Es klang befreiend einfach, und wenn es sich auch später zeigen sollte, daß es nicht immer so gewiß festzustellen sei, ob man nun eigentlich Gelb sehe oder was anderes, so half ihm die Ermunterung doch einen guten Schritt vorwärts. Er war jetzt endlich dort, wo er hingehörte, nur war es nicht ein Ort und eine Heimat, sondern es war ein Weg, ein Weg ohne Ende, lang genug für ein Menschenleben. Er ist auf diesem Weg geblieben, hat gekämpft und Fortschritte gemacht, hat gesucht und geirrt, und hat das Rezept zum richtigen Malen so wenig gefunden wie das Rezept zum Lebensglück, sondern sucht, strebt, leidet und freut sich weiter, sieht Glaube mit Zweifel, Erfolg mit Mißerfolg, Heiterkeit mit Schatten wechseln, und wird nicht müde, den Tücken des Malens und den Tücken des Lebens seinen Eigensinn und seine Geduld, seinen Trotz und seine Demut entgegenzusetzen.

Die anderthalb Jahre auf der Oschwand haben ihn aber nicht nur mit der Ölfarbe und mit den Freuden und Tücken des Malens bekannt gemacht. Sondern bald nach seinem Einzug, und als er am wenigsten daran dachte, sich etwas anderem als der Kunst und Arbeit hinzugeben, erschien eine Schülerin aus Bern, seine spätere Frau Sascha, und so wurde die Oschwander Zeit ihm doppelt bedeutungsvoll und ergebnisreich, es nahmen dort Entwicklungen, Verhältnisse und Verpflichtungen ihren Anfang, die ihn bis heute begleitet und sein Leben und Wesen mitgestaltet haben. Aber diese Wege weiterzuverfolgen, ist nicht unsre Aufgabe, es soll keine Biographie aus diesem Geleitwort werden. Was wir zeigen wollten, war die Herkunft und den Jugendkampf des Künstlers, sein langes und mühsames Suchen, sein langsames Erwachen zum Begreifen seiner selbst, seiner Aufgabe, seiner Begabungen und Möglichkeiten. Ihm ist das Finden zu sich selbst nicht leicht geworden, und gewiß ist es nicht bloß die Schwere und Dumpfheit von der unglücklichen Schulzeit her gewesen, was den Weg so lang und schwer gemacht hat. Er kam aus einer Welt her, in welcher die Kunst keinen Platz hatte, er hatte nicht nur die Unlust einer bäuerlich-bürgerlichen Tradition gegen das Abenteuer einer Künstlerlaufbahn gegen sich, sondern er hatte im eigenen Blut und Herzen Widerstände zu überwinden. Das Talent war da, von Anfang an, und es war ja nicht das erstemal, daß dieser Funke in der Familie aufglühte. Aber dem Enkel war es nicht mehr wie einst dem Großvater vergönnt, inmitten eines bäuerlichen Lebens sich dieser Begabung als eines hübschen Spiels zu erfreuen, wofür man von den Nachbarn belächelt und auch bewundert wird, und welches Spiel und Feierabendvergnügen bleiben darf. Betrachtet man, von jenem Umzug der Eltern nach Bern an, die Jugendgeschichte Morgenthalers, so kann man sich des Eindrucks nicht erwehren, es habe ein tiefes Heimweh und Zurückverlangen nach den schlichten Quellen des heimatlichen Lebens seiner Ahnen diese ganze Jugend beherrscht, so daß die Stadt, das Gymnasium, die Gelehrsamkeit, das Suchen und Erlernen eines Berufs – daß dies alles von einem innersten Instinkt als verfehlt und sinnlos empfunden wurde. Das resignierte Sichabmühen vor Aufgaben, zu denen er sich nicht begabt und berufen fühlte, die tiefe Sehnsucht, von dem allem weg in ein fernes »Japan« zu kommen, in eine andere Welt zu kommen, und zugleich das Nichtwissen und Nichtwissenwollen vom eigenen Talent, das lange Herumtasten, die Ehrfurcht vor Vater und Herkunft, Sitte und Ordnung, das alles zeigt deutlich, wie ungewöhnlich schwer hier ein begabter Mensch das Vertrauen und die Verwegenheit zur eigenen Persönlichkeit findet, es zeigt die gewaltige Stärke des Blutes, der Sitte und Tradition, und wäre eine leidvolle und am Ende unerfreuliche Geschichte, wenn nicht zuletzt eben doch die Geburt, die schwere, gelungen wäre. Und aus dieser Vorgeschichte des Künstlers bringt er ein ungewöhnliches Maß an Verantwortlichkeitsgefühl mit: Widerstände und Mauern von solcher Stärke durchbricht man nicht um des Spaßes willen. Und wessen Persönlichkeit sich so schwer und kämpfend von seinen Herkünften losgelöst hat, der neigt nicht dazu, seine teuer erkaufte Freiheit und Verantwortlichkeit an irgendein Schema und Programm, an eine Schule, eine Richtung, eine Clique hinzugeben. Derselbe Morgenthaler, der so manche Jahre neben der Kunst und auch neben dem Leben her zu leben schien, ist von der Zeit an, wo er dem inneren Ruf Folge geleistet und seinen Weg unter die Füße genommen hat, nicht mehr leicht zu blenden und zu bestechen; er, der manche Jahre lang ein Mißverhältnis zwischen seinem Alter und seiner Stellung im Leben empfunden und sich zuweilen vor Jüngeren geniert hatte, steht jetzt auf einmal erstaunlich fest, und wird auch schon bald manchem jüngeren Kollegen zur Stütze. Er ist ein Mann geworden.

Wir sind am Ende unserer Erzählung; das weitere Leben unsres Freundes entzieht sich vorläufig noch einer biographischen Darstellung. Einer Gestalt aber wollen wir noch kurz gedenken, jenes merkwürdigen Mannes, der sich einmal in einem Gedicht so vorgestellt hat:

Ich bin der kuriose Dichter Hans Morgenthaler.
Jawohl! Der Vetter von Ernst, dem bekannten Maler.

Hans Morgenthaler, ein entfernter Vetter des Malers und vier Jahre jünger als er, hat in seinem Leben und Wesen einige Ähnlichkeit mit ihm, übrigens war auch er gelegentlich ein Liebhaber des Spielens mit dem Zeichenstift. Gleich seinem Vetter, mußte der Dichter Hans einsam und unverstanden (unverstanden von seiner Umgebung und anfangs auch von sich selber) unter Qualen eine feste, unüberwindlich scheinende Schicht von Erbschaften, von bäuerlicher und bürgerlicher Tradition durchstoßen, um sich selber zu finden. Bei ihm ging es nicht den stillen, verschwiegenen Weg wie bei Ernst, bei ihm ging es in wilden Anläufen und Explosionen; wir haben kaum je einen hochbegabten Menschen gekannt, der so sehr seine ganze Kraft und Begabung dazu verwandt hätte, sich selber zu quälen und zu zerstören. Was bei seinem Vetter sich in der Stille abwickelte und schließlich harmonisch ausklang, das geschah bei Hamo in leidenschaftlichen Zuckungen, in Revolten und Ausbrüchen, bis die aus Siam mitgebrachte Lungenkrankheit ihn wegnahm. Verglichen mit seinem Malervetter, erscheint Hamo als ein pathologisches Genie. Doch findet man beim Vergleich manche Verwandtschaft und Ähnlichkeit. Sie sind beide den Weg eines edlen Eigensinns gegangen, und sie haben beide aus ihren eigenen Leiden her ein Mitgefühl für das Menschenleid, und besonders für das Leid der Outsider und Ungewöhnlichen mitgebracht. Während der Jünglingsjahre kannten die beiden sich kaum. Als aber Hamo jenes schwere Bergunglück erlebt hatte, bei dem er sich die Hände erfror, als er in Zürich im Spital lag und ihm die Finger beider Hände abgenommen werden mußten, da trieb es den Verwandten zu ihm; er suchte ihn auf, fand einen sehr wortkargen, sein Leid verbeißenden und eher ungemütlichen Patienten, ließ sich aber nicht abschrecken, denn er verstand ihn, sondern suchte ihn weiter auf, und sie sind gute Freunde geworden. Als manche Jahre später das letzte Stadium von Hamos Leidenszeit begann und man eines Tages den verbitterten Einsiedler in ein Irrenhaus gesperrt hatte, ohne daß jemand sich für ihn wehrte, hat Ernst sich seiner angenommen, hat ihn aus der Anstalt herausgeholt, ihn in Ascona untergebracht und ihm so das letzte, schön und glücklich ausklingende Jahr seines Lebens mit verschaffen helfen.

Den bei Amiet begonnenen Weg ist Morgenthaler in München, in Genf und Hellsau, in Zürich und Paris weitergegangen, den

Weg von der fabulierenden Zeichnung zur Malerei, und nicht selten bekam er Stimmen zu hören, die ihn vor diesem Wege warnten. Die Malerei, so wurde ihm zuweilen von wohlmeinenden Ratgebern gesagt, sei ja eine schöne Sache, aber am Ende gebe es Leute genug, die sich mit Landschaften oder Stilleben abquälten, und nur bei sehr wenigen, nur bei zwei oder drei vom Hundert, lohne sich diese Quälerei; dagegen gebe es nicht gar so viele Künstler, denen das muntere, poetische oder witzige Zeichnen als Naturgabe so wie ihm mitgegeben worden sei, und er täte besser, wenn er diese schöne Gabe pflegen würde, statt sich jahrelang zu mühen, um schließlich vielleicht doch bloß ein Auch-Maler zu werden. In München aber sprach er einmal bei Th. Th. Heine vor und zeigte ihm eine Auswahl seiner Zeichnungen. Heine führte ihn in ein großes Atelier, zeigte auf merkwürdige Bilder großen Formats, die dort herumstanden, und warnte den jungen Kollegen aufs eindringlichste davor, sich der Karikatur- und Witzblattzeichnerei hinzugeben, es verbaue einem den Weg zur echten Kunst und sei ihm selber zum Fluch geworden.

Morgenthalers Kampf um die Malerei ist noch immer nicht zu Ende. Es war weniger ein Kampf um eine bestimmte Art von Technik und malerischer Kultur als ein Kampf um die Ausdrucksmittel für seine individuelle Begabung. Man mag wohl da und dort in seinem Werk die Spuren fremder Einflüsse wahrnehmen, das Ziel aber war und ist ihm immer die Befreiung seiner selbst. Er sieht die Welt und erlebt das Leben auf seine Art, auf eine problematische und widersprüchliche, aber höchst intensive Art; es ist ihm nicht gegeben, es sich leicht zu machen. Er kehrt auch immer einmal wieder zum Erzählen zurück, und man hat bei vielen seiner Bilder das Gefühl, daß er da nicht bloß ein malerisches, nicht bloß ein Augenerlebnis gehabt hat, sondern auch ein persönlich-menschliches, ein Erlebnis des Geistes und Herzens. Und es scheint uns gar nicht unmöglich, daß seine Malerei heimlich immer wieder den Weg zum Erzählen oder Bekennen sucht, vielleicht sogar einmal wieder ganz in ihn einmünden wird. So kräftig er auf reine Augenerlebnisse reagieren kann, vielleicht packt und interessiert ihn das Menschliche und Seelische doch mehr als die Abenteuer des Lichtes und die zauberischen Spiele der Farben. Aber er hat das Erzählen längst auf eine neue, malerische Art gelernt. Und wie er als Maler nicht einer Schule und einem Programm verhaftet ist, so sieht er auch die seelischen, die menschlichen, die sozialen Inhalte nicht mit dem Blick einer parteimäßig oder literarisch festgelegten Anschauung, sondern persönlich, jedesmal neu.

Nicht eine ruhende und harmonische Welt ist es, die in diesen Bildern Gestalt findet, sondern eine unruhige, bewegte. Wie auf der Winterlandschaft von Küsnacht aus dem Jahre 1927 aus dem Schnee sich die Stämmchen und Stämme der Reben und Bäume wie Schlangen winden und schrauben, der Himmel voll wehender Unruhe ist und die Dampfschwalbe wie auf der Flucht gegen das Ufer strebt, während ihr der Wind die schwarze Rauchfahne wegreißt, so geht es auf vielen Bildern Morgenthalers wild und heftig zu, manchmal wie schmerzlich-zornig, manchmal beinah rauflustig, eine Freude am Bewegten, Werdenden und Gärenden ist überall zu spüren, oft auch eine innere Unrast, ein Gejagtsein vom Zwang des Darstellenmüssens.

Heute wird niemand mehr ihm den Rat geben, zum Zeichnen zurückzukehren. Wer auch nur wenige seiner Bilder kennt, der kann nicht daran zweifeln, daß das legitime Ausdrucksmittel für diesen Künstler die Malerei ist, das zeigt sowohl die eigenwillige, originelle Farbigkeit seiner Werke wie der breite, saftige Strich seiner Malerhandschrift. Doch hat sich der einstige Geschichtenerzähler nie gewaltsam und endgültig vom »Literarischen« losgesagt, um sich etwa einer puritanischen Nur-Malerei hinzugeben. Er hat eine ganze Reihe rein malerischer Bilder gemalt, gewiß Bilder, deren Entstehung und Gestaltung rein vom Angeregtsein durch ein malerisches Problem bestimmt ist. Wir möchten übrigens die Hingabe eines Künstlers an rein malerische Probleme, auch wenn sie asketisch und fanatisch betrieben wird, keineswegs geringer achten als jede andere Art der Hingabe. Werturteile wären hier töricht. Wir möchten nur konstatieren, daß wir in der Mehrzahl von Morgenthalers Bildern neben der Leidenschaft des Malens auch eine Glut und Leidenschaft des Erlebens, des Fühlens und Mitfühlens finden, und daß diese rein menschliche Fähigkeit zur Hingabe uns ebenso notwendig zu ihm zu gehören scheint wie sein malerisches Talent und Können. So wie er immer wieder nach Zeiten des Nur-Malens zum »Erzählen« zurückkehrt, nur jedesmal mit reiferem Ausdruck und gewachsener Sicherheit (es sei an das Eisenbahnbild und das Trauerhaus von 1935/36 erinnert), so finden seine Freunde auch immer wieder in einem gewissen Teil seines Werkes einen dichterischen, einen bekennerischen, ja einen autobiographischen Charakter, wir sehen in diesen uns doppelt werten Bildern das Letzte versucht, was dem Künstler in unserer Zeit möglich sein mag: die Darstellung seiner höchsten, seiner seelischen Erlebnisse in symbolischen Gestaltungen. Das erste, frühste Bild dieser Art, das wir von ihm kennen, ist die »Verkündigung« von 1921.

Mehr möchten wir zu Morgenthalers Malerei nicht sagen; wir lieben diesen Maler, nicht weil er dieser oder jener uns sympathischen Richtung angehört, uns an diese oder jene ähnlich gerichteten Meister erinnert; sondern weil er ein Eigensinniger, ein Kämpfer um den Sinn seines Daseins, seiner Begabung, seiner Triebe und Kräfte ist, einer, der dem Eingereihtwerden Widerstand leistet. Es ist nicht unsere Sache, seinem Werk einen Rang anzuweisen und eine lange oder ewige Dauer zu versprechen. Er ist jetzt fünfzig Jahre alt geworden, und seit er damals auf dem Kleindietwiler Familienbild mit halboffenem Mündchen in die Welt geglotzt hat, hat mancher Wind ihn umweht und ihm den Staub von den Flügeln geblasen. Es führt kein Weg nach Kleindietwil und in die warme Geborgenheit der Heimat und Ahnenwelt zurück; das weiß er längst, und er ist seit seinem Erwachen tapfer vorwärtsgegangen auch da, wo es kein Vergnügen war. Er wird, so glauben wir, auch als Maler seine Entwicklung nie für abgeschlossen halten. Er hat verhältnismäßig spät seinen Beruf gefunden, und er hat für den Platz, den er jetzt innehat, reichlich bezahlt. Aber er hat auch Freunde und Helfer gefunden, und es ist ihm erspart geblieben, im Kampf um die Verwirklichung seiner selbst sich verbluten zu müssen wie sein Vetter Hamo. Von Rasse, Familie und Kindheit her sind ihm Kräfte geblieben, nicht nur Kräfte des Trotzes, sondern auch der Heiterkeit und Lebensfreude, die der Problematik des Künstlerlebens die Waage halten. Wir freuen uns seiner und seines Werkes und wünschen ihm an äußerem und innerem Frieden so viel, als ein Künstler zum Schaffen bedarf.

(1936)

BASLER ERINNERUNGEN

Meine Beziehungen zu Basel sind so alt wie ich und noch älter, denn nicht nur mein Vater stand im Dienst der Basler Mission, sondern auch schon der Vater meiner Mutter, einer von den gelehrten Missionaren, der gelegentlich junge Indologen dadurch in Erstaunen setzte, daß er Sanskrit nicht bloß lesen, sondern auch sprechen konnte, und der sich um die Kenntnis, Grammatik und Lexikographie des Malayalam und anderer indischer Sprachen verdient gemacht hat. Dieser schwäbische Großvater (der andere war der russische) ist vor einem halben Jahrhundert den Besuchern der Basler Missionsfeste als ständiger Redner der Eröffnungsansprache in der Martinskirche bekannt gewesen. Seine Tochter, meine Mutter, war in Gundeldingen bei Basel erzogen worden und sprach Baseldeutsch so gut wie Englisch oder Malayalam. Ihr jüngster Bruder war mit einer Baslerin verheiratet. Und außer und über all dem war die Basler Mission und ihre oberste Behörde, »die Committée«, eine beherrschende und täglich genannte Macht im Leben der Eltern und Großeltern. Ich wußte also von Basel und hatte eine Vorstellung von ihm, noch ehe ich selber, im Alter von annähernd vier Jahren, es zum erstenmal sah. Damals wurde nämlich mein Vater nach Basel versetzt, als Lehrer am Missionshaus, und wir Kinder freuten uns über den Wechsel nicht nur, weil es ein Wechsel war und eine Reise bedeutete, sondern wir hatten auch von Basel eine prächtige und verlockende Vorstellung, denn man hatte uns nicht bloß von der Mission und dem Missionshaus erzählt, sondern auch vom Rhein und den Brücken, der schönen, alten Stadt, dem Münster und dem Lällenkönig, und viele dieser Merkwürdigkeiten kannten wir schon aus Abbildungen.

Von 1881 bis 1886 lebten wir dann in Basel und wohnten am Müllerweg, dem Spalenringweg gegenüber; zwischen beiden lief damals die Elsässer Bahnlinie hindurch. Der Anblick der Züge und das häufige Stehen und Warten beim Bahnübergang, wenn man in die Stadt wollte, gehört zu den frühesten meiner Basler Eindrücke. In jenen Jahren hat mein Vater sich um das Basler Bürgerrecht beworben und es erhalten.

Unser Müllerweg mit seiner Umgebung war vermutlich eine ziemlich bescheidene Vorstadtgegend, für uns Kinder jedoch war er ein Paradies und Urwald, in dem die Entdeckungen und Abenteuer kein Ende nahmen. Das Land begann schon ganz in der Nähe unseres Hauses; ein Bauernhof, gegen Allschwil hin gelegen, und eine Kiesgrube in seiner Nähe boten Gelegenheit zu ländlichen Spielen. Und die große, für mich Kleinen endlos große Schützenmatte, damals unbebaut vom Schützenhaus bis zum »Neubad« hinaus, war mein Schmetterlingsjagdgebiet und der Schauplatz unserer Indianerspiele. Manche Erinnerungen jener Zeit sind im Kindheitskapitel des »Hermann Lauscher« aufgezeichnet. Allmählich lernte ich, namentlich auf Sonntagsspaziergängen mit meinem Vater, auch die innere Stadt näher kennen, den Rhein mit der Fähre beim Blumenrain und den Brücken, das Münster und die Pfalz, den Kreuzgang, das historische Museum, das damals überm Kreuzgang untergebracht war. Und von den Eindrücken, die mir das damalige Kunstmuseum bei einigen Besuchen unter der Führung meines Vaters gab, fand ich einige noch vollkommen lebendig, als ich zwölf oder mehr Jahre später wieder nach Basel zurückkehrte; zu diesen Eindrücken gehörten Böcklins Fresken im Treppenhaus, Holbeins Familienbild und der tote Christus, Feuerbachs Aretino und die Kinderidylle und das Bild von Zünd mit dem Kornfeld, das ich als Knabe besonders liebte. In den zwei oder drei letzten Jahren unserer damaligen Basler Zeit war auch die Messe im Oktober ein großes Erlebnis mit den Buden und Karussellen, den Moritatengesängen auf dem Barfüßerplatz und den süßen Meßmocken und den vielen Örgelimännern, die sich bis in unsere Vorstadt hinaus sehen und hören ließen.

Als ich gerade neun Jahre alt war, mußte ich Basel wieder verlassen; mein Vater war zurück ins Schwabenland berufen worden, wir Kinder mußten uns an neue Schulen gewöhnen und das Baseldeutsch wieder verlernen. Die Beziehungen zu Basel freilich blieben, und Besuche aus Basel waren sehr oft bei uns. Doch sah ich die Stadt, mit Ausnahme eines kurzen Ferienaufenthaltes, erst als Erwachsener wieder.

Wie stark Basel in der Kinderzeit auf mich gewirkt hatte, zeigte sich, als ich am Ende einer Lehrzeit als Buchhändler und Antiquar zum erstenmal frei und nach eigener Wahl in die Welt hinauszog. Ich hatte keinen anderen Wunsch, als wieder nach Basel zu kommen; es schien dort etwas auf mich zu warten, und ich gab mir alle Mühe, als junger Buchhandlungsgehilfe eine

Stelle in Basel zu finden. Es gelang, und im Herbst 1899 kam ich wieder in Basel an, mit Nietzsches Werken (soweit sie damals erschienen waren) und mit Böcklins gerahmter Toteninsel in der Kiste, die meine Besitztümer enthielt. Ich war kein Kind mehr und glaubte mit dem Basel der Kindheit und dem Missionshaus und seiner Atmosphäre nichts mehr zu tun zu haben; ich hatte schon ein kleines Heft Gedichte veröffentlicht, hatte Schopenhauer gelesen und war für Nietzsche begeistert. Basel war für mich jetzt vor allem die Stadt Nietzsches, Jacob Burckhardts und Böcklins. Dennoch galten einige meiner ersten Gänge in jenen Spätsommertagen nach der Ankunft den Stätten der Kindheit: dem Müllerweg, der Schützenmatte, dem Spalentor.

In der Reichschen Buchhandlung (heute Helbing u. Lichtenhahn) trat ich meine Arbeit an, und gleich nach einem der ersten Tage fragte ich meinen Kollegen Helbing, ob ihm vielleicht ein gewisser Dr. Hans Trog bekannt sei. Ich hatte nämlich, noch in Tübingen, von dem jungen Hans Trog eine kleine Biographie Jacob Burckhardts gelesen. Helbing lachte und sagte, der sitze gleich hier nebenan, im selben Haus mit uns, da könne ich ihn aufsuchen. Trog war damals einer der jüngsten Redakteure der Allgemeinen Schweizer Zeitung, deren Redaktion im Hinterhause unserer Buchhandlung saß. Es ergab sich aus dieser ersten Basler Literatenbekanntschaft eine gelegentliche Mitarbeit am Feuilleton dieser Zeitung, die paar ersten meiner Buchrezensionen sind um 1900 dort erschienen. Und an einem der ersten Basler Sonntage suchte ich nun, recht schüchtern, das Haus des Historikers und damaligen Staatsarchivars Rudolf Wackernagel auf, den »hinteren Württemberger Hof« am Brunngäßli, wohin mich mein Vater empfohlen hatte. Ich wurde dort, und bald darauf auch bei Jakob Wackernagel in der Gartengasse, überaus freundlich empfangen, und bald hatte ich neben meiner Arbeit und meinen Kollegen einen lebhaften Verkehr mit mehreren Basler Familien, die alle der Universität nahestanden und wo ich auch die meisten jüngeren Gelehrten kennenlernte. Am häufigsten sah ich Joël, Wölfflin, Mez und Bertholet, auch Joh. Haller. Ein anderer neugewonnener Freund, mit dem ich eine Zeitlang auch eine gemeinsame Wohnung an der Holbeinstraße hatte, war der junge rheinländische Architekt Jennen, der soeben den ersten Preis in der Konkurrenz um die Erweiterungsbauten des Rathauses gewonnen hatte, ein Neugotiker, Schüler von Schäfer in

Karlsruhe und ein überschäumend lebensfroher junger Mensch, der mich Einzelgänger und Asketen in manche Genüsse und Behaglichkeiten des materiellen Lebens einführte. Wir haben in den elsässischen und badischen Wein- und Spargeldörfern manche Schlemmerei veranstaltet, im Storchen Billard gespielt und in der Wolfsschlucht, welche damals noch ein kleines, stilles Weinstübchen war, sowie im Helm am Fischmarkt (es ist der »Stahlhelm« im »Steppenwolf«) häufig jene Studien getrieben, deren Ergebnis die Camenzindschen Hymnen auf den Wein waren.

Nun, diese Studien hätte ich auch anderswo betreiben können. Aber den Geist, von dem das damalige gebildete Basel, wenigstens soweit es mir sichtbar wurde, beherrscht war, hätte ich nirgends sonst in dieser Reinheit angetroffen, und es wurde mir erst später klar, daß es ein einziger Mann war, der diesem Geist die charakteristische Prägung gegeben hatte. Eine schöne Stadt mit alter Tradition und einer gebildeten höheren Bürgerschaft, einer kleinen Universität, einem schönen Museum usw. mochte es auch anderswo geben. Hier aber war alles getränkt vom Geist, vom Einfluß und Vorbild eines Mannes, der einige Jahrzehnte lang dem geistigen Basel als Lehrer und in kulturellen Dingen als arbiter elegantiarum gedient hatte. Er hieß Jacob Burckhardt und war erst vor wenigen Jahren gestorben. Ich war auch damals schon sein Leser, gewiß, ich hatte schon in Tübingen die »Kultur der Renaissance« gelesen und in Basel den »Konstantin«, aber ich war noch allzutief von Nietzsche bezaubert, um seinem direkten Einfluß ganz offenzustehen. Desto stärker war der indirekte: ich lebte, ein lernbegieriger und aufnahmebereiter junger Mensch, inmitten eines Kreises von Menschen, deren Wissen und Interessen, deren Lektüre und Reisen, deren Denkart, Geschichtsauffassung und Konversation von nichts und niemand so stark beeinflußt und geformt waren wie von Jacob Burckhardt. Die Sage von mehreren seiner Vorlesungen und Vortragszyklen, namentlich der »Weltgeschichtlichen Betrachtungen«, erreichte mich in diesem Kreise zu einer Zeit, als seine posthumen Werke noch nicht erschienen waren, und als ich im Jahre 1901 meine erste italienische Reise antrat, hatte ich nicht nur seinen Cicerone im Köfferchen, sondern es war die ganze Reise, ihre Stimmung und Tendenz, der Kreis dessen, wonach ich suchte und worauf es mir ankam, in einem Maß von ihm beeinflußt, das ich erst viel später voll erkannte, als längst der

Zauber Nietzsches verblaßt und Burckhardt für mich zu einem wirklichen Führer geworden war.

Als ich Basel nach diesen paar lebhaften Jugendjahren wieder verließ, nahm ich außerdem noch andere Einflüsse und Bindungen mit: ich war mit einer Baslerin verlobt, wurde in Basel getraut und habe, wenn auch meine Besuche mit den Jahren seltener wurden, nicht nur mit Basel stets in vielerlei Beziehungen gestanden, sondern ihm auch im Herzen Treue und Dankbarkeit bewahrt.

(1937)

ERINNERUNG AN KLINGSORS SOMMER

»Klingsors letzter Sommer« und die mit ihm damals im gleichen Bande erschienene Erzählung »Klein und Wagner« sind im selben Sommer, einem für die Welt und für mich ungewöhnlichen und einmaligen Sommer, entstanden. Es war im Jahre 1919. Der vierjährige Krieg war zu Ende, die Welt schien in Scherben geschlagen, Millionen von Soldaten, von Kriegsgefangenen, von Bürgern kehrten aus Jahren des starren uniformierten Gehorchens in eine so ersehnte wie gefürchtete Freiheit zurück. Der Krieg, der große Weltregent, war gestorben und begraben; leer wartete eine veränderte und verarmte Welt auf entlassene Sklaven. Jeder hatte sich nach dieser Welt und nach freier Bewegung in ihr glühend gesehnt, und jedem war doch auch bange vor der Entlassung und Freiheit, vor den unvertraut gewordenen Bezirken des Privaten und Eigenen, vor der Verantwortung, die jede Freiheit bedeutet, vor den lang unterdrückten und beinahe zu Feinden gewordenen Regungen, Möglichkeiten und Träumen des eigenen Herzens. Auf viele wirkte die neue Atmosphäre wie ein Rauschgift. Viele hatten im Augenblick der Befreiung zu nichts anderem Lust, als alles in Trümmer zu hauen, wofür sie diese Jahre gekämpft und geblutet hatten. Jeder hatte das Gefühl, etwas verloren und versäumt zu haben, ein Stück Leben, ein Stück vom Ich, ein Stück Entwicklung, Anpassung und Lebenskunst. Es gab junge Männer, welche noch in der Kinderwelt gelebt hatten, als der Krieg sie wegholte, und welche jetzt diese sogenannte Welt und Wirklichkeit, in die sie »heimkehrten«, vollkommen fremd und unbegreiflich fanden. Und von uns Älteren waren viele der Meinung, es seien ihnen gerade die wichtigsten, die unersetzlichsten Jahre geraubt worden, und es sei jetzt zu spät, um nochmals anzufangen und mit den Jüngeren zu konkurrieren, welche ja auch nicht zu beneiden waren, aber immerhin den Vorzug hatten, schon in einer harten und nüchternen, einer unsentimentalen und ideallosen Welt zum Leben erwacht zu sein, während wir Alten aus Zeitaltern stammten und Weltbilder kannten, die für uns die höchsten Werte gewesen und jetzt zu belächelten Kuriositäten von vorgestern geworden waren. Die Zeitalter waren erstaunlich kurz geworden; die Jüngeren rechneten schon nicht mehr nach Menschenaltern, Generationen oder wenigstens nach Lustren, sondern nach Jahrgängen, und die von 1903 glaubten von den 1904ern durch eine große Kluft getrennt zu sein. Es war alles fraglich geworden, und das hatte etwas Beunruhigendes und oft sehr Beängstigendes. Aber in einer so fragwürdigen Welt schien manchmal, in guten Stunden, auch alles möglich zu sein, und das öffnete weite Horizonte. Mir zum Beispiel, dem vom Krieg degradierten und vergewaltigten, jetzt wieder ins Privatleben entlassenen Dichter, wollten zuweilen die unwahrscheinlichsten Dinge möglich scheinen, etwa eine Rückkehr der Welt zu Vernunft und Brüderlichkeit, ein Wiederentdekken der Seele, ein Wiedergeltenlassen des Schönen, ein Wiederangerufenwerden von den Göttern, an die wir bis zum Zusammenbruch unsrer einstigen Welt geglaubt hatten. Jedenfalls sah ich für mich keinen anderen Weg als den zur Dichtung zurück, einerlei ob die Welt der Dichtung noch bedürfe oder nicht. Wenn ich mich von den Erschütterungen und Verlusten der Kriegsjahre, die mein Leben nahezu vollkommen zertrümmert hatten, noch einmal erheben und meinem Dasein einen Sinn geben konnte, so war es nur durch eine radikale Einkehr und Umkehr möglich, durch einen Abschied von allem Bisherigen und einem Versuch, mich dem Engel zu stellen.

Es hatte bis zum Frühling 1919 gedauert, bis die Kriegsgefangenenfürsorge, in deren Dienst ich stand, mich entließ; die Freiheit fand mich allein in einem leeren und verwahrlosten Hause, in dem es seit einem Jahre sehr an Licht und Heizung gemangelt hatte. Es war von meiner frühern Existenz sehr wenig übriggeblieben. So machte ich einen Strich unter sie, packte meine Bücher, meine Kleider und meinen Schreibtisch ein, schloß das verödete Haus und suchte einen Ort, wo ich allein und in vollkommener Stille von vorn beginnen könnte. Der Ort, den ich fand, und an dem ich heute, viele Jahre später, noch lebe, hieß Montagnola und war ein Dorf im Tessin.

Um diesen Sommer zu einem außerordentlichen und einmaligen Erlebnis für mich zu steigern, kamen drei Umstände zusammen: das Datum 1919, die Rückkehr aus dem Krieg ins Leben, aus dem Joch in die Freiheit, war das wichtigste; aber es kam hinzu Atmosphäre, Klima und Sprache des Südens, und als Gnade vom Himmel kam hinzu ein Sommer, wie ich nur sehr wenige erlebt habe, von einer Kraft und Glut, einer Lockung und Strahlung, die mich mitnahm und durchdrang wie starker Wein.

Das war Klingsors Sommer. Die glühenden Tage wanderte ich durch die Dörfer und Kastanienwälder, saß auf dem Klappstühlchen und versuchte, mit Wasserfarben etwas von dem flutenden Zauber aufzubewahren; die warmen Nächte saß ich bis zu später Stunde bei offenen Türen und Fenstern in Klingsors Schlößchen und versuchte, etwas erfahrener und besonnener, als ich es mit dem Pinsel konnte, mit Worten das Lied dieses unerhörten Sommers zu singen. So entstand die Erzählung vom Maler Klingsor.

(1938)

GEDENKBLATT FÜR FRANZ SCHALL

Franz Schall (1877–1943) war einer meiner ältesten und liebsten Freunde und wohl auch einer der begabtesten und originellsten. Schwabe und Altphilologe, perfekter Lateiner und das Griechische wie Musik liebend, im Leben Sonderling und Einzelgänger, zärtlichen Herzens und nach außen oft rauh und stachlig, hat er mich immer an jene unvergeßlichen, einzigartigen Männer- und Freundesgestalten bei Jean Paul erinnert, an die Schoppe und Leibgeber.

Wir kannten einander seit der Lateinschule Göppingen und dem Seminar Maulbronn, fanden uns dann nach Jahren wieder und blieben bis zu seinem Tode in steter Verbindung und regem Briefwechsel, den er zu Zeiten mit Vorliebe in lateinischer Sprache führte.

Mein Gedenkblatt für den teuren Freund war nur für die paar Überlebenden von den alten Kameraden bestimmt, doch ging ich gern auf den Vorschlag zu einer Veröffentlichung ein. Die beiden so schönen Gedichte und die anmutige Weisheit seines letzten Grußes an mich können jedem wertvoll sein und lieb werden.

Montagnola, Ende August 1943

Hermann Hesse

Zwei von Schalls letzten Gedichten:

Als ich im Tasso von seiner ersten Liebe las

An Wundern reich, an Leiden war dein Leben.
Früh senkte sich ins weiche Herz die Glut,
Die uns zerschmilzt und wohl und wehe tut
Und Liebe heißt. – Der Liebe hingegeben,

Verwandelt ganz im Denken und im Streben
Ist Herz und Sinn. Ein neuer hoher Mut
Füllt unser Lebenssegel, durch die Flut
Der dunkelhellen Tage hinzuschweben.

Verklärt ist alles. Leicht wird Last
Und edler alles was du hast.
Wer aber kann die tiefe Sehnsucht stillen?

Das Herz, das Herz kennt nimmer Rast,
Von Heimweh seltsam jäh erfaßt,
Und schmilzt. Und heiße Tränen quillen.

1943

Das Alter

Die einmal dein gewesen sind
Und »Vater« sagten dir als Kind,
Sie lösen jählings oder sacht,
Zu eigenem Suchen aufgewacht,
Sich los von dir. Auf eigener Bahn
Drängt wild ein Dämon sie voran,
Bergauf, bergab und kreuz und quer
Treibt sie der Wirbelwind daher,
Wie einst dich auch.

Ach, wie ein Rauch
Vom eigenen Feuer aufgestört,
So wie ein Pfeil kein Rufen hört,
Entschwebt ihr Tag zu unbekanntem Ziel.
Wie wiegt es leicht, was dir gefiel,
Was du ersehnt mit mancher Herzensnot!

Am End' der Bahn, da steht der Tod,
Kein Schreckgespenst, so bitter Sterben tut:
Klarheit und Friede. Alles ist dann gut.

Februar 1943

Sein letzter Gruß an mich

Aus dem Nachlaß habe ich einige Wochen nach seinem Tode ein Blatt zugestellt bekommen, auf dem stehen in seiner herrlichen Handschrift die Worte:

Post exitum

Wenn diese Zeilen Dich erreichen, lieber Hesse, bin ich schon am anderen Ufer und somit gerettet.

Du bist mir immer ein guter und treuer Freund gewesen, habe Dank dafür!

Wenn Du hin und wieder an mich denkst, so tu es, bitte, mit einem Lächeln.

Lächeln, Hesse, ist das Beste.

Dein

Franz Schall

(1943)

NACHRUF AUF CHRISTOPH SCHREMPF

Am 13. Februar 1944 ist in Stuttgart im Alter von vierundachtzig Jahren Christoph Schrempf gestorben. Sein literarisches Werk liegt in einer Gesamtausgabe von sechzehn Bänden vor, zu dieser großen Lebensarbeit kommt aber noch eine ununterbrochene persönlich-menschliche Leistung als Erwecker, Berater, Tröster, Freund, Gewissensschärfer hinzu, die er an mehreren Generationen vollzogen hat.

Weder zu einer Würdigung seiner Werke noch der seiner erzieherischen Leistung bin ich kompetent; ich habe von seinen Werken nur einen kleinen Teil gelesen und bin seinem Leben, mit Ausnahme der letzten Jahre, fern gestanden. Diejenigen seiner Werke aber, die ich gelesen habe, und die Ausstrahlungen seiner Persönlichkeit, die mich getroffen haben, haben in mir ein so starkes und schönes Bild seines Wesens hinterlassen, daß ich zu diesem rein persönlichen Nachruf mich berechtigt, daß ich ihn ihm schuldig zu sein glaube. Ich benützte dabei zum Teil zwei vor zehn und vor fünfzehn Jahren verfaßte Aufsätze von mir.

Im Jahre 1891, ich war damals vierzehn Jahre alt, gab es in der württembergischen evangelischen Landeskirche einen Skandal, der nicht nur die Pfarrer und jungen Theologen, sondern alle gläubigen Protestanten des Ländchens heftig bewegte und also auch in meinem Elternhause widerhallte. Es ging um einen Pfarrer namens Schrempf, der es mit seinem Gewissen nicht mehr vereinen konnte, den Lutherischen Katechismus zu lehren und Kinder auf die landeskirchliche Formel zu taufen. Die Störung endete im folgenden Jahr mit dem Austritt Schrempfs aus dem Pfarramte, und die mit Scheu und Unbehagen oder mit Haß und Verachtung genannte Figur des aufrührerischen Pfarrers verschwand allmählich wieder aus den Gesprächen der Gläubigen und damit vorerst auch aus meinem Knabenhorizont. Wir Jungen hatten bei der Sache immerhin einige Schauer empfunden. Mochte dieser Schrempf recht haben oder nicht; auf alle Fälle hatte da ein Mann sein Amt und Brot weggeworfen um seines Glaubens, vielmehr Unglaubens willen, und hatte sich auf die Straße hinausbegeben, zu den Ausgestoßenen und Verfemten. Das war nichts Geringes, und so wurde mir Schrempf, ohne daß ich von seinen damaligen Problemen eine Ahnung gehabt hätte, doch zu einer Gestalt, die ich nicht vergaß, die nach Höllenschwefel roch, aber auch nach Mut und Stolz.

Etwa fünf Jahre später hörte ich Schrempfs Namen wieder häufig nennen, es war in Tübingen, und unter den jungen Theologen wurde Schrempfs Zeitschrift »Die Wahrheit« viel gelesen und besprochen. Ich selbst gehörte nicht zu ihren Lesern, wenigstens nicht zu den regelmäßigen, aber frech und egoistisch, wie man es in der Jugend ist, schickte ich dem Redakteur Schrempf nach Stuttgart einen Aufsatz, den ich geschrieben hatte, und bat ihn um Aufnahme in seine Zeitschrift. Die Arbeit war eine sehr jugendliche Stilübung, ich habe sie bald darauf vernichtet. Eine Woche oder zwei wartete ich mit Spannung, ich glaube, es war mein erster Versuch, etwas von mir Geschriebenes zum Druck zu bringen. Nach kurzer Zeit bekam ich meinen Aufsatz zurückgeschickt, was mich zwar betrübte, mir aber nicht ungerecht erschien. Und damals bekam ich einen ersten lebendigen Eindruck von Schrempf und seiner Art; das Manuskript kam nämlich nicht ohne Sang und Klang zurück, sondern es lag ein Briefchen von Schrempf bei, und außerdem war mein Aufsatz von seiner Hand mit manchen Strichen, Kreuzen und andern Zeichen versehen, und aus beiden konnte ich genau erfahren, aus welchen Gründen mein Versuch abgelehnt war und wo seine Schwächen steckten. In meinem ganzen spätern Leben habe ich nie mehr von einem Redakteur ein so gründliches, schonungsloses, aber verantwortungsvolles Schreiben bekommen. Schrempfs Kritik galt nicht dem sprachlichen Ausdruck, sondern der Logik und dem Aufbau meines Aufsatzes, und die Stellen, wo er mich auf Abschweifungen ins Schönrednerische ertappt hatte, waren rot angestrichen wie in einem korrigierten Schulheft.

Für Jahrzehnte blieb dies meine einzige persönliche Berührung mit dem Mann der »Wahrheit«. Ich ging andere Wege als er, und es hat viele Jahre gedauert, bis Worte von ihm mir zum Erlebnis wurden. Zuerst waren es Teile seiner Kierkegaardübersetzung, mit seinen Einleitungen dazu, und wenn mir auch Kierkegaard nie so nahe kam wie etwa der damals von mir verehrte Nietzsche, so fühlte ich mich doch stark angefaßt, wobei ich vorerst zwischen Schrempf und Kierkegaard kaum zu unterscheiden wußte. Etwas sehr Einsames und beinah Fanatisches sprach mich da an, aber zugleich etwas sehr Klares und Heldenhaftes, ein eigensinniger und tragischer Kampf um die Wahrheit, ein Preisgeben alles Angenehmen und Lieblichen, zugunsten einer inbrünstigen Suche nach dem Sinn des Lebens. Anfänglich schien mir der Kampf mehr nur der eines Gedankenmenschen zu sein, aber mehr und mehr wurde mir klar, daß es da ums Leben ging, daß da ein Todfeind aller Illusionen und Trostgründe um sein nacktes Leben rang, um seine Sinngebung, um seine Legitimierung. Manchmal erinnerte mich dieser Autor an Luther, doch hat er weder dessen Wärme noch dessen typische Schwächen, er ist kühler, viel radikaler, viel konsequenter. Später dann, als es mehr Schrempf selbst als Kierkegaard war, den ich ins Auge faßte, schien er mir weit eher mit Lessing zu vergleichen, mit seiner bohrenden Nüchternheit, seinem Streben nach fast unpersönlicher Klarheit der Formulierung, und auch Lessings bittere Tapferkeit in den Nöten eines sehr schweren Lebens fand ich bei ihm wieder.

Wieder viele Jahre später, beim Erscheinen des zehnten und elften Bandes der Gesamtausgabe, fesselte mich Schrempfs Auseinandersetzung mit dem dämonischen Dänen. Er scheint ihn, auf den ersten Blick, eher zu kritisieren und zu beargwöhnen, ja oft zu schulmeistern, unerbittlich setzt er ihm seine ruhigen, aber respektlosen Fragen entgegen, hält ihm seine Widersprüche, Eitelkeiten, Halbheiten, Feigheiten vor – und liebt ihn dennoch voll ernster und besorgter Aufmerksamkeit für sein Leben, sein kompliziertes Werk, seine eigentümliche Art von Größe. Was den Kritiker Schrempf an Kierkegaard interessiert, ist nicht dessen Dialektik, nicht sein hohes Talent, auch nicht sein »Christentum«. Und auch Kierkegaards Pathologie interessiert ihn nicht so sehr, obwohl er sie recht genau im Auge behält; er ist von ihr vielmehr zuweilen eher angewidert: er hat für jene großen Kranken, die er liebt und die ihn sein Leben lang fasziniert haben, für Paulus, Kierkegaard, Nietzsche, immer wieder gelegentlich jenes nüchterne Lächeln des seelisch Gesunden. Was ihn an diesem wunderlichen Kierkegaard und an seinem verzwickten, mit Kulissen, Scheinperspektiven und anderen Schauspielereien durchsetzten Werk so heftig interessiert, das sitzt tiefer. Ihn interessiert das Letzte, das eigentliche Geheimnis: aus welcher Kraft und mit Hilfe welches Glaubens eigentlich dieser Mann sein so unendlich dunkles und schwieriges Leben hat führen können. Mit derselben Frage hat Schrempf in leidenschaftlichen, in manchen Kapiteln tief aufwühlenden Büchern Charakter,

Geist und Leben Luthers, Lessings, Goethes, des Apostels Paulus studiert und behorcht.

Es sind nicht eigentlich schwer zu lesende, es sind nicht mit Gelehrsamkeit überladene, und dennoch sind es schwierige Bücher, diese »Biographien«, sie sind Auseinandersetzungen eines heftigen, aufs Unbedingte gerichteten Geistes mit seinen Geistesverwandten, und sie haben oft jene zähe Leidenschaftlichkeit, wie Kämpfe zwischen nahen Verwandten. Er selber hat einst seine Liebe zu Paulus und zu Luther als »unglückliche« Liebe bezeichnet. Er hat aber auch glücklich geliebt, dieser redliche und unermüdliche Verehrer der Wahrheit, und eine der schönsten Früchte solcher Liebe ist sein Buch über Sokrates.

Das erste kleine Buch, das mich ganz in sein Kernproblem hineinführte, hieß »Menschenlos«, ich lernte es erst viele Jahre nach seinem Erscheinen kennen. Dies Bekenntnisbuch, an Hiob anknüpfend, wurde mir wichtig. Es traf mich zu einer Zeit, wo ich die entscheidenden Enttäuschungen, den Bruch mit Herkommen und Tradition, das Alleinstehen in einer mitleidlos kalten Welt schon erlebt hatte. Nach seiner ersten Lektüre fühlte ich einige Tage lang das Bedürfnis, dem Verfasser für diese Schrift meinen Dank auszusprechen. Aber ich wußte nicht, wo er zu suchen sei und ob ein solcher Dank ihm mehr als eine Störung bedeuten könne. Ich schrieb den Brief nicht.

Wieder einige Jahre später, bei Schrempfs Luther-Buch, fand ich zu meiner Überraschung wieder eine Bestätigung von eigenen Erfahrungen und Gedanken. Ich hatte nicht lange vorher den Versuch gemacht, die Grundstücke meines »Glaubens« zu formulieren. Er war Bruchstück geblieben, aber ein Stück über die typischen Stufen der Menschwerdung, über die charakteristischen Grunderlebnisse der Seelengeschichte war fertig aufgezeichnet, und diesem Stück entsprach ein Kapitel bei Schrempf beinahe Satz für Satz.

Was Schrempf bei Luther und bei sich selbst als »Glauben« vorfindet, ist etwa dies: Alles, was an mir und durch mich geschieht, ist gut. Es ist gut, auch wenn es mir weh tut. Es ist gut, auch wenn es offensichtlich gegen das von der Sitte Gutgeheißene geht. Es ist gut, weil unser Leben nicht unser Werk und Eigentum ist, weil wir nicht so sehr leben als gelebt werden. Wir werden gelebt von der unserer Vernunft überlegenen und zum Teil entzogenen Macht, vom Leben, von Gott. Solang wir glauben, jene Gebote erfüllen zu können, die unsre natürlichen Begehrlichkeiten zugunsten der Gesellschaft und Kultur einschränken, so lange brauchen wir keinen Gott und keinen Glauben, ihre Stelle kann ein Gesetzbuch, eine Kirche, eine Konvention vertreten. Der wache und aufrichtige Mensch erlebt es aber unfehlbar, daß er jene Gebote keineswegs erfüllen kann, daß alle »guten Werke« nicht selig machen, uns nicht das Gefühl der Unschuld und des harmlosen Lebenkönnens geben. Aus dem Versagen und der Verzweiflung dessen, der das Nichterfüllenkönnen der Gebote erkannt hat, wird der Glaube geboren, der Glaube, daß wir nicht leben, sondern gelebt werden, und daß uns nichts übrigbleibt, als uns diesem irrationalen Leben hinzugeben. Das ist Luthers »Rechtfertigung durch den Glauben«, und das ist Schrempfs eigener Glaube.

Bei Luther ist, nach Schrempf, dieser Glaube stark gewesen, aber er ist weder rein zum Ausdruck gebracht noch rein gelebt worden. An Stelle des Verzichtes auf Heiligung durch Werke trat bei Luther am Ende doch das Werk, ein großes, aber doch nicht ewiges und göttliches Werk: das Aufrichten einer neuen Kirche statt der alten.

Bei Schrempf, so scheint es mir, hat zwar der Glaube niemals eine solche Abbiegung ins Diesseitige erlitten, aber in seinem Leben scheint Verzweiflung und tiefe Not oft wiedergekehrt zu sein. Er kann sich seines Glaubens nicht rühmen, er kann ihn nicht wie Luther formulieren und eine Erlösungsanstalt aus ihm machen. Aber er hat, mit immer neuen Schicksalszeichnungen und Modellierungen, diesen Kernglauben an das Gelebtwerden, an das Abtreten der Verantwortung an Gott doch immer wieder gefunden. Er hat nichts von dem Kinderglauben an den Menschen und seine unumschränkte Macht, den die Generäle, die Fabrikanten und viele Gelehrten haben, er hat in sich selbst die Nichtigkeit des Menschen durchlebt, und da es nicht irgendeiner ist, der das erlebt hat, sondern ein Mensch und Geist von sehr hohen Graden, ist sein Bekenntnis für uns erschütternd und am Ende befreiend.

Vielleicht ist es notwendig, diese Darlegungen gegen grobe Mißverständnisse zu schützen. Ich füge also für schlichte Seelen hinzu: Es vollziehen sich diese Erlebnisse nicht an der Oberfläche des Lebens, nicht unter den Vielen und Harmlosen, nicht unter der Menge, sondern in den Seelen weniger, zu besonderem

Leiden und besonderer Reife Bestimmter. Der Satz »Alles ist gut, also kann und darf ich tun, was mir beliebt, es wird gut sein, ich bin dafür unverantwortlich« wäre ohne Zweifel sehr gefährlich als Grundsatz eines hab- und machtsüchtigen Menschen. Die Menschen aber, denen Schrempfs Art von Glauben überhaupt erlebbar wird, stehen längst jenseits von Belieben und Ehrgeiz; sie haben einen großen Teil ihres Lebens damit verbracht, das Gute zu üben, und üben es auch weiter, obwohl sie nicht mehr daran glauben, daß es überhaupt ein Gut und Böse gibt. Sie sind nicht diesseits, sondern jenseits der Moral. Dies hat Schrempf auch einmal in einer kleinen Schrift mit aller Deutlichkeit ausgeführt, sie heißt »Diesseits und Jenseits von Gut und Böse«, ein tiefgründiges Büchlein, das mir jedoch seinerzeit wegen seiner Gegnerschaft gegen Nietzsche, an den ich noch glaubte, zu schaffen machte. Was Schrempf an Nietzsche nicht sieht und versteht, ist sein Künstlertum. Schrempfs Organ für die Kunst war äußerst schwach; dies war es wohl auch, was mich so viele Jahre instinktiv gegen Schrempf zwar nicht abwehrend, aber doch lässig und abwartend verhalten ließ. So blieb es mir stets unbegreiflich, warum er seinem »Menschenlos« nicht den Hiob der Bibel, sondern den Hiob einer Dichtung zweiten Ranges zugrunde legen konnte. Die Gnade des Schönen, die Rechtfertigung durch die Kunst ist ein Gebiet des Erlebens, das ihm zum größeren Teil verschlossen blieb.

Weiter: Schrempfs »Glaube« ist ebensowenig eine Blasphemie wie ein Angriff auf die Moral. Dem Menschen, der noch »diesseits« steht, der noch aus der Wildheit seiner egoistischen Triebe lebt und diese stündlich zu bekämpfen sich verpflichtet glaubt, wird es niemals, auch wenn er wollte, möglich sein, den Sprung in die Freiheit und Größe des »Jenseits« zu tun. Im Gegensatz zu Luther, der aus seinem Glauben schließlich wieder eine Moral gemacht hat, bringt Schrempf seinen Lebensglauben nur mit äußerster Scheu zum Ausdruck und warnt davor, sich viel mit ihm zu beschäftigen, und lacht über die Meinung, daß ein Glaube etwas sei, das einer vom andern lernen und empfangen könne.

Als Schrempf schon fünfundsiebzig Jahre alt war, im Jahre 1935, sind wir zum ersten und einzigen Mal persönlich zusammengekommen. Er war mit mehreren Freunden – die Freundschaft spielte in seinem Leben eine große Rolle – einige Monate in Italien gewesen, und seine letzte Station auf der Rückreise war Montagnola. Er hielt sich mit seinen Getreuen einige Tage in unserem Dorfe auf, und kam jeden Tag für ein paar Stunden zu mir, ein kleiner, außerordentlich rüstiger und temperamentvoller Greis, dem stundenlanges Marschieren noch so wenig Beschwerden machte wie stundenlanges Disputieren. Wir wurden Freunde, und die Gestalt dieses schwäbischen Sokrates gehört seither mit zur Bilderwelt meines Lebens.

Einige Notizen über jene Gespräche mit ihm habe ich aufbewahrt, und möchte sie als Andenken und Gabe für seine Freunde hier mitteilen.

Glaube und Zweifel:

Glaube und Zweifel sind einander entsprechend, sie gehören komplementär zueinander. Wo nie gezweifelt wird, da wird auch nicht richtig geglaubt.

»Fortschritt«:

Ich lasse dahingestellt, ob es in der Menschheit einen Fortschritt gibt. Was ist denn »Menschheit«? Nichts Reales, nichts, worüber man etwas aussagen könnte. Dagegen kann nur ein Esel leugnen, daß es im individuellen Leben Fortschritte gebe. Jeder Erwachsene ist, mit dem Säugling verglichen, sehr weit entwickelt. »Es gibt Forschritt, denn es gibt Lernen.«

In der Geschichte behauptet Schrempf nicht unbedingt etwas wie Entwicklung im Sinn des Fortschritts, aber er meint doch: der heutige Mensch sei sehr viel differenzierter und einer Problematik fähig, die zum Beispiel in der Antike nicht möglich war. »Der Unterschied zwischen Ihnen, Herr Hesse, und einem heutigen Durchschnittsmenschen ist sehr viel größer als der zwischen Horaz und einem damaligen Durchschnittsrömer.« Ich bezweifle das sehr. Er lacht.

Nietzsche:

»Man müßte Nietzsche einmal ganz aus seinem Leben darstellen und verstehen, und dabei auch das Pathologische, das bis in seine früheste Zeit zurückreicht und immer bei ihm da war, voll einbeziehen. Wahrscheinlich wäre der wichtigste Schlüssel zum Verstehen ein genaues Erforschen des Verhältnisses zu Lou.« Von Lou hält Schrempf sehr viel, und bewundert ihr Schweigen, auch Weimar gegenüber. Es fallen dabei die Worte: »Die Lou war jenseits von Gut und Böse; Nietzsche meinte es zu sein, und war doch ganz diesseits.«

Im spätern Gespräch nahm ich den pathologischen Menschen in Schutz und sagte, das Pathologische sei nicht bloß Krankheit, sondern oft auch Schutz und Rettung, es helfe vielen, das sonst unerträgliche Leben dennoch zu leben. Schrempf meint: Ob das Leben so sehr viel wert sei und unbedingt bejaht werden müsse, sei ihm einerlei. Jeder Lebende bejahe durch sein Tun das Leben, solang er nicht erschöpft und todesreif sei. Ihm sei ein »Bejahen« des Lebens gar kein Bedürfnis, ihm sei es gleich, ob jemand das Leben gut oder unerträglich finde, wenn es nur aufrichtig geschehe. Einer der ganz wenigen Aufrichtigen, die er kenne, sei Leopardi gewesen, der zugegeben habe, daß zwar das Leben widerwärtig, der ersehnte Tod aber von solchem Grauen umgeben sei, daß man ihm eben doch entfliehe. Wenn einer nicht mehr leben kann und will, so kann er auch aufhören zu leben. Wenn einer aber das Leben unerträglich und scheußlich findet, und es doch nicht lassen kann, dann sei das einfach widerlich. Ich wandte ein, das Schimpfen und Klagen über die Unerträglichkeit des Lebens sei eine pervertierte Form der Liebe. Aber solche Perversionen lehnt Schrempf ab, er findet alles Pathologische im Grunde uninteressant. Er sagt etwa so: wenn ein Mensch das Leben unerträglich findet und dennoch sich nicht töten kann, so gibt es bloß einen Weg für ihn: er soll untersuchen und feststellen, was es denn nun sei, das ihn am Leben erhalte und ihm das Leben trotz allem lieb mache. Dabei entdecke man, daß das, was man zu lieben und begehren glaube und ohne was man angeblich nicht leben möge, meistens Illusionen seien; wenn man erst gefunden habe, welcher Güter wegen man wirklich trotz allem noch gern lebe, dann fallen diese Illusionen dahin, und auch das Klagen über Unerträglichkeit des Lebens. Und genau an diesem Punkt beginne die Religion. (Ich deute mir das so: Religion sei das Glauben an jene letzten Werte, die man in obiger Situation und bei solcher Selbstprüfung noch übrig finde.)

Schrempfs Gedanken sind im Gespräch natürlich dieselben wie in seinen Büchern, auch die Art seiner Argumentation und sein Ton. Sein Nichternstnehmen der Kunst tritt im Gespräch noch deutlicher und naiver hervor, er sieht in der Kunst weniger eine Sprache oder Existenzform als eine Ausflucht und Illusion, eine der Formen des Ausbiegens vor dem Furchtbaren. Er ist immer dafür, dem Furchtbaren nicht auszuweichen und es zur Antwort zu zwingen. Bei mancher schwäbisch-pietistischen Eigenart und auch mancher kleinen Pedanterie ist er von einer unbedingten Tapferkeit und vollkommenen Aufrichtigkeit. Man kann ihn sich recht wohl in der Lage des Sokrates denken, der noch einen Schritt vor dem Tode tapfer und freundlich seinen Weg geht und um seine Schüler besorgt ist. Die Linie von Bengel her ist nicht zu verkennen, er hat in der Tat von seinen Anfängen her viel Pietistisches behalten, aber eben nur im Bengelschen Sinn; von der schwärmerisch-sentimentalen Seite des Pietismus findet man nichts bei ihm.

Freundschaft:

»Freundschaft«, sagt Schrempf, »war in der Antike eine große Macht, das Christentum half sie auflösen. Sie wird wieder wichtig werden. Es werden, wenn die Kirchen, Logen, Bünde von gestern dem Ende nahe sind, die Reifen, Bereiten und Willigen, lose in Freundschaft verbunden, das Salz der Erde bilden, sie werden anonym da sein und wirken, und keine Macht und Organisation daraus machen. Sie haben es aufgegeben, sich nach rückwärts zu orientieren, und stellen darum auch nicht Schemata und Dogmen auf, die für später bindend sein wollen.

Es gibt für das Leben und Denken keinen ›Standpunkt‹, sondern nur Bewegung, Vorwärts. Zu den Ahnen dieser Art gehören Sokrates und Lessing.«

Jesus und Sokrates:

Beide ergänzen sich für Schrempf. Jesus ist der Wärmere, Herzlichere, Sokrates der geistig Behendere, mit dem feinen Sinn für das Schwebende. Außerdem aber ist Sokrates der Alte. Von dem, was ein alter Mann ist und wurde, ist nichts durch Jugend und Genie zu ersetzen; es gibt Worte, die gehören nur den in Weisheit alt Gewordenen. Jesus ist durchaus ein junger Mann, Sokrates ein alter.

(1944)

MALER UND SCHRIFTSTELLER

Es war ein Maler, ein Mann der Farben, und ein Schriftsteller, ein Mann der Worte, die waren durch viele Jahre miteinander gut befreundet. Je und je war auch einmal die Rede davon gewesen, der Maler solle den Schriftsteller gelegentlich porträtieren. Aber das Leben ist nun einmal so. Es kam nie dazu. Erst war es so, daß der Mann der Worte, der zehn Jahre älter als sein Freund war, immer viel zu tun und wenig Lust zum geduldigen Stillsitzen hatte; jetzt war es aber längst der andere, der Mann der Farben, der erfolgreich und berühmt geworden war und die Freuden und Leiden dieses Zustandes erlebte: das Vielbeschäftigtsein, das beständige Inanspruchgenommenwerden, die Besuche und Briefe hilfesuchender Kollegen, das Reisenmüssen, die Porträtaufträge. Der Mann der Worte indessen war inzwischen alt geworden und hatte sich mehr und mehr zurückgezogen, war viel krank, machte längst keine Reisen und keine Besuche mehr, und die Mehrzahl seiner Freunde hatte sich daran gewöhnt, ihn mit Ansprüchen zu verschonen und ihn seinem still gewordenen Einsiedlerleben zu überlassen. In einer Hinsicht aber war der Literat in dieser Freundschaft vom Glück begünstigt. Sein Malerfreund gehörte nicht, wie so viele andere Künstler, zu den Analphabeten, sondern verstand das Schreiben vorzüglich, es wurden mehrmals im Jahre Briefe getauscht; die des Malers waren sowohl länger wie gehaltvoller als die des Schriftstellers, dafür hatte dieser die Möglichkeit, durch Übersendung seiner Bücher und Aufsätze den Freund über sein Leben und Denken zu unterrichten. So kam es, daß diese Freundschaft nicht nur fortbestand, sondern sich sogar weiterentwickeln konnte, obwohl man einander jahrelang kaum wiedersah. Es war eine von den Freundschaften, die man nicht als zufällig und Glückssache, sondern als einen organischen Bestandteil des Lebens empfindet, eine Freundschaft, deren man sich sicher fühlt und von der man zu wissen meint, daß sie, nach Jahren und Jahrzehnten des Getrenntseins, bei jeder Wiederbegegnung sofort in aller Lebendigkeit und Zuverlässigkeit sich wieder einstellen und bewähren werde.

Eines Tages nun, durch einen äußern Anlaß angeregt, tauchte die Porträtfrage zwischen den beiden Freunden wieder auf, und es fügte sich diesmal, daß gerade beide Zeit und Neigung dazu hatten. Der Mann der Worte, der jemand mit seinem Bildnis beschenken wollte, lud den Mann der Farben für ein paar Sommerwochen zu sich ein; er stellte ihm frei, entweder in seinem Hause oder in einem nahen Hotel sein Gast zu sein, und sprach die Hoffnung aus, es werde dabei ein Bild entstehen, das er ihm dann abkaufen könne. Bereitwillig sagte der Maler zu, und man vereinbarte, daß der Ältere ihm täglich etwa zwei Stunden sitzen werde. Dies aber, so fand der Maler, sei Leistung genug von seiten seines Freundes, und von Gastsein könne ebensowenig die Rede sein wie von Abkaufen des Bildes, sondern er sei zufrieden und dankbar, wenn der Freund ihm so viel Zeit opfere, und ohnehin sei er ihm, dem Älteren, schon lange für dies und jenes Dank schuldig, und wenn er diesen Dank dadurch abtragen könne, daß er ein anständiges Bild male und dieses Bild dem Modell zum Geschenk mache, dann sei ihm gedient und er werde sich freuen.

So also drehte der Maler, ein gefährlicher Charmeur, den Stiel des ihm zugedachten Auftrages um, und es begann ein diplomatischer Kampf um das Schenkendürfen und Beschenktwerden, den der Maler auf der ganzen Linie gewann. Der Mann der Worte wurde aus dem Auftraggeber zum Beschenkten, es half ihm kein Sträuben. So setzte er sich denn während der Wochen, in denen er vormittags gemalt wurde, jeden Nachmittag eine Weile hin, um seinerseits dem Freunde aus Papier und Tinte ein kleines Gegengeschenk herzustellen.

Jeden Vormittag erschien der Maler nun im Hause. In einem großfenstrigen, »Atelier« genannten Raum hatte er eine Ecke für seine Gerätschaften eingeräumt erhalten bekommen. Zwei Stunden wurde gesessen und gemalt, und der Schriftsteller, an keine ernstliche Arbeit mehr gewöhnt, hatte dabei das befriedigende Gefühl, etwas nütze zu sein, jeden Tag eine kleine Pflicht zu erfüllen, ja beinahe mitzuarbeiten. Er saß recht geduldig, und trotz der großen Sommerhitze kam es nur wenige Male vor, daß er sich für einen Moment dem Einnicken nahe fühlte, dann gab er sich einen Ruck oder bat um fünf Minuten Pause. In der Pause strich der Maler weiter Farbe auf sein Bild und wurde gelegentlich damit geneckt, daß er ja geradesogut ohne Modell weiterarbeiten könne. Manchmal aber traten in diesen Pausen beide Freunde über die sonnenglühende Terrasse in den Garten hinaus, stellten sich unter den großen Maulbeerbaum, dessen schwerbeladene Zweige tief herabhingen, und aßen von den saftigen, süßen Beeren. Dann ging es wieder an die Arbeit, und meistens waren ihre Gespräche während des Malens lebhaft und herzlich.

Sie begannen meistens mit dem Aktuellsten, nämlich mit dem begonnenen Bild und den Freuden und Tücken des Porträtmalens, und da hatte der Mann der Farben häufig ein glühendes Bedürfnis, mit sich selbst, mit seinem Talent, seinem Schicksal, seiner Natur zu hadern. Wütend und mit hoch emporgezogenen Augenbrauen konnte er feststellen, die alten Meister hätten es leicht gehabt, worauf der andere einmal erwiderte: Freilich, das sehe man ja den Selbstbildnissen des alten Rembrandt auch an. Jawohl, wiederholte der Maler grimmig, sie hatten es leicht gehabt, diese alten Meister, man möchte sie direkt zum Teufel wünschen, wenn man sie nicht leider so gern hätte. Ihm aber, dem Beklagenswerten, sei es schon oft genug aus Volkes Mund bestätigt worden, daß er ein Stümper und Nichtskönner sei. Einmal habe ihm ein Mann beim Malen einer Landschaft zugesehen, und als er sie glücklich verpatzt und fast alles wieder abgekratzt habe, da habe der Zuschauer die Achseln gezuckt und sich mit den Worten empfohlen: »Ja, Male-n-isch e Gottesgab!« Und einmal seien zwei Weiber lange hinter ihm gestanden, die eine von ihnen konnte sich gar nicht vom Anblick des wütend in seine Arbeit verbissenen Malers losreißen, bis die andere sie endlich fortzog und dazu unwillig rief: »So chumm jetz ändlig emol, das macht jo der Karli deheim schöner.« Und das Schlimmste: Einmal, als er sich viele Wochen lang mit einem Porträt abgequält habe, sei ein Freund und Kollege von ihm erschienen, habe das Bild eine Weile angeschaut, und als er um sein Urteil gebeten wurde, habe er schweigend sein Taschenmesser gezogen, die Klinge aufgemacht und das offene Messer dem Porträtisten hingereicht. Überhaupt, Porträtieren! Es sei unbegreiflich, wie die Virtuosen, diese Affen, oft gleich bei der ersten Sitzung die Ähnlichkeit heraushätten! Bei ihm komme das, wenn überhaupt, meistens erst ganz zuletzt. Aber es helfe nichts, trotz alledem sei das Porträt wohl die schönste und würdigste Aufgabe des Malers, und im Grunde beneide er die nicht, die dazu zu bequem seien und sich darum drückten.

Meistens war der Maler auch am Nachmittag da und malte dann ohne Modell oder nur mit ganz kurzen Zwischensitzungen weiter; oft erkannte der Mann der Worte das Bild, wenn er eine

Stunde weggewesen war, kaum wieder. Nach vierzehn Tagen und nachdem das begonnene Bild eine Weile dem alten Hölderlin, dann wieder eine Weile dem Abraham Lincoln geglichen hatte, begann der Maler Geschichten und Aussprüche von großen Malern über das Porträtieren zu erzählen. Einen von ihnen hatte man gefragt, wie lange er zu einem guten Porträt brauche, und er hatte geantwortet: »Eine halbe Stunde. Aber um diese halbe Stunde zu erwischen, brauche ich neunzig Sitzungen.« Und dann bereitete er sein Modell schonend darauf vor, daß es mit dem Bild recht wohl noch weitere Wochen dauern könne. Der Literat jedoch, mit den Sitzungen zufrieden und außerdem an den alten Chinesen geschult, versicherte ihm jedesmal, daß es ihm nicht nur auf Wochen, sondern auch auf Monate durchaus nicht ankäme und daß es ein rechtes Vergnügen sei, solch einem Bilde zuzusehen, wie es bald dem, bald jenem gleiche, bald einem Jüngling und bald einem Achtzigjährigen; er sehe diesem Schauspiel gern noch lange zu, und auch die Seelenkämpfe des Malers und sein gelegentliches Schwelgen in Minderwertigkeitsgefühlen seien ihm sympathisch und interessant, er werde ihnen gerne noch den ganzen Sommer und bis in den Herbst hinein beiwohnen.

Einige Male spielten die Freunde in einer Mußestunde eine Partie Schach. Das war für den Mann der Worte, einen weder begabten noch irgend geübten Spieler, ein großes Vergnügen. Es wurde da niemals verloren, sondern stets gewonnen. Tat der Nichtskönner einen Zug, so sagte der Maler etwa: »Ja, ein guter Zug, er bringt Schwarz fast in Verlegenheit. Nur freilich, wenn Schwarz jetzt so und so antwortet, dann ist Weiß übel dran und verliert nach drei Zügen mindestens eine Figur – wir tun daher doch lieber diesen Zug nicht.« Statt dessen legte er dem Gegner einen andern Zug nahe, und hatte dieser ihn getan, dann konnte er stöhnen: »Jetzt stecke ich in einer bösen Lage. Das kostet mich bei Gott den Turm, und dann steht der König blutt da!« Am Ende hatte der Nichtskönner immer gewonnen und dazu noch die Illusion, viel gelernt zu haben. Und wenn der Maler sich bei der Arbeit selber mit Tadel und Vorwürfen überhäuft und dem älteren Freunde zuweilen eine unangemessene Überlegenheit angedichtet hatte, so gab es, beim Schach wie anderwärts, immer wieder Situationen, in denen der Ältere nicht bloß der Empfangende, sondern auch der Schwächere und Lernende war.

Inzwischen hatte der Maler schon längst ein zweites und drittes Bild begonnen, an denen er meistens auch auswendig viel weitermalte, von denen aber auch eines in nur zwei Sitzungen und eines in einer einzigen fertig wurde. So schön diese Fortschritte waren, für den Gemalten hatten sie auch ihren Nachteil und brachten ihn oft in eine unsichere Lage: Worte der Anerkennung für des Freundes schöne Arbeit mußte er doch je und je sagen und sich der Selbstzerfleischung des nie mit sich Zufriedenen entgegenstemmen; andrerseits aber wünschte er durchaus nicht, daß die Arbeit schon bald zu Ende komme. Hie und da wurde dem Maler eins der Bilder entrissen und beiseite gestellt, damit er das darin Erreichte nicht wieder zerstöre, und jedes dieser Bilder war erstaunlich verschieden von den andern; jedes zeigte eine andere Seite des Modells, und während der Maler immer hartnäckiger und wütender darum kämpfte, womöglich alle diese Aspekte auf einem einzigen Bilde zusammenzubringen, entstand Bild um Bild, und die schönen Sommerwochen flogen dahin, und dann erfuhr man nur so gelegentlich und nebenher, daß neben den Bildnissen auch noch andere Bilder in dieser Zeit entstanden, Landschaften, die meisten vom Hotelfenster aus, darunter ein Nachtbild. Es war eine Hochglut, eine richtige herrliche Besessenheit und Arbeitswut über den Künstler gekommen, schön und manchmal rührend anzusehen, und für den alten Literaten in seinem Ruhestand auch manchmal recht beschämend.

Unheimlich schnell gehen die hübschen und heiteren Zeiten uns dahin, nichts ist so vergänglich wie das Glück. Es war ein Bild ums andere fertig geworden und die Unterhaltungen der Freunde zu einem immer schöneren und offeneren Austausch geworden, und mit dem spürbaren Sichnähern des Abschlusses und Abschiedes wurde es beiden allmählich beglückend und etwas wehmütig bewußt, daß sie da miteinander eine schöne und reiche Zeit genossen hatten. Sie wird beiden in guter Erinnerung bleiben. Ein Fest beschloß diese glücklichen Wochen, und im geschmückten Hauptraume des Hauses standen die Bilder nebeneinander aufgestellt, Ergebnis eines sehr ernsthaften Kampfes und zugleich eines vielseitig fruchtbaren Zusammenlebens. Auch nahm man voneinander und von dieser Arbeit nicht für immer Abschied. Man war vielmehr übereingekommen, sie in einem künftigen Sommer wieder aufzunehmen, nicht weil die Aufgabe nicht erfüllt gewesen wäre, sondern weil jede solche Arbeit und jedes solche Zusammensein von Freunden unausschöpfbar und immer neuer Ergebnisse fähig ist.

(1945)

ERINNERUNG AN DEN JUNGEN ALFONS PAQUET

Auf zwei verschiedenen Wegen kam zwischen dem jungen Alfons Paquet und mir in der Zeit um 1904 die Verbindung zustande. Bei Grote in Berlin hatte Carl Busse eine Reihe von Gedichtbänden junger unbekannter Autoren herauszugeben begonnen, der erste dieser Bände war von A. Paquet und der dritte von mir. Außerdem brachte uns ein gemeinsamer, etwas älterer Freund, Wilhelm Schäfer, zusammen.

Mir ist Paquet aus jenen Jahren als ein lebhafter, heiterer, geschmeidiger und gewinnender junger Mann in Erinnerung, ein Jüngling mit großen hellen und gern lachenden Augen, gefälligem und heiterem Wesen, verspielt und voll Spaß an allerlei studentisch-burschikosem Witz und Unfug, aber schon ergriffen und gezeichnet von seinem Welt- und Reisedrang, seiner begeisterten und heroischen Neugierde für Erdteile und Ozeane, ein Mann, der zu meinem Entsetzen den Beruf des Journalisten preisen konnte und doch diese herrlichen, jungen, geliebten Gedichte geschrieben hatte. Es ging viel Strahlung und Wärme von ihm aus, er stand allem offen und schien mehr Sinne und Aufnahmeorgane zu haben als andere Menschen. Vom ersten Augenblick an bestand zwischen uns Vertrauen und Freundschaft, und über Jahrzehnte der Trennung weg ist er mir teuer geblieben.

(1947)

ÜBER ROMAIN ROLLAND

Geschrieben für eine Rolland-Gedenkfeier des Radio Paris

Wir wissen, was Leo Tolstoj in der Entwicklung des ganz jungen Romain Rolland bedeutet hat. Der Brief des Jünglings an den Greis wurde ernstgenommen und erwidert, ernsthaft und liebevoll hat sich der Berühmte den Fragen des Schülers gestellt, väterlich zugleich und brüderlich hielt er dem Ungestüm des beunruhigten Knaben stand. Der ehrwürdige Alte vollzog damit einen heiligen und magischen Akt, den Akt der Berufung. Und diese Berufung, diesen Anruf des Älteren und Gefestigten an die Jüngeren und Suchenden, soweit er sie guten Willens glaubte, hat Rolland in seinem segensreichen Leben manche Male wiederholt. Er hat ernsthaften Suchenden seiner eigenen und der beiden folgenden Generationen als Erwecker und Rufer, als Ratgeber, als Kamerad im Kampf und als Stütze in Zeiten der Anfechtung gedient. Er hat eine Flamme gehütet, die nicht erloschen ist, auch nicht in Deutschland drüben, wo während der Schreckenszeit seine verbotenen Bücher einer treuen Gemeinde das Auge und Gewissen schärften, und ihre Herzen wach hielten. Noch heute werde ich von dort her oft an Rolland erinnert, nach meinen persönlichen Erinnerungen an ihn gefragt und um Bücher von ihm gebeten.

Es gibt über die Welt verstreut sehr viele Gläubige und Fromme außerhalb der Kirchen und Konfessionen, Menschen guten Willens, welche der Niedergang der Menschlichkeit und das Hinsterben des Friedens und Vertrauens in der Welt schwer beängstigt. Für diese Frommen gibt es keine Priester und keine kirchlichen Tröstungen, aber Rufer in der Wüste, Heilige und Märtyrer gibt es auch für sie. Zu diesen hat Romain Rolland gehört, ebenso wie Leo Tolstoj, sein Erwecker, und Mahatma Gandhi, sein Kamerad und Freund. Sie sind gestorben, die drei großen Tröster, aber sie leben in tausend Herzen, und sie helfen Tausenden treu zu bleiben und der trägen und vernunftlosen Welt ihr Licht entgegenzustellen.

(1948)

SCHULKAMERAD MARTIN

In letzter Zeit mußte ich viel an meinen Schulkameraden Martin denken. Aus einer Versenkung und Dunkelheit, in der sein Bild viele Jahre lang mir entschwunden war, drängte es sich in einzelnen leisen, aber energischen Rucken, Schritten und Stößen mir wieder auf, wie am frühen Morgen im dunkeln Schlafzimmer das kommende Tageslicht durch Ladenritzen sich langsam, aber unaufhaltsam einschleicht und aufdrängt, und aus winzigen Erinnerungen setzte dies Bild sich mir wieder zu einem Ganzen zusammen, von welchem ich vermutlich manche Züge aus Eigenem hinzugedacht oder imaginiert habe, denn gekannt habe ich Martin nur in unsern Knabenjahren. Er ging mit mir in Calw in dieselbe Klasse der Lateinschule, von der ich aber für anderthalb Jahre nach Göppingen verpflanzt wurde, dann traf ich ihn als Seminaristen im Kloster wieder, aus dem ich abermals nach kurzer Zeit wieder verschwand, um dann vier Jahre später der Mehrzahl meiner einstigen Mitschüler als Studenten wieder zu begegnen. Unter ihnen war auch Martin, doch ohne daß wir während seiner Tübinger Semester eine andere Beziehung zueinander gefunden hätten als eben die von ehemaligen Schulkameraden, die sich auf der Straße beim Begegnen freundlich zunicken und dabei völlig unbewußt etwas von der anonymen Verbundenheit empfinden, welche nur zwischen Menschen besteht, die einander schon als Kinder gekannt haben, und deren dumpfwohliger Urboden auch der losesten und zufälligsten Beziehung einen Klang und Duft gibt, der allen später erst eingegangenen Verhältnissen und Freundschaften fehlt.

In Tübingen also, wo ich in einer Buchhandlung arbeitete und wo Martin Theologie studierte, trafen wir uns wieder, ohne in irgendein intimeres Verhältnis zueinander zu treten. Ob er oder ich der erste war, der Tübingen verließ, weiß ich nicht, Abschied voneinander zu nehmen bestand keine Veranlassung, und wir hätten einander vielleicht überhaupt vergessen, wäre er mir nicht einige Jahre später in Basel unvermutet über den Weg gelaufen. Ich war seit kurzem verheiratet, hatte meine junge Frau, die von einer schmerzhaften Krankheit befallen worden war, aus unsrem primitiven Bauernhäuschen am Bodensee in ihr Basler Elternhaus zur Pflege gebracht und war im Begriff, wieder nach dem

Bodensee heimzureisen. Da trafen wir einander und freuten uns beide des Wiedersehens, denn wir standen beide auf einer Stufe des Lebens, wo das Zusammensein mit einem Schulkameraden und das Sprechen von den Knabenzeiten schon etwas nicht mehr Alltägliches ist, sondern etwas Besonderes und Seltenes, ein Glücksfall und kleines Fest. Er war noch immer Student, da er inzwischen zur Philologie hinübergewechselt hatte, und mochte vielleicht mit ähnlichen Sorgen und Gewissensfragen kämpfen, wie sie unausgesprochen mich bewegten, da ich zum erstenmal allein in meine neue Heimat und das kaum begonnene Abenteuer meines stadtflüchtigen Lebens und kleinen Literatendaseins zurückkehrte, mit dem Druck von eingegangenen Bindungen und übernommenen Verpflichtungen, denen ich mich kaum gewachsen fühlen konnte. Jedenfalls begrüßten wir einander erfreuter und wärmer, als wir es noch vor einem Jahr oder zweien getan hätten, wir empfanden einer den andern als stärkenden Anruf aus einer Zeit unsres jungen Lebens, die schon sich leise zu verklären begann, und empfanden beide ein Bedürfnis, dies Zusammensein etwas zu verlängern. So gelang es mir, den gewissenhaften und pünktlichen Martin dazu zu verführen, daß er seiner Tugend untreu wurde und sich für einen Tag oder zwei von mir in mein Bodenseedorf und Bauernhaus einladen ließ. Es war auf seiner Seite wohl auch Neugierde mit im Spiel, denn wie ich früher unter meinen Mitseminaristen die etwas anrüchige Berühmtheit des aus der Schule Entlaufenen genoß, so war ich für sie als junger Autor eines erfolgreichen Buches nun wieder in eine zwar ehrenvollere, aber doch auch unbürgerliche und etwas bengalische Beleuchtung gerückt.

Martin ließ sich also von mir entführen, wir reisten von Basel nach Steckborn, ließen uns dort gegen Abend über den See nach Gaienhofen hinüberrudern, und dort schloß ich mit schwerem Schlüssel mein Häuschen auf, ging im Dorf unsre kleine Magd suchen, daß sie etwas koche und ein Bett für den Gast rüste, und da saßen wir den frühherbstlichen Abend in der holzgetäfelten warmen Stube, bekamen eine bescheidene Mahlzeit und plauderten bei Brot und Wein von Calw und von Maulbronn, von unsern Lehrern in der Lateinschule und auch ein wenig von unsern Plänen, Unternehmungen und Hoffnungen, wobei ohne Absichtlichkeit jeder seine Lage und Aussichten eher ins Schönere steigerte, denn beide begehrten wir nichts weniger als uns die

Probleme und Schwächen unsrer Lage klarzumachen und einander zu zeigen. Wir waren sehr wohlgemut bei unsrem herben Wein, und ich zweifelte, als wir zu Bett gingen, gar nicht daran, daß es mir leicht gelingen werde, den Wiedergefundenen nochmals für einen Tag bei mir zurückzubehalten. Guter Laune führte ich ihn die steile enge Treppe hinauf in das Gastzimmer, machte ihn noch auf die Türschwelle aufmerksam, die aus einem dicken Tragbalken bestand und dem leichtsinnig Eintretenden, der sich nicht ordentlich bückte oder es vermied auf sie zu treten, recht gefährlich werden konnte, wünschte gute Nacht, holte mir noch eines der frühen Bücher von Hamsun, die damals noch neu und ihren jungen Entdeckern so sehr lieb waren, und ging ebenfalls zu Bett, um bei Kerzenlicht noch eine halbe oder ganze Stunde zu lesen.

In der Frühe aber, lang ehe es Zeit zum Aufstehen war, weckten mich beängstigende Laute aus zu kurzem Schlaf, ich öffnete die Tür und fand, im Treppenhaus an die Wand gelehnt, im Nachthemde, mit einer erloschenen Kerze in der Hand, meinen Gast im grauen Morgenlicht stehen, stöhnend und bleich wie die gekalkte Wand, was ihn besonders entstellte, da ich ihn von Kind auf nur rotbäckig mit frischen Gesichtsfarben gekannt hatte. Es hatte ihn ein heftiges Unwohlsein überfallen, eine Art von Ruhr oder Darmkrämpfen, er hatte sich mehrmals leise, um mich nicht zu erschrecken, auf den Abort geschlichen, hatte zu erbrechen versucht und sich in Schmerzen gewunden, und nun war ihm die Kerze ausgegangen, und ich fand ihn hilflos und halbtot an die Wand gelehnt, kaum eines Wortes fähig, brachte ihn in sein Bett und saß noch eine Weile bei ihm. Dann bat er mich, mich wieder hinzulegen, ihn aber zum Morgenzug an die Bahn zu bringen, er kenne diese Anfälle seines Leidens allzu gut und wisse sich keine andere Hilfe, als schleunigst nach Hause zu reisen, um sich ausruhen und auf seine Art einigermaßen erholen zu können. So geschah es auch, ich brachte ihn, ohne daß er ein Frühstück annahm, zur rechten Stunde ans Ufer, über den See und in seinen Zug. Noch ohne Farbe im Gesicht blickte er mit schwachem Lächeln durchs Wagenfenster zu mir heraus und wies mein Anerbieten, ihn nicht allein reisen zu lassen, ein letztes Mal mit Kopfschütteln zurück. Und so fuhr er davon, für immer, denn ich habe ihn damals zum letzten Male gesehen, und es war dies unser einziges Beisammensein im Leben gewesen, bei dem wir, jeder von seiner Seite her, die bloße Schulkameradschaft um ein Schrittchen nach dem Freundschaftlichen hin durchbrochen hatten.

Ich habe Martin nie wiedergesehen. Nach jenem Besuch, der für ihn mit der nächtlichen Erkrankung und überhasteten Abreise, für mich mit einer beinah zornigen Ernüchterung und bittern Heimkehr in mein leeres Haus endigte, in dem mir erst die Frau, dann der Gast erkrankt war, habe ich mehr als zwanzig Jahre lang nichts mehr von ihm gehört. Dann hat er mir, zu meinem fünfzigsten Geburtstag, einen langen Brief geschrieben, und dann, wieder nach mehrjähriger Pause, nochmals einen, den letzten. Auch hatte er dafür gesorgt, daß mir nach seinem Tode eine gedruckte Anzeige zugesandt wurde.

Dies also waren meine Beziehungen zu Martin und meine Begegnungen mit ihm: wir waren in Calw und dann wieder in Maulbronn eine Weile Klassenkameraden gewesen, alles in allem höchstens drei Jahre lang, wir hatten uns dann in Tübingen hie und da auf der Straße zugenickt und ein paar Worte miteinander gewechselt, hatten uns, wieder einige Jahre später, während seines Basler Semesters wieder getroffen und jenes erst freudig begrüßte, dann enttäuschend endende Wiedersehen gefeiert, um dann bis zu seinem Tode nur noch zweimal durch Briefe voneinander zu erfahren, Briefe, denen ja allerdings von seiner Seite her irgendein Bedürfnis oder Drang zugrunde liegen mußte, sonst hätte er sie nicht geschrieben, die ich aber nicht unbedingt hätte beantworten müssen, wäre nicht auch in mir für diesen Martin irgendein Keim von Interesse und Sympathie über die bloße Schulklassenbindung hinaus vorhanden gewesen. Gewiß, es bestand zwischen uns beiden eine vage Anziehung und Freundschaftsmöglichkeit, welcher der Zufall zu wenig entgegengekommen war, um sie gedeihen und Wirklichkeit werden zu lassen, und sie besteht ja noch heute, wie käme ich sonst dazu, noch viele Jahre nach seinem Tode und fast ein halbes Jahrhundert nach unserem letzten Wiedersehen, mich seiner zu erinnern und mich zum Aufzeichnen dieser Blätter verpflichtet zu fühlen, als könnte auf ihnen, was im Leben nicht zustande hat kommen wollen, doch noch erfüllt werden?

Ein Bild Martins zu zeichnen, seine Biographie wenigstens in Stichworten zu berichten, seinen Charakter zu beschreiben oder auch nur ihm einen trockenen, verspäteten Nekrolog zu widmen, dazu reicht mein Wissen über ihn längst nicht aus. Wenn ich von ihm spreche und schreibe, so weiß ich, daß es nicht der wirkliche, historische und echte Martin ist, von dem da gesprochen und berichtet wird, sondern ein nur in meiner Erinnerung und Phantasie vorhandener, ein Bild oder Phantom, dessen Farben ebensosehr aus Vermutungen wie aus Erlebnissen, ebensosehr aus Phantasie wie aus Erinnerungen geschöpft sind. Ob er nun aber wirklich und historisch sei oder nicht, dieser Martin, lebendig und wirksam ist er ohne Zweifel, denn er zwingt mich, unter keineswegs bequemen Umständen ihm zur Erscheinung zu verhelfen. Und so mache ich mich denn an die Arbeit, meinen Martin zu zeichnen.

Aus der Zeit unserer ersten Bekanntschaft, als wir beide zwischen elf und dreizehn Jahre alt waren, erinnere ich mich seiner als eines munteren und vergnügten, aber nicht lauten Knaben von eher kleiner Gestalt mit zierlichen und geschickten Händen und einem angenehmen Gesicht, kräftigem Wangenrot und frischzarter, sich leicht bräunender Haut, wozu die hellbraunen Augen gut paßten. Der Blick dieser hübschen Augen war gewöhnlich heiter, freundlich und gewinnend und hatte manchmal auch etwas Schüchternes und Flehendes, um Schonung Bittendes. Ich kann mir denken, daß dieser Blick zeitlebens kindlich, ein wenig schüchtern und ein wenig werbend oder bittend geblieben ist. Vermutlich war es des Kinderblickes wegen, daß man ihn gern mochte und er keine Feinde hatte. Daß aber zwischen ihm und mir, die wir völlig verschiedene Naturen waren, eine der Freundschaft sich nähernde Sympathie zeitweise spürbar wurde, kam davon her, daß er Phantasie hatte und das Schöne liebte, auch dies freilich auf ganz andere Weise als ich. Während ich eher zum Exzentrischen neigte, hatte er eine ausgesprochene Vorliebe und Begabung für das Saubere, Hübsche und Adrette, und während ich mir im Spielen mit Gegensätzen gefiel und gern vom Pathetischen oder Sentimentalen zum Burlesken übersprang, war es mehr seine Sache, bei unsern Knabenspielen einer von ihm gewählten Rolle treu zu bleiben. Vor allem war er ein ganz vortrefflicher Indianer, und wenn ich seiner denke, so sehe ich ihn meistens in der Rolle und dem Kostüm des Irokesen oder Mohikaners, denn in dieser Rolle habe ich ihn manches Mal bewundert und auch beneidet, so gut stand sie ihm zu Gesicht und so schön verstand er sich herzurichten und zu kostümieren. Vor allem besaß er einen von ihm selbst komponierten und genähten Kopfschmuck, zusammengesetzt aus grell gefärbten Hühner- und natürlichen Hahnenfedern, ein Schmuckstück, um das ich ihn eine Zeitlang sehr beneidete und das mir herzustellen ich nicht fähig war. Ich versuchte es, aber meine Nachahmung war steif und schwunglos neben ihrem Vorbild, auch saß mein Diadem nicht fest genug, so daß ich, sobald unsere Aktionen einen Laufschritt forderten, meinen schlechten Federputz mit einer Hand auf dem Kopf festhalten mußte, während die andere den Bogen oder das Kriegsbeil trug. Und außer dem Kopfschmuck besaß Martin noch eine andere Kostbarkeit: einen gewölbten Schild, durch dessen Mitte schräg ein Goldband lief, auf das er ein Wappen gemalt hatte, das Wappen der Stadt Calw, einen Löwen auf drei Bergen stehend. Auch der Schild war ein Werk seiner geschickten Hände, er verstand sich auf das Zeichnen und Malen, auf das Vergolden und Lackieren, und wenn ich viel darum gegeben hätte, seinen berühmten gewölbten Schild zu besitzen, noch mehr hätte es mir bedeutet, der zu sein, der diesen Löwenschild hatte schnitzen, kleistern, malen und vergolden können. Dabei war ich Martins Arbeiten gegenüber nicht ganz kritiklos, es entging mir weder, daß eigentlich das Calwer Wappen nicht auf den Schild eines Irokesen gehöre, noch daß dies Wappen und die Ornamente nicht frei und großzügig erfunden und hingezeichnet, sondern sorgfältig nach einer Vorlage kopiert und vergrößert worden waren. Aber gerade das, was Martins Stärke und Gabe war, fehlte mir: die Genauigkeit und Sauberkeit, die Adrettheit und technische Vollendung seiner Arbeit, die Geduld, die Hingabe, der Fleiß und die Freude an einer planmäßig unternommenen und Stufe um Stufe exakt durchgeführten Arbeit.

So war auch Martins Handschrift oft der Gegenstand meiner Bewunderung und meines Neides. Es sah in seinen Schulheften wunderbar geordnet, sauber und freundlich aus, ein Geist der Ordnung, der Symmetrie und Harmonie herrschte in den mit sichtlichem Genuß und Wohlgefallen hingemalten Buchstaben sowohl wie in der Verteilung ihrer Kolonnen über das Exerzierfeld der Seite, es war das Verhältnis der Buchstabengröße zum Zeilenabstand ebenso angenehm und überzeugend wie das der in Zierschrift geschriebenen Überschriften zur Stärke der mit dem Lineal gezogenen Linien, mit denen sie unterstrichen waren. Oft habe ich mich, etwa beim Beginn der Reinschrift einer lateinischen Wochenarbeit, mit dem Vorhaben hingesetzt, auf eine ähnlich angenehme, genau abgemessene und dennoch flüssige Weise zu schreiben. Dann hatte meine Handschrift über ein paar Zeilen hin etwas mehr Haltung als sonst, aber schön wurde sie nie, auch hielt der Wille zu solcher Haltung immer nur eine ganz kleine Weile an, und später, in der Erinnerung des längst Erwachsenen, wollte es mir manchmal scheinen, es habe mein Verlangen nach einer so hübschen Schrift eigentlich etwas anderem gegolten: dem einfacheren, geordneteren und lenksameren Gemüt meines Kameraden.

Außer seiner gewöhnlichen Alltags- und Pflichthandschrift verfügte der junge Künstler aber auch noch über andere Schriften, festlichere, pompösere. Er besaß zweierlei Rundschriftfedern, eine einfache, die nur ungewöhnlich breit und schräg geschnitten war, und eine doppelte, gespaltene, die jedem Schriftzeichen noch eine dünnere zweite Linie mit auf den Weg gab. Mit diesen Federn vermochte er nicht nur so prächtig und vollgültig zu schreiben als wäre es gedruckte Antiqua, er besaß überdies soviel Phantasie und Feingefühl, daß er die Doppellinien und Schnörkel sowohl wie die Schwellungen des Striches zwischen Dick und Dünn richtig tanzen, schweben und musizieren lassen konnte – diese Rundschriftkünste fielen mir wieder ein, als mir durch den Meisterdrucker Mardersteig später Albums mit den Typen der vielen verschiedenen Bodoni-Schriften gezeigt wurden.

Außerhalb der Schule kamen wir wenig zusammen, Martin wohnte weit von mir in der oberen Stadt bei einem Lehrer, der sein Onkel war und eine Knabenpension hielt. Ich weiß nicht einmal mehr, ob ich je ins Haus dieses Lehrers gekommen bin, doch kann ich es mir von außen noch wohl vorstellen. Auch den Namen der Gasse, in der es stand, habe ich vergessen. Aber es war jene selbe Gasse, in welcher Knulp seinen Freund, den Schneider Schlotterbeck, besucht hat, und bei den Erinnerungsgängen durch Gerbersau, die ich mit Knulp tat, ist auch jenes Haus und die kleine Gestalt Martins mir zuweilen erschienen. Und damals bei unserem einzigen intimen Zusammensein im Leben, an jenem Tag in Basel und in meinem Bodenseedorfe, sprach er mir auch von jenem Hause und von seiner Liebe zu allen Erinnerungen, die mit Calw, mit seiner Schul- und Knabenzeit zusammenhingen. Mit Lächeln und mit einer hinter Späßen sich versteckenden Rührung kamen wir darauf zu sprechen, welch phantastischer Wert von der Seele kleinen alltäglichen und nichtigen Gegenständen verliehen werden kann, wenn geliebte Erinnerungen sich an sie knüpfen: ein alter Federhalter, ein altmodischer Uhrschlüssel, zu dem die Uhr längst abhanden kam, ein rostiges Taschenmesser. Da war es, daß Martin nachdenklich wurde, eine ganze Weile schwieg und grübelte, und dann von einem Reck zu sprechen anfing, einem Turngerät im Hof jenes Hauses gegenüber von Schlotterbeck, und von einem Nagel, den er einst, als er allein in jenem Hofe spielte, in den einen Pfosten dieses Recks geschlagen habe, ohne praktischen Zweck, nur aus Freude daran, diesen zufällig von ihm gefundenen Nagel schön gerade und sicher mit dem Hammer ins Holz zu treiben. Mit einem heute unbegreiflichen und in dieser Stärke heute nicht wieder erlebbaren Genuß habe er diesen Nagel eingeschlagen, erzählte er, der damals etwa siebenundzwanzigjährig war, er habe damit eine Geschicklichkeitsprobe angestellt, habe aber außerdem irgend etwas wie einen mystischen Akt vollzogen, der dieses allen Pensionären gehörende Reck gewissermaßen zu seinem Eigentum gemacht oder es doch auf eine geheime, nur ihm allein bekannte Art gezeichnet habe.

Damit habe ich wohl das meiste von dem aufgeschrieben, was ich über Martin weiß. Aber mancher Punkte fühlte ich mich doch nicht recht sicher. Ich hätte viel darum gegeben, meine Erinnerungen kontrollieren zu können. Und da es andere zuverlässige Quellen für mich nicht gab, erinnerte ich mich daran, daß mein Schulkamerad mir in seinem späteren Leben mindestens zwei Briefe geschrieben hat. Den ersten schrieb er mir zu meinem fünfzigsten Geburtstag im Jahre 1927, etwa dreiundzwanzig Jahre nach unsrer letzten Begegnung, und den zweiten nicht sehr lange Zeit vor seinem Tode. Es bestand die Wahrscheinlichkeit, daß diese Briefe noch existierten, aber wenig Hoffnung, sie wiederzufinden, aber ich machte mich heute, nachdem meine Aufzeichnungen bis hierher gediehen waren, dennoch an das mühsame Suchen, und es ist nicht ganz umsonst gewesen. Den Brief zwar, der mir der wichtigste schien und an dem mir besonders viel gelegen war, konnte ich nirgends mehr finden, obwohl ich schwören könnte, daß ich ihn aufbewahrt habe. Ich meine seinen letzten Brief. Aber den vom Jahre 1927 habe ich doch wenigstens gefunden, und im gleichen alten Briefbündel auch die gedruckte Todesanzeige.

Aber es ging mir mit diesem gefundenen Schatz recht eigentümlich. Der Fund erfreute mich sehr, aber der Brief lautete ganz anders, als ich erwartet und zu wissen geglaubt hatte. Und statt meine Erinnerungen zu klären und eindeutiger zu machen, hat er sie im Gegenteil völlig verwirrt und vollends ganz zweifelhaft gemacht. Er hat mir gezeigt, daß meine Vorstellung von Martin zwar im ganzen nicht unrichtig war, daß aber seine Erinnerungen an gemeinsam mit mir Erlebtes weit von den meinen abwichen, ihnen sogar zum Teil widersprachen. Sein Gedächtnis schien besser gewesen zu sein als das meine, wenigstens hatte es allerlei aufbewahrt, was ich nicht mehr wußte, und dafür wieder etwas weggelassen, was ich als besonders eigentümlich festgehalten hatte.

Merkwürdig und beinah befremdend war es mir schon, daß die Handschrift dieses wiedergefundenen Briefes mit der Handschrift des Knaben Martin, die ich so sehr bewundert hatte, nichts mehr gemeinsam hatte. Es war eine deutliche und ganz hübsche, aber keineswegs kalligraphische und nach jener einstigen Adrettheit strebende Schrift. Der Brief war viele Seiten lang und war ein Gratulations- und gewissermaßen Huldigungsbrief zu meinem fünfzigsten Geburtstag, etwas wie ein Anerkennungs- und verschämter Freundschaftsbrief. Ein Hauptabschnitt bestand aus Feststellungen wie der, daß ich »heute bereits eine abgestempelte offizielle Größe« sei, dieser Teil des Briefes war eher kleinbürgerlich und lehrerhaft, aber weitaus der größte Teil des Schreibens war ein Lobgesang auf unsere Jugend und Schülerzeit, unterbrochen von kleinen Seufzern der Bescheidenheit wie »Du wirst Dich meiner zwar kaum mehr erinnern». Die Hauptsache, der ersehnte große Fund für mich aber war, daß der alte Mitseminarist mir gleichsam als Geburtstagsgabe seine Jugenderinnerungen an mich darbrachte. Begierig las ich diese Seiten. Aber die Mehrzahl der Erlebnisse, deren er da gedachte, fehlte in meinem Gedächtnis. So berichtete er von einem Abend in meiner letzten Tübinger Zeit, an dem er mit anderen frühern Mitschülern, von mir eingeladen, bei mir in meiner Stube gesessen sei und mich das Buch »Eine Stunde hinter Mitternacht« habe vorlesen hören. Er wird gewiß recht haben, aber mir ist an diesen Tübinger Abend keine Spur einer Erinnerung geblieben. Und nun kommt er auf unser Wiedersehen in Basel und unsere gemeinsame Fahrt nach Gaienhofen zu sprechen. Mit größter Spannung las ich diesen Bericht. Auch von diesem Wiedersehen weiß Martin sehr viel mehr als ich, ich beginne mich meiner Vergeßlichkeit nun wirklich zu schämen. Nur bis zur Ankunft bestätigt sein Bericht meine eigene Erinnerung, aber dann fährt er fort: »Andern Tags haben wir dann die ganze Künstlerkolonie dort am See entlang abbesucht: E. v. Bodman, W. v. Scholz, auch bei einem Maler haben wir hereingeguckt. Und doch habe ich damals nichts von alledem gehabt. Ich stak damals in schweren inneren Krisen ... Ich bin damals ziemlich elend und unglücklich nach Hause gekommen; ich hatte gesehen, was mir fehlte.«

Ja, wie ist nun dies? Einen ganzen Tag bin ich also mit meinem Gast bei Bekannten und Freunden in jener Gegend herumgefahren, ohne mehr etwas davon zu wissen. Ich bin bereit, zu seinem Gedächtnis mehr Vertrauen zu haben als zu meinem, ihm war dies alles ja neu, was mir gewohnt war, und bei E. von Bodman bin ich damals in der Tat einigemal zu kurzem Besuch gewesen, nicht aber bei W. von Scholz, so daß es doch wieder aussieht, als habe Freund Martin nachträglich diesen von mir vergessenen Bodenseetag reicher mit Erlebnissen und Begegnungen ausstaffiert, als er gewesen sein kann. Und von dem, was für mich das Haupterlebnis und das Unvergeßliche an jenem Beisammensein war, von seiner schweren Erkrankung nämlich, wußte er überhaupt nichts mehr! Es war ihm entschwunden, so wie mir die Besuchstournee bei meinen Nachbarn am See! So wie er in seinem gutgläubig abgelegten Bericht über diese Fahrt mindestens den Scholz-Besuch hinzuerfunden hatte, so hatte er sein Krankwerden, das mir solchen Eindruck machte und mir für Jahrzehnte sein entstelltes Gesicht und seine wankende Elendsgestalt einprägte, völlig vergessen oder doch nur als ein seelisches Unwohlsein im Gedächtnis behalten! Ach, beinahe wünschte ich, Martins lieber langer Brief wäre verloren geblieben, statt mich vor solche Widersprüche und Zweifel zu stellen!

Dennoch muß ich zu dem stehen, was mein Gedächtnis mir sagt, und müßte es gegen alle scheinbaren Widerlegungen verteidigen. Aber wie eigentümlich beschämend und in Verlegenheit setzend ist doch jede Begegnung mit unserem verborgenen Leben, mit jenen Mächten, die sich über unsern Verstand, unser Bewußtsein, unser Gedächtnis lustig machen, die diktatorisch über unser Erinnern oder Vergessen verfügen! Ich mag die beiden Erinnerungsbilder unserer Begegnung gegeneinander abwägen wie ich will, sie zeigen mir beide, überdeutlich und mit einem gewissen Hohn, wie anders wir sind als wir selbst, und auch wie anders, als unsere Nächsten uns sehen. Da war ich einen oder zwei Tage lang mit einem mir lieben, zufällig wiedergefundenen Jugendkameraden zusammen gewesen, und wie hatten wir beide, ohne es zu wollen und zu ahnen, voreinander Theater gespielt und uns selbst und einander belogen! Für mich war Martin der frische blühende Knabe mit den roten Backen und der gesunden, normalen, vielleicht etwas bürgerlichen Seelentemperatur gewesen, und vielleicht hatte gerade dies mich dazu gereizt, ihm meinen Alltag und meine derzeitige Seelenverfassung recht interessant, aufgeräumt und beneidenswert erscheinen zu lassen, während ich in Wahrheit mich von den Problemen meiner Autorschaft, meiner jungen Ehe und meiner gewollt außerbürgerlichen Lebensführung recht bedrängt fühlte. Und er für sein Teil wieder hatte sich verblüffen und blenden lassen, hatte das Abenteuer seiner Hesse-Reise nachträglich sogar noch mit allerlei Zutaten ausgeschmückt, hatte mir seine schweren Probleme, Sorgen und Unsicherheiten ebenso erfolgreich verschwiegen wie ich ihm die meinen, und hatte den Ausbruch dieser Nöte in einem Anfall scheinbar schwerer leiblicher Erkrankung nachher völlig zu vergessen vermocht. Was unser Gedächtnis in bezug auf die Gaienhofener Reise so verschieden beeinflußt und zu zwei voneinander so sehr abweichenden Darstellungen geführt hatte, es waren bei ihm wie bei mir die gleichen Mächte und Ursachen, es waren die Konflikte in seiner wie in meiner Seele und das Bedürfnis, diese Konflikte weder selbst allzu deutlich zu besehen noch gar dem Kameraden sichtbar werden zu lassen. Wie ich in Martins Gedächtnis ein glücklicher Phäake und Tausendsassa, so war er in dem meinen zu einem netten, harmlosen, aber leider zu schweren gastrischen Störungen neigenden Menschen geworden.

Indessen bleibt trotz diesen tiefen und eigentlich schrecklichen Fragwürdigkeiten die Tatsache übrig, daß wir beide einander keineswegs vergessen haben und daß gerade jene einzige ernstliche Begegnung unseres Lebens ihn sowohl wie mich noch nach Jahrzehnten beschäftigen und beunruhigen konnte. Die Ursache dieses Interesses und Nichtvergessenkönnens war bei uns beiden dieselbe, bei ihm hatte sie sich in jener Erkrankung und in deren nachträglichem Vertuschen, bei mir in einer übertrieben angeregten und anregenwollenden Lebendigkeit und Unternehmungslust und in deren nachträglicher Verdrängung geäußert und ausgelebt. Wir hatten, so verschieden unsere Berichte darüber lauten mögen, damals genau das gleiche erlebt: eine Bedrängung durch unlösbar scheinende, schwer drückende Fragen unseres sittlichen Lebens, und zugleich ein Verheimlichenwollen und Nichtwahrhabenwollen dieser inneren Nöte. Hätte nicht jeder von uns hinter der Maske unserer Rollen beim andern die gleiche Spannung und Gefahrennähe, die gleiche schwüle Temperatur gewittert, so hätten wir beide diese ganze Geschichte zu vergessen oder doch unwichtig zu nehmen vermocht.

Beinahe bin ich am Ende meines schwierigen Berichtes über eine scheinbar unwichtige Anekdote aus unserer Jugendzeit. Er könnte hier aufhören. Aber es ist doch noch eine Kleinigkeit nachzutragen, freilich auch wieder eine, bei der ich mich schlechterdings auf mein Gedächtnis verlassen muß, ohne dem bei dieser ganzen Untersuchung erworbenen Mißtrauen gegen dieses Gedächtnis, ohne dem schlechten Gewissen, das eigentlich jeden Autor einer Geschichte oder Historie überkommen müßte, durch Dokumente und Beweisstücke nachhelfen zu können.

Nachzutragen also habe ich die Tatsache, daß Martin mir ja noch einen späteren, einen letzten Brief geschrieben hat. Es ist etwa fünfzehn Jahre her, seit er ihn geschrieben hat und ich ihn gelesen habe, und so wenig ich daran zweifeln kann, daß ich diesen Brief aufbewahrt habe, zu finden ist er nicht, er hätte bei jenem andern Briefe und bei der Todesanzeige liegen müssen, die schon schwer genug zu finden waren.

In diesem letzten Briefe, den er mir schrieb, beschwört Martin wieder mit großer Wärme und Hingabe die Calwer Knabenjahre herauf, überzeugt, daß auch mir jedes Erinnertwerden an sie erwünscht und wohltuend sein werde, worin er sich auch nicht geirrt hat. Diesmal aber hat er mir etwas Besonderes und Konkretes zu berichten: er ist kürzlich in Calw gewesen! Er hat eine Gedächtnis- und Heimwehreise in das Tal und die Stadt seiner, wie ihm scheint glücklichsten Jahre unternommen, eine lang ersehnte und oft geplante, nun endlich reif gewordene Feier des Wiedersehens. So wie Knulp vor seinem Ende noch einmal sein Städtchen aufsucht und durch alle Gassen und Winkel schlendert, so hatte Martin eine Reise in seine Scheinheimat und in seine Knabenzeit zurück unternommen, war mit Herzklopfen in das Tal der Nagold eingefahren und hatte die alte Stadt am Hang zwischen Waldbergen und Fluß liegen sehen. Es war ein gutes und glückliches Unternehmen gewesen, dankbar und selig berichtet er mir darüber. Die Gassen, der Marktplatz, die Schule, die Namen unserer einstigen Lehrer und mancher Kameraden werden mit Pietät und preisender Liebe genannt. Und beschrieben wird auch, wie der Heimkehrer die Gasse mit dem Hause seines Oheims unverändert und noch etwas gealtert wiederfindet, wie er in das Haus eintritt, in Hausflur und Treppenhaus hineinschnuppert, wie er dann auch das Höfchen, den Ort seiner Knabenspiele, wieder aufsucht, und mit Erstaunen und Rührung noch alles unverändert wie vor beinahe einem halben Jahrhundert vorfindet. Es standen auch noch, was er am wenigsten erwartet hätte, die beiden Holzpfeiler des Recks, und in einem dieser Pfeiler stak, über die Jahrzehnte hinweg sein Knabengeheimnis bewahrend, der Nagel, den er einstmals dort eingeschlagen hatte.

(1949)

GEDENKBLATT FÜR ADELE

Meinen Freunden und vielen meiner Leser wohlbekannt, da ihre Gestalt in manchen meiner Erzählungen und zuletzt noch im »Brief an Adele« erscheint, hat meine ältere Schwester mich durch mein ganzes Leben begleitet wie ein freundliches Gestirn, ein guter Geist. Wer sie näher gekannt hat, trägt ihr Bild unvergeßbar in sich, viele Briefe von Trauernden haben es mir versichert. Den anderen möge mein Gedenkblatt dienen, um ihre Vorstellung von Adeles Persönlichkeit zu vervollständigen.

Mein Verhältnis zu ihr war eine lebenslange, seit der frühesten Dämmerung des Lebensmorgens bis in diese Abendstunde währende Liebe, die dauerndste und die glücklichste, ungetrübteste meines Lebens. Es war eine Verbundenheit ebenso vom Blute wie vom Geist des Elternhauses her, doch diese habe ich auch mit meinen andern Geschwistern gehabt. Bei Adele kam noch etwas hinzu, sie war uns andern überlegen, nicht durch ein einzelnes Talent, sondern durch ein Charisma, eine Schönheit und Festlichkeit des ganzen Wesens, eine Neigung zum Schönen, Heiteren und Freundlichen, eine beinah unbegrenzte Fähigkeit der Hingabe an das Eigentliche und Unwiederbringliche, nämlich an den Augenblick, an die Stunde, eine Gegenwärtigkeit und frohe Offenheit für alles ihr Begegnende, für die Natur, für die Menschen, für die Kunst, für Glück und Leid, für das Lebendige in jeder Gestalt.

Adele war die einzige von uns, die das Erbe beider Eltern in sich zu einer völligen Einheit und Harmonie gebracht hat: das helläugig Nordische des Vaters und das glühend dunkeläugige, in Hingabe und Liebe unerschöpfliche, Herzlichkeit und Werbung strahlende Wesen der Mutter. Und die dunklern Seiten der beiden, ihre Gefahren und Abgründe, ihre Anfälligkeit für Schwermut und Lebensunlust, haben, so scheint es, in Adele trotz der Zartheit und Verletzbarkeit ihres vornehmen Wesens keinen Boden gefunden, es sei denn in ihrem Verständnis für die seelischen Leiden anderer. So ist sie zwischen ihren zwar lebhaften, aber eher etwas schwerlebigen Geschwistern die Beschwingte und Begnadete gewesen. Wenn man zu ihr kam, erwartete einen nicht nur Liebe und Verständnis, sondern auch eine gewisse Bezauberung, man wurde durch ihre Strahlung daran gemahnt, daß eigentlich das Leben etwas Göttliches,

Fröhliches und Festliches, daß die Stunde und der Augenblick jeder Hingabe, jedes Schmuckes, jeder Pflege würdig sei. So zart sie war, und sie war es schon als Kind, so kamen doch immerzu weit stärkere, robustere Menschen als Bedürftige zu ihr und verließen sie beschenkt, gehoben, getröstet. Und dies wird bei der Mehrzahl ihrer vielen Freunde und Schützlinge vor allem fortleben und ihr Bild verklären: dieser Glanz, diese Festlichkeit und Dankbarkeit, diese Unfähigkeit zum Übelnehmen und Bösesein. So wie im Werk eines Künstlers oder Dichters im tiefsten Grunde, aller Tragik und aller Problematik zum Trotze, ein Glaube an das Seiende, an das Leben, an den Sinn der Welt vorhanden sein muß, wenn er unser Herz erreichen soll, so war in Adeles Leben, obwohl sie nichts dergleichen bewußt gedacht oder gar je gesagt hat, das Frommsein, das Einverständnis mit dem Ganzen, der Sinn für das hohe festliche Spiel des Lebens stets wach und der Mitteilung an andre nicht durch Worte, sondern durch Gebärde, Blick und Lächeln fähig.

Aus unsrer Kindheit sind mir zwei Erlebnisse und Bilder ganz besonders lebendig und frisch geblieben. Das eine gehört noch unsrer Basler Zeit an, einer Zeit, über die ich jetzt mit niemandem mehr reden und Erinnerungen austauschen kann. Ich war vielleicht fünf, Adele sieben Jahre alt, es war in der Zeit der Fastnacht, und wir waren auf dem Rückweg von einer Besorgung oder einem Besuch begriffen, aus den benachbarten Straßen tönte zuweilen Gelächter, Geschrei und Geheul herüber, das rührte von maskierten Knabenrudeln her, die ihr Stadtviertel durchschwärmten und vor denen wir, ihrer Harmlosigkeit unkundig, eine große Furcht im Herzen trugen. Wir hatten die Birmannsgasse glücklich hinter uns und gingen in einer kurzen, damals beinahe häuserlosen Straße, in der wir uns sicherer fühlten, denn auf beiden Seiten lag statt der Häuserzeilen je ein altes Gut, dessen hohe Bäume wir kannten und liebten und dessen Herrenhaus kaum sichtbar in der Tiefe stand, ein Bezirk der Stille und einer kultivierten Ländlichkeit, deren Schönheit wir auch damals schon, kleine Kinder, unbewußt empfanden. Hier fanden wir, so früh im Jahre es auch war, schon ein paar gefallene Haselnußblüten längs der grauen Mauer liegen, und ich bückte mich nach ihnen. Noch hundert Schritte oder wenig mehr, so würden wir die Bahnlinie und hinter ihr unser Haus sehen können, und dann, so schien es uns, konnte uns nichts mehr geschehen. Aber noch eh wir so weit gekommen waren, brach von neuem ein Gejohle los, gemischt mit dem Geräusch von Knarren und Kindertrommeln, und es kam uns eine kleine Horde von Fastnachtsbuben direkt entgegen. Es waren »die Masken«, die gefürchteten, sie kamen in einem dichtgedrängten Schwarm die Straße herab, in einer erschreckenden Wolke von humoristisch gemeintem Lärm, und je näher sie kamen, desto grausiger und dämonischer blickten die starren Maskengesichter mit Bärten, Höckernasen oder überweit geschlitzten Mündern uns an. Mir war todesbange, obwohl ich hätte sehen können, daß die Masken nur wenig größer waren als ich selbst, und obwohl sie keine feindseligen Absichten gegen uns zu erkennen gaben. Ich drängte mich angstvoll an Adele, und sie blieb vor mir in beschützender Stellung bei der Mauer stehen, wandte den Heranziehenden den Rücken, faltete die Hände und sprach vertrauensvoll ein Gebet an den Heiland, er möge doch machen, daß die Masken uns nichts tun. Sie taten uns auch nichts, sie zogen an uns vorbei, glotzten uns aus den Teufelsfratzen an und schwenkten ihre Knarren gegen uns, aber ohne uns zu berühren.

Das andre Bild hat sich mir ein paar Jahre später auf einem Gang am Sonntagvormittag von Calw ins Pfarrhaus Möttlingen so stark eingeprägt, daß es zeitlebens für mich ein Urbild gewesen ist, alles umschließend und bedeutend, was Heimat, Kindheit, Unschuld und Glück heißt. Wir zwei waren da an einem hellen Sommermorgen nach dem berühmten Pfarrhaus unterwegs, unter Adeles Führung, und es ist da nichts geschehen oder getan oder gesprochen worden, dessen Spur in mir geblieben wäre, das ganze Bild ist nichts als lichter sonntäglicher Sommermorgen, es weht ein sanfter Wind in gilbenden Kornfeldern, und am Rand eines Kornfeldes steht Adele mit einem neuen Strohhut in den Ähren und Blumen, den Nelken, Kornraden, Margueriten und Taubenkröpfchen, steht und pflückt und ordnet die langstieligen lachenden Blumen zu einem Strauß für ihre Freundin, die Pfarrerstochter von Möttlingen. Auch dies schönste Bildnis der Schwester, das mein Gedächtnis bewahrt hat, ist wie so manches spätere bestrahlt von einem Goldglanz der Sonntäglichkeit, auch hier ist im Bannkreis der Schwester das Leben ein Fest, eine ebenso fromme und kultische wie heitere und beschwingte Zeremonie und Feier.

Es kam die Zeit, wo ich der Obhut und Bemutterung der älteren

Schwester entwuchs, es kamen Zeiten, in denen Elternhaus, Schule und Heimat von meinem jungen, noch ziellosen Lebensdrang als Kerker empfunden wurden, aber nie war die Schwester in diese Spaltungen, Entfremdungen und Emanzipationen einbegriffen, sie blieb die gehorsame und geliebte Tochter und war doch zugleich Freundin und Vertraute des unruhigen Bruders. Überhaupt ist sie nur sehr selten in ihrem Leben Partei gewesen; sie brachte es fertig, zwischen Menschen verschiedener und einander feindlicher Art und Gesinnung parteilos zu stehen, beiden Lagern freundgesinnt und hilfreich, von den Spannungen und Gegensätzen unberührt.

Zeitweise wurde nun das Verhältnis des kleinen Bruders zur größeren Schwester umgekehrt: ich war nun der Begabte, der Schaffende und Erfolgreiche, schließlich der Berühmte, sie bewunderte meine späten Arbeiten nicht weniger treu, freudig und auf jede Kritik verzichtend, wie sie einst die Anfängerverse des Knaben bewundert hatte. Sie bewahrte Dinge auf, die ich am Wege hatte liegen lassen, sie sammelte meine Verse, Bilder und Briefe und hielt mich für das, was in Wahrheit sie selber war: für das Genie in der Familie. Doch hat sie in Zeiten, wo ich umstritten und angegriffen war, sich zwar unerschrocken zu mir bekannt, schon während mancher Verleumdungen im ersten Weltkriege, aber nie sich mit anders denkenden Freunden zerstritten, sie wurde immer auch noch der andern Seite gerecht, vielmehr sie überwand die Gegensätze weder durch Gerechtigkeit noch durch Gescheitheit, sondern blieb einfach stehen wo sie immer stand, auf einer Ebene oberhalb und außerhalb der Parteien, Meinungen und Streitigkeiten. Einige meiner Schriften blieben ihr lange Zeit unvertraut und etwas unheimlich, »Knulp« war ihr zu vulgär, und gar der »Demian« und »Der Steppenwolf« gaben ihr zu schaffen, aber zu einer Minderung ihres Vertrauens und ihrer Liebe hat das nie geführt.

Eine große Rolle in ihrem Leben hat die uns von der mütterlichen Seite her vererbte Liebe zur Musik gespielt: Gesang, Klavier und Orgel, Hausmusik und Kirchenmusik. So wenig wie unsre Kinderheimat war ihr Haus und Tag ohne Musik zu denken. Noch in ihren letzten, schweren Stunden stand sie ihr bei.

Erbschaft von Eltern und Großeltern her war auch die Gastlichkeit. Ihr Haus und Tisch stand, wie es zu einer guten Christin und Pfarrfrau gehört, jederzeit Gästen offen, auch noch und erst recht in Zeiten der Not. Und so gern sie schenkte und bewirtete, wichtiger als die Speisen waren ihr die Blumen auf dem Tisch.

Neben der Freude am Schönen war aber noch etwas Gemeinsames zwischen Adele und mir da, etwas was scheinbar nicht ganz zu ihrem sonstigen Wesen paßt und dennoch sehr dazugehört. Adele hatte, ebenso wie ich, in sich eine Neigung und einen Auftrag zum Bewahren. Noch zwei Monate vor ihrem Tode war sie, längst schwer herzleidend, mein Gast in Montagnola. Da saß sie die halben Tage halb liegend auf einer sonnigen Terrasse, und jeden Tag schrieb sie mit ihrer schönen leichten Handschrift alles auf, was sie gesehen und erlebt hatte, und damit nicht genug, sie trug immer, und auch bei den kleinen Ausflügen im Wagen meiner Frau, Bleistift und Papier bei sich, und wenn sie vom Wagen aus etwas besonders Schönes sah, blickte sie uns flehend an, wir mußten halten, und sie zeichnete eifrig und sorgfältig ein Stück Landschaft oder eine Architektur auf ihr Papier. Wenn ich sagte, dieser Trieb sei scheinbar im Widerspruch zu ihrem übrigen Charakter gestanden, so meinte ich es so: da sie, umgekehrt wie ich, im Leben und Alltag, im Gestalten der jeweiligen Lebensstunde ihre Frömmigkeit zum Ausdruck brachte und im Leben, nicht im Bilden Künstlerin war, hätte man vermuten können, sie lege auf das Aufzeichnen und Aufbewahren wenig Wert, sie kenne die Angst des Künstlers und die des Bürgers vor der Vergänglichkeit, vor dem Tod und dem Vergessen nicht. Dem war aber nicht so. Ihr war zum Beispiel bei meinem literarischen Tun nichts so vertraut und verwandt wie die Abwehr gegen das Vergehen und Untersinken, der leidenschaftliche Kampf um das Gedenken, das Aufzeichnen, das Festhalten und Weitergeben. Und diese Abneigung gegen das Versinkenlassen, dieses Kämpfen um Gedenken, um Fortleben des Geliebten und Wertvollen machte sie nicht nur zur Brief- und Tagebuchschreiberin, zur Zeichnerin und zur Sammlerin von Dokumenten und Erinnerungsstücken mancher Art, es machte sie auch zum Mittelpunkt dessen, was in einzelnen Zweigen unsrer Familie an Ahnenkult und Familiensinn noch übrig ist. Sie war es, die als ganz junges Mädchen die weite Reise in die Heimat des Vaters gemacht und seine Beziehungen zur Heimat und Verwandtschaft neu belebt und fortgeführt hat. Sie war es, die bis nach Rußland und Amerika für die Mehrzahl unsrer Verwandten die geliebte Vertreterin der Familie und ihrer Traditionen und Eigentümlichkeiten war, und das galt merkwürdigerweise für beide Seiten, für die Hessesche wie für die Gundertsche, und sie war es, an die sich entfernte Verwandte oder Freunde der Familie wandten, wenn sie über eine Person, eine Verwandtschaftsbeziehung, über den Verbleib verschollener Glieder Auskunft begehrten. Darüber ist sie auch zur Autorin geworden, sie hat das Leben unsrer Mutter aus deren Briefen zusammengestellt, und die Hauptsache zu dem mit mir gemeinsam verfaßten Büchlein über unsren Vater beigetragen.

Vielleicht habe ich auf diesen Blättern nun aber doch das Bild der Teuren allzu licht gemalt und allzu sehr eine falsche Vorstellung von ihrem Leben erweckt, die Vorstellung nämlich, es sei dieses Leben gewissermaßen schattenlos und tiefenlos gewesen. Wir Nächsten wissen, daß es nicht so war und daß Adele genug zu tragen und zu leiden gehabt hat. Indes ist sie damit fertig geworden, sie hat getragen und hat gelitten, und dennoch das fromme Ja zum Schicksal, die Heiterkeit und Stille über den Stürmen nicht verloren. Es sollte ja auch hier nicht ihr Leben erzählt werden, ich wäre dazu nicht imstande. Es sollte das schöne Einmalige, das liebenswerte und segensreiche Wunder ihres Wesens angedeutet und dankbar gepriesen werden. So wie mir alle, die unsre Mutter gekannt hatten, noch viele Jahre nach ihrem Tode versicherten, daß ihnen eine Frau von solcher Kraft der Liebe und Güte, ein so an alles Edle und Wahre gemahnender Blick nie wieder begegnet sei, so werden nun viele von Adele erzählen, die so begnadet war, mit einem Blick und einem Strahlen ihres lichten Gesichtes mehr schenken zu können als andre mit allen Worten der Welt.

In meinem Leben ist Adele die dauerhafteste Liebe geblieben. Es gab stärkere Affekte, leidenschaftlichere Lieben und Freundschaften, aber auch die mir Nächsten, meine Frau, meine Söhne, meine paar nächsten Freunde haben mit mir ja nicht jenen Urboden aller Erinnerungen, die Kinderzeit und Heimat, gemeinsam. Wohl mir, daß ich sie habe und so herzlich an meiner Trauer teilnehmen sehe! Es ist tröstlich, es hilft. Aber es ist nun etwas hingegangen, was nicht zu ersetzen und nicht zu wiederholen ist.

Doch bin ich nach dem Tod von Adele nicht als Letzter zurückgeblieben. Es ist noch eine Schwester da, die nicht nur in Liebe und gemeinsamer Trauer zu mir hält, die noch ein Stück Kindheit mit mir erlebt hat und für mich eine Verbundenheit mit den Wurzeln, ein lebendiges Stück Heimat und Elternhaus bedeutet.

Und es war eine Gnade, daß sie gerade in jenen Tagen bei mir war, daß sie die Sorge um Adele mit mir teilte und gemeinsam mit mir die Todesnachricht empfing. Sie war eine Weile unser Gast gewesen und sollte nun zurückkehren, in zwei oder drei Tagen, wir brachten den Abend miteinander zu, und sie las mir den schönen »Gartenaere« von Emil Strauß vor, da kam Ninon mit der schlimmen Botschaft, und wir saßen alle drei erschrocken und bekümmert, aber Marulla war die am meisten Gefaßte und Heitere, sie war die erste, die begriff, daß in Adeles Sinn dieser Tod ein Fest der Erlösung sei und eher wie ein ernstes Fest begangen als mit Klagen und Kopfhängen aufgenommen werden müsse. Und ehe sie mit dem Packen begann, um in der Frühe des nächsten Tages heimzureisen, setzte sie sich noch und las mit freudiger Stimme die »Losung« des Tages aus dem Herrnhuter Losungsbüchlein vor, das ihren Tag begleitet und mitbestimmt, wie es dies einst bei unsern Großeltern und Eltern getan hatte. Und am andern Morgen, zwischen den gepackten Koffern, erbot sie sich, ein paar Blumen aus meinem Garten mitzunehmen, um sie Adele mitzugeben.

In der Stunde, in der unsre Schwester in Korntal begraben wurde, ging ich in den Garten hinaus, auf den Wegen am Waldrande lagen überall gefallene stachelige Kastanien, in Sonne und leisem Herbstdunst lag das Seetal, beglänzte ferne Dörfer blickten von den Hängen her, und in den Wäldern wurde eine Vorahnung der kommenden Herbstfarben spürbar. Ich dachte an Adeles letztes Fest in der Ferne. Nachher schrieb mir eine Verwandte, die dabeigewesen war: »Die Trauerfeier war so schön, wie ich noch nie eine erlebt habe.«

Es ist jetzt kühler geworden um uns her, wir fühlen mehr als sonst, daß wir alt sind und an den Abschied denken müssen. Das Herz trauert über die Vergänglichkeit, ergibt sich ihr aber ohne Widerstreben. Der Geist aber stellt sich ihr mit seinen Waffen und versucht immer wieder sie zu überwinden.

(1949)

ERINNERUNG AN ANDRÉ GIDE

Meine früheste Bekanntschaft mit Schriften von André Gide fand statt dank der Übersetzungen von Felix Paul Greve, die zwischen 1900 und 1910 im Verlag Bruns in Minden erschienen. Da war die »Enge Pforte«, die mich, freilich in mehr hugenottischer Haltung, dringend an die fromme Atmosphäre meiner Kindheit erinnerte, die mich, den in jahrelanger Auseinandersetzung mit ihr Begriffenen, ebenso anzog wie abstieß. Dann war da der »Immoralist«, der mich noch stärker ansprach. Dies Buch war seinem Freunde Henri Ghéon gewidmet, einem jener nahen Freunde, deren Konversion ihn später so schmerzlich berührte. Und außerdem gab es da ein ganz dünnes Bändchen, dem der Übersetzer seinen französischen Titel gelassen hatte: »Paludes«, ein sehr wunderliches, eigensinniges, widerborstiges, jugendlich preziöses Büchlein, das mich verwirrte und nasführte, bald bezauberte bald ärgerte, und in den folgenden Jahren, in denen ich Gide wieder fernrückte und ihn beinah vergaß, unterirdisch in mir nachwirkte. Inzwischen war mit dem Kriege von 1914 die Weltgeschichte in mein kleines Literatendasein hereingebrochen, es galt mit ganz anderen, schrecklichen, tödlichen Problemen fertig zu werden als den bisherigen. Aber bald nach dem Ende des Krieges, im Beginn meines Tessiner Lebens, erschien das Buch von E. R. Curtius »Die literarischen Wegbereiter des neuen Frankreich«, sein Nachwort war vom November 1918 datiert, und da ich mich während der Kriegsjahre mit Rolland befreundet und kürzlich den mit Péguy und Léon Bloy beschäftigten Hugo Ball kennengelernt hatte und eifrig mit den Befreundungsversuchen zwischen den Intellektuellen Frankreichs und Deutschlands sympathisierte, fiel die Lektüre dieses schönen Buches bei mir auf fruchtbaren Boden, ich suchte mir Bücher von Péguy und von Suarez zu verschaffen, vor allem aber fand ich mich wieder intensiv an André Gide erinnert, und nicht nur im Sinn von Neugierde und Lernlust, sondern im Sinn einer Revision und Richtigstellung meiner Beziehung zu diesem Dichter, der mir als so faszinierend und doppelgesichtig in Erinnerung war und dessen »Immoralist« und »Paludes« ich alsbald wieder mit Hingabe las. In jener Zeit, angeregt durch das Buch von Curtius, entstand und befestigte sich meine Liebe zu diesem verführerischen Dichter, der seine den meinigen so ähnlichen Probleme auf so ganz andre Art anging und an dem mir nach wie vor der edle Eigensinn, die Beharrlichkeit und immer neu geübte Selbstkontrolle des unermüdlichen Wahrheitsuchers gefiel und auf wunderliche Art verwandt erschien. Ich las alles von ihm, was mir erreichbar war, und habe mit der Zeit wohl beinahe alles von ihm zwei-, dreimal gelesen.

Bei all dieser Beschäftigung mit einem Zeitgenossen, der so viel Anziehungskraft für mich besaß, wäre mir niemals der Gedanke gekommen, dieser Kollege in Paris könnte auch von mir wissen oder gar etwas von mir gelesen haben. Von meinen Schriften war nur ganz Weniges in französischer Übersetzung erschienen, und dies Wenige hatte keinerlei Echo gefunden, so wenig wie in England. Dabei blieb es vorerst. Da kam eines Tages, im Jahr 1933, die große Überraschung und Freude: ein kleines Briefchen von Gide. Es lautete:

Depuis longtemps je désire vous écrire. Cette pensée me tourmente: que l'un de nous puisse quitter la terre sans que vous ayez su ma sympathie profonde pour chacun des livres de vous que j'ai lu. Entre tous »Demian« et »Knulp« m'ont ravi. Puis ce délicieux et mystérieux »Morgendlandfahrt«, et enfin votre »Goldmund«, que je n'ai pas encore achevé – et que je déguste lentement, craignant de l'achever trop vite.

Les admirateurs que vous avez en France (et je vous en récrute sans cesse de nouveaux) ne sont peut-être pas encore très nombreux, mais d'autant plus fervents. Aucun d'eux ne saurait être plus attentif ni plus ému que André Gide

Ich dankte ihm herzlich, doch ist kein Briefwechsel zwischen uns entstanden, wir waren beide nicht mehr jung und unbelastet genug und begnügten uns mit gelegentlichen literarischen Gaben und Grüßen. Aber es sollte bei jener einen Überraschung und Freude nicht bleiben. Es waren vierzehn Jahre seit jenem Briefchen vergangen, da meldete unsre Köchin eines Nachmittags im Frühling, es seien drei Besuche an der Haustür, zwei Herren und eine junge Dame. Sie gab eine Karte ab, es war André Gide mit seiner Tochter und deren Mann. Ich war hoch erfreut und zugleich etwas erschrocken, denn ich war unrasiert und trug meinen ältesten Garten-Arbeitsanzug. Lange warten lassen konnte ich solche Besucher nicht, ich entschied mich fürs Rasieren, niemals bin ich so blitzschnell damit fertig geworden. Und so kam ich, im zerschlissenen Kleid, in die Bibliothek, wo meine Frau schon mit den Gästen saß. Da sah ich ihn, zum ersten und einzigen Mal, er war kleiner als ich ihn mir vorgestellt hatte, und auch älter, stiller, gelassener, aber das ernst-kluge Gesicht mit den hellen Augen und dem zugleich forschenden und kontemplativen Ausdruck hielt alles, was die wenigen mir bekannten Photos angedeutet und versprochen hatten. Er stellte mich seiner schönen, jung verheirateten Tochter vor und machte mich mit dem Schwiegersohn bekannt, der ein Anliegen an mich hatte: er war mit der Übersetzung der »Morgenlandfahrt« beschäftigt und wollte einige zweifelhafte Ausdrücke und heikle Stellen mit mir besprechen. Alle drei waren erfreuliche und liebenswerte Gäste, doch war es natürlich der Vater, der dominierte und dem unsre Aufmerksamkeit galt. Wir waren aber nicht nur zu fünft im Zimmer, am Boden stand ein großer flacher Korb, darin lag unsre Katze mit einem Jungen, das kaum vierzehn Tage alt war und bald schlafend oder trinkend an der Mutter lag, bald mit noch schwerfälligen aber energischen Bewegungen auf schwachen Beinchen seine Umwelt zu erforschen und zu durchwandern strebte, immer wieder über die Wülste und Falten des Kissens hinweg bis zum Rande des Korbes, den zu übersteigen es noch nicht fähig war.

Wir saßen, tranken Tee, sprachen von der Morgenlandfahrt, von Büchern und Autoren, die beiden Literaten lachten, als ich ihnen die Etymologie des Wortes »Montagsdorf«, um die der Schwiegersohn gebeten hatte, erklärte. Aber mit mehr Eifer und Wärme als von diesen Dingen sprach Gide von einem Strauch, den er gestern in Ponte Tresa hatte blühen sehen, er beschrieb ihn genau und mit Leidenschaft, und war merklich enttäuscht, als ich versagte und ihm den Namen des Strauchs nicht nennen konnte.

Lebhaft hatte sich Gide auch nach meinem Befinden erkundigt, er wußte, daß ich an Gelenkschmerzen und zeitweise an Ischias litt. Es ergab sich nun im Gespräch, daß ich, um es ihm zu zeigen, etwas aus dem Nebenraume, meinem Atelier, holen wollte. Als er mich beim Aufstehen durch die Rückenschmerzen behindert sah, bekam sein Gesicht einen halb mitleidigen halb enttäuschten oder degoûtierten Ausdruck, wie es ihn etwa haben mochte, wenn einer seiner ehemaligen Kameraden und Jugendgenossen zur Kirche zurückkehrte. Wenigstens schien es mir so.

Lebhaft und anregend war die Unterhaltung, deren Führung ihm von selbst zufiel, man konnte keinen Augenblick den Eindruck haben, er sei nicht ganz dabei. Und doch war er nicht ganz dabei. Meine Frau, die den verehrten Gast nicht minder aufmerksam beobachtete als ich, kann es bezeugen: während der anderthalb oder zwei Stunden, die er auf dem Kanapee saß, das große Fenster und den Generoso im Rücken, kehrten unabhängig vom Gespräch seine forschenden, neugierigen, allem Ernst zum Trotz ins Leben verliebten Augen zu dem Korb mit den beiden Katzen zuürck, der Mutter und ihrem Kleinen. Mit Neugierde und Vergnügen sah er den beiden zu und besonders dem Jungen, wenn es das Köpfchen hochreckte und mit noch kaum sehend gewordenen Augen die große fremde Welt anstaunte, wenn es strauchelnd und mühevoll dem Rand des Korbes zustrebte, zurücksank und langgestreckten Leibes auf unfesten Beinen zur Mutter zurückkroch. Es war ein stiller Blick aus einem beherrschten und an Gesellschaft gewöhnten, wohlerzogenen Gesicht, aber in seinem Blick und der Beharrlichkeit, mit der er sein Ziel immer und immer wieder aufsuchte, lag die große Kraft, die sein Leben beherrschte, die ihn nach Afrika, nach England, nach Deutschland und Griechenland getrieben hatte. Dieser Blick, dies große Offenstehen und Angezogensein von den Wundern der Welt, war der Liebe und des Mitleids fähig, war aber durchaus unsentimental, er hatte bei aller Hingabe etwas Objektives, Durst nach Erkenntnis war sein Urgrund.

Im Jahr meines 70. Geburtstags schrieb Gide etwas über mich, die deutsche Fassung erschien in der Neuen Zürcher Zeitung. Dann erschien die französische Morgenlandfahrt, und zu ihr schrieb er eine kleine Betrachtung, die man unter den Essays seines letzten Buches findet. Den Dank dafür war ich ihm lange schuldig geblieben. Endlich, wenige Wochen vor seinem Tode, raffte ich mich zu einem Briefe an ihn auf, von dem ich nicht weiß, ob er ihn noch hat lesen können. Daran liegt auch nichts, aber ich bin froh, daß ich ihn noch geschrieben habe.

Der Brief lautet:

Montagnola, im Januar 1951

Lieber, verehrter André Gide

Ihr neuer Übersetzer Lüsberg hat mir Ihre »Herbstblätter« zugeschickt, ich habe schon den größern Teil dieser Erinnerungen und Betrachtungen gelesen, und jetzt fände ich es nicht hübsch und richtig, jenem Herrn für seine Gabe zu danken, ohne zuvor Ihnen endlich einmal wieder einen Gruß und Dank zu senden.

Ich hätte das längst tun sollen, doch lebe ich seit geraumer Zeit in einer resignierten Müdigkeit, und das ist nicht die Verfassung, in der man einem Älteren und Verehrten seinen Besuch macht. Aber die Ermüdung könnte ja auch andauern bis zum Ende, und vorher möchte ich Sie doch noch einmal meiner unveränderten und in den letzten Jahren noch gewachsenen Dankbarkeit und Sympathie versichern.

Die Leute unsres Schlages sind jetzt, so scheint es, selten geworden und beginnen sich vereinsamt zu fühlen, darum ist es ein Glück und Trost, in Ihnen noch einen Liebhaber und Verteidiger der Freiheit, der Persönlichkeit, des Eigensinns, der individuellen Verantwortung zu wissen. Die Mehrzahl unsrer jüngeren Kollegen, und leider auch so mancher unsrer eigenen Generation, strebt nach ganz anderem, nämlich nach Gleichschaltung, sei es nun die römische, die lutherische, die kommunistische oder sonst eine. Unzählige schon haben diese Gleichschaltung bis zur Selbstvernichtung vollzogen. Bei jedem Abschwenken eines früheren Kameraden nach den Kirchen und Kollektiven hin, bei jedem Abfall eines Kollegen, der zu müde oder verzweifelt geworden ist um ein für sich selbst verantwortlicher Einzelgänger bleiben zu können, wird für unsereinen die Welt ärmer und das Weiterleben mühsamer. Ich denke, es werde Ihnen ähnlich gehen.

Seien Sie denn noch einmal gegrüßt von einem alten Individualisten, der nicht im Sinne hat, sich einer der großen Maschinerien gleichzuschalten.

(1951)

NACHRUF

(geschrieben für die André Gide-Feier des Radio Paris)

Wenn ein vorbildlicher Kollege, ein Meister des Wortes, nach einem langen Leben und einer reichen Ernte an edlen Werken uns verläßt, so ist eigentlich kein Grund zur Trauer. Das Sterbliche ist hingegangen, das Unvergängliche bleibt. Der Kamerad, der eben noch erreichbar war, von dem heut oder morgen ein Brief kommen konnte, ist entrückt und gibt keine Antwort mehr, aber er ist nicht im Nichts, er ist und besteht weiter in einer Gemeinschaft, zu welcher Montaigne, Voltaire, Flaubert gehören. Dies ist der Trost, den wir beim Tod eines verehrten und geliebten Meisters bereit haben, ein guter Trost, der sich bewähren wird. Im Augenblick aber, wo ein solcher Verlust uns trifft, spricht das Herz eine andere Sprache, es will nichts von Weisheit wissen, es besteht auf seiner Liebe und damit auf seinem Recht zur Klage und Traurigkeit. So ging es mir, als die Nachricht vom Tod des Verehrten mich traf: es war etwas an Licht, etwas an Wärme, etwas an Leben und Freude verlorengegangen, die Welt war um einen Schatten dunkler, das Dasein um etwas kühler und ärmer geworden. Ja, die Bücher, die Werke waren geblieben, samt der Erinnerung an die Persönlichkeit – aber die Möglichkeit, nochmals mit dem unsterblich Gewordenen Gedanken auszutauschen, die Hoffnung, noch einmal sein kluges, ebenso sensibles wie beherrschtes Gesicht zu sehen, sie bestanden nicht mehr. Ehe wir, die ihn kannten und liebten, seinen Namen zu jenen Namen schreiben, die für uns unvergänglich sind, müssen wir den bittern Abschied nehmen und uns dem Schmerze beugen.

Es sind nicht viele unter meinen Zeit- und Generationsgenossen, deren Weggang ich mit ähnlichen Gefühlen erleben würde, es sind sehr wenige, die mir so nahe standen und mir so viel bedeutet haben. Es gibt Geister, deren Größe und Unsterblichkeit darauf beruht, daß sie ihrer Zeit und Umgebung kaum anzugehören scheinen, sie wirken als seien sie nicht Personen, sondern ein Stück objektiven und zeitlosen Geistes, viele der religiösen Dichter gehören zu dieser Art, sie scheinen in einer festen, gesicherten Welt des Wahren und Gültigen beheimatet zu sein. Zu ihnen gehört André Gide nicht. Er ist durch und durch

Person, bis zur Schrulle, bis zur Unartigkeit, in jedem Augenblick als Einzelner und Einsamer von der Rätselhaftigkeit und Problematik der Welt bedroht und zu Kampf und Verteidigung gezwungen, durch den Reichtum seiner Phantasie sowohl wie durch die Empfindlichkeit seines intellektuellen Gewissens immerzu genötigt, auch das scheinbar Gültige und Feststehende wieder anzuzweifeln und auf seine Haltbarkeit hin zu beklopfen. Er kam aus einer strengen und guten Gewissensschule, und einige seiner frühen Werke, deren reinstes wohl die »Enge Pforte« ist, haben die puritanisch gefärbte hugenottische Frömmigkeit mit einer innigen und schmerzlichen Treue dargestellt und für die Nachwelt aufbehalten. Hier weht ein Duft wie der eines österlichen Vorfrühlingstages, ein Duft, an dem erste Krokus und Veilchen ebenso teilhaben wie die süßbitteren Vorstellungen der Karwoche.

Gides Entwicklung nahm in der Hauptsache den Weg der Befreiung von jener frommen Glaubens- und Vorstellungswelt, es war der Weg eines allzu streng und eng erzogenen Überbegabten, der die Enge nicht mehr erträgt und die Welt auf sich warten weiß, der aber nicht gesonnen ist, die in jener Erziehung gewonnene Sensibilität des Gewissens preiszugeben. Zwar gilt sein Streben nach Freiheit nicht nur der geistigen Sphäre; es sind auch die Sinne, die ihr Recht fordern, und aus der Revolte der Sinne gegen die Kontrolle und Bevormundung ergibt sich und erklärt sich der Zug von »enfant terrible«, von Freude am Enthüllen und Entblößen, am Ertappen der Frommen bei ihren fromm etikettierten Gelüsten und Verdorbenheiten, kurz jener Einschlag von Bosheit und angriffslustiger Rachelust, der ohne Zweifel mit zum Bilde dieses Dichters gehört und ohne Zweifel für viele seiner Leser das am meisten Faszinierende und Verführerische in seinem Wesen ist. Aber so wichtig diese Triebfeder in André Gides Leben gewesen ist, so sehr das Entlarven der Gerechten und das Dupieren des Kleinbürgers ihn gelockt und verführt haben mag, es drängt in diesem edlen Geist mehr und Größeres der Blüte und Reife entgegen als das Vermögen und die Lust, seine Leser zu verblüffen oder zu schockieren. Er war auf dem gefährlichen Wege jedes Genialen, der sich nach dem Durchbrechen einer für ihn nicht mehr erträglichen Tradition und Moral unsäglich einsam und führerlos der Welt gegenüberstehend findet und auf höherer Ebene wieder nach einem Ersatz für die verlorene Geborgenheit sucht, nach Vorbildern oder Normen, welche die allzu gefährdete Losgebundenheit des Individuums korrigieren und heilen könnten. So sehen wir ihn zeitlebens mit den Naturwissenschaften befreundet und beschäftigt, und sehen ihn die Welt der Kulturen, Sprachen und Literaturen durchforschen mit einem Fleiß und einer Zähigkeit, die uns erstaunen macht und zur Bewunderung zwingt. Was er in diesem lebenslangen, mühsamen, ritterlichen Kampf gewonnen hat, ist eine neue Art von Freiheit, einer Freiheit von Dogmen und Gemeinschaften, aber in steter Unterordnung unter den Dienst an der Wahrheit, in stetem Streben nach Erkenntnis. Hierin ist er ein echter Bruder des großen Montaigne und jenes Dichters, der den »Candide« geschrieben hat. Es ist immer schwer gewesen, der Wahrheit zu dienen als Einzelner, ohne den Schutz eines Glaubenssystems, einer Kirche, einer Gemeinschaft. Ritterlich und vorbildlich ist André Gide diesen schweren Weg gegangen.

Und jetzt, wo er es nicht mehr schwer hat und weder von unserm Mißverstehen noch von unsrer Bewunderung mehr belästigt werden kann, hat er auch die Gemeinschaft gefunden, die ihn willig und ohne jede Beschneidung seiner Freiheit in sich aufnimmt, die Gemeinschaft jener großen Brüder, die ihm so lange schon vorangegangen und doch heute noch lebendig sind.

(1951)

FÜR MARULLA

Schwesterchen! Gestern hat man dich auf dem alten Friedhof in Korntal begraben, der vom Geist und Duft, von der Stille und Würde des einst »heiligen« Korntal bis in diese unheiligen Tage hinein wohl am wenigsten eingebüßt hat.

Auf unsres Vaters Grab war die Tanne, die ich einst jung und klein und seither nicht wiedergesehen habe, ein hoher stattlicher Baum geworden. Ihn hat man dieser Tage fällen und ausgraben müssen, damit das Grab nun auch dich aufnehmen könne, und man hat recht daran getan, denn dort ist dein Platz, beim Vater, dessen einsamem Alter du einst mit vielen Opfern gedient und beigestanden hast.

Die langen Jahre dieses Dienstes haben ihre Prägung an dir hinterlassen und dir unter uns Hessekindern eine besondere Art von Respekt verschafft, und zu den Opfern, die du damals ohne Sträuben brachtest, gehört vermutlich auch der Verzicht auf jene andre Liebe und Bindung, die dir wie jedem wohlgeratenen jungen Menschen angestanden hätte. Auch der jungfräuliche und beinah ein wenig klösterlich anmutende Charakter deines späteren Lebens stand unter dem Zeichen des Vaters. Wenn dieser alte fromme Mann, der in seinen Korntaler Jahren, nach der Mutter Tod, so viel Stille und heiter-ernste Würde ausgestrahlt hat, wenn er so vielen, die ihn damals kannten, und sogar vielen, die ihn nur vom Sehen und von weitem kannten, fürs Leben unvergeßlich geblieben ist als eine Patriarchengestalt wie aus biblischen Zeiten, so hat dein Opfer, dein Dabeisein, deine Fürsorge, Pflege, Gesellschaft und Mitarbeit, zumal in den Jahren seiner Blindheit, mit daran teil. Einen »Urchristen« hat Bischof Wurm ihn mir einst genannt, und hat ein andermal geschrieben, er sei eine der beiden verehrungswürdigsten Persönlichkeiten gewesen, denen er in seinem Leben begegnet sei.

Nun ist der Vater seit bald vier Jahrzehnten tot, auch Bischof Wurm und die meisten, die unsern Vater noch gekannt und verehrt haben, auf Vaters Grab ist Moos gewachsen und die hohe Tanne, nun hat auch sie Platz machen müssen, und du, Schwesterchen, bist zu ihm heimgekehrt. Ihr habt mich allein zurückgelassen, ihr Geschwister, damit für eine Weile noch euer und der Eltern und des Märchens unsrer Kindheit gedacht werde. Ich habe diesem Gedächtnis zeitlebens oft gehuldigt und ihm kleine Denkmäler errichtet, es ist in vielen meiner Erzählungen und Gedichte etwas von jenem Märchen festzuhalten versucht worden, nicht eigentlich den Lesern zuliebe, sondern im Grunde nur für mich und euch, meine fünf Geschwister, denn nur ihr konntet die unzähligen Geheimzeichen, Andeutungen und Anspielungen darin verstehen, und bei jedem Erkennen und Wiederfinden des gemeinsam Erlebten habt ihr dieselbe, etwas wehe Wärme im Herzen gespürt, wie ich sie beim Beschwören des Unwiederbringlichen gespürt hatte.

Wenn ich nun heute, in Gedanken bei deinem Grabe, jener Erzählungen und Gedichte wieder gedenke, so ist es nicht nur jene etwas wehe Freude, die ich empfinde, sondern auch etwas anderes, Plagendes, eine Unzufriedenheit mit mir und meinen Geschichten, ja beinahe etwas wie Reue oder schlechtes Gewissen. Denn es ist in jenen Schriften und Gedichten immer nur von einer Schwester die Rede, obwohl ich doch so glücklich war, deren zwei zu haben. Schon früher war ich darüber gelegentlich etwas betroffen. In manchen Fällen allerdings ist dieses Zusammenziehen von zwei Schwestern in eine nichts als eine Vereinfachung, eine Sparsamkeit oder auch Bequemheit, beruhend auf einem Unvermögen, einem Mangel in meiner Anlage, der es mir stets verboten hat, Erzählungen mit vielen Personen zu schreiben. Es hängt dies, wie ich immer fühlte, vor allem mit einem vollkommenen Mangel an dramatischer Begabung oder dramatischem Temperament zusammen. Aber natürlich habe ich im jahrzehntelangen vergeblichen Kampf mit diesem Mangel auch Entschuldigungen, Beschönigungen, ja Ehrenrettungen für mein Unvermögen gefunden.

Einst hat ein großer Dichter des Fernen Ostens nach der Prüfung eines Schülergedichtes, in dem »einige Pflaumenblüten« vorkamen, den Spruch getan: »*Eine* Pflaumenblüte wäre genug gewesen.« So, schien mir, war es nicht nur erlaubt und verzeihlich, wenn ich in meinen Erzählungen aus zwei Schwestern eine machte, es war sogar vielleicht ein Gewinn, eine Verdichtung. Nur hielt dieser angenehme Aspekt des Problems meinen Selbstprüfungen meistens nicht lange stand, und aus guten Gründen. Denn die *eine* Schwester meiner Erzählungen ist für Leser, die uns persönlich kennen, eigentlich immer Adele und nicht Marulla gewesen, auch kommt dein Name in meinen Schriften, glaube ich, nur ein einziges Mal vor, in der Geschichte vom Bettler, während Name und Gestalt Adeles meinen Lesern oft begegnet ist.

Nicht daß ich der Meinung wäre, ich sei dir eine Rechtfertigung oder eine Bitte um Verzeihung schuldig. Es hätte dessen zwischen uns nicht bedurft. Es war ja auch richtig und natürlich, daß Adele mir näherstand, zumal in früheren Zeiten, denn es ist richtig und natürlich, daß ein frühreifer junger Mensch Freunde sucht und bevorzugt, die älter sind als er, und namentlich in den Kinderzeiten waren die zwei Jahre des Altersunterschiedes zwischen Adele und mir gerade unbedeutend genug, um die Kameradschaft nicht zu erschweren, und doch wieder so gewichtig, daß ein gelegentliches gelindes Bemuttertwerden beim Knaben, so gern er bei anderem Anlaß den Ritterlichen spielte, nur die Zärtlichkeit erhöhte.

Der einen Schwester meiner Geschichten zum Trotz aber wart ihr beide mir keineswegs etwas wie ein Symbol, oder war etwa nur Adele mir lieb, interessant und wichtig, sondern ich habe euch beide schon in den ersten Lebensjahren durchaus als zwei scharf individualisierte Gestalten gesehen und erlebt, und mit den Jahren hat diese Verschiedenheit für mich immer mehr an Genauigkeit und an Reiz gewonnen. Wir waren sechs Geschwister, und wir waren einander zeitlebens sehr zugetan und fanden an der Verschiedenheit unserer Charaktere und Temperamente, wie sich das in einer leidlich wohlbeschaffenen Familie von selbst versteht, eher noch mehr Freude und Spaß und Anlaß zu vermehrter Liebe als an dem, was uns allen gemeinsam war. Es haben ja auch im Heranwachsen und Älterwerden einige von uns manches von dem, was uns durch Erziehung gemeinsam war, abgestreift, ohne daß darum unsere Geschwisterliebe gelitten hätte.

Wir waren etwa mit einem Sextett zu vergleichen, einem Zusammenspiel von sechs Stimmen aus sechs Instrumenten, nur daß es da kein Klavier und keine erste Geige gab, vielmehr gab es sie natürlich, aber sie lagen nicht in festen Händen, es war jeder von uns zeitweise Hauptperson: ein jedes bei seiner Geburt, bei bestandenen Prüfungen, bei Verlobung und Hochzeit, noch mehr bei Gefährdung und drohendem oder erlittenem Leid. Es mochte vielleicht – ich weiß es nicht – jedes von uns jüngeren gelegentlich die Strahlungswärme, die Heiterkeit und Anziehungskraft beneiden, die Theo und Adele mitbekommen hatten, oder die freundliche Gelassenheit Karls, aber es hatte auch jedes seine eigenen Gaben und Fähigkeiten einzusetzen, auch unser lieber Kleinster, Hans, der ohne die Vergewaltigung durch eine Bestie von Lehrer und die zu frühe und nicht geglückte Berufswahl wohl einen helleren Weg hätte gehen können. Denn – auch dies weiß ich nicht, es ist nur ein Vielleicht – wenn wir auch die Kraft und Geschmeidigkeit aufgebracht haben, dem Leben standzuhalten, so waren wir doch alle zart und differenziert genug, um für Zweifel an uns selbst, für Bangigkeiten und Nöte bis zur Verzweiflung ebenso anfällig zu sein wie unser Hans.

Mit Adele verglichen, dem Phantasiemenschen mit dem festlichen Wesen und dem starken Hunger nach Schönheit, warst du nüchterner, kühler, aber auch kritischer, und für etwas Spaß warst du stets zu haben. Wenn du nicht die Anregbarkeit und den wundersamen Enthusiasmus Adeles hattest, so warst du dafür vorsichtiger und präziser im Urteilen, weniger leicht zu blenden und hinzureißen, und genauer im mündlichen und schriftlichen Ausdruck, da spürte man auch Vaters Schule und Vorbild. Für manche Personen und manche Erlebnisse hat dein Witz die treffende Bezeichnung gefunden. Gegen die Welt der Phantasie und der Kunst verhieltest du dich nicht spröde, aber zurückhaltend, das Schöne war dir lieb, aber du mochtest nicht gern von ihm geschmeichelt, verführt oder überrumpelt sein. Was nur schön war, nur wohlgefiel, war dir verdächtig, es mußte auch Wahrheitswert haben.

Es ist mir, du habest einmal mir gesagt oder geschrieben, wie du über Verse denkst. Meine Erinnerung daran ist nicht genau, aber es war etwa so: du schätzest und liebest zu Zeiten ein echtes Gedicht sehr, aber du seiest nicht der Meinung, ein guter Gedanke werde unbedingt dadurch noch besser, daß er in Versen statt in Prosa formuliert werde, und noch weniger könntest du glauben, daß ein schlechter, unklarer, halber Gedanke dadurch besser und fertiger werde, daß man ihn in Verse kleide. Als ich dir zu deinem letzten Geburtstag ein Gedicht schrieb und sandte, das einzige, das ich mir in diesen späten dürren Jahren noch gewissermaßen abgezwungen habe, da habe ich glücklicherweise an jenes Urteil von dir nicht gedacht. Ich wollte dir ja nicht mit schönen Versen kommen, sondern dir nur zeigen, daß ich an dich gedacht und mir eine kleine Mühe um dich gemacht habe. Aber nachher, als meine eher unklaren und unfertigen Verse weggeschickt waren, fiel es mir wieder ein, ich schämte mich ein wenig und war dann froh, als meine Gabe dennoch freundliche Aufnahme fand.

Einmal, das muß ich heute bekennen, war ich dir ein wenig böse und ein wenig von dir enttäuscht und habe dir damit durchaus Unrecht getan. Es war auf jener »Nürnberger Reise«, die ich in einer Erzählung der zwanziger Jahre aufgezeichnet habe, in einer krisenhaften und oft bösen Zeit meines Lebens, der die Katharsis durch den »Steppenwolf« noch nicht gelungen war. Du warst damals in München, und mir war es in der schwülen und bedrückten Stimmung jener Tage bei der Rückkehr aus Nürnberg tröstlich, in München nicht nur einen alten Freund zu einem Zechabend auf mich warten zu wissen, sondern auch dich, eines von uns, jemand aus der schönen heiligen Morgenfrühe des Lebens. Ich kam dahergetrieben in der gepreßten drängenden Strömung der knappen Enge, die mein Leben damals zu passieren hatte, und erhoffte vom Wiedersehen und Gespräch mit einem meiner paar Nächsten, von Kind auf Vertrauten irgend etwas Schönes und Unmögliches, einen sonst nirgends erreichbaren Grad von Verstandenwerden, ja von Geborgenheit und Rettung, etwas, was in Wirklichkeit niemand mir zu geben und zu sein vermocht hätte. Und als ich dich in München in einer mir fremden Welt und Familie heimisch und leidlich zufrieden fand, nicht ohne Freude über unser Wiedersehen, aber nicht gestimmt und geneigt, mir gegenüber die Rolle einer Vertrauten zu übernehmen, zog ich mich enttäuscht und abgekühlt zurück, und es kam diesmal zu keiner wirklichen Herzlichkeit. Was ich damals in München, einen Augenblick lang, bei dir gesucht hatte, hätte niemand mir geben können, auch Adele nicht, auch Vater und Mutter nicht. Aber ich war in meiner Klemme befangen, und später erst, eine gute Weile später, konnte ich es verstehen und konnte dir dafür dankbar sein, daß du deine Ruhe und Distanz behieltest und es ablehntest, mir in die Wüste meiner Verirrtheit zu folgen.

Schön war es, dich in Montagnola als Gast zu haben, einmal mehrere Wochen während einer Reise Ninons, da lebten wir sehr still und meist heiter miteinander, und wenn du mir am Abend vorlasest, mir englische Texte auszugsweise übersetztest, mir klar und knapp über etwas, was du auf meine Bitte hin gelesen hattest, Bericht gabst, dann konnte ich mir das Leben vorstellen, das du mit unsrem Vater in den Jahren seiner Witwerschaft geführt hast, Helferin und Kamerad. Ach, und am Ende eines solchen Gastaufenthaltes bei uns kam das, was uns für den Rest unserer Tage vollends ganz nah und innig verband: die Nachricht von Adeles Tod, nach dem wir beide als letzte der Geschwister übrigblieben. Von da an gehörten wir wieder ganz zusammen, auch während deiner so langen und schlimmen Leidenszeit, obwohl wir uns nur noch ein einziges Mal wiedersehen konnten.

Es fiel in dieser letzten Zeit unserer Verbundenheit auch etwas dahin und verlor sein Gesicht, was sonst immer ein wenig gestört und getrennt hatte. Es war meine Schriftstellerei, oder vielmehr mein Stehen in der Öffentlichkeit, das Getue mit der Berühmtheit, das Andrängen der echten und der unechten Verehrer, von dem auch du oft genug belästigt wurdest. Adele hatte das leichter genommen, es hatte ihr auch etwas Spaß gemacht und geschmeichelt, einen berühmten Bruder zu haben, es war ein Stückchen Schmuck und Festlichkeit für sie. Du aber hattest in deiner edlen Nüchternheit diese Berühmtheit, die Öffentlichkeit, diese Feiern und Verehrer sehr kritisch betrachtet. Du wußtest zwar, wie ich selber über diese Dinge dachte, aber du sahst mich und mein Leben doch in immer steigendem Maße von diesem wuchernden Apparat aufgefressen und eingeengt, sahst mich an aufgedrängte Pflichten hingegeben, die mein eigenes privates Leben aussogen und verarmten. Und gerade dies eigenste, ganz private Leben war es, dem du zugetan warst und das du gern mehr, als mir möglich war, mit mir geteilt hättest. Berühmt oder nicht, ich war dein Bruder und du warst mir schwesterlich zugetan, und wenn die Berühmtheit mich dir und dem engern, natürlichen Kreis der Nächsten wegnahm, sahst du darin mit Recht einen Verlust, für dich wie für mich. Und auch mit diesem leidigen Verlust hast du fertigzuwerden verstanden und hast begriffen, daß ich ihm nicht entrinnen konnte, daß ich nicht nur meine Bücher schreiben, sondern auch den schönen wie den lästigen Folgen dieser Schreiberei mich nach meinem Vermögen stellen mußte.

Über eines, etwas sehr Wichtiges, habe ich mit dir niemals gründlich gesprochen, so wenig wie mit den andern Geschwistern. Ich meine den Glauben, in dem wir aufgewachsen sind und den wir sechs nicht alle behalten haben. Adele, du und Hans, ihr seid jedes in seiner Weise dem Glauben der Eltern treu geblieben, und ich habe Grund zu glauben, daß der deine dem des Vaters am ähnlichsten und der Formulierung am zugänglichsten war, ja er war in eurem Katechismus, den schönen Kirchenliedern des siebzehnten Jahrhunderts und einem kleinen Zuschuß aus Spener, Bengel und Zinzendorf eigentlich so ziemlich fertig ausgedrückt.

Was ich mit unsern Eltern nie hätte ernstlich durchsprechen können, die Geschichte meiner Kritik und meines Zweifelns an diesem Glauben und mein allmähliches Hinfinden in eine außerkonfessionelle, aus griechischen, jüdischen, indischen, chinesischen Quellen ebenso wie aus christlichen genährte Frömmigkeit, das hätte ich, sollte man meinen, mit dir recht wohl zum Gegenstand von Gesprächen machen können. Es geschah aber dennoch nicht. Es war doch eine Scheu, ein Verbot vorhanden, der Respekt sowohl vor der Überzeugung des andern wie die uns allen gemeinsame Abneigung gegen alles Bekehrenwollen machte es unmöglich, und noch tiefer die Empfindung, es dürfe an dem uns unbedingt Gemeinsamen nicht geklopft und gerüttelt werden. Und so schufen und lebten wir Geschwister über dogmatische Abgründe hinweg einen schönen duldsamen Frieden. Hätte man deinen Christenglauben meinem Weltglauben nackt gegenübergestellt, sie hätten sich scheiden müssen wie Wasser und Feuer, wie Ja und Nein. Aber das, was als nie formulierter Glaube, als innerer Kompaß dein wie mein Leben geleitet hat, war dennoch etwas uns Gemeinsames, vermutlich war es gut, daß wir fühlten, dies sei heilig und unberührbar.

Ich habe Abschied von dir genommen, Marulla, ohne an das Wiedersehen zu glauben, dessen du noch in deinen letzten Leidensträumen gewiß warst. Aber ich habe dich nicht verloren, du bist bei mir, wie es alle meine liebsten Toten sind. So wie Adele oder Mutter mir zu Zeiten gegenwärtig sind, etwa um mich zu mahnen, daß ich über dem Alltag das Göttliche und Festliche nicht vergessen möge, so wirst du mir vor allem dann beistehen, wenn ich in Gefahr bin, Ungenauigkeiten zu begehen und in Unwahrheit zu verfallen, aus Eile, aus Spielerei, aus phantastischer Verlorenheit. Dann wirst du, so glaube und hoffe ich, mir einen Blick zuwerfen aus deinem Bezirk von Jungfräulichkeit, Ordnung und unbestechlicher, auch durch Bruderliebe unbestechlicher Wahrhaftigkeit. *(1953)*

GEDENKBLATT FÜR ERNST PENZOLDT

Des lieben Ernst Penzoldt denke ich oft. Er hat wie Squirrel die lärmige und mit schwülen Spannungen geladene Welt verlassen und ist doch bei mir geblieben, er gehört zu den freundlichsten Gestalten meines geistigen Umgangs.

Manche Jahre lang hatte ich in meinem kleineren Arbeitszimmer eine Zeichnung von Fritz Fliege hängen, lose an die Kante eines Bücherschafts geheftet. Sie war mit Feder und Aquarellfarben gemacht und stellte eine Vogelfeder dar, mit ganz leicht gebogenem Kiel, mit ganz leicht eingekrümmten Rändern und einem Wäldchen weißer Grannenhaare am dickern Kielende.

Wenn man das Blatt liegend einem Besucher zeigte, der einem dessen würdig schien, und ihn fragte, ob das nicht eine hübsche Vogelfeder sei, dann hielt der Mann es auf den ersten Blick meistens nicht für eine Zeichnung, sondern für eine wirkliche Feder, so plastisch war ihr hauchleichtes elastisches Halbliegen, Halbschweben wiedergegeben. Die Feder hatte ich sehr lieb. Und noch mehr den Chatterton und die Powenze.

Gesehen haben wir einander nur zweimal. Aber er war mir bekannter, vertrauter und näher als viele, die ich jahrelang um mich hatte.

(1955)

EIN ABSCHIEDSGRUSS

[für Thomas Mann]

Sils Maria den 13. August 1955

In tiefer Trauer nehme ich von Thomas Mann Abschied, dem lieben Freund und großen Kollegen, dem Meister deutscher Prosa, dem trotz allen Ehrungen und Erfolgen viel Verkannten. Was hinter seiner Ironie und seiner Virtuosität an Herz, an Treue, Verantwortlichkeit und Liebesfähigkeit stand, jahrzehntelang völlig unbegriffen vom großen deutschen Publikum, das wird sein Werk und Andenken weit über unsere verworrenen Zeiten hinaus lebendig erhalten.

DER SCHWARZE KÖNIG

Ein Gedenkblatt für Georg Reinhart

Was Georg Reinharts Freunde an ihm gehabt und in ihm gesehen haben, das müßte, ein vielfarbiger Strauß von Zeugnissen und Erinnerungen, einmal in einem Buch gesammelt werden. Ich glaube, man würde über die Mannigfaltigkeit der Bildnisse, die von diesem lieben und bedeutenden Mann in den Köpfen und Herzen seiner Freunde sich bewahrt haben, ebenso erstaunt sein wie über den Gleichklang von Hochachtung, Liebe und Zartheit, ja Zärtlichkeit, der vermutlich in diesen so verschiedenen Zeugnissen zu spüren sein müßte. Ein Beitrag zu einem solchen Gedächtnisbuch soll in dieser Aufzeichnung gegeben werden. Das postulierte Buch müßte aber auch aus Georg Reinharts Briefen und aus seiner schönen, im Jahr 1931 in hundert Exemplaren gedruckten Selbstbiographie »Aus meinem Leben« reichlich schöpfen.

Seine Kinder nannten ihn den »Schwarzen König«, und der Name ist ihm auch im engeren Freundeskreis geblieben. Er paßte gut zu ihm, denn es war stets ein Klang und Duft von Geheimnis um ihn, wie auch sein wunderschönes Haus voll von Geheimnissen war, von lang verborgen Gehaltenem, das nur den Nächsten allmählich zugänglich wurde, von Dingen mit doppelter und vielfacher Bedeutung. Die enge gewundene Treppe aus seinem Studio ins unterirdische Geheimste und Allerheiligste hinab, zur goldenen Maya und dem alten Gong, nach Indien und China, wird jedem Eingeweihten eine so teure wie märchenhafte Erinnerung sein wie die Geheimnisse bei den Kakteen des großen Gewächshauses. Mich haben diese exotischen Neigungen und Beziehungen mit ihren sinnlichen Manifestationen in Bildwerken, in Gong- und Flötenmusik oft an die ähnlich mit Geheimnis und Bedeutung geladene Atmosphäre in den Stuben meines Calwer Großvaters erinnert, wie ich sie in der »Kindheit des Zauberers« skizziert habe.

Es fehlt nur ein kleines Mehr an Kraft, Zeit und Gesundheit, so würde ich mich daranwagen, ein Bildnis des Schwarzen Königs zu entwerfen, wobei mir wohl bewußt wäre, daß es ein Bildnis unter vielen wäre, daß ich in dem überaus reichen Leben dieses Freundes, der in sehr vielen Bezirken des Lebens und der

Gesellschaft zu Hause war, nur eine seiner Funktionen wirklich erlebt und erschöpfend kennengelernt hatte, die des Kunst- und Künstlerfreundes und Mäzens. Aber an solche Aufgaben darf ich nicht mehr gehen, es ist dazu zu spät geworden. Ich begnüge mich damit, ein paar Erlebnisse und Dokumente dem zur Verfügung zu stellen, der vielleicht einmal sich an diese lockende Aufgabe machen wird.

Aus Reinharts Briefen wähle ich einen vom Sommer 1933, in dem er sich für die Übersendung meines Märchens »Vogel« bedankt. Der Brief ist auf vier von den kleinen Blättchen seines kostbaren chinesischen Goldpapiers geschrieben und lautet:

Der Vogel ist gesichtet worden, und zwar am 27. dieses Monats im Garten des Schwarzen Königs. Letzterer, der der Vogelsprache kundig ist, hat sich über eine Stunde aufs angenehmste mit ihm unterhalten und sich von ihm allerlei über das Montagsdorf und die sonderbaren Käuze und anderen Vögel, die dort wohnen, erzählen lassen. – Nachdem der Schwarze König den Vogel mit indischen Körnern und einem Whisky Soda gestärkt, nahm letzterer seinen Flug nach unbekanntem Ziele auf, jedoch nicht ohne sich einige Federchen auszurupfen, die er dem Schwarzen König als Dank und zum Andenken überreichte. Dieser weiß sie nicht besser aufgehoben als in den Händen seines Freundes Pictor, dem er sie hiemit mit den herzlichsten Grüßen übersendet.

Malepartus, 27. Juli 1933

Ich, der König

(Zwei blaugestreifte Häherfederchen sind beigeheftet.)

Und noch ein ähnliches Briefchen. Es kam im Januar 1937 aus dem Engadin und war die Antwort auf mein damals entstandenes Gedicht »Seifenblasen«:

Lieber Herr Hesse, Ihr schönes Gedicht mit der kleinen Tessiner Landschaft geschmückt ist mir hieher ins Engadin nachgesandt worden und hat mich herzlich erfreut. Nehmen Sie dafür meinen aufrichtigen Dank! Zwar habe ich weder als Jüngling ein genialisches Jugendwerk noch als Greis ein nach Weisheit duftendes Alterswerk geschaffen, aber dennoch empfinde ich die Wahrheit Ihres Gedichtes sehr lebhaft und deutlich; denn als Knabe verstand ich es, schöne Seifenblasen zu blasen, die für mich eine fast magische Bedeutung hatten, und als Jüngling – wie ich zu rauchen anfing – verlegte ich mich auf die Kunst des Ringleinblasens, welche Ringlein mir auch mehr bedeuteten als bloße Produkte unvollkommener Verbrennung pflanzlicher Stoffe. Und wenn ich heute als alter Mann noch mit Begeisterung auf dem Eise meine Kreise ziehe, so bin ich mir bewußt, daß zum richtigen Zustandekommen dieser Bogen, Schlingen und Spiralen dieselben Kräfte am Werke sind, die im Weltraum draußen den Planeten ihre Bahnen vorschreiben. So erkennt sich also das ewige Licht lächelnd auch in diesen Spielereien.

Herzlich Ihr

(statt der Unterschrift ist ein schlittschuhlaufender Schwarzer König gezeichnet).

Unser Austausch war immer ein wenig humoristisch gefärbt, Spaß und Spiel gehörten zu unsrem Freunde und seinen Lebensäußerungen und hielten oft dem Ernst auf eine großartige Art die Waage, so wie sein festes, grunderntes Gesicht jede Art des Lächelns kannte, vom kindlich heitern bis zum spottgeladenen, vom asiatisch meditativen bis zum melancholischen eines lyrischen Pierrot. Er war auch ein Meister der Maske und konnte sich, als Bettler oder Schlangenbeschwörer verkleidet, eine ganze Ballnacht unerkannt unter lauter Freunden bewegen. Und unter den kleinen Geschenken, mit denen wir uns zu Zeiten zu überraschen liebten, gab es zuweilen sehr genau ausgedachte und treffsichere Kleinkunstarbeiten von seiner geschickten Hand. Einmal schickte er mir, als Anspielung auf den Demian, auf einem farbigen Karton mit ornamentierter Goldrandleiste, eine Klebearbeit: einen jungen, langhalsigen Vogelkopf, eines Straußen oder Emu etwa, der aus dem zackigen Rande eines Rieseneies ragte, mit der Legende: »Der Vogel kämpft sich aus dem Ei.« Oder er schickte mir, ebenfalls Klebekunst auf Karton, ein geheimnisvoll tibetanisch anmutendes Bild: unter mattgolden leuchtender Tiara und prachtvoll reichem Brokat–Skapulier ein priesterlich ernstfreundliches Gesicht, das man erst beim zweiten oder dritten Blick als sein eigenes erkannte.

Und so wie er jeden Brief sofort genau und schlagfertig beantwortet hat, hat er manchmal auch, und mit besonderem Spaß, eine kleine Freundesgabe blitzschnell mit einer Gegengabe erwidert. Gelegentlich übten wir den Spaß des Schenkens und

Gegenschenkens wie ein Ballspiel, wobei wir uns um möglichste Schnelligkeit der Erwiderung bemühten. Ein Fall dieser Art ist mir in besonders lebhafter Erinnerung. Es war im Jahr 1937, ich hatte ihm ein neu entstandenes Gedicht geschickt, es lautet:

Chinesisch

Mondlicht aus opalener Wolkenlücke
Zählt die spitzen Bambusschatten peinlich.
Malt der hohen Katzenbuckelbrücke
Spiegelbild aufs Wasser rund und reinlich.

Bilder sind es, die wir zärtlich lieben,
Auf der Welt und Nacht lichtlosem Grunde
Zaubrisch schwimmend, zaubrisch hingeschrieben,
Ausgelöscht schon von der nächsten Stunde.

Unterm Maulbeerbaum der trunkene Dichter,
Der den Pinsel wie den Becher meistert,
Schreibt der Mondnacht, die ihn hold begeistert,
Wehende Schatten auf und sanfte Lichter.

Seine raschen Pinselzüge schreiben
Mond und Wolken hin und all die Dinge,
Die dem Trunkenen vorübertreiben,
Daß er sie, die flüchtigen, besinge,
Daß er sie, der Zärtliche, erlebe,
Daß er ihnen Geist und Dauer gebe.

Und sie werden unvergänglich bleiben.

Alsbald kam als Dank und Antwort eine Rolle an, die enthielt eine sorgfältigst ausgeführte große Tuschzeichnung von der Hand des Freundes, und auf der Zeichnung war alles zu sehen, was meine Verse in Worten dargestellt hatten. Ich war von der köstlichen Gabe so entzückt, daß ich den Ball sofort zurückschlug mit den Versen: »Bruchstück aus dem nur in Fragmenten erhaltenen ›Sagenkreis vom Schwarzen König‹, einem chinesischen Legendengedicht aus der Zeit der Dynastie Sung«:

Schwer war's, den Schwarzen König zu beschenken.
Wie Ballspielmeister spiegelschnell die Schläge
Des Gegenspielers ihm zurückzuschlagen
Verstehn, so wußte der an Geist und Herzen Rege
Empfangene Gaben, statt bloß Dank zu sagen,
Verwandelt an den Geber rückzulenken.

Es wird erzählt: He He, der Dichter, schenkte
Dem König ein Gedicht von Mond und Nacht.
Der König nimmt, liest, freut sich; Schalkheit lacht
Aus seinen dunklen Augen, sinnend streift er
Zurück den Ärmel und zum Pinsel greift er,
Taucht ein, setzt an, und malt mit Meisterzügen
Den Mond, die Nacht, den Bambus und die Brücke
Und alles, was He Hes Gedicht besungen,
Vollendet hin, die lichte Wolkenlücke,
Das Schachbrettmuster hingetuschter Lichter,
Und seitwärts sitzend malt er He, den Dichter.
Und alles, was der König pinselt, zeigt sich
Den Versen seines Freundes ebenbürtig.
Er reicht He He das Blatt und lächelt würdig.

Der Dichter staunt begeistert und verneigt sich.

Ach, wir haben manchen guten Spaß miteinander gehabt!

In Georg Reinharts Briefen blätternd fand ich auch den Durchschlag des Briefes, mit dem ich ihm in eben jenem Jahr 1937 zum sechzigsten Geburtstag gratuliert habe. Mit ihm will ich mein Gedenkblatt beschließen:

Zum 10. Januar 1937

Lieber Herr Reinhart

Zu Ihrem sechzigsten Geburtstag bekommen Sie ohne Zweifel so viele Briefe, daß man Ihnen einen Gefallen tut, wenn man seinen Glückwunsch kurz faßt.

Aber sagen möchte ich Ihnen bei diesem Anlaß doch, daß ich in meinem Leben Ihr Dasein und die Freundschaft mit Ihnen für ein Glück und einen hohen Wert halte, und zwar nicht bloß darum, weil Sie mir in der gefährdetsten Zeit meines Lebens so freundlich durchgeholfen haben. Natürlich gehört dies mit dazu, und wenn ein reicher Mann mit einem ärmeren befreundet ist, so wird und muß das irgendwie auch in der Form des Geldes zum Ausdruck kommen. Aber das ist ja bloß ein Teil meiner Beziehung zu Ihnen und meiner Freundschaft und Dankbarkeit für Sie. Ich bin Ihnen dankbar und habe Freude daran, daß es Sie gibt und daß ich Sie kenne, einfach weil Sie so sind wie Sie sind, weil Sie ein Mann der Welt und der größten Geschäfte sind, der dennoch von diesen Geschäften nicht aufgefressen und von der Welt nicht nivelliert worden ist, sondern sein Gesicht und seinen Charakter, seine Liebhabereien und seine Talente behalten und gepflegt und sich in seinem Hause eine so schön ausstrahlende Zukunft geschaffen hat.

Sie werden das alles und noch viel mehr in diesen Tagen in vielen Formen und von vielen Seiten zu hören bekommen. Es wird ohne Zweifel von Ihnen mit einem etwas sarkastischen Lächeln beantwortet werden. Trotzdem glaube ich nicht, daß es Sie nicht dennoch auch freut, es einmal von Ihren Freunden gesagt zu bekommen, wie gern sie Sie haben.

Ich denke Ihrer an Ihrem Geburtstag und wünsche Ihnen und Ihrem ganzen Haus noch manche Jahre eines Nachsommers im Sinne A. Stifters. Das Altwerden ist ja nicht bloß ein Abbauen und Hinwelken, es hat, wie jede Lebensstufe, seine eigenen Werte, seinen eigenen Zauber, seine eigene Weisheit, seine eigene Trauer, und in Zeiten einer einigermaßen blühenden Kultur hat man mit Recht dem Alter eine gewisse Ehrfurcht erwiesen, welche heut von der Jugend in Anspruch genommen wird. Wir wollen das der Jugend nicht weiter übelnehmen. Aber wir wollen uns doch nicht aufschwatzen lassen, das Alter sei nichts wert.

Meine Frau schließt sich meinen Glückwünschen und Grüßen an. Von Herzen alles Freundliche und Schöne wünscht Ihnen Ihr

H. H.

(1955)

DER TRAUERMARSCH

Gedenkblatt für einen Jugendkameraden

Es ist, glaube ich, im Glasperlenspiel irgendwo von privaten Assoziationen die Rede, speziell von der Verknüpfung zwischen bestimmten Takten eines musikalischen Werkes mit ebenso genau bestimmten privaten Erlebnissen. Vor kurzem wurde ich in einer Ausruhstunde beim Radiohören daran erinnert. Ich hörte einen jungen Pianisten Chopin spielen und hörte ihm und Chopin so zu, wie man bei körperlicher Müdigkeit eben Musik anhört, mit halber Aufmerksamkeit, etwas zerstreut und passiv, mehr den klanglichen Reizen hingegeben als den Linien der Konstruktion folgend. Da wurde auch die bekannteste von Chopins Etüden gespielt, ein Stück, das ich weniger als die meisten andern dieses Meisters liebe, so daß meine Aufmerksamkeit noch mehr ermüdete und beinahe einschlief. Plötzlich aber schlug der Spieler den ersten Takt des Trauermarsches an, und ich erwachte jäh wie von einem unvermuteten Stoß, doch erwachte ich nicht nach außen und zu erneuter Hingabe an die Musik, sondern nach innen, ins Land der Erinnerungen. Denn Chopins Trauermarsch gehört für mich zu den Stücken, mit denen assoziativ ein Erlebnis verknüpft ist, das durch all die Jahrzehnte hin unfehlbar bei jedem Wiederhören aufersteht.

Wann ich den Marsch zum erstenmal gehört habe, darauf kann ich mich nicht besinnen, obwohl in jenen Jünglingsjahren Chopin mein Lieblingsmusiker gewesen ist. Bis zu meinem zwanzigsten Jahr habe ich, außer den Oratorien in der Kirche und einigen Liederkonzerten, nur Hausmusik gehört, und da gehörte Chopin nächst den Beethoven-Sonaten, Schumann und Schubert zu den bevorzugten Komponisten; die traurigsüßen Melodien einiger Walzer, Mazurken und Préludes kannte ich schon als Knabe auswendig. Den Trauermarsch aber habe ich zwar vermutlich gehört, nicht aber erlebt. Das Erlebnis kam erst später, während meiner Tübinger Buchhändlerjahre. Da stand ich eines Tages in Heckenhauers Laden und ordnete einen Stoß Teubnerscher Klassiker nach dem Autorenalphabet, und es war ein besonderer Tag: ein Student sollte heut begraben werden, und nicht ein beliebiger, sondern ein Maulbronner Schulkamerad von mir, ein Student also, den ich als Knabe gekannt und auch hier in

Tübingen noch gelegentlich gesehen und gesprochen hatte. Seit Großvater Gunderts Tod, seit sechs oder sieben Jahren etwa, hatte ich das nicht mehr erlebt, daß der Tod mit gespenstischer Hand aus meiner Nähe, aus meinem Lebenskreise eine Seele pflückte, und jetzt zum erstenmal war ich, obwohl dieser arme Student mich weit weniger anging als damals mein Großvater, differenziert und gefühlig genug, um den Schauer aus dem Jenseits zu spüren und das Ereignis nicht nur als Sensation zu empfinden. Als ich gestern die Nachricht vom Tod meines einstigen Kameraden Eberhard erfuhr, hatte ich die kühle Hand von Freund Hein, oder doch ihren Schatten, auf der eigenen Haut gespürt, es war das erstemal, daß ich einen Tod nicht nur als einen Verlust oder als ein fremdes Schicksal, sondern als ein Mitberührter und Miteinbezogener erlebte. Und nun war überdies das Ende unsres Eberhard kein gewöhnliches, er war nicht an einem Lungenleiden oder einem Typhus gestorben, sondern von eigener Hand, er hatte sich erschossen. Im friedlichen Tübingen war in jener Zeit, am Ende des vorigen Jahrhunderts, ein Studentenbegräbnis ein seltenes und von der ganzen Stadt beachtetes Ereignis, und gar ein Studentenselbstmord. Auch waren Universität und Studentenschaft damals noch lebendige Gemeinschaften mit starkem Gemeinschaftsgeist und unverbrüchlichen Gesetzen und Bräuchen: wurde ein Student begraben, so begleiteten ihn auf dem Wege zum Friedhof nicht nur seine Freunde oder Bundesbrüder, sondern es nahmen auch viele Studenten und Bürger teil, die ihn nicht gekannt hatten, und es war Ehrensache sämtlicher Studentenverbindungen, Delegierte zur Trauerfeier abzuordnen.

So stand ich denn in Heckenhauers Laden, die Hände mit den griechischen Autoren, die Gedanken aber mit Eberhard und dem erwarteten Trauerzug beschäftigt, als aus einer Nachbargasse her eine pathetisch-schwermütige Blasmusik aufklang und sich langsam näherte. Schon hatten auch meine älteren Kollegen an ihren Stehpulten im Hinterraum des Ladens es gehört und kamen heraus, ihnen nach trat ich ins Freie hinaus, und da standen wir und sahen den Leichenzug langsam, langsam heranwogen, voran der schwarze Wagen mit dem bekränzten Sarg, hinter ihm festlich-feierlich in pompösem Zug die Chargierten der Korps im Wichs mit Stürmern, Binden, hohen Stulpenstiefeln und gesenkten Degen, und ebenso die Burschenschaften, und dann die andern Studentenverbindungen, die Stadtmusik inmitten, ein langer prächtig farbiger Zug, über dem wie eine Trauerfahne diese schwere, schwermütige, prunkvoll trauernde Chopin-Musik wehte und wogte, diese pathetischen Marschtakte, die ich noch viele Male in meinem Leben, und nie mehr ohne die schmerzlich aufbrechende Erinnerung an diese Stunde, hören sollte. Zwischen den Häuserwänden und dem gewaltigen hohen Aufbau der Stiftskirche staute und fing sich das Gewoge der Blasmusik in verwirrendem Dröhnen, und während ich des armen Toten dachte, den ich wenig gekannt und doch merkwürdig gern gehabt hatte, störte und schmerzte mich ein wenig das Verhalten meiner Kollegen und vieler anderer Zuschauer, die den Platz säumten und alle Fenster füllten und deren Gesichter, wie mir schien, weder Schmerz noch Andacht, sondern nur Neugierde und Schaulust ausdrückten. Langsam, langsam, und mir doch viel zu schnell, flutete der Trauerzug vorüber und verschwand, die schöne und schreckliche Trauermusik aber war aus der Straßenschlucht, in die das Schauspiel versunken war, noch eine ganze Weile zu hören, und es war mir widerlich und schmerzlich, aus der hohen ernst-prächtigen Sphäre der Feier in den Laden und den staubigen Alltag zurückkehren zu müssen.

In jenen Tagen schon, und später aufs neue jedesmal, wenn diese von Trauerwollust schwelende Musik mich an den lieben Eberhard erinnerte, war es mir merkwürdig, wie wenig ich von ihm wirklich wußte und wie lieb und wichtig dies Wenige mir doch war. Oft und oft, mit jahrelangen Pausen dazwischen, habe ich den Faden meiner Erinnerungen an ihn hervorgezogen und mich jedesmal darüber gewundert, wie kurz dieser Faden war. Ich hatte Schulkameraden gehabt, die mir ziemlich gleichgültig waren und über die ich doch im Gedächtnis viele Andenken aufbewahrte: Schülergeschichten, drollige Aussprüche, Spitznamen, Abenteuer auf Schulausflügen oder beim Indianerspiel. Bei Eberhard war es umgekehrt: mit Ausnahme einer allerdings unvergeßlichen Begebenheit im Maulbronner Hörsaal gab es keine Schulerlebnisse mit ihm; es war mir auch unbekannt, ob er ein guter oder schlechter Schüler gewesen sei, ob er Musik getrieben oder andere private Interessen gehabt habe, auch seine Handschrift hatte ich mit Wissen nie gesehen. Trotzdem wußte etwas in mir so viel über ihn, daß ich bei der Nachricht von seinem freiwilligen Tod zwar Schmerz und Mitleid, aber keine Verwunderung empfand.

Zu dem Bilde, das ich in mir von ihm bewahrte, stand dieser Tod nicht in Widerspruch, er paßte vielmehr zu ihm, ich fand ihn seinem Leben adäquat und hätte mit etwas Übertreibung sagen können, ich habe ihn eigentlich erwartet. Und dieses Erinnerungsbild namens Eberhard war nun allerdings weder verschwommen noch unvollständig, es war genau und eindeutig, ebenso genau und eindeutiger als die Bilder von Kameraden, die mir befreundet und durch viele Gespräche und gemeinsame Erlebnisse verbunden waren. Der Eberhard, den ich von der Maulbronner Knabenzeit her kannte oder zu kennen glaubte und dessen Gestalt und Gesicht mir noch nach sechzig und mehr Jahren genau erinnerlich sind, gehörte in unsrer Schar von etwas mehr als vierzig Seminaristen zu jenen, die älter als ihr Jahrgang zu sein schienen. Die meisten von uns sahen gleichaltrig aus, sie waren eben vierzehnjährige Buben. Einige, obwohl sie um nichts jünger waren, sahen ihres kleinen Wuchses oder ihrer Kindergesichter wegen wie jüngere Brüder von uns aus, und einige wenige schienen uns an Alter überlegen, schienen reifer und dem Erwachsensein näher.

Zu ihnen gehörte Eberhard. Ich sehe ihn eher groß von Gestalt, hager und etwas eckig, mit knochigem Gesicht, das verschlossen, scheu und unkindlich wirkte, wie denn eine angeborene Scheu und Fremdheit ihn von den andern zu trennen und fernzuhalten schien. Das drückte sich in seiner Haltung aus, einer unfreien, zwanghaften, von Hemmungen beherrschten Haltung, und noch mehr in seinem Blick. Dieser Blick, zusammen mit eben jener seltsam gespannten Haltung, hätte für schüchtern gelten können, war es aber nicht, es fehlte ihm gar nicht an Selbstbewußtsein – nein, er war nicht schüchtern, nur etwas scheu und alt, sehr fremd, sehr ausweichend und auf der Hut vor Zudringlichkeiten aus einer Welt, in die der junge ernste Mensch offenbar nicht recht paßte, in der er nicht heimisch werden konnte noch wollte. Damals, als wir noch Knaben waren, sah ich diese Zeichen zwar alle und fühlte sie genau, ohne sie aber zu deuten, und ich zweifle nicht daran, daß auch ich, wie wir alle, gelegentlich diesen scheuen Fremdling in seiner Einsamkeit und Verborgenheit verletzt, geärgert oder erschreckt habe. Wissentlich und willentlich freilich habe ich es nicht getan, denn ich besinne mich wohl darauf, daß ich die Einsamkeit und Abwehrhaltung des stillen Mannes als etwas zwar Auffallendes und Befremdendes, aber auch als etwas Respektables empfand. Der scheinbar Wehrlose war von seiner Fremdheit und Empfindlichkeit wie von einer Wolke oder Aura umhüllt, die auch etwas Auszeichnendes, einen Adel bedeutete.

Nun muß ich auch die einzige kleine Geschichte erzählen, die mir von Eberhard bekannt ist. Die ganze damalige Maulbronner Promotion hat diese Geschichte miterlebt und sich ihrer unzählige Male erinnert, sie gehört zum Bestand der vielen Anekdoten um die Person unsres Ephorus und wurde dieses Mannes wegen aufbewahrt und immer wieder erzählt. Erst nach unsres Mitschülers Tod bekam diese ursprünglich nur komische Schulgeschichte einen Beiklang von Ernst und Unheimlichkeit.

Unser Ephorus, der Direktor des Seminars, galt für einen guten Hebraisten und war ein vielseitig begabter und interessanter Mann, kein guter Direktor und Erzieher zwar, und leider kein zuverlässiger Charakter, aber anregend und manchmal faszinierend, ein Deklamator und Schauspieler, der die Rolle des Charmeurs ebenso glänzend zu spielen verstand wie die des Unnahbaren oder die der gekränkten Majestät. Seine Aussprüche und Redeblüten wurden von uns Schülern geschätzt und gesammelt, sie reizten sehr zur nachahmenden Wiedergabe, und manche von ihnen sind als klassische Kathederblüten jahrzehntelang unter den schwäbischen Humanisten berühmt gewesen. So las er uns in einer Hebräischlektion einmal die Geschichte vom Sündenfall mit leidenschaftlichem Pathos in der Ursprache vor, und bei jenem Ruf Jahwes, der auf deutsch »Adam, wo bist du?« lautet, brach er, der entzückte Philologe, in die begeisterten Worte aus: »Meine jungen Freunde, wie mag dieses Dagesch forte implicitum von den göttlichen Lippen geklungen haben!«

Dieser merkwürdige Mann also, dem es zuweilen auch beliebte, den Kerngesunden und Forschen zu spielen, der er nicht war, stand uns eines Tages wieder als Lehrer gegenüber. Zwischen Katheder und Wandtafel ging er elastisch auf und ab, warf uns bald wohlwollende, bald rügende Blicke zu, er hatte höchst ausdrucksfähige Augen, und freute sich seiner Macht und Pracht. Da blieb sein Blick auf dem Schüler Eberhard ruhen, der saß gebückt, abwesend, in sich versunken mit halbgeschlossenen Augen da, vielleicht schlummernd und müde, vielleicht auch intensiv an Gedanken arbeitend, die nichts mit Schule und Hebräisch zu tun hatten. Alsbald entfaltete der große Theatraliker ein prächtiges Mienenspiel, sein Gesicht drückte Erstaunen, leichten Unwillen, halbe Belustigung aus, eleastisch auf dünnen Sohlen näherte er sich dem Träumer und rief ihn plötzlich mit metallener Stimme und zwischen Spaß und Unwille spielendem Ton mit den Worten an: »Eberhard! Und Sie wollen ein deutscher Jüngling sein? Sie sitzen ja da wie eine geknickte Waldblume.« Wir alle blickten belustigt und neugierig hinüber und sahen, wie Eberhard aus seiner gebückten Haltung aufschrak, sich verwirrt und blinzelnd zusammenraffte und den Mimen ergeben und hilflos ansah. Wie gesagt, der Vorgang wurde von allen, oder nahezu allen, als komisch empfunden, wir waren geneigt, nicht nur den Ephorus und sein Theater, sondern auch den erschrockenen Jüngling drollig und belustigend zu finden. Die meisten von uns haben erst nach Jahren, nach unsres Kameraden Tod, das Ganze in einem andern Licht zu sehen begonnen, auch mir ist es so gegangen, und mit den Jahren bekam für mich die beliebte drollige Geschichte immer mehr etwas Unheimliches und Gleichnishaftes, es wurde der eitle Kathederheld allmählich zum Sinnbild aller Macht und aggressiven Aktivität, und der andere stellte alle Verlorenheit und wehrlose Schwäche des Träumers oder Denkers dar, des Einzelgängers und Schlechtangepaßten. Es war ein Aufeinanderprallen von Welt und Gemüt, von robuster Wirklichkeit und Traum. Eine Gegenüberstellung, wie sie Jean Paul unübertrefflich und unvergeßlich dargestellt hat in der Szene, wo nach der Schrekkensnacht im Flätzer Gasthof der Dragoner dem Feldprediger Schmelzle auf die Schulter haut mit dem Ruf: »Wie geschlafen, Herr Schwager?«

Aus der Maulbronner Zeit habe ich keine anderen Erinnerungen an Eberhard. Unsre Schulkameradschaft hat nur Monate gedauert, ich verließ die Klosterschule vor der normalen Zeit, und erst einige Jahre später traf ich, Buchhändler in Tübingen geworden, meine Kommilitonen dort als Studenten wieder. Ich fand auch Eberhard dort wieder, aber ohne daß es zu einer Annäherung gekommen wäre. Immerhin traf ich ihn ein paarmal auf der Straße, wir grüßten einander freundlich, wechselten ein paar Worte und gingen weiter. Nur ein einziges Mal haben wir etwas mehr miteinander gesprochen. Er fragte mich nach meinen Interessen und Beschäftigungen, ich ging erfreut darauf ein und erzählte ihm von meiner Lektüre, meinen Goethe- und Novalis-

Studien, und er hörte artig zu, aber mit jenem alten Blick aus großer Ferne und Fremde her, der sich in den paar Jahren nicht verändert hatte und der mir sagte, daß meine Worte nur sein Ohr erreicht hätten. Zu einer nochmaligen Begegnung ist es nicht gekommen, doch blieb meine Teilnahme und beinah Liebe für ihn fortbestehen. Seine Fremdheit, Einsamkeit und Gefährdung weckte nicht nur etwas wie Mitleid in mir, sie war mir unterhalb oder oberhalb des Rationalen verständlich, weil sie als Ahnung und Möglichkeit auch in mir vorhanden war. Ich war freilich ein ganz anderes Temperament als er, wechselnder, beweglicher, munterer auch und zu Geselligkeit und Spiel geneigter, aber Einsamkeit und Sichfremdwissen unter den andern waren auch mir wohlbekannt. Jenes Stehen am Rande der Welt, an jener Grenze des Lebens, jene Verlorenheit und jenes Starren in ein Nichts oder Jenseits, die zu Eberhards Wesen zu gehören und seine dauernde Haltung zu sein schienen, sie hatten für Stunden oder Augenblicke auch mir das Leben fragwürdig gemacht und den Spaß daran verdorben. Da, wo er immer und jeden Tag zu stehen oder zu kauern schien, war ich immerhin auch schon gewesen. Nur war es mir stets gelungen, aufatmend ins Gewohnte und Geordnete zurückzukehren, wo es sich leichter leben ließ.

Dies waren die Erinnerungen, Mahnungen, Gedanken und Stimmungen, die mir so stark und schmerzlich das Herz bewegten, als ich, den Trauermarsch betäubend in den Ohren, den Sarg des Schwermütigen und hinter ihm den langen feierlichen Zug verschwinden sah, und die mich jedesmal seither wieder überkamen, wenn ich diese Musik vernahm. Sie beschwor mir stets unfehlbar die Gestalt unsres Eberhard herauf, mit der unfesten und etwas verkrampften Haltung des Kopfes und der Schultern, mit den schönen traurigen Zügen und dem ins Bodenlose abirrenden, hilflos sanften Blick. Ich habe mich, meinen Gepflogenheiten ganz entgegen, nie um Daten und Berichte über sein kurzes schweres Leben bemüht, ich glaubte das Wesentliche zu wissen. Aber um viele, sehr viele Jahre später kam zu meinem Wissen noch etwas hinzu. Es kam mir das Bildnis eines bedeutenden, jung gestorbenen Dichters vor Augen, den ich mit einer ähnlichen Mischung von Liebe und Mitleid, von Verstehen und Fremdbleiben gern hatte wie meinen Maulbronner Kameraden. Das schöne traurige Jünglingsgesicht mit dem schmerzlichen

Blick war dem Gesicht Eberhards bestürzend ähnlich. Der traurig blickende, jung gestorbene Dichter hieß Franz Kafka.

(1956)

MARTIN BUBER ZUM 80. GEBURTSTAG

Um Martin Bubers großes Lebenswerk kritisch zu würdigen, müßte ich Philologe, Philosoph und Theologe sein. Ich bin dieser Aufgabe also nicht gewachsen. Dennoch bin ich der Mehrzahl von Bubers Schriften ein gutgewillter und ein dankbarer Leser gewesen und will versuchen, diesen Dank kurz auszusprechen.

Auf mehreren Gebieten hat mich die Lektüre dieser Bücher, und gelegentlich auch der mündliche Austausch mit ihrem Verfasser, belehrt und bereichert. Vor allem andern: Sein Werk hat mehr als irgend etwas anderes dazu beigetragen, mein Verhältnis zum Judentum richtigzustellen, zu beleben und zu bereichern. In protestantisch frommem Milieu aufgewachsen, hatte ich von der jüdischen Welt nur die Vorstellung, die man auf Grund einer lückenhaften und christlich gelenkten Bibelkenntnis in den Jugendjahren erwerben kann. War auch die Gesinnung und Gefühlswelt meiner Eltern und Großeltern frei von Antisemitismus (ich erinnere mich aus meiner Knabenzeit eines Tischgesprächs zwischen meinem Vater und einem heftig antisemitisch gesinnten Missionar, den mein Vater auf drastische Weise zum Schweigen brachte), so bestand doch zwischen unsrer und der jüdischen Welt kein lebendiger Kontakt, und wie meine Erzieher es für eine heilige Aufgabe hielten, den armen Heiden in Indien oder Afrika das Neue Testament und die christliche Taufe zu bringen, so konnten sie auch im Gebet den armen Juden die Bekehrung wünschen. Daß die Juden später für mich diesen dürftigen Aspekt verloren und mir die ehrwürdige Größe und Schönheit ihrer Welt sichtbar und teuer wurde, daran hat die Bekanntschaft mit Bubers Publikationen den größten Anteil.

Und wie er mir das jüdische Wesen im allgemeinen nahebrachte und erschloß, so hat er mich und mit mir unzählige andre mit einem ganz besonderen Phänomen in der Geschichte seines Volkes und Glaubens bekannt gemacht, für das ich auf Grund meiner Herkunft aus pietistischer Frömmigkeit und Lebensführung besonders ansprechbar und empfänglich war: mit dem ostjüdischen Chassidismus des 18. und 19. Jahrhunderts. Seine chassidischen Erzählungen haben neben seiner Verdeutschung der Bibel Unschätzbares zur Verständigung und Versöhnung zwischen Deutsch und Jüdisch geleistet. Indem ich mit Erstaunen und Freude die innig glühende Seelenwelt der Chassidim kennenlernte, öffnete sich mir auch der Blick für das übernationale und überkonfessionelle Element aller Mystik, und eine weitere Hilfe zu dieser Erkenntnis leistete mir Bubers Buch »Ekstatische Konfessionen«.

War ich auf diesen Gebieten zu Martin Buber im Verhältnis des Empfangenden und Lernenden gestanden, so fand ich in ihm als Künstler einen für das Schöne, und namentlich für die Schönheiten und Geheimnisse der Sprache aufgeschlossenen Kollegen. Ich teilte mit ihm auch die Freude an manchen edlen Schätzen der Weltliteratur, zum Beispiel an chinesischen Geschichten, namentlich denen des Tschuang Tse, und wie er meinen Dichtungen ein freundliches Interesse schenkte, so konnte ich seinen sprachlich-künstlerischen Bemühungen mit vollem Verständnis folgen, auch in Nachdichtungen entlegener Stücke wie der »Vier Zweige des Mabinogi«.

Wenn ich indessen Martin Buber herzlich verehre und eine vorbildliche Gestalt in ihm sehe, so ist es nicht seiner Sprachkunst noch seiner Gelehrsamkeit wegen, sondern wegen der Geschlossenheit und Energie seiner Persönlichkeit, in der die Mannigfaltigkeit seiner Interessen und Begabungen zur moralischen Einheit wird und unermüdlich im Dienst der Menschen tätig ist. Der »Erzjude« Buber ist in seiner strengen Wahrheitsliebe und seiner frommen Rechtschaffenheit kein Nationalist, obwohl er zu den Führern des Zionismus gehört hat. Er ist ein Menschenfreund und um die Wahrung und Heilung des so bedrohten Menschenbildes in tiefem Ernst bemüht, als Schriftsteller, als Lehrer, als Redner vor Tausenden in vielen Ländern. Er steht in einem heiligen Dienst.

(1958)

FREUND PETER

Am 28. März war der 68. Geburtstag von Peter Suhrkamp. Er beging ihn in einem Frankfurter Spital, todkrank. Ich schenkte ihm mein letztes Gedicht, die »Morgenstunde«, mit einem Aquarell geschmückt. Er zeigte es den Freunden, die ihn besuchten, trank auch einen Schluck Champagner. Drei Tage später, am Morgen des 31. März, ist er gestorben. Ich habe den treuesten meiner Freunde verloren, und den unentbehrlichsten.

Wenn einem ein Freund gestorben ist, merkt man erst, in welchem Grade und welcher besondern Färbung man ihn geliebt hat. Und es gibt ja viele Grade und viele Färbungen der Liebe. Und meistens zeigt sich dann, daß Lieben und Kennen nahezu dasselbe sind, daß man den Menschen, den man am meisten liebte, auch am besten kennt. Der Grad des Schmerzes, den man im Augenblick des Verlustes empfindet, ist nicht entscheidend, er hängt zu sehr von unsrem augenblicklichen Zustand ab. Es gibt Zeiten, Tage, Stunden, in denen wir mit der Vergänglichkeit und dem Gesetz des Welkens und Sterbens einverstanden sind, da trifft uns eine Todesnachricht nur so wie ein Windhauch im Herbst den Baum trifft: er schaudert leicht und seufzt ein wenig, läßt eine Handvoll welken Laubes dahinwehen und sinkt in seine träumende Ruhe zurück. Zu andern Stunden würde der Schmerz über denselben Tod wie Feuer brennen oder wie ein Axthieb treffen. Es ist auch nicht dasselbe, ob ein Tod uns überrascht oder ob wir ihn erwartet, oft gefürchtet, oft in der Phantasie vorauserlebt haben. So war es bei Freund Peter. Durch manche Jahre liebten ihn seine Nächsten als einen Leidenden, schwer Gefährdeten, in ständiger Todesnähe Weilenden. Er mochte im lebhaften, zuweilen leidenschaftlichen Gespräch noch so viel Leben und Energie ausstrahlen – wenn man ihn dann nachher vor dem Haus ein paar vorsichtige Krankenschritte tun sah, die hohe Gestalt leicht nach vorn geneigt, die Arme schlaff hängend, mit starrem Gesicht und müden Augen in die Landschaft blickend, oder wenn mitten im angeregten Sprechen eine Hustenattacke ihn überfiel, jener von uns allen gefürchtete, grausige, bellende, schüttelnde Husten, bei dem sein liebes Gesicht sich verzog und rot anlief, wenn er langsam und mühsam sich vom Stuhl erhob und uns mit abwinkender Gebärde verließ, dann wußte man

Bescheid, und bei jedem Abschied fürchtete man, es möchte der letzte sein.

So kam mir die Nachricht von Peters Ende weder überraschend noch erschreckend. Der Schmerz zuckte und brannte nicht, er ließ sich Zeit, er ist auch jetzt nicht zu Ende erlitten. Aber sehr bald hat das Bild des Freundes in mir jene Verwandlung, Festigung und Klärung erlebt, welche nur den Bildern der uns sehr teuren und wichtigen Vollendeten zukommt, ja welche in unsrem Gedächtnis und inneren Bildersaal eigentlich erst Tote zu Vollendeten macht. Denn wir kennen ja so manche Tote, die wir nie als Vollendete empfinden und benennen. Mein Freund war seit Jahren an der Grenze des Lebens gewandelt und war schon in manchem Augenblick für mich in jene Distanz gerückt, die unsern Lieben sonst erst der Tod verleiht. Er war dann aus dieser Distanz wieder zurückgekehrt, aus der Würde des Todgeweihten in den Alltag des Lebenden und Tätigen, aus der Überlegenheit dessen, der überwunden hat, in die Atmosphäre des Augenblicks und des Zufalls. Aber nun, da keine solche Rückkehr mehr möglich war, sah und spürte ich, daß Peter schon lange für mich mehr zu den Vollendeten, Überwirklichen (ich mag nicht sagen »Verklärten«) als zu den mit mir auf gleicher Ebene Lebenden gehört hatte. Ein wenig spielte dabei mein Wissen um die Zeit seiner großen Prüfung mit, war er doch in der finstersten Zeit Deutschlands zum Tod verurteilt und wie Dostojewski nur knapp der Hinrichtung entronnen. Dazu seine hoffnungslose Krankheit.

Wir hatten uns zwar bei jedem Abschied mit den unausgesprochenen Fragen in die Augen geblickt: »Ob wir einander noch einmal wiedersehen?« und: »Wirst du es sein oder ich, der zuerst verschwindet?«. Aber im Innersten hatte ich ihn, den viel Jüngeren, doch stets in größerer Todesnähe gesehen als mich. Er war, der Jüngere und oft so knabenhaft und beinah allzu jung Erscheinende, der Reifere und Ältere von uns beiden gewesen. Von den beiden Lebenstemperaturen und Haltungen, die sein kühnes und beinah abenteuerliches Leben wechselnd bestimmt haben, hatte die passive und resignierende die Oberhand gewonnen. Denn zwischen den beiden Polen einer kühnen Aktivität, eines schöpferischen und erzieherischen Wirkenwollens und einer Sehnsucht nach Weltflucht, Stille, Verborgenheit hat sein ganzes Leben sich abgespielt.

Seit Peter Suhrkamps Martyrium in Gefängnis und Konzentrationslager, dem er nur durch Zufall und im Wirrwarr des deutschen Untergangs entkam, war seine schon im ersten Krieg sehr erschütterte Gesundheit gebrochen, das Herz schwer angeschlagen und von der Lunge nur noch Reste lebendig. Wenn er trotzdem manche Jahre nicht nur vegetierte, sondern intensiv lebte und Großes leistete, so tat er es aus dem Erbe an alter dauerhafter Bauernrasse, das er mitbekommen hatte. Auch als das Individuum schon eigentlich verbraucht und aufgezehrt war, hielt dies zähe Erbe den Schatten noch aufrecht und erlaubte ihm beinah unbegreifliche Anstrengungen.

Dieser Vorrat an Zähigkeit, an Erdnähe, an Ordnungssinn und duldender Kraft lag zeitlebens im Streit mit seinem individuellen Temperament und Charakter, die ihn gezwungen haben, das väterliche Bauernerbe auszuschlagen, die Heimat zu meiden, öfter den Beruf zu wechseln und als Lehrer, Soldat, Offizier, Dramaturg, Redakteur, Verleger und Schriftsteller sich allein und unabhängig die Welt zu erobern. Kehrte er einmal zu Besuch auf den väterlichen Hof zurück, wie er es in einem vorbildlich schönen Prosastück beschrieben hat, dann war er dort ein Fremder und völlig Unverstandener. Saß er aber im Gespräch einem aufgeregten jungen Literaten, einem nervösen Geschäftsmann, einem Regisseur oder Schauspieler gegenüber, dann wirkte schon seine bedächtige oldenburgische Sprache zähmend, beruhigend, zu Besinnung mahnend, und es sprach in guten Stunden die ganze geduldig–zähe Bauernweisheit seiner Väter aus ihm.

Seine Freude am Lesen wie am Schreiben litt in den letzten Jahren sehr und erstarb beinahe unter dem Druck der dauernden Überbürdung im Beruf. Seine Leidenschaft fürs Erziehen und die fürs Theater aber blieb bis zuletzt lebendig. Sein glühendes Interesse für die Bühne, für das Sichtbarmachen und Hörbarmachen der Dichtung war dem Gestaltungstrieb des passionierten Erziehers ebenso nah verwandt wie dem des Verlegers, das Schöne herzustellen, es so überzeugend, so einfach, so dauerhaft wie möglich herzustellen.

In unsrer Freundschaft gab es, wie in jeder, ein Fundament von Verwandtschaft, von Ähnlichkeit der Anlagen und der Einstellung zur Welt: beide hatten wir die Empfänglichkeit und den Eigensinn des Künstlers, das starke Bedürfnis nach Unabhängigkeit, beiden hatten die Vorfahren eine genaue, strenge Ordnung und Moral vererbt, die auch nach ihrer freiheitlichen Durchbrechung geheim aber mächtig fortwirkte. Aber wie in jeder Freundschaft waren es dann, über diesem gemeinsamen Boden, grade die Verschiedenheiten, an denen das Interesse und die Liebe sich immer wieder neu entfachte. Jeder von uns hatte Eigenheiten, Neigungen und Gewohnheiten, die zu bemängeln der andre beständig Lust spürte und die ihm doch anziehend, lustig oder rührend waren. Doch bestand zwischen uns eine gegenseitige Achtung, die es nie zu anderer als freundschaftlicher und schonender Kritik kommen ließ. Als Peter mich kennenlernte, war ich der Ältere, Arrivierte, den er als Knabe schon gelesen hatte, und später am entscheidenden Wendepunkt seiner Laufbahn nach dem Kriege, als er zwischen völliger Resignation und zögernder Bereitschaft zu Neubeginn schwankte, war ich die kräftigste seiner Stützen gewesen. Ich dagegen verehrte in ihm, noch mehr als den hochbegabten Verleger und Schriftsteller, den Dulder und Helden, den Mann, der unendlich viel mehr Furchtbares und Feindseliges ertragen und bestanden hatte als ich und als jeder meiner andern Freunde.

Freund Peter ist viel geliebt worden, sein Charme war groß, und nicht nur wenn er ihn bewußt spielen ließ. Auch in seinen finstern und selbstmörderischen Stunden, während man ihn vielleicht schalt oder doch zu schelten große Lust hatte, mußte man ihn lieben. Besonders gern hatte ich seinen Anblick bei der Arbeit, vormittags in meiner Bibliothek oder auf der Terrasse. Er hatte dann seine Papiere und Drucke samt Feder und Bleistift so anständig und ordentlich vor sich auf dem Tisch liegen und saß so still, aufmerksam, gesammelt und vertieft über der Arbeit wie ein Hieronymus. Viel gäbe ich dafür, das noch einmal sehen zu dürfen.

Nach seinem Tod bekam ich von Freunden, Kollegen und Lesern viele teilnehmende Briefe, den schönsten von Rudolf Alexander Schröder. Es wurden mir auch manche Zeitungen mit Nachrufen zugesandt, alle des Lobes voll für den vorbildlichen Verleger sowohl wie für den tapferen Kämpfer und Dulder der Greuelzeit. Viel weniger war von seinem Werk als Schriftsteller und Dichter die Rede, ach viel zu wenig und viel zu ahnungslos! Sein literarisches Werk ist nicht sehr umfangreich. Wir, seine Autoren und Freunde, haben seine »Ausgewählten Schriften« in zwei schönen Bänden herausgebracht, es geschah in zweien Malen, zu seinem 60. und seinem 65. Geburtstag, es war ein schönes Festgeschenk und hat ihm Freude gemacht. Aber diese beiden Bände sind nur in einer kleinen, nicht käuflichen Auflage erschienen, die in ihnen wiedergedruckten Schriften sind euch also nicht zugänglich, sofern ihr nicht etwa Besitzer der alten Jahrgänge der »Neuen Rundschau« seid.

Aber zum Glück konnten wir Suhrkamp dazu bewegen, die paar schönsten und am meisten dichterischen seiner Schriften im Jahr 1957 in einer hübschen und wohlfeilen Ausgabe herauszubringen. Ich habe damals manchen von euch das kleine liebenswerte Buch geschenkt. Es heißt »Munderloh«, dies war der Titel eines Romans, den Suhrkamp während der Untersuchungshaft als politischer Gefangener Ende 1944 zu schreiben begann. Er ist Fragment geblieben, aber die etwa hundert Seiten dieser bedeutenden Dichtung, die von Peters Leben als jungem Dorflehrer erzählen, sind mir lieber als manche berühmte Bücher unsrer Zeit und als manche avantgardistische Bücher, denen Peter als Verleger sich mit rührender Hingabe gewidmet hat. Und weiter enthält der kostbare Band einige Prosastücke, die ich für schlechthin klassisch halte und die in jedes deutsche Lesebuch gehören, namentlich den »Besuch« und den »Apfelgarten«. Bessere Prosa hat in unsrer Zeit niemand geschrieben.

Es ist nicht schwer, der Lebensleistung eines Mannes, der vorwiegend in der Öffentlichkeit gewirkt hat, annähernd gerecht zu werden. Viel verborgener und letztlich nur der liebenden Ahnung zugänglich bleibt das, was er gelitten hat. Je größer und tiefer das Leiden, desto weniger wird er davon reden. Nun, Peter hat von dem vielen Furchtbaren, das er erlebt hat, einiges auch den nahen Freunden erzählt, heiter und überlegen, etwa den Untergang seines schönen und geliebten Berliner Heims in einer Bombennacht oder die phantastische Odyssee seiner Rückkehr aus der Gefangenschaft. Es waren Leiden, Verluste, Prüfungen, die er bestanden hatte, mit denen er fertig war. An die schlimmsten Erlebnisse und Qualen in der Hitlerschen Hölle rührte er selten und scheu mit einem Wort, dorthin kann nur die Phantasie mitleidender Liebe ihm folgen. Vom schweren körperlichen Leiden seiner letzten Jahre wissen wir alle.

Aber das war nicht alles. Er, der so viel geliebt wurde und so mühelos Autorität zu wahren wußte, hat alle die Jahre seit dem letzten Krieg in einer großen Einsamkeit gelebt, ohne Familie, ohne Behagen und Fürsorge, in einer nur zum Teil gewollten asketischen Primitivität, einer verzweifelt trotzigen Verlassenheit. Und dieser Vereinsamung und Verlorenheit, dieser äußeren Heimatlosigkeit entsprach eine innere, die wir wenige Male im vertrautesten Gespräch nur tastend berührt haben. Er hatte Deutschlands unheimliche Geschichte miterlebt, die ruhmrednerischen »großen Zeiten«, die Kriege, die Niederlagen, die Revolution, die Barbarei, die Zerstörungen, und zuletzt den Wiederaufbau, er hatte in dem strebsamen, erfolgreichen, amerikanisierten Deutschland selber mit aufgebaut, mit gezaubert, mit Erfolg gehabt, und hatte doch mit seinen hellblauen traurigen Augen mit jedem Tage tiefer diesen Jahrmarkt des Fleißes, der Vergeßlichkeit, der Streberei und Großmannssucht durchschaut, er glaubte längst nicht mehr an die innere Wirklichkeit, an die Echtheit der Welt, in der er lebte und eine bedeutende Rolle spielte, es wurde ihm nicht warm und nicht wohl in dieser Welt, und er, der so gern lebte, der so wohlbeschaffen für den Genuß des Lebens gewesen wäre, ist vermutlich am Ende doch gern gestorben und hat den Kram hinter sich gelassen.

Ich wage die Indiskretion und zitiere einen Satz aus R. A. Schröders Brief: »In welcher Einsamkeit hat Suhrkamp die Erdenhölle seiner letzten, qualvollen Jahre durchleiden müssen, dabei immer wieder den Mut zu wohlwollender, großmütiger, auch in ihren Irrtümern ehrwürdiger Haltung aufbringend.«

Wenn ich irgendwo in Gespräch oder Lektüre der zum Cliché gewordenen Phrase vom »wahren« oder »echten« oder »heimlichen« Deutschland begegne, dann sehe ich Peters hohe, hagere Gestalt. Und auch Schröder gehört dazu.

(1959)

ERINNERUNGEN AN ÄRZTE

Das Haus Rosengart

In einem der drei Jahre, die ich im alten Bauernhaus am Untersee wohnte, tauchte eines Tages ein Besucher auf, der seine Ferien in dem einzigen, recht primitiven Gasthäuschen unseres Dorfes verbrachte. Er kam aus Frankfurt, war Arzt und hieß Josef Rosengart. Ein Mann mit einem Vogelgesicht, dem zwei Eigenschaften den Charakter verliehen, die man sonst selten nebeneinander auf einem Gesicht antrifft: Klugheit und Verwundertsein. Daß ich es als Vogelgesicht im Gedächtnis behalten habe, mag von dem Haarschöpfchen herrühren, das stets über der Mitte seiner Stirn emporragte und mich an den Federschopf des Hähers erinnerte. Diese Stirn und das ganze Gesicht, obwohl damals noch jung, trug tiefe Runzeln, es war da viel Haut vorhanden, weit mehr als der Knochenbau zur Bedeckung bedurft hätte, und die Bewegungen, Wülste und Faltungen dieser Haut gaben dem Gesicht für den ersten Blick etwas Kauziges, erwiesen sich aber als Mittel zu sehr differenzierten Ausdrucksmöglichkeiten, an denen Mund und Augen lebhaft teilhatten. Hinter diesen Wülsten und Falten konnten die Augen trauernde Weisheit, genau beobachtende Aufmerksamkeit, warme Teilnahme, aber je nachdem auch eulenspiegelische Schelmerei und Spaßfreude bekunden.

Während dieses kurzen Aufenthaltes in unserem Dörfchen kam Doktor Rosengart mir noch nicht eigentlich nahe, doch immerhin soweit, daß er mich viel später, da in seiner Stadt ein Vortrag von mir angekündigt wurde, als Wohngast in sein Haus am Reuterweg einlud. Ich nahm an, wurde abgeholt, bekam ein Gastzimmer, bekam einen sehr schönen Moselwein vorgesetzt und lernte nun erst den Doktor und mit ihm seine stille gute Frau und seine beiden Knaben kennen, zwei lebhafte und voneinander sehr verschiedene Brüder, der eine mehr intellektuell aussehend und geistig und humanistisch interessiert, der andere mehr liebenswürdiger Spielkamerad und Charmeur. Die Familie, in der eine angenehme, leise von der stillen Mutter kontrollierte Temperatur herrschte, brachte des öfteren ihre Ferien in Tremezzo am Comersee zu: kein zufällig gewählter Ort etwa, sondern die Heimat der berühmten genialen Familie Brentano, deren Andenken in Frankfurt nächst dem von Goethe noch in hohen Ehren stand. Überhaupt: das damalige Frankfurt! Ich habe diese Stadt in ihrem damaligen wohlbehaltenen Zustand sehr geliebt, sie war so behaglich wie ehrwürdig mit den reizvollen altertümlichen Gassen, Gäßchen und Winkeln voll origineller kleiner und großer Giebel- und Fachwerkhäuser, dem herrlichen Goethehaus, dem Römer, dem breiten heiteren Main. Stattlich und stolz, aber längst noch keine Großstadt, beherrscht von einem demokratischen, kunstfreundlichen und kulturwilligen Bürgergeist mit stark jüdischem Einschlag, war sie mir schon von weitem, noch eh ich sie mit Augen sah, dadurch sympathisch, daß sie vom Berliner Kaiserhaus abgelehnt und gemieden wurde. An der Aversion der Majestät gegen eine so alte und ehrwürdige Stadt war nicht nur deren Stolz und Unabhängigkeitssinn als gewesene freie Reichsstadt, war nicht nur die Judenschaft und wohl auch das geringe Verständnis der Hohenzollern für Goethe schuld, sondern auch in hohem Maß die liberale und bürgerstolze Frankfurter Zeitung. Zu ihr hatte die Familie Rosengart nahe Beziehungen. Es gefiel mir in diesem Frankfurt überaus gut, und dazu trug das Doktorhaus und meine beginnende Freundschaft mit ihm vieles bei. Ich lernte die Stadt ein wenig kennen, war des öfteren in Goethes Vaterhaus am Hirschgraben, im Städelschen Museum, in der Oper, und wenn die Söhne meines neuen Freundes schulfrei waren, spielte ich mit ihnen Boccia hinterm Haus, sie hatten eine Vorliebe für dies Spiel aus Tremezzo mitgebracht. Auch machte ich bei meinen mehrmaligen Frankfurter Aufenthalten manche wertvolle Bekanntschaft, so mit dem frommen alten Maler Steinhausen und seiner Familie, mit der Malerin Ottilie Röderstein, einer der unabhängigsten und gediegensten Frauen, die mir je begegnet sind, ich saß ihr zu einem Porträt in ihrem Atelier im Städelschen Institut und besuchte sie auch in ihrem Haus am Fuß des Taunus.

Einige Jahre hindurch hatte ich Rosengart nur als Freund und Gönner, als guten und witzigen Gesprächspartner und lieben Gastgeber gekannt. Dann kam der Tag, an dem ich ihn auch als Arzt und er mich als Patienten kennenlernte. Im Jahre 1909 hatte ich auf einer norddeutschen Reise, wie früher schon manche Male, Tage heftigen Unwohlseins, die ich als Blinddarmreizungen erkannte. Ich schrieb an den Freund, daß ich ihn auf der Heimreise in Frankfurt besuchen und diesmal auch konsultieren möchte, er lud mich ein, und kaum hatte er mich angeschaut, so riet er mir unbedingt zur Operation, die ein ihm befreundeter Chirurg ausführen werde. Ich war einverstanden, ich wurde in ein Spital gebracht und operiert. Und jetzt, kurz nach dem Erwachen aus der Narkose, sah ich das Freundes- und Vogelgesicht schöner und unvergeßlicher als je. Ich lag dösig und passiv, und er beugte sich über mich und sah mich an mit einem Ausdruck der Besorgnis, des Wohlwollens, ja der Zärtlichkeit, der nicht mehr freundschaftlich oder väterlich, sondern geradezu mütterlich war und den ich mit in die Genesung und ins weitere Leben nahm.

Als Freund Rosengart starb, war Hitlers braune Knabenarmee schon stattlich, aber noch nicht an der Macht, er ist in Ruhe und Ehren als beliebter Arzt mit dem Titel Sanitätsrat dahingegangen. Aber ich muß nun auch seines Sohnes Paul gedenken, den ich als Knaben kennenlernte und der als Gymnasiast oder Student in den Krieg von 1914 ziehen mußte. In französische Gefangenschaft geraten, landete er nach dem üblichen Hin und Her in einem der größten Kriegsgefangenenlager, in Nevers, und als am ersten Morgen dort die neu Gekommenen antreten mußten, um sich in die Listen eintragen zu lassen, schritt ein französischer Reserveoffizier die Front ab, blieb plötzlich überrascht stehen und rief: »Rosengart!« Der Offizier war bis zum Sommer 1914 in Frankfurt am Gymnasium Lehrer des Französischen und Rosengart sein Schüler gewesen. Ich aber war damals in Bern Leiter einer Bücherzentrale für deutsche Kriegsgefangene und konnte den Jüngling einigermaßen mit Lektüre versehen. Nun, er überstand den Krieg, kehrte heim, studierte Medizin, wurde Arzt und heiratete eine sehr liebenswerte arische Frau, übernahm nach des Vaters Tod dessen Haus und Praxis, ich war dort noch einmal zu Gast. Wenige Jahre später kam Hitler zur Macht, der junge Arzt mußte Praxis, Haus und Frau dahinten lassen und fliehen, machte böse Zeiten des Elends durch, trat beim Beginn des zweiten Weltkrieges in die französische Armee ein, es hätte ihm passieren können, diesmal als Franzose in deutsche Gefangenschaft zu kommen. Doch kam es glücklicherweise dazu nicht. Heute hat er in Strasbourg eine große Praxis, und wenn er gelegentlich in die Schweiz kommt, besucht er mich, und wir sprechen von Frankfurt und seinen Eltern und von vielem anderem, was uns verbindet.

Besuch bei einem Dorfarzt

Meine erste Heirat fand im Sommer 1904 in Basel statt. Meine Braut hatte, während ich in Calw an einem Buch arbeitete, eine ländliche Wohnung für uns gesucht und in einem kleinen Dorf am deutschen Ufer des Bodensees ein leerstehendes altes Bauernhaus entdeckt, etwas primitiv und auch etwas verwahrlost, aber hübsch und still. Das einzige Komfortable im Haus war ein schöner alter Kachelofen mit »Kunst«, von der Küche her heizbar. Wasser gab es nicht, das mußte vom Brunnen in der Nähe geholt werden, Gas oder elektrisches Licht gab es in der ganzen Gegend nicht, und es war auch nicht ganz einfach, das Dörfchen zu erreichen oder zu verlassen; außer dem Dampfschiff, das nur sehr selten und bei Eis oder Sturm oft gar nicht fuhr, gab es nur einen Pferdepostwagen, mit dem man in stundenlanger Fahrt, mit langen Aufenthalten in jedem Zwischendorf, eine Bahnstation erreichen konnte.

Es war aber gerade das, was wir uns gewünscht hatten, ein verwunschenes, verborgenes Nest ohne Lärm, mit reiner Luft, mit See und Wald, und die Miete für unser ganzes Haus mit fünf Stuben kostete, glaube ich, etwa hundertfünfzig Mark im Jahr. Wir hatten unsere Sachen schon vor manchen Tagen vorausgeschickt, aber als wir jungen Eheleute nun in unserem Dorf ankamen und einziehen wollten, standen wir vor einem leeren Haus, außer meinen Bücherkisten war noch nichts angekommen, weder Möbel noch Betten, es blieb uns nichts übrig, als zu warten und vorerst irgendeinen Gasthof aufzusuchen. Es wurde uns einer drüben am Schweizer Ufer empfohlen, wir ließen uns über den See rudern und fanden gute Aufnahme und Unterkunft. Immerhin, der Beginn unseres Unternehmens war etwas enttäuschend: meine Frau hatte sich auf den Einzug und auf das Einrichten gefreut, ich auf das Aufstellen meiner Bibliothek und das Einweihen des großen neuen, aus München bestellten Schreibtisches, an dem ich noch heute arbeite. Statt dessen saßen wir untätig in einem fremden Dorf und Gasthaus, konnten auf das andere Ufer und »unser« Dorf hinüberblicken, fuhren immer wieder mit dem kleinen Dampfer übers Wasser und sahen uns jedesmal enttäuscht: unser Hausrat war nicht eingetroffen. Irgend etwas schien da nicht zu stimmen bei unserem Sprung ins neue Leben, das ich mir knabenhaft halb als Idylle, halb als

Robinsonade vorgestellt hatte, irgendein Kobold schien da zu spuken. Doch waren wir jung, vergnügt und neugierig genug, um nicht schon damals solche Gedanken zu hegen, man ist ja nachher immer scheinbar klüger als in der lebendigen Gegenwart und trägt, wie die leidigen Geschichtsphilosophen es tun, im erinnernden Nachzeichnen des Erlebten Zusammenhänge, Entwicklungslinien und Deutungen hinein, die man dann gern schon dazumal gehabt zu haben sich einbildet. Wir waren im großen ganzen recht vergnügt auf Ausflügen, Schiffs- und Ruderbootfahrten, studierten den üppigen Flor in den gepflegten Bauerngärten und die Mundart der Thurgauer, und für mich waren namentlich die Fischerdörfer und die Ufergebiete mit ihren tausend Pfählen, ihren heimlichen Strömungen und ausgedehnten hohen Schilfwäldern von hoher Anziehungskraft.

Etwas wie Beängstigung aber empfand ich, als an einem dieser heimlosen Ferientage meine Frau mir gestand, daß sie ernstliche Schmerzen beim Bücken und manchmal auch beim Gehen habe. Ich kannte sie als zäh und tapfer, das Gegenteil von wehleidig, ich wußte sie, furchtlose und ausdauernde Bergsteigerin und groß beim Klettern im Fels, mir an physischer Konstitution und Leistungsfähigkeit überlegen, und konnte mir wohl denken, sie habe schon eine gute Weile sich mit diesen Schmerzen geschleppt und sie erst eingestanden, als sie nicht mehr zu verheimlichen waren. Darum erschreckte mich ihre Klage. Sofort erkundigte ich mich, ob es einen Arzt am Ort gebe. Richtig, es gab einen, die Wirtsleute rühmten ihn sehr, er sei unmenschlich gescheit, habe schon manchem wunderbar geholfen und nehme von armen Patienten wenig oder nichts, schenke ihnen sogar manchmal die Arzneien. So ließen wir uns denn das Haus des Dorfarztes zeigen, fanden ihn auch zu Hause und wurden gleich empfangen.

In einem altmodisch-behaglichen Studierzimmer saß hinter einem breiten, mit allerlei Zeug vollgestapelten Schreibtisch ein gut und freundlich aussehender Herr, er hätte etwa ein Pfarrer oder Gelehrter sein können, an den Arzt erinnerte in dem dämmrigen Zimmer einzig eine Reihe von Flaschen und Fläschchen, die in Griffnähe neben ihm standen. Wir waren jung und empfanden beide noch dem Medizinmann gegenüber eine gewisse respektvolle Schüchternheit, er war auch erheblich älter als wir und fand sich nicht wie wir in einer ungewohnten Situation, er strahlte vielmehr eine heitere Sicherheit aus, übrigens auch ein natürliches Wohlwollen, und empfing uns gutgelaunt und zu angenehmer Konversation bereit, während wir, klein und etwas ängstlich, seiner Einladung folgten und Platz nahmen. Und so blieb es über die ganze Zeit unserer Unterhaltung: wir, die Schwachen, saßen gespannt und mit gezwungener Höflichkeit auf unseren Stühlen und er, der Starke und Joviale, saß bequem und väterlich einige Meter von uns entfernt in seinem Armsessel und blieb trotz aller unserer Versuche, die Distanz zu durchbrechen, der Führende in der Konversation. Es war vom Wetter, von der Landschaft, vom Gasthaus, von Sehenswürdigkeiten in der Umgebung, von Fischerei und Obsternte die Rede, zwischenhinein auch von den Schmerzen im Rücken meiner Frau, die er jedoch nicht besonders ernst nahm. »Ja, ja, so junge Frauchen haben recht oft solche Beschwerden, man darf es nicht tragisch nehmen, immerhin gebe ich Ihnen dann etwas zum Einreiben mit, es kann nichts schaden.« Und so weiter und weiter. Zu einer Untersuchung war er nicht zu bewegen, er blieb hinterm Schreibtisch thronen. Schließlich mußten wir Abschied nehmen, er stand auf, reichte uns eine Flasche Opodeldok, und seine letzten Worte waren: »Fahren Sie doch gelegentlich nach Konstanz und fragen Sie nach Engstlers Biergarten, da bekommen Sie ein gutes Pilsener und können unter den Bäumen im Schatten sitzen, und da singen die Vögel, das ist so schön wie ein Militärkonzert und kostet keinen Rappen.« Wir fragten, was wir schuldig seien und bezahlten für Konsultation samt Arznei fünf Franken. Bald darauf wurde an anderer Stelle die Krankheit meiner Frau als Ischias erkannt, sie lag viele Wochen damit in Basel und hatte noch jahrelang mit heftigen Rückfällen zu tun.

Ein Arzt großen Stils

Der bedeutendste aller Ärzte, mit denen ich bekannt und deren Freund ich wurde, war Albert Fraenkel. Die Geschichte der Medizin kennt ihn als den Initiator der intravenösen Strophanthin-Injektion in der Zeit um 1900. Seine beiden Heimatorte, Heidelberg und Badenweiler, verdanken ihm die Gründung großer Sanatorien und die Heranbildung einer Elite von jungen Ärzten. In der kurzen Zeit, in der ich ihm nahetrat und einigemale sein Gast war, es waren die letzten paar Jahre vor dem ersten Weltkrieg, war Fraenkel der König von Badenweiler. Die

Patienten, Tuberkulöse und Herzkranke, kamen von allen Seiten, in Luxuswagen aus dem Elsaß, aus Luxembourg, dritter Klasse aus dem deutschen Osten, aus Polen und Rußland, manche trugen, des Deutschen nicht mächtig, Papptäfelchen angehängt mit Aufschriften wie »Badenweiler, Dr. Fraenkel« oder »Badenweiler, Villa Paul«. In den paar Jahren meiner Besuche hatte Fraenkel zwei ständige Mitarbeiter. Einer von ihnen leitete die Villa Paul, ein Sanatorium für Lungenkranke, der andere, Dr. M. Hedinger, wohnte wie der Meister in eigenem Hause, und in Fraenkels nächster Nähe wohnten und arbeiteten stets ein oder zwei junge Assistenten. Fraenkel empfing und beriet die zuströmenden Patienten teils in seiner Villa, teils in den beiden kleinen Sanatorien, teils in privaten Wohnungen im Dorf, wo man ihn täglich viele Male in seiner leichten Pferdekutsche antreffen konnte. Zwei seiner Mitarbeiter habe ich näher kennengelernt und beide in schöner und dankbarer Erinnerung behalten: den Dr. Hedinger und Dr. Heinecke. Hedinger, der später in Baden-Baden eine eigene große Praxis hatte und durch seine Arbeiten über Ischias bekannt ist, hat mir einst eine nicht vergessene Wohltat erwiesen. Ich war einmal nicht als Fraenkels Freund und Hausgast, sondern als Patient oder doch Erholungsbedürftiger in Badenweiler und wohnte einige Wochen in der Villa Hedwig. Manches, was mich damals drückte und erst später zur Klärung kam, hatte mich von zu Hause weg in die anregende und heilsame Atmosphäre von Badenweiler getrieben, wo außer der zentralen Person des großen Arztes manches mich wohltuend ansprach: die herrliche Lage am Fuß eines waldigen Schwarzwaldberges mit dem weiten Blick übers Rheintal auf die Vogesen, der an meine Heimat erinnernde Tannenwald mit Lichtungen, in denen Weiderich und Fingerhut in großer Üppigkeit wuchsen, die Nähe Basels und Freiburgs, auch der alemannische Charakter der Dörfer und ihr Dialekt, die Mundart Hebels. Trotz alldem war ich in jenen paar Wochen, mit Ausnahme der vielen höchst angeregten und heiteren Stunden in Fraenkels Haus und Familie, nicht eben frohgemut. Außer privaten Sorgen empfand ich auch mit wachsender Stärke das politische Unbehagen in der überheblichen, protzigen Gesellschaft des wilhelminischen Deutschland, ein Unbehagen, ähnlich dem, das heute nahezu jedermann angesichts der Machtanhäufungen und Rüstungen in Ost und West empfindet. Mich führte es, noch zwei Jahre vor dem

Ausbruch des Krieges, aus Deutschland und aus vielen Bindungen und Traditionen hinaus. Doch war es damals noch nicht ganz so weit, ich hatte noch an vielem zu kauen, was schlecht schmeckte und nicht zu verdauen war. Und so gab es denn Stunden und Tage der Depression und des Mißmuts. An einem solchen Tag lief ich finstern Gesichts dem Dr. Hedinger in die Hände, der fragte mich, was mir fehle, und als ich nichts andres als ein allgemeines Taedium vitae nennen konnte, lud er mich ein, mit in sein Haus zu kommen, da führte er mich ins Musikzimmer, wo ein schöner Flügel stand, bot mir einen Sessel und spielte mir eine halbe Stunde Bach. Es war eine vorzügliche Therapie.

Und jener andere Fraenkel-Schüler, der ganz junge Assistent Heinecke, später Leiter des Sanatoriums Waldeck, der für Brahms schwärmte und mit einer sehr liebenswerten Tochter der »Villa Hedwig« verlobt war, hat mir ebenfalls einmal einen wertvollen Dienst erwiesen. Ich war mit meinem Roman »Roßhalde« beschäftigt, in dem Krankheit und Sterben eines begabten und liebenswürdigen Knaben zum Gleichnis wird für das Welken und Sterben einer Ehe. Über diese Krankheit, eine Meningitis, und ihre Symptome erbat ich mir von Heinecke medizinische Auskünfte. Er verstand genau, woran mir gelegen war, und schilderte mir einige Details mit großer Eindringlichkeit, man findet sie alle treu in meinem Buche verwendet.

Aber zurück zu Fraenkel! Die Arbeitskraft des sehr zarten, durch eine frühe Tuberkulose geschwächten und zu vorsichtigem Leben gemahnten Mannes war ein reines Wunder, ich habe schon damals über dieses scheinbare Perpetuum mobile einer übermenschlichen, jeden Tag sich erneuernden Energie viel nachgedacht. Zwar sah ich den Verehrten an manchem Abend nach zwölf- und mehrstündiger intensiver Arbeit vollkommen erschöpft und zusammengesunken, im bleichen Gesicht auch das Hellblau der Augen wie erblaßt und erloschen, aber am nächsten Morgen zu früher Stunde stand er den schon auf ihn wartenden Assistenten und Kranken wieder ganz zur Verfügung. Was mich an ihm am meisten in Erstaunen setzte, war seine seelische Offenheit, ein grenzenloses, scheinbar ganz passives Offenstehen für alles, was der Tag und die Stunde ihm vor die Augen und Ohren stellten, die Berichte und Fragen der Mitarbeiter und der Pflegerinnen, die Klagen und Leidensgeschichten der Patienten, der klugen und der dummen, der geschwätzigen und der gehemmten, der cholerischen und der geduldigen. Kam er mittags aus diesem anspruchsvollen Vielerlei nach Hause zu Tisch, so ging er mit der gleichen Bereitschaft, Sorgfalt und Genauigkeit auf die Gespräche der Familie und Gäste ein, all dies mannigfache Leben, alle diese vielen Gestalten und Anliegen, Geschichten und Schicksale schienen in ihn einzuströmen, ohne den geringsten Widerstand anzutreffen, er nahm sie wie Atemluft in sich auf und hatte Aufmerksamkeit und Gedächtnis nicht nur für das Bedeutende oder das medizinisch Interessante, sondern auch für eine Menge kleiner Züge, rührender oder drolliger, er hätte drei Theaterdichter stets mit Stoff versehen können. Es sah so aus, als sei dies beständige Aufnehmen und Offenstehen ganz ungewollt und passiv. Doch war es das natürlich nicht, und im Gespräch merkte ich sehr bald, daß er das Wahrgenommene auch nach Merkmalen ordnete, siebte und in Kategorien brachte. So konnten wir heitere Gespräche über die verschiedenen Typen von Patienten, von Hoteliers und Zimmervermietern, namentlich aber über die von Ärzten und von Pflegerinnen haben, die wir mit Vergnügen klassifizierten und etikettierten, etwa die damenhafte, die fromme, die sentimentale, die kaltschnäuzige, die neckische Schwester, der vergnügte Hebammen- und der mechanisierte Laborantinnentyp usw. Fraenkel war sehr weitherzig und duldsam, hatte aber doch auch seine kräftigen und dauernden Aversionen, z. B. gegen einen berühmten Kollegen, von dem er gern sagte: »Er sieht aus wie ein Theologe, und das ist er ja auch.« Und als ich bald nach jenem Aufenthalt in der Villa Hedwig eine kleine Sanatoriumsskizze schrieb*, in der ich ihn und seine ärztliche Psychologie zu zeichnen versuchte, lachte er mich nach der Lektüre herzlich an und sagte: »Ich hatte geglaubt, ich hätte Sie erwischt. Aber jetzt bin ja ich es, den Sie erwischt haben.«

Nach Kriegsbeginn im Jahr 1914 schrieb er mir nach Bern, er könne sich meine Einstellung etwa als »Verstandesneutralität« denken, er dagegen mit den Seinen sei »stramm national«. Er hat denn auch seinem Vaterland im Kriege und nachher im größten Maßstab gedient. Mit dem Kriege riß die Verbindung zwischen ihm und mir ab, und ich wußte sehr viele Jahre nichts mehr von ihm. Dann an einem Sommertag in den dreißiger Jahren saß ich

* »Haus zum Frieden«.

mit meiner Frau und einem Gast hinter unserem Hause in Montagnola im Walde am Steintisch. Ein Besuch wurde gemeldet. Ich fragte nach seinem Namen. Es sei ein alter Herr, seinen Namen wolle er nicht nennen. Und schon kam er den Fußweg zwischen den Kastanien gegangen, ein hagerer Alter mit weißem Haar und Bart und ganz farblosem Gesicht und fragte: »Kennen Sie mich noch?« Es war Fraenkel. Mehr als zwanzig Jahre hatten wir uns nicht mehr gesehen. Er sah dem jüngeren Fraenkel sehr ähnlich, wenn er am Abend eines strengen Arbeitstages so blaß und erloschen bei Tische saß. Die Braunen hatten ihn nicht umgebracht, aber seiner Titel, seiner Funktionen, seiner Ehre und Würde beraubt. Er verlor nicht viele Worte darüber. Den zweiten Krieg hat er nicht mehr erleben müssen.

Großvater Hesse

Arzt war auch einer meiner Großväter, der baltische. Im Jahr 1802 in Dorpat geboren, früh vaterlos geworden, war er nach der Mutter und nach eigenem Willen zum Theologen bestimmt. Hochbegabt, lustig und leichtsinnig absolvierte er ohne viel Mühe das Gymnasium, spielte aber im letzten Schuljahr so heftig den Studenten und flotten Burschen, daß einer seiner Lehrer in dafür zu strafen beschloß. Er hatte bei der Maturitätsprüfung in Griechisch zu prüfen und nahm den Jüngling mit ungewöhnlicher Schärfe ins Gebet. Dieser war ein guter Schüler, was die Kenntnisse betraf, aber bekanntlich ist Griechisch eine reiche und komplizierte Sprache, und ein gerissener Examinator wird auch einen gut beschlagenen Prüfling diese oder jene seltene Vokabel, diesen oder jenen verzwickten Aorist oder Dualis abzufragen finden, bei denen er versagt. Und so bekam Großvater im Griechischen nicht eine Eins, sondern eine Zwei. Für die Zulassung zum theologischen Studium war aber die Eins unerläßlich, und als der Junge gleich von der Prüfung weg zur Universität lief, um sich immatrikulieren zu lassen, mußte der Rektor ihm sagen, daß er ihn nicht als Theologen einschreiben könne. In seinen ein halbes Jahrhundert später geschriebenen Erinnerungen heißt es: »– und ich empfing in Eile meine Matrikel als Mediziner, und es kam in dieser leichtsinnigen Weise die wichtige Berufsentscheidung für mein ganzes Leben zustande ... In Sprüngen eilte ich nach Hause, zog den längst fertiggelegenen neuen grünen Sommerrock mit den goldenen Litzen an und stellte mich Mutter und Schwester als Studiosus vor.«

Im Jahre 1826 legte er sein medizinisches Examen ab, es war einfacher als heutzutage. Es begann mit einer mündlichen Prüfung, zu der die Studenten in ihren Wohnungen feierlich vom Pedellen geladen wurden. Die mündliche Prüfung dauerte einen Nachmittag von zwei bis zehn Uhr, bei zweien der Professoren mußte Latein gesprochen werden, dazwischen wurden aber auch Erfrischungen gereicht, »– ein und das andremal nahm ich einen Schluck Wein«. Nachher gab es noch schriftliche Arbeiten, eine chirurgische Operation, eine anatomische Demonstration, »– alles wurde mit Freuden geleistet, das Examen war bestanden. Ach, das war so gut, und das Beste die Freude der lieben Mutter«. Und nun mußte die gute Mutter sofort Geld aufnehmen, denn der Sohn hatte beschlossen, ins »Vaterland« zu reisen und es zu durchwandern. Das Vaterland war Deutschland, für ihn wie alle Balten jener Zeit. Auf kleinem Segelschiff bei Sturm und Kälte kam er in vier Tagen nach Dänemark. Das prächtige und elegante Kopenhagen imponierte ihm zunächst sehr, doch wurde er, im schlechten Wanderkleid mit Ränzel wie ein Handwerksbursch aussehend, von den dortigen Professoren, an die er Empfehlungsbriefe aus Dorpat bei sich hatte, kühl und verächtlich empfangen. »Ich ließ sie stehen«, schreibt er, »warf die übrigen Empfehlungsbriefe ins Feuer, packte meine Illusionen ein, ließ mir eine feine Kleidung machen und zog davon.« Er sieht und besteigt das erste Dampfschiff, in Kiel und Hamburg kann er Krankenhäuser besuchen und Operationen beiwohnen, er sucht Ärzte und Theologen auf, an die er empfohlen ist, wandert zu Fuß, den Ranzen auf dem Rücken, durch halb Norddeutschland. Im Bad Pyrmont sieht er die Spielbank und wird von der fixen Idee besessen, hier könne er sich Reisegeld bis nach Italien gewinnen, verliert aber nur und marschiert weiter, nach Göttingen und dann dem Harz entgegen. Im berühmten Brockengasthaus findet er viele Touristen. »Wir gingen schlafen, aber schon um drei Uhr war's damit aus, es galt, den Sonnenaufgang zu sehen. Aber ich habe nie was Koddrigeres gesehen: alle voll Schlaf, in den desperatesten Nachttoiletten drängten sie sich ins Freie, da war's aber bitterkalt, und an Pelzen war kein Vorrat da. Nun, die Sonne ging auch auf, da wo Halle an der Saale liegt, aber es war im Nebel so wenig schön ihr Angesicht, als wäre sie auch leidend von Frost und Müdigkeit.«

Ich besitze in einer genauen Abschrift Großvaters Memoiren. Dieser feurige, ebenso enthusiastische wie burschikose Jüngling, dessen Lebenslust und Lebensmut auch eine kindlich vertrauensvolle Frömmigkeit umfaßte, ist der Arzt, Wohltäter, gelegentlich auch Tyrann einer kleinen Stadt in Estland und eines weiten Umkreises mit seinen herrschaftlichen Gütern geworden. Er ist jung, feurig, lustig, fromm und burschikos geblieben bis ins höchste Alter, ist mit 83 Jahren noch auf einen seiner Bäume gestiegen, um einen Ast abzusägen, und samt der Säge abgestürzt, doch ohne Schaden zu nehmen. Er hat seiner Stadt Weißenstein ein Waisenhaus gegründet, hat Feste mit Rheinwein gefeiert und Stegreifreden in Versen gehalten, aber auch Erbauungsstunden, hat allen Armen gegeben – er hieß »der Doktor, der alles wegschenkt« – und zum Kummer seiner Familie immer wieder arme Patienten mit nach Hause gebracht und wochen- oder monatelang im eigenen Hause gepflegt. Als Arzt war er nicht zimperlich, er brach kranke Zähne »mit dem Schlüssel« und operierte kühn ohne Narkose und Assistent, er hatte sich durch ein rauhes Leben in primitiven Verhältnissen zu schlagen. Er hat drei Frauen gehabt und begraben, hat als russischer »Kronarzt« und Staatsrat sich den Teufel um Vorschriften oder Mahnungen der Regierung gekümmert, wenn sie ihm unnütz oder schädlich zu sein schienen. Bis ins hohe Alter hat dieser Mann Lebenskraft, Lebensfreude, Gottvertrauen, Autorität und Liebe ausgestrahlt, er wurde 94 Jahre alt und hat erst in den letzten Jahren das Leben als mühsam und traurig empfunden. Eine Nichte von ihm, Monika Hunnius, hat im Jahr 1921 ein sehr liebes und herzenswarmes Büchlein mit dem Titel »Mein Onkel Hermann« erscheinen lassen (bei Salzer in Heilbronn, es hat viele Auflagen erlebt, ist aber leider jetzt vergriffen). Darin erzählt sie, die ein Liebling meines Großvaters war, ihre Erinnerungen an ihn und sein Haus. Ich habe als Schüler in Maulbronn noch ein paar Briefe von dem damals 89jährigen bekommen. Sein Leben zu erzählen würde ein ganzes Buch fordern, ich will nur noch eine Episode beifügen.

Die große deutsche Reise, die ihn bis Zürich und bis Wien führte, hat fünfzehn Monate gedauert. Zur Rückfahrt von Lübeck bis Riga brauchte das kleine Segelschiff zwölf Tage. Dort in Riga stand ihm Großes bevor. Er berichtet darüber: »Auf den Sonnabend früh hatte ich die Post-Telega bestellt, die Abreise war bestimmt, da kam am Freitag abend meines Gastfreundes

Schwager aus Kurland und brachte die jüngste Schwester der Hausfrau mit, Jenny Lass. Mein präpariertes Feuer war von ihrer Erscheinung in lichten Flammen ... Jenny, 1807 geboren, war die jüngste von fünf Schwestern ... Was soll ich noch beschreiben? Ich bestellte meine Postpferde ab. Am Sonntag waren wir auf einem Höfchen bei guten Freunden. Am Montag suchte ich die Einsamkeit, um meinem Herzen Luft zu machen. Ich weinte mich aus, weil ich nicht wußte, wie mir geschehen war. Sollte ich? – Durfte ich? und doch konnte ich nicht von ihr lassen, ich hatte keinen anderen Gedanken als Jenny. Aber wie sollte ich mit ihr allein zusammenkommen? Das war eine quälende Geschichte, denn aufschieben und abwarten konnte ich ja nicht, ich war in der Fremde und mußte nach Hause, später hatte ich mit Riga keine Möglichkeit des Verkehrs. Es galt ein Entweder-Oder, womöglich im Augenblick. Ruhiges Erwägen war mir nicht möglich. Kennenlernen? Dazu ist Zeit und ruhiger Verkehr nötig – und ich hatte nichts als Liebesfeuer und Eile. Endlich am Mittwochabend kam es zu einem Spaziergang. Therese, ein paar Kinder, Jenny und ich gingen in den schönen Wörmannschen Garten. Da bestiegen wir einen Schneckenberg, und oben machte ich Jenny den Vorschlag, hinunterzulaufen und zu sehen, wer von uns beiden schneller sei. Jenny rannte voraus, ich ihr nach, und sehr bald standen wir uns in einer dunklen Grotte gegenüber, der Höhlung des künstlichen Berges. Wunderbar! Ich faßte ihre Hand und fragte: ›Jenny, willst du mein Weib sein?‹ – aber wo war es hier möglich, ein ruhiges Reden und eine Antwort zustandezubringen? Wir mußten zu den anderen, die uns schon auf dem Fuß folgten, und taten, als sei nichts vorgefallen. So ging es nach Hause, dort nahm ich Platz auf dem Balkon und hatte Dünastrom und Brücke und Stadt im Licht der sinkenden Sonne vor mir und starrte darauf hin – ein Melancholischer! Derweil hatte Jenny mit der Schwester gesprochen, kam leise mir nach und legte mir den Finger auf die Schulter, ich nahm sie in den Arm und hielt sie fest und ließ sie nicht den Mund auftun. Ich war im ganzen vollen Liebesglück und damit auf dem Gipfel meines bisherigen Lebens, Sehnens und Strebens.«

(1960)

AN EINEN MUSIKER

Sie haben mir vor einiger Zeit das hübsche kleine Buch »Musica Domestica« von Erich Valentin zugeschickt. Das hat mir seither mehrere angeregte Stunden verschafft, für die ich Ihnen und dem Autor dankbar bin. Schon gleich das erste Kapitel mit den zahlreichen oft so entzückend barocken Titeln von musikalischen Publikationen des 17. Jahrhunderts hat mich gefesselt und mich an den klassischen Satz von Anatole France erinnert: kein Buch lese er mit so viel Interesse und Vergnügen wie einen Antiquariatskatalog. In seiner sympathischen Schwebe zwischen Gelehrsamkeit und Volkstümlichkeit, einen gewaltigen Stoff an Wissen und Forschung auf kleinstem Raume stapelnd und ihn gleichsam durchwatend, zeigt es einem musikgeschichtlich halbwegs vorbereiteten Leser nicht nur die Geschichte der Begriffe »Musica domestica« oder »Hausmusik« und ihre Metamorphosen bis zur heutigen Bedeutung dieser Worte, es nimmt uns auch freundlich mit auf einem Gang durch die trotz ihrer relativen Jugend so stattliche Literatur der Musikgeschichte und Musikdeutung; im Lesen wird man fast an alles im Vorübergehen erinnert, was man je an solchen Büchern gelesen oder durchblättert hat. Erheitert hat mich natürlich auch und mir ein wenig geschmeichelt das Bestreben, der Rolle des Musikanten gegenüber auch die seines Zuhörers ins Licht zu stellen und sie höher als üblich zu bewerten, ja den nur Genießenden und Nichtskönner zum Mittätigen und Kenner emporzuadeln, dem auf dem Kanapee liegenden Radio- und Plattenhörer einen Rang zu verleihen. Mancher wird das, mit mehr oder weniger Berechtigung, sehr gern hören. Ich werde Ihnen, durch diese Rangerhöhung ermutigt, nachher auch noch ein neues schönes Radioerlebnis zu erzählen versuchen.

Freilich bin ich ein Funk- und Grammophonhörer ja erst im Alter geworden, und wenn ich meine musikalischen Erlebnisse rückblickend prüfe, sind es nicht die Genüsse der Übertragungs- und Konservenmusik, die obenan stehen und die mich zum Liebhaber und auf einigen Gebieten halbwegs zum Kenner gebildet haben. Nein, den Jahren meines einsamen Musikschlürfens in der eigenen Stube sind Jahrzehnte der vielhundertmaligen Teilnahme an öffentlichen Konzerten, Opernabenden, Festspielen und feierlichen Aufführungen von Kirchenmusik am »richtigen« und ehrwürdigen Ort vorangegangen, in Konzertsälen, Theatern, Kirchen, inmitten einer Gemeinde gleichgerichteter und ähnlich gestimmter Empfänger, deren versunken lauschende, andächtig hingegebene, oft von innen erhellte und das Schöne des Empfangenen widerstrahlende Gesichter mich sogar manchmal taktelang mehr als das eigene Hören in Anspruch nahmen. Seit Jahrzehnten habe ich den Schlußchor der Johannespassion nie mehr hören können, ohne mich einer Aufführung unter Andreae in der Zürcher Tonhalle zu erinnern: da saß auf dem Stuhl vor mir eine ältere Frau, die ich während der ganzen Aufführung nicht beachtet hatte. Als der letzte Chor verklungen war und die Gemeinde aufzubrechen begann, als Volkmar sein Stäbchen weglegte und auch ich mit jenem oft empfundenen Bedauern und widerwilligen Abschiednehmen mich zur Rückkehr ins Säkulum bereitmachte, da stand auch die Frau vor mir auf, erhob sich langsam, blieb vor dem Weggehen noch einen Augenblick stillstehen, und als sie den Kopf ein wenig zur Seite drehte, sah ich Träne um Träne über ihre Wange laufen.

Und nicht nur beim gelegentlichen Blick auf benachbarte Andächtige war nächst dem Ohr auch das Auge mittätig und beschenkt: ich sah in einem Konzert von Händel oder Vivaldi etwa den feierlichen oder hüpfenden oder stürmischen Schritt der Streicher auch mit Augen, in den bewegten Parallelen der Geigenbögen, dem schweren Sägen der Bässe. Ich sah den Dirigenten, die Solisten, und viele Male waren sie mir befreundet und innig bekannt. Die Freundschaften und Begegnungen mit Komponisten, Dirigenten, Virtuosen, Sängern und Sängerinnen gehörten unentbehrlich mit zu meinem musikalischen Leben und meiner musikalischen Erziehung, und wenn ich heute an gewisse, im Erinnern besonders aufleuchtende Konzerte in Festsaal oder Kirche zurückdenke, so höre ich nicht nur die Musik wieder mit der besonderen Stimmung und Temperatur jener Stunden, nein ich sehe auch die rührende Gestalt Dinu Lipattis, die vornehme Paderewskis, die geschmeidige Sarasates, die aufleuchtenden Augen von Schoeck, das lässig herrenhafte Dirigieren von Richard Strauss, das Fanatische von Toscanini, das Nervöse von Furtwängler, ich sehe Busonis liebes Gesicht versunken über den Tasten hängen, sehe die Philippi in vestalischer Oratorienhaltung, die Durigo mit weit geöffneten Augen am Schluß des Lieds von der Erde, Edwin Fischers derben Knabenkopf, Hans Hubers zigeunerhaft scharfes Profil, Fritz Bruns schöne weite Armbewegungen bei einem Andantesatz, und zwanzig und hundert andre edle und teure Gestalten, Gesichter und Gebärden. Dies alles gibt es beim Radiohören nicht, und die Television kenne ich nur vom Hörensagen.

Zu zwei Stellen in Valentins Buch will ich Ihnen zum Weitergeben an den Autor noch kurze Notizen mitteilen. Da ist die Stelle mit Mörikes Zitat, wo er »die Strauss« singen hört. Die Strauss war ohne Zweifel die einst berühmte Opernsängerin Agnese Schebest, unglücklich verheiratet mit D. F. Strauss, dem noch berühmtern Verfasser des »Leben Jesu«. Die herzzerreißende Geschichte dieser Ehe kann man im Briefwechsel zwischen Strauss und Fr. Th. Vischer kennenlernen, genauer als einem lieb ist.

Die andere Stelle, zu der ich etwas zu bemerken und an der ich auch etwas zu korrigieren habe, ist die über meinen Freund und Gönner H. C. Bodmer. Es heißt bei Valentin: »Der Züricher Arzt H. C. Bodmer war Beethoven-Spezialist.« Das ist zu wenig und ist auch zum Teil unrichtig. Freund Bodmer ist weder Arzt noch in irgendeiner Hinsicht Spezialist gewesen. Zwar hat er, noch im Alter von 36 Jahren beginnend, Medizin studiert und alle Prüfungen samt dem Doktor absolviert, hat aber nie den Beruf des Arztes ausgeübt. In der Jugend studierte er Musik und wäre wohl am liebsten Dirigent geworden, er war zeitlebens mit vielen bedeutenden Musikern befreundet und war ein Musikmäzen großen Stils, auch baute er im Lauf einiger Jahrzehnte eine der größten und wertvollsten Beethoven-Sammlungen auf, die der stets königlich Großzügige dem Beethoven-Archiv in Bonn vermacht hat. Spezialist aber war er nie, dazu war sein Horizont viel zu weit, und wenn auch seine größte Liebe und höchste Begeisterung Beethoven galt, so war er doch in der ganzen neuern Musikgeschichte beschlagen und hat auch einige Zeitgenossen, namentlich Mahler, innig geliebt.

Aber ich versprach Ihnen noch über ein neues Radioerlebnis zu berichten.

Es war ein Chopin-Abend, gegeben von einem Chinesen namens Fou Tsong, dessen Namen ich hier zum erstenmal begegnete und über dessen Alter, Schule und Person mir nichts bekannt ist. Das schöne Programm interessierte mich, und natürlich zog mich auch die wunderliche Aussicht stark an, Chopin, meine große

Jugendliebe, ausgerechnet von einem Chinesen spielen zu hören. Nun, er spielte herrlich. Ich habe Chopin vom alten Paderewski, vom Wunderknaben Raoul Koschalski, von Edwin Fischer, Lipatti, Cortot und vielen anderen großen Pianisten spielen hören. Er wurde auf mancherlei Arten gespielt, kühl-korrekt oder schmelzend oder schmissig oder launisch und eigenwillig, bald mehr auf den Klangreiz bald mehr auf differenzierte Rhythmik hin, bald fromm bald frivol, bald ängstlich bald eitel, oft war es wunderschön, aber nur selten entsprach es meiner Vorstellung von der Art, wie man Chopin spielen sollte. Diese ideale Art dachte ich mir natürlich genau so, wie Chopins eigenes Spiel gewesen sein mußte. Viel hätte ich darum gegeben, eine der Balladen von André Gide gespielt zu hören, der sein Leben lang als Klavierspieler sich intensiv um Chopin bemüht hat.

Nun, der unbekannte Chinese gewann schon nach Minuten meine Achtung, und bald auch meine Liebe, er war seiner Aufgabe völlig gewachsen. Ein Höchstmaß an technischer Perfektion hatte ich unbesehen bei ihm vorausgesetzt, das war chinesischer Ausdauer und chinesischer Geschicklichkeit ohne weiteres zuzutrauen. Die technisch-virtuose Vollkommenheit war denn auch da, Cortot oder Rubinstein hätten das nicht übertreffen können. Aber das war nicht alles. Es war nicht nur meisterliches Klavierspiel, was ich zu hören bekam, es war auch Chopin, richtiger Chopin, es mahnte an Warschau und an Paris, das Paris Heinrich Heines und des jungen Liszt, es duftete nach Veilchen, nach Regen auf Mallorca und auch nach exklusiven Salons, es klang melancholisch und klang mondän, die Differenzierung des Rhythmischen war ebenso feinfühlig wie die der Dynamik. Es war ein Wunder.

Nur – ich hätte den hochbegabten Chinesen gern auch mit Augen gesehen. Es hätte sein können, daß mir aus seiner Haltung, seinen Bewegungen, seinem Gesicht die Beantwortung einer Frage möglich geworden wäre, die sich nach Schluß der Funksendung in mir erhob, der Frage nämlich: hat dieser Hochbegabte nun das Europäische, das Polnische, das Pariserische, die Schwermut und die Skepsis dieser Musik von innen her begriffen – oder hat er einen Lehrer, einen Kollegen, einen Meister, ein Vorbild gehabt, dessen Spiel er bis in alle Nüancen nachgeahmt und auswendig gelernt hat? Ich möchte ihn das gleiche Programm nochmals, noch mehrere Male und an verschiedenen Tagen spielen hören. War alles echt und Gold, war Fou Tsong wirklich der Musikant, für den ihn zu halten ich sehr geneigt war, dann mußte auch jede neue Aufführung, und sei es in kleinsten Merkmalen, etwas Neues, Einmaliges, Individuelles haben und durfte nicht nur das nochmalige Ablaufen einer wunderschönen Platte sein.

Nun, vielleicht wird meiner Frage doch einmal Antwort werden. Die Frage hat mich nicht etwa während des Konzerts gestört, sie ist mir erst nachher aufgestiegen. Und während ich ihn spielen hörte, habe ich in manchen Augenblicken den Mann aus dem Osten auch beinah gesehen, nicht den wirklichen Fou Tsong natürlich, sondern einen von mir imaginierten, erfundenen, geträumten. Da glich er einer Gestalt von Tschuang Tse oder aus dem Kin Ku Ki Kwan, und sein Spiel, so schien mir's, wurde ausgeführt mit der geisterhaft sicheren, völlig gelösten, fromm von Tao gelenkten Hand, mit der die Maler des alten China den Tuschepinsel führten, um in Bild und Schrift ganz nahe an das zu rühren, was sich in glücklicher Stunde als Sinn der Welt und des Lebens ahnen läßt.

(1960)

VIERZIG JAHRE MONTAGNOLA

Als ich vor einundvierzig Jahren, auf der Suche nach einer Zuflucht, zum erstenmal nach Montagnola kam und eine kleine Wohnung mietete, unter deren Balkönchen damals neben späten Magnolien ein gewaltig hoher Judasbaum in Blüte stand, war ich ein Mann »in den besten Jahren« und war gesonnen, nach einem vierjährigen Krieg, der auch für mich mit Niederlage und Bankrott geendet hatte, von vorn anzufangen. Und Montagnola war damals ein Dörfchen, zwar kein ärmliches und geducktes wie manches andere in der Gegend, aber doch ein bescheidenes, kleines und stilles, in dem es ein paar herrschaftliche Häuser aus älterer Zeit und zwei, drei neuere Landhäuser gab, das aber einen vorwiegend bäuerlichen Anblick bot. – Heute, ein paar Jahrzehnte später, bin ich kein Mann in guten oder besten Jahren mehr, sondern einer von den gebrechlichen und etwas komischen Gemeinde-Greisen, der nicht daran denkt, mit irgend etwas von vorn zu beginnen, der sein Grundstück kaum mehr verläßt und drunten auf dem Friedhof von St. Abbondio einen hübschen kleinen Platz gekauft hat. Montagnola ist kein Dorf und macht keinen bäuerlichen Eindruck mehr, es ist ein Vorstädtchen mit etwa viermal so vielen Einwohnern, mit einem stattlichen Postamt und Konsumladen, einem Café und einem Zeitungskiosk geworden, wir nennen es unter uns »Stadt Segelfoss«, an Hamsun denkend.

So ändern sich mit den Jahren die Menschen und die Dinge, es läßt sich nichts dagegen tun. – Aber in diesen paar Jahrzehnten habe ich in Montagnola viel Gutes, ja Wunderbares erlebt, von Klingsors flackerndem Sommer bis heute, und habe dem Dorf und seiner Landschaft viel zu danken. Ich habe meiner Dankbarkeit auch immer wieder Ausdruck zu geben versucht. Ich habe oft und oft das Lied dieser Berge, Wälder, Rebenhänge und Seetäler gesungen, auch jenes Balkönchen in Klingsors Wohnung und jener hohe Judasbaum – er war der höchste, den ich je gesehen, und ist später einem Föhnsturm zum Opfer gefallen – sind beschrieben und gepriesen worden. Ich habe Hunderte von Bogen guten Malpapiers und viele Farbtuben verbraucht, um mit Aquarellfarben oder Zeichenfeder den alten Häusern und Hohlziegeldächern, den Gartenmauern, dem Kastanienwald, den nahen und fernen Bergen meine Reverenz zu erweisen. Auch manchen Baum und Strauch habe ich hier gepflanzt, ein kleines Bambusgehölz am Waldrande und viele Blumen, und so hoffe ich, wenn ich auch kein Tessiner geworden bin, die Erde von St. Abbondio werde mich freundlich beherbergen, wie es Klingsors Palazzo und das rote Haus am Hügel so lange Zeit getan hat.

(1960)

Quellennachweise

Albert Langen: Erstdruck in »Neue Zürcher Zeitung« vom 16. 5. 1909. Aufgenommen in H. Hesse, Werkausgabe Bd. 11, Frankfurt am Main 1970.

Eugen Siegel: Erstdruck u. d. T. »Noch einer gefallen« in der »Vossischen Zeitung«, Berlin, vom 20. 12. 1914. Aufgenommen in H. Hesse, »Gedenkblätter«, Berlin 1937.

Zum Gedächtnis (des Vaters): Erstdruck in »Die Schweiz«, Zürich, vom April 1916. Aufgenommen in »Gedenkblätter«, a.a.O.

An Christian Wagner: Erstdruck u. d. T. »Ein Achtzigjähriger« in »Neue Zürcher Zeitung« vom 5. 8. 1915. Aufgenommen in H. Hesse, »Gedenkblätter«, neue vermehrte Ausgabe, Zürich 1947.

Bei Christian Wagners Tod: Erstdruck in »Württemberger Zeitung«, Stuttgart, vom Feb. 1918. Aufgenommen in »Gedenkblätter«, Zürich 1947.

Erinnerung an Albert Welti: Teildruck der Einführung zu dem Band »Albert Welti. Gemälde und Radierungen«, Berlin 1917.

Georg Müller in memoriam: Erstdruck u. d. T. »Kleine Chronik« in »Neue Zürcher Zeitung« vom 10. 1. 1918. Hier erstmals in Buchform.

Erinnerungen an Conrad Haußmann: Erstdruck in »Neue Zürcher Zeitung« vom 16. 2. 1922. Aufgenommen in den Anhang zu H. Hesse, »Gesammelte Briefe«, Bd. 1, Frankfurt am Main 1973.

Erinnerungen an den Simplicissimus: Erstdruck in der »Neuen Zürcher Zeitung« vom 28. 3. 1926. Aufgenommen in H. H. Werkausgabe Bd. 11, a.a.O.

Aus meiner Schülerzeit: Erstdruck in »Velhagen & Klasings Monatshefte«, Berlin, vom Juli 1927. Aufgenommen in »Gedenkblätter«, Berlin 1937.

Nachruf auf Hugo Ball: Geschrieben 1927. Erstdruck in »Gedenkblätter«, Zürich 1947.

Der Dichter und unsere Zeit: Erstdruck u. d. T. »Der Dichter« in »Literarische Welt«, Berlin, vom 12. 8. 1927. Aufgenommen in H. H. Werkausgabe Bd. 12, a.a.O.

Eine Erinnerung an Carl Busse: Erstdruck in »Neue Zürcher Zeitung« vom 3. 12. 1928. Auszugsweise aufgenommen in den Anhang von H. Hesse, »Gesammelte Briefe« Bd. 1, a.a.O.

Beim Einzug in ein neues Haus: Geschrieben Ende Mai 1931. Erstdruck im Sommer 1931 als Privatdruck. Aufgenommen in »Gedenkblätter«, Berlin 1937.

Besuch bei Wilhelm Raabe: Erstdruck in »Velhagen & Klasings Monatshefte«, Berlin, vom Juli 1933. Aufgenommen u. d. T. »Besuch bei einem Dichter« in »Gedenkblätter«, Berlin 1937.

Erinnerung an S. Fischer: Erstdruck in »Die neue Rundschau«, Berlin, vom Dezember 1934. Aufgenommen in H. H. Werkausgabe Bd. 11, a.a.O.

Othmar Schoeck: Erstdruck in »Schweizerische Musikzeitung«, Zürich, vom 1. 5. 1931. Aufgenommen in H. Hesse, »Musik«, Frankfurt a. M. 1976.

Erinnerungen an Othmar Schoeck: Erstdruck in »Die neue Rundschau«, Berlin, vom Dezember 1936. Aufgenommen in »Gedenkblätter«, Berlin 1937.

Erinnerung an Hans: Erstdruck in »Corona«, Zürich, vom (Mai?) 1936. Aufgenommen in »Gedenkblätter«, Berlin 1937.

Ernst Morgenthaler: Erstdruck in der Monographie für den Maler »Ernst Morgenthaler«, Zürich 1937. Aufgenommen in »Gedenkblätter«, Zürich 1947.

Basler Erinnerungen: Erstdruck in »National-Zeitung«, Basel, vom 4. 7. 1937 u. d. T. »Ein paar Basler Erinnerungen«. Aufgenommen in H. Hesse, »Die Kunst des Müßiggangs«, Frankfurt am Main 1973.

Erinnerung an Klingsors Sommer: Geschrieben 1938. Teildruck eines Vorwortes zu einer bibliophilen, von Gunter Böhmer illustrierten Ausgabe der Erzählung »Klingsors letzter Sommer«, die des Krieges wegen nicht erscheinen konnte. Erstdruck in der »Neuen Schweizer Rundschau«, Zürich, vom August 1944. Aufgenommen in H. H. Werkausgabe Bd. 11, a.a.O.

Gedenkblatt für Franz Schall: Erstdruck in »Neue Schweizer Rundschau«, Zürich, vom November 1943. Aufgenommen in »Gedenkblätter«, Zürich 1947.

Nachruf auf Christoph Schrempf: Erstdruck in »Neue Schweizer Rundschau«, Zürich, vom April 1944. Aufgenommen in »Gedenkblätter«, Zürich 1947.

Maler und Schriftsteller: Erstdruck in einem Ernst Morgenthaler-Ausstellungskatalog, Solothurn 1945. Aufgenommen in »Gedenkblätter«, Zürich 1947.

Erinnerung an den jungen Alfons Paquet: Geschrieben im Dezember 1947. Aufgenommen in die »Bibliographie Alfons Paquet«, Frankfurt am Main 1958.

Über Romain Rolland: Erstdruck in der Zeitschrift der Büchergilde Gutenberg vom Januar 1949. Aufgenommen in H. Hesse, »Krieg und Frieden«, erw. Ausgabe, Berlin 1949.

Schulkamerad Martin: Erstdruck in »Neue Zürcher Zeitung« vom 23. und 30. 7. 1949. Aufgenommen in H. Hesse, »Späte Prosa«, Berlin 1957.

Gedenkblatt für Adele: Erstdruck in »Neue Schweizer Rundschau«, Zürich, vom Oktober 1949. Aufgenommen in »Gedenkblätter«, 3. Ausgabe, Berlin 1950.

Erinnerung an André Gide: Erstdruck in »Neue Zürcher Zeitung« vom 17. 3. 1951. Aufgenommen in »Gedenkblätter«, 4. Ausgabe, Frankfurt am Main 1962.

Nachruf: Erstdruck in »National-Zeitung«, Basel, vom 11. 3. 1951. Aufgenommen in »Gedenkblätter«, 4. Ausgabe, Frankfurt am Main 1962.

Für Marulla: Erstdruck u. d. T. »Nachruf für Marulla« in »Neue Schweizer Rundschau«, Zürich, vom April 1953. Aufgenommen in H. Hesse, »Beschwörungen«, Berlin 1955.

Gedenkblatt für Ernst Penzoldt: Erstdruck in »Morgenblatt für Freunde der Literatur«, Suhrkamp Verlag 1955. Hier erstmals in Buchform.

Ein Abschiedsgruß (für Thomas Mann): Erstdruck in »Neue Zürcher Zeitung« vom 16. 8. 1955.

Der schwarze König: Erstdruck in »Neue Zürcher Zeitung« vom 9. 9. 1955. Aufgenommen in »Gedenkblätter«, 4. Ausgabe, Frankfurt am Main, 1962.

Der Trauermarsch: Erstdruck in »Neue Zürcher Zeitung« vom 2. 12. 1956. Aufgenommen in »Gedenkblätter«, 4. Ausgabe, Frankfurt am Main 1962.

Martin Buber zum 80. Geburtstag: Erstdruck in »Neue Deutsche Hefte«, Gütersloh, vom Februar 1958. Aufgenommen in »Gedenkblätter«, 4. Ausgabe, Frankfurt am Main 1962.

Freund Peter: Erstdruck in »Neue Zürcher Zeitung« vom 26. 4. 1959. Aufgenommen in »Gedenkblätter«, 4. Ausgabe, Frankfurt am Main 1962.

Erinnerungen an Ärzte: Geschrieben im März 1960. Erstdruck in »Ciba–Symposium«, Basel, vom 8. 12. 1960. Aufgenommen in H. Hesse, »Kleine Freuden«, Frankfurt am Main 1977.

An einen Musiker: Geschrieben im April 1960. Erstdruck in »Neue Zürcher Zeitung« vom 8. 4. 1960. Aufgenommen in H. Hesse, »Musik«, Frankfurt am Main 1976.

Vierzig Jahre Montagnola: Geschrieben 1960. Erstdruck in »Neue Zürcher Zeitung« vom 26. 5. 1962. Aufgenommen in H. Hesse, »Kleine Freuden«, Frankfurt am Main 1977.

Zeittafel

1877	geboren am 2. Juli in Calw/Württemberg als Sohn des baltischen Missionars und späteren Leiters des »Calwer Verlagsvereins« Johannes Hesse (1847–1916) und dessen Frau Marie verw. Isenberg, geb. Gundert (1842–1902), der ältesten Tochter des namhaften Indologen und Missionars Hermann Gundert.
1881–1886	wohnt Hesse mit seinen Eltern in Basel, wo der Vater bei der »Basler Mission« unterrichtet und 1883 die Schweizer Staatsangehörigkeit erwirbt (zuvor: russische Staatsangehörigkeit).
1886–1889	Rückkehr der Familie nach Calw (Juli), wo Hesse das Reallyzeum besucht.
1890–1891	Lateinschule in Göppingen zur Vorbereitung auf das Württembergische Landesexamen (Juli 1891), der Voraussetzung für eine kostenlose Ausbildung zum ev. Theologen im »Tübinger Stift«. Als staatlicher Schüler muß Hesse auf sein Schweizer Bürgerrecht verzichten. Deshalb erwirbt ihm der Vater im November 1890 die württembergische Staatsangehörigkeit (als einzigem Mitglied der Familie).
1891–1892	Seminarist im ev. Klosterseminar Maulbronn (ab Sept. 1891), aus dem er nach 7 Monaten flieht, weil er »entweder Dichter oder gar nichts werden wollte«.
1892	bei Christoph Blumhardt in Bad Boll (April bis Mai); Selbstmordversuch (Juni), Aufenthalt in der Nervenheilanstalt Stetten (Juni–August). Aufnahme in das Gymnasium von Cannstatt (Nov. 1892), wo er
1893	im Juli das Einjährig-Freiwilligen-Examen (Obersekundareife) absolviert. »Werde Sozialdemokrat und laufe ins Wirtshaus. Lese fast nur Heine, den ich sehr nachahmte.« Im Oktober Beginn einer Buchhändlerlehre in Esslingen, die er aber schon nach drei Tagen aufgibt.
1894–1895	15 Monate als Praktikant in der Calwer Turmuhrenfabrik Perrot. Plan, nach Brasilien auszuwandern.

1895–1898 Buchhändlerlehre in Tübingen (Buchhandlung Heckenhauer). 1896 erste Gedichtpublikation in »Das deutsche Dichterheim«, Wien. Die erste Buchpublikation *Romantische Lieder* erscheint im Oktober 1898.

1899 Beginn der Niederschrift eines Romans *Schweinigel* (Manuskript noch nicht aufgefunden). Der Prosaband *Eine Stunde hinter Mitternacht* erscheint im Juni bei Diederichs, Jena.
Im September Übersiedlung nach Basel, wo Hesse bis Januar 1901 als Sortimentsgehilfe in der Reich'schen Buchhandlung beschäftigt ist.

1900 beginnt er für die »Allgemeine Schweizer Zeitung« Artikel und Rezensionen zu schreiben, die ihm mehr noch als seine Bücher »einen gewissen lokalen Ruf machten, der mich im gesellschaftlichen Leben sehr unterstützte«.

1901 Von März bis Mai erste Italienreise.
Ab August 1901 (bis Frühjahr 1903) Buchhändler im Basler Antiquariat Wattenwyl.
Die *Hinterlassenen Schriften und Gedichte von Hermann Lauscher* erscheinen im Herbst bei R. Reich.

1902 *Gedichte* erscheinen bei Grote, Berlin, seiner Mutter gewidmet, die kurz vor Erscheinen des Bändchens stirbt.

1903 Nach Aufgabe der Buchhändler- und Antiquariatsstellung zweite Italienreise, gemeinsam mit Maria Bernoulli, mit der er sich im Mai verlobt. Kurz davor Abschluß der Niederschrift des *Camenzind*-Manuskripts, das Hesse auf Einladung des S. Fischer Verlags nach Berlin sendet. Ab Oktober (bis Juni 1904) u. a. Niederschrift von *Unterm Rad* in Calw.

1904 *Peter Camenzind* erscheint bei S. Fischer, Berlin. Eheschließung mit Maria Bernoulli und Umzug nach Gaienhofen am Bodensee (Juli) in ein leerstehendes Bauernhaus. Freier Schriftsteller und Mitarbeiter an zahlreichen Zeitungen und Zeitschriften (u. a. »Die Propyläen«, d. i. »Münchner Zeitung«; »Die Rheinlande«; »Simplicissimus«; »Der Schwabenspiegel«, d. i. »Württemberger Zeitung«). Die biographischen Studien *Boccaccio* und *Franz von Assisi* erscheinen bei Schuster & Loeffler, Berlin und Leipzig.

1905 im Dezember Geburt des Sohnes Bruno.

1906 *Unterm Rad* (1903–1904 entstanden) erscheint bei S. Fischer, Berlin. Gründung der liberalen, gegen das persönliche Regiment Wilhelms II. gerichteten Zeitschrift »März« (Verlag Albert Langen, München), als deren Mitherausgeber Hesse bis 1912 zeichnet.

1907 *Diesseits* (Erzählungen) erscheint bei S. Fischer, Berlin. In Gaienhofen baut und bezieht Hesse ein eigenes Haus »Am Erlenloh«.

1908 *Nachbarn* (Erzählungen) erscheint bei S. Fischer, Berlin.

1909 im März Geburt des zweiten Sohnes Heiner.

1910 *Gertrud* (Roman) erscheint bei Albert Langen, München.

1911 im Juli Geburt des dritten Sohnes Martin.
Unterwegs (Gedichte) erscheint bei Georg Müller, München; Sept. bis Dez. Indienreise mit dem befreundeten Maler Hans Sturzenegger.

1912 *Umwege* (Erzählungen) erscheint bei S. Fischer, Berlin. Hesse verläßt Deutschland für immer und übersiedelt mit seiner Familie nach Bern in das Haus des verstorbenen befreundeten Malers Albert Welti.

1913 *Aus Indien.* Aufzeichnungen einer indischen Reise, erscheint bei S. Fischer, Berlin.

1914 *Roßhalde* (Roman), erscheint im März bei S. Fischer, Berlin.
Bei Kriegsbeginn meldet sich Hesse freiwillig, wird aber als dienstuntauglich zurückgestellt und 1915 der Deutschen Gesandtschaft in Bern zugeteilt, wo er von nun an im Dienst der »Deutschen Gefangenenfürsorge« bis 1919 Hunderttausende von Kriegsgefangenen und Internierten in Frankreich, England, Rußland und Italien mit Lektüre versorgt, Gefangenenzeitschriften (z. B. die »Deutsche Interniertenzeitung«) herausgibt, redigiert und 1917 einen eigenen Verlag für Kriegsgefangene (»Verlag der Bücherzentrale für deutsche Kriegsgefangene«) aufbaut, in welchem bis 1919 22 von H. H. edierte Bände erscheinen

Zahlreiche politische Aufsätze, Mahnrufe, offene Briefe etc. in deutschen, schweizerischen und österreichischen Zeitungen und Zeitschriften.

1915 *Knulp.* Drei Geschichten aus dem Leben Knulps (Teilvorabdruck bereits 1908), erscheint bei S. Fischer, Berlin.

Am Weg (Erzählungen) erscheint bei Reuß & Itta, Konstanz.

Musik des Einsamen. Neue Gedichte, erscheint bei Eugen Salzer, Heilbronn.

Schön ist die Jugend (Erzählungen) erscheint bei S. Fischer, Berlin.

1916 Tod des Vaters, beginnende Schizophrenie seiner Frau und Erkrankung des jüngsten Sohnes führen zu einem Nervenzusammenbruch Hesses. Erste psychotherapeutische Behandlung durch den C. G. Jung-Schüler J. B. Lang bei einer Kur in Sonnmatt bei Luzern. Gründung der »Deutschen Interniertenzeitung« und des »Sonntagsboten für die deutschen Kriegsgefangenen«.

1917 wird Hesse nahegelegt, seine zeitkritische Publizistik zu unterlassen. Erste pseudonyme Zeitungs- und Zeitschriftenpublikationen unter dem Decknamen Emil Sinclair. Niederschrift des *Demian* (Sept. bis Okt.).

1919 Die politische Flugschrift *Zarathustras Wiederkehr.* Ein Wort an die deutsche Jugend von einem Deutschen, erscheint anonym im Verlag Stämpfli, Bern.

Auflösung des Berner Haushalts (April). Trennung von seiner in einer Heilanstalt internierten Frau. Unterbringung der Kinder bei Freunden. Im Mai Übersiedlung nach Montagnola/Tessin in die Casa Camuzzi, die er bis 1931 bewohnt.

Kleiner Garten. Erlebnisse und Dichtungen, erscheint bei E. P. Tal & Co., Wien und Leipzig.

Demian. Die Geschichte einer Jugend, erscheint bei S. Fischer, Berlin, unter dem Pseudonym Emil Sinclair. Die Sammlung *Märchen* erscheint bei S. Fischer, Berlin. Gründung und Herausgabe der Zeitschrift »Vivos voco«, Für neues Deutschtum (Leipzig und Bern).

1920 *Gedichte des Malers,* Zehn Gedichte mit farbigen Zeichnungen, und die Dostojewski-Essays u. d. T. *Blick ins Chaos* erscheinen im Verlag Seldwyla, Bern.

Klingsors letzter Sommer (Erzählungen) erscheint bei S. Fischer, Berlin; danach, ebenfalls bei S. Fischer, *Wanderung.* Aufzeichnungen mit farbigen Bildern vom Verfasser.

Zarathustras Wiederkehr, Neuauflage bei S. Fischer, diesmal unter Angabe des Autors.

1921 *Ausgewählte Gedichte* erscheinen bei S. Fischer, Berlin. Krise mit fast anderthalbjähriger Unproduktivität zwischen der Niederschrift des ersten und des zweiten Teils von *Siddhartha.* Psychoanalyse bei C. G. Jung in Küsnacht bei Zürich.

Elf Aquarelle aus dem Tessin erscheint bei O. C. Recht, München.

1922 *Siddhartha.* Eine indische Dichtung, erscheint bei S. Fischer, Berlin.

1923 *Sinclairs Notizbuch* erscheint bei Rascher, Zürich. Erster Kuraufenthalt in Baden bei Zürich, das er fortan (bis 1952) alljährlich im Spätherbst aufsucht. Die Ehe mit Maria Bernoulli wird geschieden (Juni).

1924 Hesse wird wieder Schweizer Staatsbürger.

Bibliotheks- und Vorbereitungsarbeiten an seinen Herausgeberprojekten in Basel. Heirat mit Ruth Wenger, Tochter der Schriftstellerin Lisa Wenger.

Ende März Rückkehr nach Montagnola.

Psychologia Balnearia oder Glossen eines Badener Kurgastes, erscheint als Privatdruck; ein Jahr später als erster Band in der Ausstattung der »Gesammelten Werke in Einzelausgaben« u. d. T.:

1925 *Kurgast* bei S. Fischer, Berlin. Lesereise u. a. nach Ulm, München, Augsburg, Nürnberg (im November).

1926 *Bilderbuch* (Schilderungen) erscheint bei S. Fischer, Berlin. Hesse wird als auswärtiges Mitglied in die Sektion für Dichtkunst der Preußischen Akademie der Künste gewählt, aus der er 1931 austritt: »Ich habe das Gefühl, beim nächsten Krieg wird diese Akademie viel zur Schar jener 90 oder 100 Prominenten beitragen, welche das Volk wieder wie 1914 im Staatsauftrag über alle lebenswichtigen Fragen belügen werden.«

1927 *Die Nürnberger Reise* und *Der Steppenwolf* erscheinen bei S. Fischer, Berlin, gleichzeitig – zum 50. Geburtstag Hesses – die erste Hesse-Biographie (von Hugo Ball). Auf Wunsch seiner zweiten Frau, Ruth, Scheidung der 1924 geschlossenen Ehe.

1928 *Betrachtungen* und *Krisis*. Ein Stück Tagebuch, erscheinen bei S. Fischer, Berlin, letzteres in einmaliger, limitierter Auflage.

1929 *Trost der Nacht*. Neue Gedichte, erscheint bei S. Fischer, Berlin; *Eine Bibliothek der Weltliteratur* als Nr. 7003 in Reclams Universalbibliothek bei Reclam, Leipzig.

1930 *Narziß und Goldmund* (Erzählung) erscheint bei S. Fischer, Berlin.

1931 Umzug innerhalb Montagnolas in ein neues, ihm auf Lebzeiten zur Verfügung gestelltes Haus, das H. C. Bodmer für ihn gebaut hat. Eheschließung mit der Kunsthistorikerin Ninon Dolbin, geb. Ausländer, aus Czernowitz.

Weg nach innen. Vier Erzählungen (»Siddhartha«, »Kinderseele«, »Klein und Wagner«, »Klingsors letzter Sommer«), erscheint als preiswerte und auflagenstarke Sonderausgabe bei S. Fischer, Berlin.

1932 *Die Morgenlandfahrt* erscheint bei S. Fischer, Berlin.

1932–1943 Entstehung des *Glasperlenspiels*.

1933 *Kleine Welt* (Erzählungen aus »Nachbarn«, »Umwege« und »Aus Indien«, leicht bearbeitet) erscheint bei S. Fischer, Berlin.

1934 Hesse wird Mitglied des Schweizerischen Schriftstellervereins (zwecks besserer Abschirmung von der NS-Kulturpolitik und effektiverer Interventionsmöglichkeiten für die emigrierten Kollegen).

Vom Baum des Lebens (Ausgewählte Gedichte) erscheint im Insel Verlag, Leipzig.

1935 *Fabulierbuch* (Erzählungen) erscheint bei S. Fischer, Berlin.

Politisch erzwungene Teilung des S. Fischer Verlags in einen reichsdeutschen (von Peter Suhrkamp geleiteten) Teil und den Emigrationsverlag von Gottfried Bermann Fischer, dem die NS-Behörden nicht erlauben, die Verlagsrechte am Werk Hermann Hesses mit ins Ausland zu nehmen.

1936 läßt Hesse dennoch seine Hexameterdichtung *Stunden im Garten* in Bermann Fischers Exil-Verlag in Wien erscheinen.

Im September erste persönliche Begegnung mit Peter Suhrkamp.

1937 *Gedenkblätter* und *Neue Gedichte* erscheinen bei S. Fischer, Berlin.

Der lahme Knabe, ausgestattet von Alfred Kubin, erscheint als Privatdruck in Zürich.

1939–1945 gelten Hesses Werke in Deutschland für unerwünscht. »Unterm Rad«, »Der Steppenwolf«, »Betrachtungen«, »Narziß und Goldmund« und »Eine Bibliothek der Weltliteratur« dürfen nicht mehr nachgedruckt werden.

Die von S. Fischer begonnenen »Gesammelten Werke in Einzelausgaben« müssen deshalb in der Schweiz, im Verlag Fretz & Wasmuth, fortgesetzt werden.

1942 Dem S. Fischer Verlag, Berlin, wird die Druckerlaubnis für *Das Glasperlenspiel* verweigert.

Die Gedichte, erste Gesamtausgabe von Hesses Lyrik, erscheinen bei Fretz & Wasmuth, Zürich.

1943 *Das Glasperlenspiel.* Versuch einer Lebensbeschreibung des Magister Ludi Josef Knecht samt Knechts hinterlassenen Schriften. Herausgegeben von Hermann Hesse, erscheint bei Fretz & Wasmuth, Zürich.

1944 Die Gestapo verhaftet Peter Suhrkamp, Hesses Verleger.

1945 *Berthold,* ein Romanfragment, und *Traumfährte* (Neue Erzählungen und Märchen) erscheinen bei Fretz & Wasmuth, Zürich.

1946 *Krieg und Frieden* (Betrachtungen zu Krieg

und Politik seit dem Jahr 1914) erscheint bei Fretz & Wasmuth, Zürich. Danach können Hesses Werke auch in Deutschland wieder gedruckt werden, zunächst im »Suhrkamp Verlag vorm. S. Fischer« (ab 1951 dann im Suhrkamp Verlag, Frankfurt am Main). Goethe-Preis der Stadt Frankfurt am Main. Nobel-Preis.

1950 Hesse ermutigt und ermöglicht Peter Suhrkamp, einen eigenen Verlag zu gründen, der im Juli eröffnet wird.

1951 *Späte Prosa* und *Briefe* erscheinen bei Suhrkamp, Frankfurt am Main.

1952 *Gesammelte Dichtungen* in sechs Bänden als Festgabe zu Hesses 75. Geburtstag erscheinen bei Suhrkamp, Frankfurt am Main.

1954 *Piktors Verwandlungen.* Ein Märchen, faksimiliert, erscheint bei Suhrkamp, Frankfurt am Main.

Der *Briefwechsel: Hermann Hesse – Romain Rolland* erscheint bei Fretz & Wasmuth, Zürich.

1955 *Beschwörungen,* Späte Prosa/Neue Folge, erscheint bei Suhrkamp, Frankfurt am Main. Friedenspreis des Deutschen Buchhandels.

1956 Stiftung eines Hermann-Hesse-Preises durch die Förderungsgemeinschaft der deutschen Kunst Baden-Württemberg e. V.

1957 *Gesammelte Schriften* in sieben Bänden, erscheinen bei Suhrkamp.

1961 *Stufen,* alte und neue Gedichte in Auswahl, erscheint bei Suhrkamp.

1962 *Gedenkblätter* (um fünfzehn Texte erweitert gegenüber der 1937 erschienenen Ausgabe) erscheint bei Suhrkamp.

9. August: Tod Hermann Hesses in Montagnola.

1962 »Hermann Hesse. Eine Bibliographie« von Helmut Waibler, erscheint im Francke Verlag, Bern und München.

1963 *Die späten Gedichte* erscheinen als Band 803 der Insel-Bücherei im Insel Verlag, Wiesbaden.

1964 Das Hermann-Hesse-Archiv in Marbach wird gegründet.

1965 *Prosa aus dem Nachlaß* (herausgegeben von

Ninon Hesse) erscheint bei Suhrkamp.

Neue Deutsche Bücher, Literaturberichte für »Bonniers Litterära Magasin« 1935 bis 1936 (herausgegeben von Berhard Zeller), in der Turmhahn-Bücherei des Schiller-Nationalmuseums, Marbach.

1966 *Kindheit und Jugend vor Neuzehnhundert,* Hermann Hesse in Briefen und Lebenszeugnissen 1877 bis 1895 (herausgegeben von Ninon Hesse), erscheint im Suhrkamp Verlag.

Tod von Ninon Hesse.

1968 *Hermann Hesse – Thomas Mann,* Briefwechsel (herausgegeben von Anni Carlsson), erscheint bei Suhrkamp und S. Fischer.

1969 *Hermann Hesse – Peter Suhrkamp,* Briefwechsel (herausgegeben von Siegfried Unseld), erscheint bei Suhrkamp.

1970 *Hermann Hesse Werkausgabe* in zwölf Bänden, mit einer Auswahl von Hesses Bücherberichten u. d. T. *Eine Literaturgeschichte in Rezensionen und Aufsätzen* (herausgegeben von Volker Michels), erscheint bei Suhrkamp.

1971 *Hermann Hesse – Helene Voigt-Diederichs.* Zwei Autorenportraits in Briefen (herausgegeben von Berhard Zeller), erscheint bei Diederichs, Köln.

1972 Materialien zu Hermann Hesses *Der Steppenwolf* bei Suhrkamp.

1973 *Gesammelte Briefe,* Band 1, 1895–1921 (herausgegeben von Volker/Ursula Michels und Heiner Hesse), bei Suhrkamp.

Die Kunst des Müßiggangs, kurze Prosa aus dem Nachlaß und Materialien zu Hermann Hesses *Das Glasperlenspiel* (beide herausgegeben von Volker Michels) bei Suhrkamp.

Hermann Hesse. Eine Werkgeschichte. (Herausgegeben von Siegfried Unseld) bei Suhrkamp.

1974 Materialien zu Hermann Hesses *Siddhartha* (herausgegeben von Volker Michels) bei Suhrkamp.

1977 *Kleine Freuden.* Kurze Prosa aus dem Nachlaß. (Herausgegeben von Volker Michels), *Politik des Gewissens.* Die Politischen Schriften 1914–1962, 2 Bände (herausgegeben von Volker Michels), *Hermann Hesse – R. J. Humm,* Briefwechsel (herausgegeben von Volker und Ursula Michels), erscheinen bei Suhrkamp, ebenso *Die Welt der Bücher.* Betrachtungen und Aufsätze zur Literatur.

Hermann Hesse. Bodensee. Betrachtungen, Erzählungen, Gedichte (herausgegeben von Volker Michels), bei Thorbecke, Sigmaringen.

Hermann Hesse als Maler, ausgewählt von Bruno Hesse und Sandor Kuthy, bei Suhrkamp.

1978 *Kindheit und Jugend vor Neunzehnhundert,* Band 2 (herausgegeben von Gerhard Kirchhoff), bei Suhrkamp.

Hermann Hesse – Heinrich Wiegand, Briefwechsel (herausgegeben von Klaus Pezold), erscheint im Aufbau Verlag, Berlin, DDR.

1979 *Gesammelte Briefe,* Band 2, 1922–1935, erscheint bei Suhrkamp.

Hermann Hesse. Sein Leben in Bildern und Texten. Von Volker Michels, erscheint bei Suhrkamp.

Theodore Ziolkowski, *Der Schriftsteller Hermann Hesse.*

1982 *Gesammelte Briefe,* Band 3, 1936–1948.

Ralph Freedman, *Hermann Hesse, Autor der Krisis.* Eine Biographie.

1983 *Italien*

Alphabetisches Gesamtverzeichnis der suhrkamp taschenbücher